SVEA LENZ
Die Stewardessen – Eine neue Freiheit

Svea Lenz

Die Stewardessen
Eine neue Freiheit

Roman

GOLDMANN

Sollte diese Publikation Links auf Webseiten Dritter enthalten,
so übernehmen wir für deren Inhalte keine Haftung, da wir uns diese nicht
zu eigen machen, sondern lediglich auf deren Stand
zum Zeitpunkt der Erstveröffentlichung verweisen.

Penguin Random House Verlagsgruppe FSC® N001967

1. Auflage
Originalausgabe September 2022
Copyright © 2022 by Nicole C. Vosseler
Copyright © dieser Ausgabe 2022
by Wilhelm Goldmann Verlag, München,
in der Penguin Random House Verlagsgruppe GmbH,
Neumarkter Str. 28, 81673 München
Dieses Buch wurde vermittelt durch die Montasser Medienagentur, München.
Umschlaggestaltung: UNO Werbeagentur GmbH
Umschlagmotive: Frau: © Miguel Sobreira/Trevillion Images;
Flugzeug: © Getty Images/Greg Bajor; Hamburg: FinePic®, München
Redaktion: Ilse Wagner
LS · Herstellung: ik
Satz: Mediengestaltung Vornehm, München
Druck und Bindung: CPI books GmbH, Leck
Printed in Germany
ISBN: 978-3-442-49164-3

www.goldmann-verlag.de

Hamburg im Sommer 1954

1

Que Sera, Sera (Whatever Will Be, Will Be)

Die Stadt glänzte im Sommerlicht. Eine Seltenheit in diesem Juli, der meist regnerisch und viel zu kühl war. Wie blank geschrubbt blickten die gediegenen Fassaden auf die Binnenalster hinab, allen voran das Hotel *Vier Jahreszeiten* hinter seinem Spalier aus Linden. Im Wasser dümpelten Schwäne, wenig beeindruckt von den umherschippernden Ausflugsdampfern. Die Kohleschuten, die sich am Ufer zusammendrängten, trübten die Idylle keineswegs. Im Gegenteil, sie zeugten davon, dass die Zeiten, in denen man am Bahngleis Kohle aus den Waggons klauen musste, ein für alle Mal vorbei waren.

Hier, in Hamburgs guter Stube, fiel es besonders leicht, die schlimmen und die trostlosen Jahre zu vergessen. Hier konnte man sich in dem Gefühl sonnen, den Beginn einer neuen Ära mitzuerleben, die goldschimmernd und himmelblau war, brausebunt und persilweiß.

Margot hatte dafür keine Zeit. Eifrig klapperten ihre flachen Absätze über die Terrasse vor dem Kaffeehaus, während sie Pils und Alsterwasser servierte, Sekt und Selters, Sahnestücke zu Tee und Kaffee, *draußen nur Kännchen*.

»Frollein, hallo!«

»Frollein, zahlen!«

Routiniert lächelnd nickte Margot nach links und rechts, während sie das nächste voll beladene Tablett zwischen den eng stehenden Tischen und Topfpalmen hindurchbalancierte. Tabakqualm, Stimmengewirr und Gelächter hüllten sie ein, auf dem Jungfernstieg brausten Autos vorbei, und Motorroller und dreirädrige Kastenwagen knatterten.

Auf der hinteren Terrasse des *Alsterpavillons* war mehr Platz, dort ging es gemütlicher und vor allem ruhiger zu, aber die war fest in der Hand der Kellner. Vermutlich war dort auch das Trinkgeld besser, wegen der Aussicht auf das Wasser, den halbmondförmigen Anleger der Barkassen sowie auf die alte und neue Lombardsbrücke, über denen die Wolken der Dampfloks schwebten.

»Frollein!«

»Komme sofort«, rief Margot.

Mit ein paar freundlichen Worten platzierte sie die Bestellung auf dem Tisch vor sich und trat dann unter den nächsten blauen Sonnenschirm, zu zwei Damen mittleren Alters in Kostüm und passendem Hut.

»Na endlich.« Eine der beiden seufzte vorwurfsvoll und griff umständlich nach der Karte. »Was nehm ich denn, was nehm ich denn …«

Halblaut begann sie, teils mit sich selbst, teils mit ihrer Begleiterin, zu beratschlagen, wonach ihr der Sinn stand und vor allem was sie denn auch vertrug. »Der Magen, wissen Sie.«

Margots Aufmerksamkeit wanderte ein paar Tische weiter, wo sich gerade drei gut gelaunte junge Frauen niederließen, die ihre extravaganten Sommerkleider ausführten. Todschick waren die Hutkreationen auf ihren Köpfen, die Frisuren sahen aus wie gerade in einem teuren Salon in Form gebracht und auf Hochglanz poliert. Kein Vergleich zu Margots schlichtem braunen Haar, das einmal im Monat von ihrer Mutter mit der Küchenschere auf Kinnlänge gestutzt und mit Bubinadeln aus dem Gesicht gehalten wurde.

Natürlich trugen die Damen Handschuhe, die gehörten ja jetzt zum guten Ton. Eine zündete sich sogar eine Zigarette an, auf deren Ende ihr Lippenstiftmund einen scharlachroten Abdruck hinterließ. Gewagt.

Sie schienen nicht viel älter zu sein als Margot, höchstens Mitte zwanzig. Sie fragte sich, womit die drei wohl ihr Geld verdienten, dass sie sich eine solche Garderobe leisten konnten. Überhaupt, sich hier an einem ganz gewöhnlichen Dienstagnachmittag zum Schnacken zu treffen – Margot verspürte einen Anflug von Neid.

»… aber mit Sahne, hören Sie?«

»Zwei Kaffee und zwei Apfelkuchen mit Sahne«, wiederholte Margot. »Sehr gern, die Damen.«

Im Vorbeigehen sammelte sie ausgetrunkene Gläser ein und hastete dann ins Kaffeehaus, wo die Thekenklingel so fieberhaft schrillte, als wäre ein Feuer ausgebrochen.

»Platz da, Schätzchen!« Einer der Kellner schob Margot zur Seite, die Hand auf ihrem Rücken unverschämt weit unten.

Sie schluckte eine bissige Bemerkung hinunter, schnappte sich ihr Tablett und eilte wieder nach draußen. Mit einem eleganten Schlenker schaffte sie es gerade noch, einem Paar auszuweichen, das in abrupter Unentschlossenheit vor dem Eingang stehen geblieben war.

»Noch zwei Pils. Bitte sehr, die Herren«, sagte Margot und stellte zwei Männern im Anzug neue Gläser hin.

Genüssliche Ahs und Ohs drangen durch den Zigarrenrauch. Ein paar Runden Bier hatten die Stimmung der beiden Herren bereits merklich gehoben, ihre Gesichter gerötet. Eine fleischige

Hand schloss sich um Margots Unterarm, feuchtheiß selbst durch den Blusenärmel hindurch.

»Warten Sie, Frollein, warten Sie! Vielleicht wollen wir noch eine Kleinigkeit schnabulieren.« Der Gast ließ sie los, um zur Karte zu greifen. »Vorausgesetzt, wir finden darauf etwas so Appetitliches wie Sie.«

Die beiden lachten dröhnend, als wäre dieser Witz besonders originell.

Margot blieb höflich. »Was hätten Sie denn gern, warme oder kalte Küche?«

»Oh, heiß darf es schon sein«, antwortete der erste Gast.

Wohlgefällig wanderte sein Blick von Margots Bluse zu ihrem Rocksaum und wieder zurück. Sein Gegenüber blies amüsiert den Rauch aus.

»Die Küche öffnet erst in zwei Stunden wieder.«

»So lange halten wir es gerade noch aus«, erwiderte der andere Gast gut gelaunt.

Margot nickte einer sonnenbebrillten Dame zu, die nach ihr winkte, während hinter ihr jemand nach der Rechnung rief. »Frollein, hallo«, erschallte es ungehalten neben ihrer Schulter, und irgendwo an der bepflanzten Terrassenumrandung plärrte ein Kind nach Eiskrem.

»Lassen Sie sich ruhig Zeit.« Margot schob den Block in die Schürzentasche und streckte die Hand nach dem leeren Tablett aus. »Ich komme gern noch einmal bei Ihnen vorbei.«

»Nicht so schnell, Frolleinchen!« Der Gast fasste sie wieder beim Arm. »Allzu viel verdient man hier bestimmt nicht, was? So als ganz junges Ding.«

»Kleiner Tipp von einem altgedienten Gastronomen«, warf der andere augenzwinkernd ein. »Brust raus und ein paar Knöpfe auf, dann klappt's auch mit dem Trinkgeld.«

Margot hob die Brauen. »Wenn die Herren im Augenblick sonst keinen Wunsch haben …«

Hinter ihr schnipste jemand ungeduldig mit den Fingern.

»Na, wünschen würd ich mir schon was, Frollein. Zum Beispiel einen lauschigen Abend mit Ihnen.«

»Vielen Dank, der Herr. Aber nein.« Margot blieb um einen halb würdevollen, halb leichtherzigen Ton bemüht. Mit Gästen verscherzte man es sich besser nicht, auch nicht mit denen der unangenehmen Sorte.

Ihren Widerstand beantwortete der Gast mit einem umso festeren Druck seiner Finger. »Wär doch nett mit uns zwei Hübschen, hm?«

Drinnen erreichte das Schrillen der Thekenklingel einen neuen Höhepunkt, und gleich aus mehreren Richtungen ertönten an Margot gerichtete Rufe.

»Hallo, Frollein, kommen Sie vielleicht auch mal bei uns vorbei?«

»Zahlen bitte!«

»Frollein, hier! Frollein!«

Der schwitzige Daumen strich über Margots Handgelenk, während sich die Augen des Gasts an ihren Blusenknöpfen festsaugten.

»Soll sich auch für Sie lohnen, Frollein. In jeder Hinsicht.«

»Sie müssen meinen Freund Friedhelm hier entschuldigen«, spöttelte der andere Gast mit beifälligem Lachen. »Er braucht wohl dringend eine Abkühlung.«

»Sehr wohl, der Herr«, erwiderte Margot artig und leerte das Pils über Friedhelms Schoß aus.

Als Margot das Fahrrad vom Kaffeehaus wegschob, warf sie keinen Blick zurück. Ihre Ohren gellten noch vom Gebrüll des

Oberkellners unten in den Personalräumen, für eine Rechtfertigung ihrerseits hatte es keinen Platz gegeben.

Nach Billstedt hinauszufahren würde sie im Augenblick nicht schaffen. Ihre Knie zitterten zu sehr für die Dreiviertelstunde auf dem Rad, die sie sonst gern auf sich nahm, um sich das Geld für die Bahn zu sparen. Vor allem wusste sie nicht, was sie ihrer Mutter sagen sollte. Fristlos gekündigt nach noch nicht einmal vier Monaten.

Irmgard Frei war so stolz darauf gewesen, dass ihre jüngere Tochter eine gute Anstellung gefunden hatte. Noch dazu im feinen *Alsterpavillon*, diesem Phoenix aus Beton und Glas, der aus den Bombentrümmern auferstanden war und sich elegant einer neuen Epoche entgegenschwang. Margots Mutter hatte sogar eine der Ansichtskarten, die es davon gab, an Tante Erna geschickt und ihr berichtet, dass selbst Bundespräsident Heuss den Bau als schönste Gaststätte der Republik gelobt habe.

Es war bei Weitem nicht Margots erste Kündigung. In einer Bäckerei hatte sie schon ausgeholfen und verschiedene Zeitungen ausgetragen. Als Zimmermädchen hatte sie sich versucht, als Blumenverkäuferin und in einer Wäscherei, aber nirgendwo hatte sie es lange ausgehalten. Dabei war Margot nicht faul und auch nicht dumm, noch nicht einmal langsam. Nur zu forsch und manchmal vorlaut, mit einem eigenen Kopf und schnell gelangweilt.

Flatterhaft, fand Lore. Bei dem Gedanken, was ihre große Schwester wohl zu ihrem Rauswurf sagen würde, verdrehte Margot die Augen. Lore hatte leicht reden, die hatte es ja schön mit ihrem Hans in der ausgebauten Gartenlaube in Wilhelmsburg, die seine Familie über den Krieg gebracht hatte. Hans verdiente ordentlich auf der Werft, und zusammen mit dem, was Lore dort für ihre Arbeit als Sekretärin bekam, konnten sie einiges zur Seite legen, um sich einen eigenen Hausstand zu leisten, sobald es wieder Wohnungen geben würde.

Margot dagegen hatte noch nicht einmal daran gedacht, sich den Lohn für die angefangene Woche gleich auf die Hand geben zu lassen. Bei der Vorstellung, in den nächsten Tagen noch einmal ins Kaffeehaus zurückzumüssen, stöhnte sie laut auf.

Das Rad neben sich, trottete sie den Jungfernstieg entlang. Ein lebhafter Strom von Passanten, die auf dem Weg zur Spätschicht oder in den Feierabend waren, bummeln gingen oder sich zu einem geselligen Beisammensein trafen, schob sich an ihr vorbei. Lauter zielstrebige Gesichter, auf denen sich Zuversicht und neugewonnene Lebensfreude widerspiegelten.

Man war wieder wer. Seit gut zwei Wochen sogar Fußballweltmeister.

Auch die Touristen waren zurückgekehrt, nachdem sie sich daran erinnert hatten, dass Hamburg einmal das Tor zur Welt gewesen war. Einen Stadtplan in der Hand, zog es sie auf den Michel und zu Hagenbeck. Bei einer Rundfahrt durch den Hafen und die Schluchten der Speicherstadt schnupperten sie die große Freiheit und folgten auf der Reeperbahn den Spuren von Hans Albers und Lale Andersen.

Hinter der heiteren Fassade klafften immer noch riesige Lücken im Stadtbild. Düstere Hinterhöfe bröckelten vor sich hin, und durch die Straßen rollten mehr Pferdefuhrwerke als Lastwagen. Aber es ging bergauf, und man war stolz darauf, jeden Tag aufs Neue in die Hände zu spucken und sich am eigenen Schopf weiter aus Staub und Trümmern herauszuziehen.

Margots Schritte trugen sie zu den Colonnaden. Sie kam gern hierher, um sich dem Sog der Schaufenster hinter den Bogengängen zu überlassen. Man musste schon sehr genau hinsehen, um zu entdecken, dass manches in den Läden nur provisorisch hergerichtet war. Aber derzeit war ihrer aller Leben sowieso ein Provisorium.

Mit der Währungsreform vor sechs Jahren hatten sich die Auslagen über Nacht zwar wieder gefüllt, die anfangs niedrigen Preise waren seitdem jedoch rasant gestiegen. Alles Neue und Schöne und Schicke blieb unerschwinglich für Leute wie die Freis und ihre Nachbarn in den Behelfswohnungen. Wenigstens waren seitdem auch die letzten Lebensmittelkarten verschwunden. Zucker, Butter, Mehl und Fleisch wurden nicht mehr rationiert und keine gerupften Krähen mehr als Festtagsgeflügel auf dem Markt verkauft.

Ich weiß nicht, was du noch alles willst, sagte ihre Mutter jedes Mal, wenn Margot sprühend vor Begeisterung erzählte, was sie wieder Wunderbares in einem Schaufenster entdeckt hatte. *Wir haben ein Dach über dem Kopf und immer eine Mahlzeit auf dem Tisch.*

Und wir haben uns, fügte sie meist hinzu. Dabei blickte sie auf das gerahmte Hochzeitsfoto, das sie über die Bombennächte gerettet hatte. Eine Erinnerung an Zeiten, die zwar unruhig und bedrückend gewesen waren, in denen aber noch niemand etwas von einem Krieg ahnte, aus dem Walter Frei nicht mehr nach Hause kommen würde.

Margot konnte ihrer Mutter diesen Hunger nicht erklären, der ihr geblieben war, obwohl sie sich wieder satt essen konnten.

Ein Kriegsversehrter, das leere Hosenbein notdürftig festgesteckt, kam ihr auf Krücken entgegengehumpelt. Margot schob ihr Fahrrad zur Seite, um ihm Platz zu machen, den Blick schuldbewusst abgewandt.

Abrupt blieb sie stehen. Das Schaufenster gleich am Anfang

der Straße, gegenüber den Arkaden, war ihr noch nie aufgefallen. Jetzt zogen die bunten Plakate darin sie magisch an.

Fremde Städte waren darauf abgebildet. London. Paris. Rom. New York. *Die Welt ist klein*, versprach eine fernöstliche Szenerie in Technicolor, über der ein Flugzeug schwebte. *Pan American World Airways.*

Schon seit einigen Jahren kreuzten wieder Flugzeuge über der Stadt. Nicht länger Unheilsboten, die Feuer und Angst, Zerstörung und Tod mit sich brachten, sondern Friedenstauben; auch die Rosinenbomber für die Berliner Luftbrücke waren in Hamburg-Fuhlsbüttel gestartet und gelandet. Allesamt ausländische Flugzeuge, denn der Himmel über der jungen Bundesrepublik gehörte nach wie vor den Besatzungsmächten.

Margot betrachtete die gezeichneten Figuren, die glückstrahlend und wie aus dem Ei gepellt zu ihrer Reise aufbrachen. Nur leichtes Gepäck hatten sie dabei, das nichts mit den verschnürten Koffern, Säcken und Bündeln der Deportierten gemein hatte, der Ausgebombten und Flüchtlinge, mit denen Margot groß geworden war.

Am meisten faszinierten sie aber die drei lächelnden Grazien auf einem weiteren Plakat, deren Uniformen und die schnieken Kappen wie aus dem Stoff des Himmels gemacht wirkten. *Wirf allen Ballast ab*, schien ihre einladende Geste zu sagen, *und flieg mit uns über die Wolken hinaus.*

Vor die drei Stewardessen schob sich Margots Spiegelbild, die braunen Haare fahl und zu dünn für einen modischen Pferdeschwanz oder um mit Lockenwicklern Schwung hineinzubringen. Ihr schmales Gesicht mit der etwas zu kleinen Nase war ohnehin weder als klassisch schön noch als zuckrig hübsch zu bezeichnen, allenfalls als klug und wach. In der Fensterscheibe wirkte es durchscheinend und fast konturlos, aber mit einem eigentümlichen Brennen in den graublauen Augen.

In diesem Moment wünschte sich Margot nichts mehr, als dass die Glasscheibe schmelzen würde und mit ihr die Grenzen der Wirklichkeit. Damit sie, Margot Frei, in eine dieser Uniformen schlüpfen und sich leichtfüßig und souverän in die Lüfte erheben könnte.

Sie musste an die Apfelsinen denken, die ihre Mutter einmal auf ihrer Putzstelle geschenkt bekommen hatte, die ersten nach dem Krieg. Eingewickelt in buntes Seidenpapier, leuchtende Bälle wie die Sonne selbst. Ihr Duft hatte in der Nase gekitzelt, das safttriefende Innere auf der Zunge geprickelt. Als ob man die ganze Welt in den Händen hielte.

2

Ich zähle täglich meine Sorgen

Mit einem leisen Seufzen blickte Margot vom Schreibtisch auf. Im Büro der Werft, von allen Seiten her einsehbar wie ein Goldfischglas, roch es nach dem Staub in den Ritzen der Holzschränke. Nach vergilbendem Papier und Bleistiftspänen und dem Farbband der Schreibmaschine, die unter Lores flinken Fingern emsig klapperte und am Ende jeder Zeile ein scharfes Ping von sich gab.

Aus der Werkhalle war das Kreischen der Trennschleifer zu hören, die durch Metall schnitten. Das Hämmern der Nieter, von jeher Hamburgs Herzschlag, vermischte sich mit dem Zischen der Schweißbrenner. Ab und zu schrillte der Fernsprechapparat des Büros. Lores alleinige Domäne, die sie mit gezücktem Bleistift und Notizblock verwaltete; Margot musste sich erst noch bewähren.

Nur widerwillig hatte Lore dem Drängen ihrer Mutter nachgegeben und in der Chefetage Margots Bewerbung vorgelegt. Jeder Patzer Margots würde unweigerlich auf sie selbst zurückfallen, das hatte ihre große Schwester ihr unmissverständlich klargemacht.

Immerhin hatte Margot sich innerhalb eines knappen Monats schon hochgearbeitet. Durfte sie anfangs nur Unterlagen lochen und abheften, dann Post öffnen und Briefe eintüten, war sie inzwischen damit betraut, die auf den Rapportzetteln festgehaltenen Stunden der Arbeiter in Lohnlisten einzutragen. Eine dröge Aufgabe, bei der sie aufpassen musste, dass sie nicht vor lauter Langeweile bei den Zahlen schlampte oder in der Zeile verrutschte.

Eine Sirene heulte auf. Kein Warnsignal mehr, das einen dazu brachte, aus dem Bett zu springen, den gepackten Koffer zu schnappen und in den Keller zu hasten, um mit angehaltenem Atem auf das Dröhnen der Flugzeugmotoren zu lauschen, die Einschläge der Bomben und das Bellen der Flak. Diese Sirene war schlicht das Zeichen für den Schichtwechsel, und trotzdem wurde Margot dabei jedes Mal flau im Magen.

Ihr Blick wanderte durch das regenverschmierte Fenster zum Hafen hinaus. Kaum vorstellbar, dass hier noch vor ein paar Jahren geborstene Gleise und zerfetzte Stahlträger zwischen Bergen von Schutt in den Himmel geragt hatten und die Wasserwege von den Wracks versenkter Schiffe blockiert gewesen waren. Was die Bomben übrig gelassen hatten, hatten die Alliierten dann entweder niedergebrannt oder demontiert und weggeschafft.

Jetzt reckten sich wieder Kräne in die Höhe. Unter munterem Tuten tummelten sich Barkassen, Schlepper und Dampfer auf den Wellen, und in den neu errichteten Docks wurde emsig geflext, gelötet und geschraubt. Sechs Tage die Woche in drei Schichten; wenn es sein musste, auch sonntags. Arbeiter aus der gesamten Umgebung wurden mit Bussen herbeigekarrt, aus Cuxhaven, Bleckede und den Dörfern der Lüneburger Heide.

Deutsche Wertarbeit war gefragt, und für jeden ausgegebenen Dollar bekam man das Vierfache in D-Mark zurück. Die beiden größten Tanker der Welt waren hier vom Stapel gelaufen, und der Reeder Aristoteles Onassis höchstpersönlich war zur Taufe seiner Schiffe angereist.

Vielleicht wurde es tatsächlich wahr, das Wirtschaftswunder, von dem immer wieder die Rede war.

Gerade noch rechtzeitig richtete Margot ihre Aufmerksamkeit wieder auf die Rapportzettel, bevor die Glastür aufschwang.

»Moin, Herr Gromann«, zirpten Margot und Lore im Chor wie brave Schulmädchen.

Der Bürstenschnitt ergraut und den ersten Ansatz eines Wohlstandsbauchs unter dem Jackett, musterte der Betriebsleiter durch seine Hornbrille die beiden Schwestern, die einander äußerlich so ähnlich waren. Sein massiges Kinn ruckte in Margots Richtung.

»Wie macht sie sich?«, wollte er wissen.

»Ausgezeichnet, Herr Gromann«, flötete Lore.

Wie eine Katze, hatte sie gemurrt, als Margot postwendend die Zusage erhielt. *Die landen auch immer auf ihren Pfoten.*

»Schönschön«, brummte Herr Gromann.

Hinter den Brillengläsern kroch sein Blick unter Margots Schreibtisch, unwillkürlich zog sie die Beine näher zu sich heran. Die Zeitung, die der Betriebsleiter zusammengefaltet in der Hand hielt, landete im Papierkorb neben der Tür.

»Frau Sumfleth, zum Diktat.«

»Jawohl, Herr Gromann.«

Im Aufstehen strich Lore sich den Rock glatt und griff zu Stenoblock und Bleistift, bis in die Spitzen ihrer ondulierten Frisur hinein der Inbegriff der adretten Sekretärin.

Als sich die Tür hinter den beiden geschlossen hatte, wartete Margot noch eine Anstandssekunde. Dann hastete sie zum Papierkorb, fischte die Zeitung heraus und nahm sie mit an den Schreibtisch.

Dass ein Teil der Ernte ins Wasser fiel, wie die Titelseite beklagte, wollte Margot lieber nicht wissen; zu frisch war die Erinnerung an Hunger und Not. Die Zeichnung eines traurigen kleinen Mädchens warb für *Suchkind 312* von Hans Ulrich Horster, ab morgen als Fortsetzungsroman in der *HÖR ZU!*. Die Programmzeitschrift versprach, auch weiterhin in jeder Ausgabe ein Kind vorzustellen, das in den Kriegswirren seine Eltern verloren hatte. Zwischen Nachrichten und Schiffsmeldungen aus dem Hafen, Werbung für Pril, Esso und Lux-Zigaretten versprach *Plasto-Sein* jeder Frau eine *perfekte Büste* und *die Freude, schön zu sein und bewundert zu werden.*

Die Brauen hochgezogen, blätterte Margot weiter zu den Stellenangeboten. Stenotypistinnen und Verkäuferinnen wurden gesucht. Kontoristinnen für ähnliche Aufgaben, wie Margot sie hier im Werftbüro erledigte. Sicher mit ähnlich bescheidenem Verdienst.

Dass der Schiffbau brummte, schlug sich auch in den Lohnbüchern nieder. Mit Doppelschichten kam ein gelernter Arbeiter wie Margots Schwager Hans gut und gern auf seine vierhundert Mark im Monat. Lore hingegen brachte trotz ihrer glänzenden Noten von der Handelsschule und zahlreicher Überstunden nicht einmal halb so viel nach Hause.

Margot wusste nicht so recht, ob es wirklich daran lag, dass Frauenarbeit immer leichter war als die der Männer. Früher, im Krieg, hatten Frauen doch auch in den Fabriken und Werkstätten und bei der Straßenbahn geschuftet und das bröckelnde Reich am Laufen gehalten. Mit der Rückkehr der Männer hatten sie ihre Plätze jedoch räumen müssen, und Kriegsversehrte wurden sowieso bevorzugt. Vielleicht würde das neue Gesetz etwas daran ändern, das die Gleichberechtigung von Mann und

Frau festschreiben sollte. Doch darum gab es derzeit noch ein großes Gezerre im jungen Bundestag.

Margots Blick wanderte weiter über die eng gedruckten Zeilen. Hausgehilfinnen wurden gleich reihenweise gesucht, mal als *Tagmädchen mit Familienanschluss*, mal als *Alleinmädchen, kinderlieb, eigenes Zimmer vorhanden*. Offenbar gab es Leute, die so viel Geld verdienten, dass sie sich eine Hilfe für Haushalt und Kinder leisten konnten. Wie machten die das bloß?

Drei intelligente und strebsame Damen und Herren im Alter von 21 bis 45 Jahren für interessante Tätigkeit im Kreis Itzehoe gesucht. Tagesverdienst DM 23,85. Bewerbung mit lückenlosem Tätigkeitsnachweis und Lichtbild erbeten unter ...

Intelligent und strebsam war Margot zweifellos, allerdings erst zwanzig Jahre alt und mit einem zusammengestückelten Lebenslauf. Sie grübelte noch darüber nach, worin genau diese interessante Tätigkeit bestehen könnte, die derart gut bezahlt wurde, und was wohl der Haken daran war, als es klopfte.

Hastig schob sie die Zeitung unter die Lohnlisten, schnappte sich den Bleistift und hob dann mit konzentrierter Miene den Kopf, ein Musterbild des fleißigen Bürobienchens.

Ole Rummel stand in der Tür, ein Freund von Hans. In seinem Blaumann wirkte er wie ein wuchtiger Hüne mit dem Gesicht eines kleinen Jungen.

»Hab gehört, du arbeitest jetzt hier«, brachte er nach einigen Anlaufschwierigkeiten heraus.

Das war schon wesentlich mehr, als er sonst von sich gab, wenn Hans und Lore ihn ins Kino mitbrachten und sie danach noch irgendwo ein Glas tranken.

»Seit Anfang des Monats«, antwortete Margot.

Ole nickte bedächtig. »Ich hab Feierabend«, fügte er nach einer längeren Pause hinzu.

»Dann einen schönen Feierabend«, erwiderte Margot freundlich.

Ole lief bis unter die blonden Haarwurzeln rot an. »Geh'n wir noch was trinken?«, stieß er dann hervor.

Wie bei einem Daumenkino liefen Bilder vor Margots innerem Auge ab.

Sie und Ole in der Milchbar, wo sie bei einer Erdbeermilch, einer Sinalco oder einer Bluna redeten, ohne sich wirklich etwas zu sagen zu haben. Abende im Kintopp, wo Ole irgendwann ihre Hand nahm. Dann der erste Kuss, womit sie so gut wie verlobt wären. Mit dem Segen von Margots Mutter, weil Ole ein anständiger und hart arbeitender Kerl war und irgendein Mann sowieso besser als gar keiner. In einem Weckglas würde Margot Pfennige für die Brautschuhe sammeln und auf ihre Aussteuer sparen. Hochzeit in Weiß, mit viel Glück oder Beziehungen ein oder zwei Zimmer irgendwo in der Stadt zur Miete. Jeden Sommer würden sie ein paar Tage in die Lüneburger Heide oder in den Harz fahren und sonntags durch die Stadt spazieren und vor den Schaufenstern die nächsten Anschaffungen planen. Ein Kühlschrank natürlich, davon träumte jeder, Nierentisch und Tütenlampen, eines Tages vielleicht eine Musiktruhe oder – der Gipfel des Luxus – ein Fernseher oder sogar ein Auto, in Raten abbezahlt. Eine praktische Küche mit Schütten aus Plexiglas für Mehl und Zucker musste auf jeden Fall sein. Dort würde Margot dann frühmorgens Henkelmann und Thermoskanne befüllen, damit Ole in der *Fofftein*, der viertelstündigen Schichtpause, versorgt wäre. Ihr künftiges Tätigkeitsfeld, denn bezahlte Frauenarbeit außer Haus war allenfalls ein Zubrot, bis das erste Kind kam. Das gehörte sich so.

Ein Leben so gediegen und wertbeständig wie einer der klotzigen Schränke aus dem Gelsenkirchener Barock, in denen die

Gabeln, Messer und Löffel blitzsauber und ordentlich aufgereiht in ihren jeweiligen Fächern lagen. Die Art von Normalität, die sich alle ersehnten nach dem Krieg.

Margot wollte mehr. Auch wenn sie noch keine genaue Vorstellung davon hatte, wie dieses Mehr aussehen könnte.

»Ich muss leider noch arbeiten«, entschuldigte sie sich und deutete auf die Rapportzettel auf ihrem Schreibtisch.

»Ich kann auch auf dich warten«, bot Ole tapfer an.

»Ich werde noch sehr, sehr lange hier sitzen«, orakelte Margot mit Grabesstimme.

Ole zog ein langes Gesicht.

»Denn mal tschüss«, murmelte er stockend und machte, dass er aus der Tür kam.

Margot holte die Zeitung wieder hervor. Bardamen wurden häufig gesucht. Aber ihre Mutter würde wohl kaum erlauben, dass sie sich in einer schummrigen Kaschemme auf Sankt Pauli die Nächte um die Ohren schlug, üppiges Trinkgeld hin oder her.

Seufzend faltete sie die Zeitung zusammen und schob sie in ihre Handtasche. In Rechtecke geschnitten, würde sie zu Hause am Haken neben der Kloschüssel noch gute Dienste leisten.

3

Jailhouse Rock

Was der nasse Sommer versäumt hatte, schien der September aufholen zu wollen. Bei Sonne satt und Temperaturen, die an der Dreißig-Grad-Marke kratzten, strömten die Hamburger scharenweise in die Freibäder und an die Ufer von Alster und Elbe.

Nachdem Margot von der Werft nach Billstedt hinausgeradelt war, klebte ihr Rock an Hüften und Po, und ihre Bluse war durchgeschwitzt. Heute würde es sich nicht mehr lohnen, noch irgendwo ans Wasser zu fahren, sie hoffte auf das bevorstehende Wochenende. Zwar waren Gewitter angekündigt, aber die Wetterfrösche gaben selbst zu, momentan mit ihren Vorhersagen vorsichtig zu sein; dieses Jahr steckte voller Überraschungen.

Das letzte Stück schob Margot ihr Rad. Der Boden hier war unbefestigt und holprig, mit spitzen Steinchen und manchmal auch Glasscherben übersät. Ein platter Reifen war das Letzte, was sie gebrauchen konnte.

Auf den Kellern und Fundamenten zerbombter Häuser war eine kleine Wohnsiedlung aus nacktem Backstein, Wellblech und Teerpappe entstanden, zugig und klamm im Winter, stickig im Sommer. Aber es war ein Dach über dem Kopf und auf jeden Fall besser, als in den alten Auswandererhallen untergebracht zu sein, an denen Margot jeden Tag vorbeifuhr, oder in einer der Nissenhütten aus Blech, die vielerorts noch standen.

Sie grüßte die Nachbarn, die sich Stühle vors Haus geholt hatten, um die Sonne zu genießen und die Zeit bis zum Abendbrot zu verschnacken. Männer im Unterhemd stießen mit einer Flasche Astra auf den Feierabend an, Kinder tobten im Dreck, und Grünpflanzen, die wenigstens eine Ahnung von Garten heraufbeschwören sollten, kümmerten in löchrigen Eimern und ausgedienten Bottichen vor sich hin.

Margot hievte das Fahrrad über die Schwelle in den Vorraum, der zu eng war, um ihn Flur nennen zu können, und manövrierte es an seinen angestammten Platz in der Wohnküche, zwischen Herd und Klappsofa. Ein Rad war ein zu kostbarer Besitz, um es draußen stehen zu lassen.

Gleich als Erstes riss sie die Fenster auf, um wenigstens einen kleinen Lufthauch hereinzulassen, bevor sie ein Glas Leitungswasser hinunterstürzte. Aus dem Netz, das am Fahrradlenker baumelte, fischte sie die Lebensmittel, die sie auf dem Heimweg für das Abendessen besorgt hatte. Ohne Kühlschrank mussten sie jeden Tag einholen gehen und für die Sonntage gut planen.

Sorgsam trug Margot die zwanzig Mark Vorschuss für die Woche in das Haushaltsbuch ein. Hatte sie genug Stunden auf der Stempelkarte gesammelt, würden bei der Gehaltsabrechnung am Monatsende noch ein paar Mark extra rumkommen.

In eine andere Spalte schrieb sie die Ausgaben. Kartoffeln waren billig, fünfundvierzig Pfennig das Kilo, ebenso Milch und Mehl. Ein Dutzend Eier kostete dagegen fast drei Mark, trotzdem stand jeden Sonntag ein Kuchen auf dem Tisch. Mit Sanella gebacken, weil Butter zu teuer war. Umso größer war der Jieper nach einem fetten Butterbrot, fast noch mehr als nach echtem Bohnenkaffee, mit um die vierzehn Mark das

Pfund nur etwas für Festtage. Fleisch kam selten auf den Tisch, dafür gab es endlich Gemüse und Obst in Hülle und Fülle, genug, um noch etwas für die kargen Wintermonate einzuwecken. Und mittags konnte Margot jetzt in der Kantine der Werft essen, für gerade mal siebenundsechzig Pfennig.

Sie fuhr sich über das glühende Gesicht, trotz der geöffneten Fenster war die Wohnküche der reinste Ofen. Dann schlich sie zur Tür, öffnete sie einen Spalt und horchte in den Vorraum hinaus. Auf der anderen Seite des Behelfsheims war kein Mucks zu hören, die Susemihls schienen ausgeflogen zu sein. Auch im gemeinsamen Badezimmer war es still, und Margot ergriff die Gelegenheit beim Schopf.

Mit einem wohligen Laut ließ Margot sich in die gefüllte Zinkwanne gleiten. Nachdem die draußen verlaufenden Leitungen den ganzen Tag Sonne abbekommen hatten, war das Wasser angenehm lau, sodass sie kein Holz für den Boiler verfeuern musste.

Sie hatte gerade zur Seife gegriffen, als die Klinke mit Schmackes heruntergedrückt und dann an der verschlossenen Tür gerüttelt wurde.

»Margot, sind Sie da drin?«

Frau Susemihl. Margot stöhnte auf.

»In der Wanne«, rief sie.

»Aber Sie sind doch heute gar nicht an der Reihe«, empörte sich die Nachbarin.

»War ein Notfall!«

»Wir haben hier Regeln«, schnarrte Frau Susemihls Stimme in einem Kasernenton, den sie sich bestimmt in der Frauenschaft angewöhnt hatte. »Daran haben Sie sich zu halten, hören Sie?«

Energisch hämmerte sie gegen das Holz.

Margot holte tief Luft und tauchte ab. Unter Wasser war nur ein gedämpftes Pochen zu hören, ein undeutliches Murmeln. Ein herrlicher Schwebezustand, der die schnöde Wirklichkeit außen vor ließ – bis der Druck auf Margots Brust zu stark wurde und sie prustend wieder hochkam.

»… sonst melde ich das ans Wohnungsamt«, keifte Frau Susemihl hinter der Tür. »Haben Sie mich verstanden?«

Einmal Blockwart, immer Blockwart, ging es Margot durch den Kopf.

»Ist ja gut!«, rief sie gereizt und kletterte aus der Wanne.

Hastig warf sie sich den Bademantel über, griff nach ihrem Kulturbeutel und stieß die Tür auf.

»Bitte sehr, das Bad gehört ganz Ihnen!«

Die bloßen Arme über der Kittelschürze verschränkt, musterte Frau Susemihl sie aus halb zusammengekniffenen Augen.

»Früher hatten junge Leute noch so was wie Anstand«, fauchte sie, offenbar noch lange nicht mit Margot fertig.

Margot lag die bissige Erwiderung auf der Zunge, ob mit *früher* die zwölf Jahre gemeint waren, in denen Elsbeth Susemihl den Arm nicht zackig genug hochreißen konnte. Stattdessen schob sie ihren Handtuchturban höher und rauschte mit der trotzigen Würde einer Scarlett O'Hara an der Nachbarin vorbei.

Nie wieder hungern. Nie wieder arm sein.

Nie mehr ein Badezimmer mit Leuten wie den Susemihls teilen.

Die Haare noch feucht und in einem simplen Trägerkleid, das ihre Mutter letztes Jahr nach einem Schnittmuster aus der *Burda* geschneidert hatte, schälte Margot wutschnaubend die Kartoffeln.

Wie sich die Susemihls aufspielten! Sie machten noch nicht einmal einen Hehl daraus, dass sie dem versprochenen Tausendjährigen Reich ihres Führers nachtrauerten. Frieder Susemihl prahlte damit, wie er sich freiwillig für die Ostfront gemeldet hatte, und erzählte Judenwitze, und trotzdem war er mit einem Persilschein auf seinen alten Posten zurückgekehrt, weil Männer wie er gebraucht wurden, um die Hochbahn wieder aufzubauen.

Margot versenkte die letzte Kartoffel im wassergefüllten Kochtopf. Einer dieser Töpfe, die nach Kriegsende aus einem Stahlhelm gefertigt worden waren; die Freis hatten wirklich bei null angefangen. Dass sie die Kartoffelschalen nicht mehr aufheben mussten, um sie zu Mehl zu verarbeiten oder Suppe daraus zu kochen, war schon ein Fortschritt.

Sie trocknete sich die Hände ab und warf sich auf das Klappsofa, das sie seit Lores Heirat für sich allein hatte. Ihrer Mutter gehörte das Zimmerchen nebenan, kleiner als die Abstellkammer der schönen Wohnung in Eilbek früher. Gerade einmal das schmale Bett und die Nähmaschine, mit der sich Irmgard Frei etwas dazuverdiente, passten hinein.

Dabei hatten sie noch Glück gehabt. Tausende andere *Butenhamburger*, die wie die Freis vor den Luftangriffen geflohen waren, saßen weiter auf den Dörfern außerhalb der Stadt fest, weil sie ohne Unterkunft keine Zuzugserlaubnis bekamen. Viele der unversehrten Wohnungen und Häuser waren noch beschlagnahmt, um die britischen Soldaten und die Angestellten der Militärverwaltung mit ihren Familien zu beherbergen.

Margot warf einen Blick auf die Uhr. Eine gute Stunde blieb ihr noch, bis ihre Mutter nach Hause kam, freitags wurde es auf der Putzstelle immer spät. Zeit genug, sich vorzustellen, sie säße in einer schicken Neubauwohnung, in der alles luftig und funktional war. Ein fauler Abend, den sie sich nach einem langen Arbeitstag in einer Boutique, als Chefsekretärin oder Mannequin einmal gönnte, anstatt auszugehen und sich zu amüsieren. Vielleicht mit Musik von einem Plattenspieler, in einer flotten Caprihose, ein Glas Wein neben sich. Der Inbegriff der modernen jungen Frau, selbstbewusst, unabhängig und frei.

Der Tagtraum zerplatzte allzu schnell. Eher würde ihre Mutter ihr die Caprihosen erlauben, die sie reichlich ordinär fand, als dass Margot sich eine Wohnung leisten könnte. Die plusminus sechzig Mark für eine Einzimmerwohnung hätte sie noch aufgebracht, zur Not vielleicht auch das Mietdarlehen in Höhe von drei Monatsmieten zusammengeborgt. Niemals aber den meist erforderlichen Baukostenzuschuss für den Hausherrn, der irgendwo zwischen siebenhundert und tausend Mark lag und sich bei größeren Wohnungen entsprechend vervielfachte.

Deshalb hatten es alle mit dem Heiraten eilig. Mit zwei Einkommen ließ sich das Geld für einen eigenen Haushalt leichter zusammenbringen. Eine Schlafcouch kostete den ganzen Monatslohn einer Bürokraft, ein Sessel immerhin noch einen halben. Falls man überhaupt eine Wohnung fand.

Im vergangenen Jahr war die Beseitigung der Trümmer, bei der sogar Hagenbecks Elefanten mitgeholfen hatten, zwar für beendet erklärt worden, und am Grindelberg waren neue Hochhäuser entstanden. Dennoch ging der Wiederaufbau der Stadt nur schleppend voran, weil an allen Ecken und Enden Baumaterial fehlte. Da nützten den Wohnungssuchenden auch die guten Ratschläge der Zeitungen und Zeitschriften nichts.

Voller Ingrimm dachte Margot an den *Alsterpavillon*, der trotzdem in nur vier Monaten hochgezogen worden war, mit allem Pipapo wie Fernheizung, versenkbaren Fenstern und Infrarotstrahlern auf der Terrasse, dazu noch ein riesiges elektrisches Schiebedach über den Plätzen im Freien. Wenn Geld keine Rolle spielte, ließen sich offenbar auch die sonst überall knappen Baustoffe beschaffen.

Margot gab einen Stoßseufzer von sich und griff nach einem Stapel Zeitschriften. Für den *Bäckerkurier* hatte sie ebenso wenig übrig wie für *Die kluge Hausfrau*, die es im Lebensmittelladen gratis gab, mit Rezepten für Kalbsschnitzel Mailänder Art, Risipisi oder Makkaroniauflauf, wenn es einmal schnell gehen musste, denn *Großreinemachen bedeutet Großkampftage für die geplagte Hausfrau.*

Auf die Mappen des Lesezirkels wartete Margot dagegen sehnsüchtig. Das billigste Abonnement hatten sie, jedes Mal eine Wundertüte mit *Quick, Stern, Spiegel* oder Ausgaben der sogenannten »Soraya-Presse«: Illustrierte mit gekrönten Häuptern auf dem Titel. Soraya natürlich, die schöne Frau des Schahs von Persien. Königin Elisabeth von England, die nach ihrer Krönung ein halbes Jahr lang die Welt bereist hatte. Und ihre Schwester Prinzessin Margaret, deren Romanze mit dem geschiedenen Stallmeister Peter Townsend gerade im Blätterwald genüsslich zerpflückt wurde. Fast noch beliebter waren Filmstars. Lilo Pulver, das *Seelchen* Maria Schell, Ivan Desny und Curd Jürgens, *Schwarzwaldmädel* Sonja Ziemann und Rudolf Prack, melancholisch und unnahbar, für den Margot ein bisschen schwärmte, sowie neuerdings die zuckersüße Romy Schneider.

Dass die Zeitschriften oft schon Monate durch andere Haushalte gegondelt waren, bis sie bei den Freis ankamen, Kreuzworträtsel bereits ausgefüllt und Anzeigen oder ganze Artikel ausgeschnitten waren, störte nicht weiter. Hauptsache, sie brachten etwas von der bunt schillernden Welt dort draußen ins Behelfsheim.

Margot jubelte, als sie hinter dem grauen und von Werbung zugepflasterten Umschlag das Titelblatt der *Constanze* entdeckte. Begierig blätterte sie sich durch *Trost & Rat, Inge im Urwald* und *Die Liebe der Matrosen*, einen Bericht über italienische, russische und chinesische Restaurants in Berlin und Frankfurt sowie die Serie *Frauen, die ihr Glück versäumten.*

Als sie die nächste Seite umschlug, entfuhr ihr ein leiser Schrei.

Luftstewardessen gesucht!

»Ich weiß ja nicht«, murmelte Irmgard Frei.

Während hinter ihr die Kartoffeln kochten, musterte sie die Doppelseite vor sich auf dem Tisch. Über der Fotografie einer hübschen und dezent geschminkten jungen Frau, die verschmitzt an der Kamera vorbeilächelte, rümpfte sie die Nase.

»Ich hab dich nicht mit Mühe und Not groß gekriegt, damit du dich jetzt als Hostess an Männer verschleuderst«, sagte sie dann. Geradezu angewidert schob sie die Illustrierte von sich und stand auf.

»Nicht als Hostess«, empörte sich Margot. »Luftstewardess! Und da steht es auch wortwörtlich: *keine Zeit zum Flirten!*«

»Papier ist geduldig.«

»Vierhundertfünfzig Mark, Mutti!« Margots Stimme überschlug sich fast. »Einstiegsgehalt! Plus Verpflegung unterwegs, und ein Teil der Dienstkleidung wird auch bezahlt.«

Eine Modezeichnung zeigte den Entwurf der künftigen Uniform, ein schmales Kostüm von straffer Eleganz. Todschick und sehr professionell.

Mit gerunzelter Stirn rührte ihre Mutter im Topf mit dem Gemüse.

»Da muss ein Haken dran sein. Niemand kriegt auf Anhieb über vierhundert Mark, nicht für was Anständiges.«

Margot ließ nicht locker. »Das ist die neu gegründete Deutsche Lufthansa, die nächstes Jahr wieder fliegen will. Zu neunzig Prozent gehört sie der Bundesrepublik.«

»Kann doch gar nicht sein«, entrüstete sich Irmgard Frei. »Wenn das so wäre, hätten wir doch etwas davon gehört.«

»Das ist wie bei der Währungsreform, Mutti. Am einen Tag gab es noch kaum was zu kaufen, und am nächsten Morgen waren die Läden wieder voll.«

Irmgard Frei brummte wenig überzeugt.

»Hier steht's doch, in der *Constanze*! Die laden diejenigen, die es geschafft haben, sogar zu einem Plauderstündchen in die Redaktion ein.«

Margots Mutter wischte sich die Hände an der Schürze ab. »Zeig noch mal her.«

In aller Ausführlichkeit beschrieb der groß aufgemachte Artikel, wie anspruchsvoll Ausbildung und Arbeit wären, aber der locker-leichte Tonfall versprach, dass sich jede Mühe doppelt und dreifach lohnen würde.

Es klingt nicht nur wie ein verlockendes Angebot, es ist auch eines. Viele Bewerberinnen haben sich bereits gemeldet, aber die wenigsten sind geeignet.

Die Lufthansa suchte offenbar nach der Nadel im Heuhaufen – und Margot hatte keinen Zweifel, dass sie, gerade sie, damit gemeint war.

Irmgard Frei studierte gründlich den Kasten unten auf der Seite, in dem die Voraussetzungen für eine Bewerbung aufgelistet waren.

»Du hast doch gar keinen höheren Schulabschluss«, stellte sie dann fest.

Das war Margots wunder Punkt. Noch nicht einmal ein Puddingabitur konnte sie vorweisen, nur eine mit Ach und Krach bestandene Mittlere Reife und eine abgebrochene Lehre als Verkäuferin.

»Aber ich habe praktische Erfahrung in verschiedenen Berufen und im Umgang mit Menschen«, erwiderte sie hitzig. »Das ist genauso wichtig. Steht da.«

»Und du bist keine zweiundzwanzig Jahre alt.«

»Vielleicht nehmen sie mich ja trotzdem!« Margot bemerkte selbst, dass sie geradezu angriffslustig klang.

Resigniert wirkte ihre Mutter, wie sie in ihrer Kittelschürze dastand, ein Tuch um die grau gesträhnten Haare geknotet wie Witwe Bolte. Verhärmt, mit noch nicht einmal fünfzig Jahren.

Schwer vorstellbar, dass sie auch einmal jung gewesen war und die Nächte durchgetanzt hatte – bis die beiden Mädchen kamen und dann der Krieg, der ihr den Mann nahm. Margot hatte längst aufgehört, ihren Vater zu vermissen, so lange gab es schon keine Nachricht mehr von ihm. Ihre Mutter dagegen hielt unbeirrbar daran fest, dass er doch noch aus Russland zurückkehren würde.

Sie verdient etwas Besseres, dachte Margot schuldbewusst. Wir alle verdienen etwas Besseres.

Irmgard Frei warf einen Blick auf das Titelblatt der *Constanze*, auf dem ein Spaniel mit treuherzigem Blick den Kopf schräg legte.

»Die ist vom Juni. Da brauchst du jetzt nicht mehr hinzuschreiben.«

Entschlossen nahm Margot ihrer Mutter die Illustrierte ab. Natürlich würde sie sich bewerben. Wer wagt, gewinnt.

4

The Great Pretender

Auf ihrem Platz im Werftbüro beobachtete Margot aus den Augenwinkeln, wie Lore die Hülle über die Schreibmaschine stülpte und in die Kostümjacke schlüpfte.

»Wie sehe ich aus?«, fragte sie und zupfte sich Ärmel und Revers zurecht.

»Grundsolide.«

Ein leises Lächeln huschte über Lores Gesicht, während sie einen prüfenden Blick in den Spiegel ihrer Puderdose warf und dann zu Handtasche und Mantel griff.

»Drück uns die Daumen.«

»Mach ich.«

Nachdem Lore zu ihrer Wohnungsbesichtigung aufgebrochen war, starrte Margot weiter Löcher in die Luft.

Fast vier Wochen war es her, dass sie in Schönschrift auf dem guten Schreibmaschinenpapier der Werft ein Bewerbungsschreiben verfasst und an die *Aktiengesellschaft für Luftverkehrsbedarf*, Claudiusstraße 1, Köln, geschickt hatte. Kurz und bündig, wie es in der *Constanze* stand, mit persönlichen und beruflichen Daten, aber ohne Unterlagen und Zeugnisse. Ergänzt um ein Lichtbild aus dem Fotoautomaten am Bahnhof; Margot hatte mehrere Versuche gebraucht, um am Ende wenigstens auf einem Foto ähnlich gewitzt und charmant auszusehen wie die Stewardess in der Illustrierten. Für das Foto hatte sie die Haare hinter die Ohren gestrichen, um mehr von ihrem kleinen und wenig markanten Gesicht zu zeigen. Sogar in Schwarz-Weiß strahlten ihre Augen, und mit hochgereckter Nasenspitze versprach ihr putzmunteres Lächeln: »Komme, was wolle – ich bin bereit!«

Gestern war die Antwort eingetroffen. Allerdings nicht die erhoffte Einladung zu einem Vorstellungsgespräch, in dem Margot als Luftstewardess in spe glänzen konnte, sondern ein nüchterner mehrseitiger Fragebogen.

Die meisten Punkte konnte sie ohne Zögern beantworten. Sie war unverheiratet, kinderlos und lebte in geordneten Verhältnissen bei ihrer Mutter; der Vater vermisst, vermutlich gefallen. Für zehn Pfennig hatte ihr die Bahnhofswaage verraten, dass sie deutlich unter dem Höchstgewicht von fünfundsechzig Kilo lag, und wenn sie die Schultern zurücknahm und ganz leicht die Fersen anhob, maß sie sogar zwei Zentimeter mehr als die erforderlichen eins achtundfünfzig. Kenntnisse in Erster Hilfe, Kranken- oder Säuglingspflege hatte nun wirklich jeder, der Bombennächte miterlebt hatte und auf dem Land evakuiert gewesen war.

Englisch sprach Margot fließend. Zumindest in ihrem Kopf. Das blieb nicht aus in Hamburg, wo die britischen Besatzer trotz des Verbrüderungsverbots Kaugummi und Cadbury-Schokolade an die Kinder verteilt hatten. Auch heute prägten die braunen Uniformen noch das Stadtbild, die Straßen waren mit englischsprachigen Schildern gepflastert, und *British Forces Network* brachte sowieso die beste Musik.

Mit den französischen Gästen im *Alsterpavillon* war Margot ebenfalls schnell zurechtgekommen. *Vous avez choisi? L'addition, s'il vous plaît. Merci beaucoup. Au revoir.*

Obwohl das sicher nicht ganz dem Kenntnisstand entsprach, den man nach dem Besuch einer Privatschule in der Schweiz erwarten konnte.

Margot vergrub das Gesicht in den Händen. Der Teufel musste sie geritten haben, als sie ihre Bewerbung schrieb. Margot Frei, geboren am 24. Dezember 1933 in Hamburg-Eilbek, hatte noch nie einen Fuß in die Schweiz gesetzt, geschweige denn dort ein Pensionat besucht. Sie hatte sich im *Alsterpavillon* auch nicht vom Serviermädchen zur rechten Hand des *Maître d'hôtel* hochgearbeitet, und genauso wenig war sie hier auf der Werft die persönliche Assistentin des Betriebsleiters.

Aber jetzt wollten die Herren in Köln die Zeugnisse dazu sehen.

Wenigstens bei ihrem Geburtsdatum war sie ehrlich gewesen. Wenn auch nur, weil sie von vornherein gewusst hatte, dass sie sich ein polizeiliches Führungszeugnis besorgen musste, und da war Schummeln ausgeschlossen.

Margot hob den Kopf und starrte zum Fenster hinaus, hinter dem die Kräne des Hafens sich in den trüben Oktoberhimmel reckten wie mahnende Zeigefinger.

Das Vernünftigste wäre es, den Fragebogen in den Papierkorb zu werfen und jeden Gedanken an ein Leben als Stewardess zu vergessen. Oder sollte sie aufrichtig sein und ihre dürftigen Unterlagen hinschicken? Die jedoch den Vorgaben nicht genügten und sie noch dazu als Lügnerin überführen würden.

Ehrlich währt am längsten, hätte ihre Mutter dazu gesagt. Immer ducken, nur nicht aus der Reihe tanzen und schon gar nicht aufmucken, so lebte Irmgard Frei. Dabei hätte sie doch in den Jahren unmittelbar nach Kriegsende gelernt haben müssen, dass man nur mit einer gewissen Forschheit weiterkam.

Und keiner wusste, wie lange der Frieden halten würde. Der

Krieg in Indochina war eben erst zu Ende gegangen, genauso wie der in Korea. Seitdem teilte der Eiserne Vorhang nicht nur Deutschland, sondern die ganze Welt. Misstrauisch und geradezu feindselig standen sich Osten und Westen, Kommunismus und Kapitalismus gegenüber, beide den Rücken von der Atombombe gestärkt. Morgen konnte alles schon wieder vorbei sein, dieses Mal endgültig.

Margots Blick wanderte zu Lores Schreibtisch. Sicher waren inzwischen Dutzende, wenn nicht Hunderte von Bewerbungen bei der Lufthansa eingegangen. Würde sich irgendjemand tatsächlich die Mühe machen, nach einem kleinen Pensionat in der Schweiz zu forschen?

Angespannt biss sich Margot auf die Unterlippe. Nie mehr hungern. Nie mehr arm sein. *Und müsst ich auch stehlen und lügen* – wie Scarlett es sich vor dem glühenden Himmel über Tara geschworen hatte.

Kurz entschlossen sprang sie auf, trat an Lores Schreibtisch und holte aus der obersten Schublade den kleinen Schlüsselbund, mit dem sie einen der Büroschränke aufsperrte. Auf der Suche nach irgendetwas, das ihr weiterhelfen konnte.

In einem Schubfach fand sie steifes cremefarbenes Papier. Eine Seltenheit in diesen Jahren und sicher kostspielig. Auf solchem Papier würde ein feines Schweizer Pensionat bestimmt seine Zeugnisse ausfertigen.

Eine zerfledderte Pappschachtel enthielt eine Handvoll Stempel, die man augenscheinlich noch aus der Vorkriegszeit herübergerettet hatte. Die Stempelflächen sahen aus wie angenagt und waren größtenteils unleserlich. Umso besser.

Margot zuckte zusammen, als die Tür aufging, ließ sich jedoch nichts anmerken.

»Moin, Herr Gromann«, flötete sie.

Mit gerunzelter Stirn musterte er die abgedeckte Schreibmaschine auf Lores Platz.

»Frau Sumfleth ist schon gegangen?«

»Sie und Herr Sumfleth sehen sich doch eine Wohnung an.«

Der Betriebsleiter nickte vor sich hin, bevor er durch die Hornbrille die Rapportzettel auf Margots Schreibtisch beäugte, dann Margot selbst.

»Und Sie, Fräulein Frei? Schon fertig für heute?«

»Frau Sumfleth hat mich mit zusätzlichen Aufgaben betraut. Ich will doch schließlich weiterkommen«, sagte sie mit hoffnungsvollem Augenaufschlag.

»Na denn«, brummte Herr Gromann. »Weiter so.« Auf der Schwelle drehte er sich noch einmal um. »Darüber sollten wir bei Gelegenheit reden. Über Ihr Weiterkommen. In meinem Büro.«

»Sehr gern, Herr Gromann«, tschilpte Margot.

Gut gelaunt zog er die Tür hinter sich zu. Margot verdrehte die Augen und widmete sich wieder dem Inhalt der Büroschränke.

Ein Stoß Bewerbungsunterlagen aus den vergangenen Jahren entlockte ihr einen kleinen Jubellaut. Die der Arbeiter sortierte sie aus, sie interessierte sich nur für die Ingenieure und die Herren aus der Geschäftsleitung, die in ihren Anzügen und Krawatten auf dem Weg in die Mittagspause immer die ganze Breite des Korridors einnahmen.

An ihrem Schreibtisch studierte Margot gründlich die Zeugnisse von Schulen, Hochschulen und früheren Arbeitgebern und notierte sich gut klingende Formulierungen. Ein Briefkopf auf dem Arbeitszeugnis war offenbar nicht zwingend notwendig, sah aber besser aus, Unterschriften waren grundsätzlich nicht zu entziffern, und ein Stempel hier und da machte durchaus etwas her.

Wie ein Häufchen Elend saß Margot vor Herrn Sülzle, dem *Maître d'hôtel* des *Alsterpavillons*. Sein fleischiges Gesicht hatte sie schon immer an einen Schinken erinnert; die streng zurückgekämmten Haare triefen vor Pomade.

»Ich weiß wirklich nicht, was an dem Tag in mich gefahren ist«, beteuerte Margot.

Seit ihrem Rauswurf im Juli war sie nicht mehr hier gewesen, sogar noch zu stolz, um ihren ausstehenden Lohn von ein paar Mark abzuholen. Jetzt war ihr nichts anderes übrig geblieben. Wie ein Spießrutenlauf hatte sich der Weg zu den Personalräumen angefühlt, zwischen den breit grinsenden Kellnern mit ihren beladenen Tabletts hindurch, die sich noch gut an das aufsässige Frollein erinnerten, das absichtlich einen Gast mit Bier übergossen hatte.

»Ein solches Benehmen ist untragbar für ein Haus wie unseres«, näselte Sülzle in seinem süddeutschen Tonfall. »Ob Sie gerade Ihren allmonatlichen Besuch von Tante Rosa haben oder Ihr Galan Sie versetzt hat und obendrein noch fremdküsst – Sie haben sich unter allen Umständen untadelig und höflich zu verhalten. Der Gast ist schließlich König!«

Margot nickte beklommen.

»Ist Ihnen eigentlich klar, wie sehr Sie unserem Lokal damit geschadet haben?«

Margot lag die spitze Erwiderung auf der Zunge, dass der *Alsterpavillon* seine Beliebtheit hauptsächlich der Lage zwischen Binnenalster und Jungfernstieg verdankte. Hätte das Kaffeehaus nichts als gebratene Fledermäuse und Muckefuck anzubieten, würden die Leute trotzdem kommen. Auf das Sehen und Gesehenwerden kam es an.

Der *Maître* holte Margots Papiere und die Lohntüte aus der Schublade und pfefferte sie vor ihr auf den Tisch.

»Und jetzt machen Sie, dass Sie fortkommen!«

Mit zitternden Fingern verstaute Margot Unterlagen und Lohn in dem großen Umschlag, den sie aus dem Werftbüro mitgenommen hatte.

»Aus Ihnen wird nie etwas, Fräulein Frei. Sie können von Glück sagen, wenn sich irgendein gutmütiger Trottel erbarmt und Sie heiratet.«

Margot plinkerte mit feuchten Augen.

»Könnte ich bitte ein Glas Wasser bekommen?«, hauchte sie.

Herr Sülzle blickte unwirsch drein, hatte die Gastlichkeit aber wohl zu tief in den Knochen, um ihr diesen Gefallen abzuschlagen.

Knurrend verließ er das Büro. Einer der Kellner fing ihn ab, um eine dringende Angelegenheit mit ihm zu besprechen, während Sülzle mit Flaschen und Gläsern hantierte. Dann kündigten seine schweren Schritte an, dass er zurückkam.

Unsanft stellte er das halb volle Glas vor Margot ab, die sich gerade den Rock zurechtzupfte und die Haare aus ihrem glühenden Gesicht strich.

Unter Sülzles ungehaltenem Blick trank sie betont langsam und schlürfte auch noch den letzten Tropfen aus dem Glas.

»Danke für Ihre Zeit, Herr Sülzle.«

Hoch erhobenen Hauptes marschierte Margot aus dem Kaffeehaus. Den Umschlag, in dem jetzt auch einige Briefbögen aus Sülzles Schreibtisch steckten, fest unter den Arm geklemmt.

»Bleibst du heute länger?«, fragte Lore, die Hand nach der Lampe auf ihrem Schreibtisch ausgestreckt.

»Muss ich wohl«, seufzte Margot über den Rapportzetteln.

Lore nickte und ließ das Licht brennen. »Mutti hat erwähnt, dass du abends noch lange auf bist«, sagte sie, während sie in den Mantel schlüpfte und die Handtasche nahm. »Manchmal bis in die Nacht hinein. Sie macht sich Sorgen, dass du nicht genug Schlaf kriegst.«

»Ich bereite mich auf meine Ausbildung zur Stewardess vor. Da muss man viel lesen, weißt du.«

»Ah ja.« Lores spitzer Mund verriet, was sie davon hielt. Sie griff nach der Türklinke. »Bis morgen. Grüß Mutti.«

»Mach ich.«

Lores Blockabsätze entfernten sich über den Korridor und verklangen dann im Arbeitslärm der Spätschicht. Sonst war es still hier oben, alle aus den umliegenden Büros waren ebenfalls schon im Feierabend, auch Herr Gromann war vor einer halben Stunde gegangen.

Margot wartete noch einige Augenblicke ab. Dann fischte sie die zusammengefalteten Notizen aus ihrer Handtasche und holte den Umschlag mit den schönen Briefbögen des *Alsterpavillons* und der Werft hervor, den sie zusammen mit ein paar alten Stempeln auf dem Grund ihrer Schreibtischschublade gebunkert hatte. Am Platz ihrer Schwester zog sie die Hülle von der Schreibmaschine.

Die Konzeptblätter neben sich, an denen sie nächtelang gefeilt hatte, spannte sie einen frischen Bogen in die Maschine und atmete tief durch. Sie konnte nur hoffen, dass sie alles gründlich durchdacht hatte und ihr bei der Planung kein grober Schnitzer unterlaufen war.

Dann schrieb sie sich selbst die Zeugnisse, die sie verdiente.

5

Im Wartesaal zum großen Glück

Die letzten Zeilen des Abspanns flimmerten über die Leinwand, und die Lichter gingen an.

Hastig wischte sich Margot über die Augen. Nicht etwa, weil ihr die rührselige Geschichte um Gefangenschaft und Heimkehr, Kriegsschuld und Neuanfang besonders nahegegangen wäre. Das Schicksal des edelmütigen ehemaligen Kampffliegers hatte sie ebenso wenig berührt wie seine Liebe zu dem adretten und braven Hausmädchen auf dem Landgut seines Kommandanten. Margot war hergekommen, weil es ums Fliegen ging.

Gegen Ende jedoch war der Film jäh von Schwarz-Weiß in Farbe umgesprungen – genau in dem Augenblick, in dem Jochen Freyberg, Pilot der neuen Lufthansa, in einen unwahrscheinlich blauen Himmel hineinflog. Mit Gänsehaut am ganzen Körper hatte Margot nach Luft geschnappt, und dann waren ihr auch schon Tränen in die Augen geschossen, so überwältigend war dieser Moment.

Sie spielte mit dem Gedanken, sich in ihrem Sitz kleinzumachen, um sich so in die nächste Vorstellung hineinzumogeln und diese berauschende Szene noch einmal zu sehen. Unauffällig sah sie sich in dem rot ausgekleideten Saal um. Fast alle Besucher waren im Gehen begriffen, wenige waren es ohnehin gewesen. Ungewöhnlich für einen Samstag, sogar für die Vormittagsvorstellung um Viertel nach elf.

Alle liebten das Kintopp. Hamburg war gespickt mit Lichtspielhäusern, die *Rocky* oder *Corso* hießen, *Capitol, Flora, Rex, Scala* oder *Gloria*. Für fünfzig Pfennig konnte man nach der Wochenschau mit ihrem immer gehetzt klingenden Sprecher in eine andere Welt eintauchen. *Sauerbruch – Das war mein Leben. Die Glenn Miller Story. Quo Vadis? Rosen-Resli. Der Würger von Paris. Die Mühle im Schwarzwäldertal. Der Hauptmann von Peshawar. Die schwarzen Reiter von Dakota. Wie angelt man sich einen Millionär?*

Margots Blick traf sich mit dem eines Herrn am Ende der Reihe, alt genug, um ihr Vater zu sein. Seine Mundwinkel hoben sich amüsiert, dann tippte er an seine nicht vorhandene Hutkrempe. Das Kinn in die Höhe gereckt, stand Margot betont gelassen auf und nahm ihren Mantel.

Am Schaukasten vor dem Eingang blieb sie stehen und betrachtete noch einmal das Plakat von *Morgengrauen*. Schmuck sah er aus, der Herr Pilot, wie er den Kopf mit der Kapitänsmütze aus dem Fenster der Maschine streckte, und das Fräulein Haushälterin nicht minder, mit Hut und einem Blumenstrauß im Arm. Als ob sie gleich zusammen abheben und ins große Glück hineinfliegen würden.

Im Film schien immer alles so leicht, und am Ende ging es auch noch gut aus, da wurde sogar aus dem *Fräulein vom Amt* ein Schlagerstar. Die Wirklichkeit sah anders aus.

Vor gut sechs Wochen, Anfang Oktober, hatte Margot am Postkasten dreimal trocken auf den großen Umschlag gespuckt, bevor sie ihre Bewerbungsunterlagen für die Lufthansa einwarf. Heute war schon der 20. November. Gehört hatte sie nichts.

Von telefonischen oder schriftlichen Nachfragen bitten wir abzusehen, hatte unten auf dem Fragebogen gestanden.

Womöglich war Margot mit ihren großartigen Zeugnissen derart übers Ziel hinausgeschossen, dass der ganze Schwindel gleich aufgeflogen war. Dabei hatte sie sogar daran gedacht, dass Schulnoten in der Schweiz in Zahlen angegeben wurden, und das auch noch in umgekehrter Reihenfolge, irgendwo hatte sie das einmal gelesen. Selbst ein gestempeltes Dokument, in dem ihre Noten in deutsche *Guts* und *Sehr-guts* übertragen waren, hatte sie beigelegt. Wie es ein fürsorgliches Pensionat bestimmt für eine seiner Schülerinnen tat, die sich danach in Deutschland bewerben wollte.

Am Ende war sie wohl doch zu spät dran gewesen. Oder schlicht nicht gut genug.

Die Hände in den Manteltaschen vergraben, trottete Margot die Mönckebergstraße entlang. Kalt war es geworden, der erste Frost kündigte sich an. Neue Wintermäntel lagen für Margot und ihre Mutter jedoch in weiter Ferne. Und Irmgard Frei scheute davor zurück, sich etwas von Lore und Hans zu borgen oder auf der Bank ein kleines Darlehen dafür aufzunehmen.

Das Rad hatte Margot heute zu Hause gelassen, denn das Risiko, dass es im Samstagstrubel vor dem Eingang gestohlen würde, war ihr zu groß gewesen. Lieber bezahlte sie die sechzig Pfennig für die Bahn hin und zurück.

Auf der Mö wimmelte es nur so von Menschen, verschnürte Pakete unter dem Arm oder Tüten von *C&A*, *Peek & Cloppenburg* oder *Karstadt* in den Händen. Bimmelnd, ratternd und quietschend fuhren die Straßenbahnen an Margot vorüber. In ihren Ohren klang jedoch noch das Dröhnen der Flugzeugmotoren aus dem Kintopp nach.

Als Margot die Tür zur Wohnküche öffnete, fiel ihr sofort das schmale Kuvert ins Auge, das auf dem Tisch an der Kaffeebüchse lehnte. Ihre Mutter musste es dorthin gestellt haben, bevor sie zu den Friedrichs gefahren war, um das ererbte Brautkleid für Gisela abzustecken.

Der Brief war aus Köln. Von der Lufthansa.

Den Bruchteil eines Augenblicks fragte Margot sich, ob die sich wirklich die Mühe machten, Absagen zu verschicken. Das Herz schlug ihr bis zum Hals, als sie den Umschlag mit dem Zeigefinger aufratschte.

Sehr geehrtes Fräulein Frei,
wir bedanken uns für Ihre Bewerbung, die wir mit Interesse gelesen haben. Hiermit bitten wir Sie, sich zu einer persönlichen Vorstellung und Aussprache bei unserer Gesellschaft einzufinden. Wir erwarten Sie am Dienstag, den 30. 11. 1954, um 09:00 Uhr ...

Margot schrie ihr Glück laut heraus und sprang jubelnd um den Tisch herum – bis Frieder Susemihl, sicher bei der Nachmittagslektüre seines Groschenblatts gestört, wütend gegen die Wand hämmerte.

Wie eine Wilde trat Margot in die Pedale. Nicht nur das Behelfsheim oder Billstedt, ganz Hamburg schien zu klein für sie.

Zielstrebig holperte sie auf dem Rad über den Feldweg, der an Kleingärten vorbeiführte und weiter durch die weiten Wiesen. In der Ferne zeichneten sich Bäume ab, und ein Schäfer wachte mit dem Hütehund über seine wollige Herde.

Sobald die Flughafengebäude aus Beton und rotem Backstein und die umliegenden Baracken in Sicht kamen, bremste

Margot scharf ab. Ihre Wangen glühten, und die Nase lief vom kalten Fahrtwind. In zehn Tagen würde sie sich dort vorstellen, in Halle 9.

Sollten Sie sich als geeignet erweisen, erfolgt am Mittwoch, den 01.12.1954, die ärztliche Untersuchung auf Fliegertauglichkeit, die Voraussetzung für eine Einstellung ist.

Sie war nicht die Einzige, die es zum Flughafen hinausgezogen hatte. Vor dem Lattenzaun drängten sich kleine Jungs in zu kurzen Hosen, schlaksige Halbwüchsige und erwachsene Männer, die Kamera gezückt, um einen möglichst scharfen Schnappschuss nach Hause zu bringen.

Die Luft zitterte unter dem Wummern der Motoren, es roch nach Asphalt, Metall und Gummi und nach dem süßlich-scharfen Dunst des Treibstoffs.

Von hier aus würde die Lufthansa bald nach England fliegen, nach Frankreich, Italien, Spanien und in die Schweiz, so hatte es in der *Constanze* gestanden. Später sollte es sogar nach Übersee gehen, nach Nord- und Südamerika, Nahost und Ostasien. In die ganze weite Welt hinaus, unter bundesdeutscher Flagge und aus eigenem Recht.

Wenn alles gut ging, mit Margot an Bord.

»Da kommt eine!«, brüllte einer der Jungen.

Eine ganze Horde preschte johlend los, um sich am Zaun möglichst gut zu positionieren und sich abwechselnd mit einer Räuberleiter einen noch besseren Blick zu verschaffen.

Schnurrend wie eine fette Katze rollte das Flugzeug mit wirbelnden Propellern heran und beschrieb eine Kurve auf der Betonpiste. Das Motorengeräusch steigerte sich zu einem ohrenbetäubenden Dröhnen, durchsetzt von einem Pfeifen, als die Maschine beschleunigte und die Konturen der Propeller verschwammen.

Ein wohliger Schauder rieselte Margots Rückgrat hinab, und mit glänzenden Augen sah sie zu, wie das Flugzeug scheinbar mühelos den Boden verließ und in die Höhe stieg. Ein riesenhaftes fremdes Insekt, das einen doppelten Schweif aus rauchblauem Dunst hinter sich herzog.

Berauscht vom Brummen der Motoren, das sich langsam entfernte, verfolgte Margot mit heftigem Herzklopfen den Flug der Maschine.

Ein schimmernder Silberstreif am wolkenverhangenen Novemberhimmel.

6

Es liegt was in der Luft

Du Glückskind, sagte sich Margot, als sie im schummrigen Licht der Häuser und Straßenlaternen in den noch dunklen Morgen hineinradelte.

Nachdem der November seinem Ruf als nasskalter Monat alle Ehre gemacht hatte, hatte er es sich am allerletzten Tag spontan anders überlegt. Der Mond glänzte zwischen lockeren Wolken, und der leichte Wind war mild, fast wie im Frühling. Dass sie sogar Petrus auf ihrer Seite hatte, wertete Margot als gutes Zeichen.

Im Schein einer Leuchtreklame schielte sie auf die kleine Armbanduhr, die ihre Mutter ihr für den Tag geliehen hatte. Sie lag mehr als gut in der Zeit, obwohl sie gemütlich fuhr; sie wollte weder vom Fahrtwind zerzaust noch durchgeschwitzt in Fuhlsbüttel ankommen. Mehrere Male war sie den Weg schon gefahren, sogar bei Schietwetter, um genau zu wissen, wie lange sie brauchte.

Mit der Straßenbahn wäre es einfacher gewesen und schneller gegangen. Aber die Fahrt von Billstedt nach Fuhlsbüttel und zurück hätte sie fast eine Mark gekostet. Lore hatte sie dafür nicht anpumpen wollen, nachdem diese ihr schon die feine Tasche, die am Fahrradlenker baumelte, und das marineblaue Kostüm geborgt hatte. Ihre Schwester hatte sogar noch ein gutes Wort bei Herrn Gromann eingelegt, damit er den Urlaubszettel wegen dringender familiärer Angelegenheiten unterschrieb. Auch ihrer Mutter wollte sie nicht noch mehr auf der Tasche liegen. Ganze drei Mark hatte Irmgard Frei beigesteuert, damit Margot sich echte Nylons kaufen und zum Friseur gehen konnte. Immer noch knapp kinnlang, hatten ihre Haare jetzt eine gefälligere Form und lagen duftig um ihren Kopf.

Nichts sollte dem Zufall überlassen bleiben, dafür hing viel zu viel von diesem Tag ab.

Über dem Friedhof von Ohlsdorf färbte sich der Himmel lavendelblau und rosarot. Hinter den alten Bäumen, die gerade den letzten Rest ihres trockenen Herbstlaubs verloren, konnte Margot die aufgehende Sonne erahnen. Es versprach ein richtig schöner Tag zu werden.

»Margot Frei«, trällerte sie vor sich hin. »Heute noch auf festem Boden, morgen schon Stewardess am Himmel oben!«

Lauthals lachte sie über sich selbst. Sie hatte kaum geschlafen und fühlte sich trotzdem frisch und munter. Frohgemut trat sie in die Pedale – und dann mit einem lauten Knacken jäh ins Leere.

»Nein! Nein, bitte nicht!«, fluchte sie in das rasselnde Geräusch hinein, während sie sachte bremste und in ihrem schmalen Rock vom Rad stieg.

Verzweifelt betrachtete sie die gerissene Fahrradkette. Sie ohne Hilfsmittel zu reparieren war aussichtslos, das wusste Margot, da half auch kein Flehen und Fluchen.

Sie blickte auf die Uhr. Zehn nach acht. Eine gute Viertelstunde hätte sie mit dem Rad noch zum Flughafen zu fahren gehabt. Zu Fuß brauchte sie mindestens dreimal so lang, in

Absatzschuhen und das Rad neben sich herschiebend wahrscheinlich noch länger.

Sie würde hoffnungslos zu spät kommen.

Margot stützte sich auf den Lenker und atmete tief durch. Wenn ihr nicht gleich eine zündende Idee kam, würde sie in den sauren Apfel beißen und losmarschieren. Vielleicht hätten die Herren der Lufthansa ja Nachsicht mit ihr; eine gerissene Fahrradkette konnte vorkommen, bestimmt ging beim Fliegen auch nicht immer alles glatt.

Ein Wagen preschte heran und hielt mit quietschenden Reifen direkt neben Margot. Ein silbergraues Cabriolet, das Verdeck heruntergeklappt.

»Brauchen Sie Hilfe?«, erkundigte sich der Fahrer, die Augen hinter einer spiegelnden Sonnenbrille verborgen.

»Sind Sie zufällig Fahrradmonteur?«, fragte Margot in einem Anflug von Galgenhumor.

Ein Grinsen blitzte auf dem Gesicht des jungen Mannes auf. »So etwas Ähnliches.«

Schwungvoll steuerte er den Wagen an den Straßenrand und stellte den Motor ab, und genauso schwungvoll lief er auf Margot zu, geradezu athletisch in seinem weißen Hemd und der dunklen Hose.

»Lassen Sie mich mal sehen.« Er steckte die Sonnenbrille in die Brusttasche und ging vor dem Fahrrad in die Hocke. Hochkonzentriert wirkte er, während er mit der kaputten Kette hantierte, dabei vor sich hin murmelte und abschätzige Laute von sich gab.

»Die ist komplett hinüber«, erklärte er bedauernd, als er schließlich aufstand und sich mit einem Taschentuch das Öl von den Fingern wischte. »Ein Wunder, dass sie bis jetzt überhaupt gehalten hat. Haben Sie es weit bis nach Hause?«

Margots Magen zog sich zusammen. »Ich muss um neun in Fuhlsbüttel sein.«

Er blickte auf seine klobige Uhr, die über mehrere Kronen und Zifferblätter verfügte.

»Liegt für mich auf dem Weg. Steigen Sie ein, ich nehme Sie mit.«

Margot runzelte die Stirn. Ein gut aussehender junger Mann in einem schnittigen Wagen, der sich ihr am frühen Morgen als Retter anbot, schien zu schön, um wahr zu sein.

Um seine Mundwinkel zuckte es. »Es gibt kein anständigeres Auto als ein Cabrio. Nichts, was sich darin abspielt, bleibt verborgen. Zumindest, solange das Verdeck offen ist.«

Margots Wangen glühten.

Ihr Gegenüber lachte. Seine Augen leuchteten stahlblau, und sein Gesicht war so offen und freundlich wie sein Händedruck. »Claus Sturm.«

Sein Tonfall verriet, dass er nicht von hier war, obwohl das Nummernschild die Buchstaben BH trug, Britische Zone Hamburg.

»Margot Frei.« Sie nahm die Tasche vom Lenker. »Und das Fahrrad?«

»Das nehmen wir mit.«

Claus Sturm schulterte das Rad und verstaute es im rückwärtigen Teil des Wagens, halb auf dem quer eingebauten Einzelsitz, halb im Fußraum, bevor er die Beifahrertür für Margot öffnete.

Unschlüssig blieb sie neben dem Cabriolet stehen.

»Ich fahre Sie wirklich gern«, betonte er.

»Halten Sie mich nicht für albern«, erwiderte sie. »Aber meine Frisur … Ich habe am Flughafen ein Vorstellungsgespräch.«

»Verstehe. Sehen Sie im Handschuhfach nach. Da müsste irgendwo ein Schal sein.«

Margot stieg ein und zog am Griff des Handschuhfachs.

»Aber Vorsicht, das …«, hörte sie ihn noch sagen, da ergoss sich schon ein Durcheinander aus Zigarettenpackungen, Streichholzbriefchen und zerknüllten Papierfetzen über ihre Schuhe. Dazwischen ein Schweizer Taschenmesser, eine angebrochene Tafel Schokolade und allerlei andere Kleinteile, die sie nicht auf Anhieb identifizieren konnte.

Claus Sturm zuckte mit den Schultern und schlug die Tür zu.

So gut es ging, stopfte Margot alles zurück ins Handschuhfach und band sich den dünnen Schal um, den sie aus dem hintersten Winkel gefischt hatte. Ein schöner Stoff war es, in schillernden Farben, hauchzart und seidig auf der Haut.

»Steht Ihnen gut«, kommentierte Claus Sturm. Er setzte die Sonnenbrille wieder auf, nahm neben Margot Platz und ließ den Motor an. »Sie machen Audrey Hepburn ernsthaft Konkurrenz.«

Bei Komplimenten war Margot immer auf der Hut, und trotzdem schlug ihr Herz schneller. Was auch an der energischen Art liegen mochte, mit der Claus Sturm anfuhr und die Straße entlangbrauste.

Der Seidenschal roch gut, blumig und würzig wie ein teures Parfum. Sie hätte zu gern gewusst, zu was für einer Person es gehörte.

»Ist das der Schal Ihrer Frau?«

»Eine meiner Freundinnen hat ihn hier vergessen.«

»Wie viele haben Sie denn?«

Amüsiert hoben sich Claus Sturms Brauen über dem Rand der Sonnenbrille. »So viele, wie man als Junggeselle eben braucht.«

Ein Schwerenöter. Aber einer von der charmanten Sorte, mit keckem Leberfleck auf der Wange wie das Pünktchen eines Ausrufezeichens.

»Daher der Lippenstift an Ihrem Hemdkragen«, kommentierte Margot.

Sein Grinsen vertiefte sich. Ein leicht schräg stehender Schneidezahn blitzte frech hervor. »Sie gehören nicht zufällig zu jenen Damen, die Flecken im Handumdrehen wegzaubern können? Wie die Hausfrauen in der Werbung?«

»Ausgerechnet heute habe ich leider keine Gallseife dabei.«

Sein Lachen fiel warmherzig aus. »Auf den Mund gefallen sind Sie schon mal nicht. Eine Freude für jeden Personalleiter. Was für eine Stelle ist es denn, für die Sie sich beworben haben?«

»Als Luftstewardess.« Auf dem cremehellen Ledersitz fühlte Margot sich gleich ein Stückchen größer. »Bei der neu gegründeten Lufthansa.«

»Tatsächlich.«

Die nüchterne und fast schon gleichgültige Reaktion von Claus Sturm traf Margot in ihrem Stolz. Verstimmt starrte sie geradeaus auf die Straße, warf dann einen Blick auf die Uhr und sah sich beunruhigt um.

»Müssten wir nicht schon am Flughafen sein?«

Er fädelte den Wagen elegant durch den dichter werdenden Verkehr. »Ich habe zwei Möglichkeiten gesehen: Sie entweder zu früh am Flughafen aussteigen zu lassen, wo Sie viel zu viel Zeit gehabt hätten, nervös zu werden. Oder aber noch eine Weile mit Ihnen herumzufahren.«

Er lehnte sich zurück und stützte den Ellbogen an der Innenseite der Tür ab. Vollkommen entspannt ruhten seine schlanken, feingliedrigen Hände auf dem Lenkrad.

»Also, Margot Frei, erzählen Sie mir von sich. Was sind Ihre Stärken und was Ihre Schwächen?«

Margot konnte von allem etwas und nichts richtig, das hatte die Erfahrung gezeigt.

»Ich bin vielseitig«, erklärte sie so selbstbewusst, wie sie es auch in ihrer Bewerbung geschrieben hatte. »Ich lerne gern und schnell und bin offen für alles Neue.«

Claus Sturm verzog den Mund auf eine Art, die Margot nicht einordnen konnte. »Was sagt Ihnen Popocatépetl?«

Margot stutzte über diesen abrupten Themenwechsel. »Das ist doch ein Vulkan in Mexiko, oder?«

»Wo liegen die Hebriden?«

Dass die Lufthansa nicht nur Wert auf Aussehen und Auftreten der Bewerberinnen legte, sondern auch auf Allgemeinbildung, das hatte Margot zwischen den Zeilen herausgelesen. Unter den Büchern, die Irmgard Frei viermal im Jahr vom Bertelsmann Lesering zugeschickt bekam, befand sich aus unerfindlichen Gründen nicht nur eine Schönheitsfibel, die Magot gründlich studiert hatte, sondern auch ein handliches Nachlagewerk mit dem treffenden Titel *Ich sag Dir alles*, mit dem sie sich über die Anatomie von Mensch und Tier schlaugemacht hatte, über das Periodensystem und die Gebirge, Flüsse und Staaten der Welt.

»Die Hebriden«, wiederholte sie jetzt zögerlich. »Sind die nicht bei Schottland?«

Claus Sturms Miene blieb undurchdringlich. »Die Hauptstadt von Belgien?«

Das war einfach. »Brüssel.«

Wie beim Pingpong warfen sie sich gegenseitig Fragen und Antworten zu. Landeskunde, Politik, Geschichte, Literatur.

»Was fällt Ihnen zu Hemingway ein?«

»Außer dass er gerade den Nobelpreis bekommen hat? Ein Kriegsreporter, Hochseeangler und Großwildjäger«, sprudelte Margot hervor. »Den Frauen ebenso zugetan wie Hochprozentigem. *Der alte Mann und das Meer. Fiesta. Wem die Stunde schlägt*. Verfilmt mit Ingrid Bergman und …«

Claus Sturm lachte, der Fahrtwind verwirbelte sein sandfarbenes Haar. »Okay, Sie sind eine echte Allrounderin.« Weltmännisch wirkte er, so selbstverständlich, wie er den englischen Begriff im Mund führte. »Aber Ihre Schwächen haben Sie mir immer noch nicht verraten.«

Ein unglückliches Ziehen machte sich in Margots Magengrube breit. »Mein Französisch ist nicht so gut, wie es sein sollte.«

Ein abgegriffenes Lehrbuch, für ein paar Pfennig in einem staubigen Antiquariat erstanden, hätte Abhilfe schaffen sollen. Besonders weit war sie allerdings nicht gekommen, die Sätze waren in ihrem Kopf sperrig geblieben, ihre Hamburger Zunge schwerfällig.

Claus Sturm sah schmunzelnd an den wolkengemaserten Himmel. *Il fait beau aujourd'hui.*«

Nicht nur das Wetter war schön. Margot genoss es, mit diesem jungen Mann im offenen Wagen durch die morgendliche Stadt zu fahren. Zwischen den hochgekurbelten Seitenscheiben war es zwar frisch, aber nicht zugig, und der Motor hinter ihnen surrte wie eine gut geölte Nähmaschine.

»*Oui*«, sagte sie und blinzelte in die Sonne. »*Le soleil brille.*«

Ein Seitenblick streifte Margot von Kopf bis Fuß.

»*Vous avez de très belles jambes, Mademoiselle.*«

Beine wie Hildegard Knef hatte das Werbeplakat des Strumpffabrikanten versprochen, *faszinierend elegant*. Die Nylons waren wirklich jede Mark wert.

»*Très gentil*«, bedankte sich Margot gelassen für dieses Kompliment. Allerdings hatte sie weitaus mehr zu bieten, fand sie; schöne Beine waren nicht alles. »*Mais je … j'espère que … que ce n'est pas tout.*«

Wieder blitzte sein schiefer Schneidezahn auf. »*Au contraire.*«

Im Gegenteil. Ha!

So musste es sein, Schampus zu trinken, prickelnd auf der Zunge und kribbelnd im Bauch, voller Durst nach mehr. Bedauernd stellte Margot fest, dass sie auf die Zufahrtsstraße zum Flughafen eingebogen waren.

»Fahren Sie eigentlich das ganze Jahr mit offenem Verdeck?«, wollte sie wissen.

Claus Sturm grinste. »Bewegung an der frischen Luft soll ja gesund sein.«

»Ein Luftikus also«, neckte Margot ihn.

Er lachte. »Ich brauche eben freien Himmel über mir und Wind um die Ohren.«

Ein Brummen vibrierte hinter ihnen in der Luft. Margot warf einen Blick zurück. Eine kleine Propellermaschine senkte sich aus den Wolken herab und kam zügig näher, im Landeanflug auf Fuhlsbüttel.

Unvermittelt trat Claus Sturm das Gaspedal durch; der Motor brüllte auf, und Margot wurde in den Sitz gedrückt. Ein glücklicher Aufschrei entfuhr ihr, während sie über den Asphalt rasten, das Flugzeug direkt über ihren Köpfen, als wollten sie es einholen.

»Wissen Sie, was ich meine?«, rief Claus Sturm im Dröhnen der Motoren, ohrenbetäubend und herrlich zugleich.

»Ja!«, rief Margot in den steifen Fahrtwind hinein und lachte aus vollem Hals, ein Kitzeln im ganzen Körper.

Mit nur leicht gedrosseltem Tempo preschte der Wagen durch ein offenes Tor im Lattenzaun und rollte dann gemächlich aus, an Baracken und Hallen vorbei. Erstaunlich sanft hielt Claus Sturm vor einem der Gebäude.

»Da wären wir.«

Margot hatte fast vergessen, dass ihr Vorstellungsgespräch gleich begann. Sie warf einen Blick auf die Uhr. Fünf vor neun.

Dutzende von jungen Frauen hatten sich vor dem Flughafengebäude versammelt, in feinen Kostümen, schwingenden Kleidern mit passendem Bolero-Jäckchen oder Faltenröcken und Twinsets, die Haare glänzend in der Morgensonne. Fast alle trugen Handschuhe, nicht wenige einen eleganten Hut, und einige hielten eine Ledermappe unter den Arm geklemmt. Eine Zusammenkunft höherer Töchter, von denen die meisten ohne Weiteres als Mannequin oder Filmschauspielerin hätten durchgehen können.

Claus Sturm und sein Cabriolet hatten etliche Köpfe herumfahren lassen, und Margot fühlte sich eingehend gemustert. Für einen Hut oder auch nur Handschuhe hatte sie kein Geld mehr gehabt, und sicher schimmerten unter dem Hauch von Puder im ansonsten ungeschminkten Gesicht schon wieder die Sommersprossen auf ihrer Nase durch. Sie besaß keine solche feine Mappe und hätte auch gar nicht gewusst, was sie hätte mitbringen sollen; alle notwendigen Unterlagen hatte sie doch bereits an die Lufthansa geschickt.

Sie fragte sich, wie sie zwischen all diesen schönen und selbstbewussten jungen Damen auch nur den Hauch einer Chance haben sollte. Die hatten bestimmt entsprechende Erfahrungen, die notwendige Bildung und hervorragende Referenzen – ganz ohne bei ihrer Bewerbung schummeln zu müssen.

Margot drehte es den leeren Magen um. Am liebsten wäre sie einfach sitzen geblieben und weiter mit dem Cabriolet durch den Novembertag gebraust.

»Nur Mut«, sagte Claus Sturm, der ausgestiegen war und die Tür für sie öffnete. »Zeigen Sie's Ihnen!«

Margot nickte, doch ihre Knie waren weich, als sie aus dem Wagen kletterte.

Claus Sturm deutete auf das Fahrrad. »Das bringe ich Ihnen heute Abend wieder vorbei, mit nagelneuer Kette.«

»Ich weiß noch nicht, wie lange das hier dauern wird.«

»Das lassen Sie mal meine Sorge sein«, antwortete er und schwang sich wieder hinter das Steuer.

»Danke.« Ein warmes Gefühl durchströmte Margot.

Er lächelte nur und legte den Gang ein.

»Warten Sie.« Margot tastete nach dem Knoten im Seidenstoff. »Der Schal.«

»Behalten Sie ihn. Er steht Ihnen wirklich ausgezeichnet.«

»Wird Ihre Freundin ihn nicht vermissen?«

Ein Grinsen umspielte seine Mundwinkel. »Genauso wenig, wie sie mich vermisst. Bis heute Abend. Und viel Glück.«

Der Motor röhrte auf, und mit quietschenden Reifen stob das Cabriolet davon. Ein bewusst angeberischer Abgang, der Margot ein kleines Lächeln entlockte.

Fremd fühlte sie sich, mit dem Schal einer unbekannten Frau, ihrem Duft in der Nase. Aber vielleicht war es gerade das, was sie heute brauchte. Sie atmete tief durch und reihte sich in die Warteschlange ein.

7

Das machen nur die Beine von Dolores

Auf dem Flughafengelände zog es wie Hechtsuppe. Margot war froh um den Seidenschal, nicht nur wegen der Frisur.

»Die konnten sich vor Bewerbungen nicht retten«, hörte sie eine melodische Stimme erzählen, die zu einer sehr blonden Schönheit in einem knappen grünen Kostüm gehörte. »Waschkörbeweise kam die Post, mehrere Tausend Briefe müssen es am Ende gewesen sein. Stand so in der Zeitung, meine Cousine aus dem Ruhrpott hat mir den Ausschnitt geschickt. Alles war wohl mit dabei. Eine Bardame, die von sich behauptete, mit allen Schwierigkeiten vertraut zu sein. Ein Backfisch mit Volksschulabschluss, der bisher in einer Münchener Brauerei Bierkrüge geschleppt hat. Und eine Mittvierzigerin, die meinte, manche Fluggäste schätzten doch sicher den mütterlichen Typ.«

Mehrstimmiges Kichern sprudelte auf, überheblich und beinahe schadenfroh. Margot biss sich auf die Unterlippe und beobachtete, wie eine zierliche Rothaarige genervt mit den Augen rollte.

»Dreihundert haben sie dann bereits Anfang des Monats nach Köln eingeladen«, berichtete die Blondine in Grün weiter, die sichtlich in der wachsenden Aufmerksamkeit der Umstehenden badete. »Für allerhöchstens dreißig Ausbildungsplätze. Und nur weil sie trotzdem nicht genug Anwärterinnen zusammenbekommen haben, gibt es jetzt noch diesen Termin in Hamburg.«

»Da wisst ihr Bescheid, Mädels«, rief die Rothaarige mit unverkennbarer Berliner Schnodderigkeit in die Runde. »Wir sind nur die zweite Garnitur.«

Die erbosten Blicke ließ sie ungerührt an sich abprallen, zog sogar noch amüsiert eine Schnute. Zwischen den anderen Bewerberinnen, die wie Debütantinnen der feinen Gesellschaft wirkten, war sie eine auffällige Erscheinung. Unter der Kappe lugte ein frecher Kurzhaarschnitt mit Stirnfransen hervor, dessen Mahagonirot sich selbstbewusst mit dem beerendunklen Lippenstift biss. In ihrem tintenblauen Kostüm und der weißen Bluse wirkte sie schon wie eine fertige Stewardess. Ihr Blick traf auf Margots, und ein Funke der Belustigung sprang zwischen ihnen über.

Die gefällt mir, dachte Margot.

»Ich muss immer an die vierhundertfünfzig Mark Gehalt denken«, warf eine propere Brünette mit Baskenmütze ein. »Eine Freundin von mir wurde grün vor Neid, als ich ihr das erzählt hab. Die hat gerade im Krankenhaus angefangen und kriegt dort weniger. Als Ärztin!«

»Mir bräuchten sie auch gar nichts zu bezahlen«, meinte eine Schneewittchenschönheit. »Ich will das sowieso nicht lange machen. Alle sagen, dass man nirgendwo schneller einen Mann zum Heiraten findet als im Flugzeug.«

»Das stimmt auch«, mischte sich eine Blondine in Weiß ein, die in der Werbung gut aufgehoben gewesen wäre. Für Waschmittel wie Wipp oder Suwa, Vim-Scheuermilch oder Colgate – alles, was makellose Sauberkeit versprach. »Im *Abendblatt* haben sie neulich über die ersten sechs Mädchen berichtet, die 52 bei der Air France anfangen durften. Auf fast jedem Flug ein Heiratsantrag!«

Ein Raunen ging durch die Menge.

Die Blondine in Weiß hatte noch mehr in petto. »Eine von denen hat ihren Mann kennengelernt, weil er ihr Foto auf einem Plakat gesehen hat, an einem Messestand in Frankfurt. Die oder keine, hat er da beschlossen und an die Fluggesellschaft geschrieben. Jetzt ist sie glücklich verheiratete Hausfrau in Bremen, in einem Bungalow mit allem Drum und Dran.«

Mehrstimmiges Aufseufzen war zu hören.

»Und eine«, fuhr die Blondine atemlos fort, »eine davon ist seit ein paar Monaten sogar die Frau von Karlheinz Böhm!«

Jetzt machten Schmachtlaute die Runde. Als ob es der Gipfel des Glücks wäre, einen Schauspieler zu heiraten. Noch dazu einen von der glattgebügelten Sorte.

»Wie angle ick mir 'nen Millionär«, murmelte die Berlinerin ironisch vor sich hin.

»Ich glaube, die bevorzugen Blondinen«, flüsterte Margot, die einen Schritt näher an sie herangetreten war.

Die rothaarige Berlinerin ließ ihren Blick umherschweifen. Blond bestimmte das Gesamtbild, wenn auch offensichtlich nicht immer von der Natur mitgegeben. Ihr breiter Mund verzog sich zu einem Lachen, das eine kecke Lücke zwischen den oberen Schneidezähnen offenbarte.

»Woll'n wir nich hoffen, wa?«

Margot grinste sie an. »Ich bin Margot. Margot Frei.«

»Thea Brandeis. Tach auch.« Ihr Händedruck war forsch.

Margot warf einen Blick auf die Uhr. Zehn nach neun.

»Die lassen uns warten.«

Thea nickte. »Sicher ein erster Test für unser Nervenkostüm.« Wenn sie sich Mühe gab, konnte sie offenbar auch Hochdeutsch sprechen.

Irgendwo hinter ihnen startete eine Maschine, deren Motoren die Luft erzittern ließen.

»Eine Pan Am«, erklärte Thea mit leuchtenden Augen. »Die setzen den Goldstandard, wenn's ums Fliegen geht. Da habe ich mich auch beworben, aber die nehmen nur Schönheitsköniginnen mit Gardemaß und Diplom einer Benimmschule, am besten noch mit Hochschulabschluss. Vielleicht klappt's ja hier. Du hast bestimmt gute Chancen, du hast tolle Beine.«

Thea zog eine Packung Zigaretten aus der Handtasche und schnippte eine davon heraus. Fragend hielt sie Margot die Schachtel hin, aber sie schüttelte den Kopf.

»Ick war gestern schon hier draußen«, nuschelte Thea, die Zigarette im Mundwinkel, während sie nach Zündhölzern kramte. »Wollte mir unbedingt die Convair-Maschinen ankieken, die die Lufthansa in Amerika gekauft hat. Sind gestern gekommen, die ersten beiden von insgesamt vier, mit Sondergenehmigung der Alliierten. Haben eine Menge Schaulustige angezogen. Sind aber auch schnieke Vögel! Mit das Modernste, was in Amerika gerade zusammengeschweißt wird. Ick beneide die Piloten! Das muss das höchste der Gefühle sein, mit einer brandneuen Maschine in San Diego loszufliegen und sie über den Nordatlantik mit Zwischenstopp in Irland nach Hamburg zu steuern. Kannst du dir das vorstellen, auf fast sechstausend Metern Höhe mit vierhundertfünfzig Sachen unterwegs zu sein? Dufte!«

Endlich öffnete sich das Tor. Die ersten Bewerberinnen stürmten auf ihren hohen Hacken los wie im Schlussverkauf bei Hertie. Seufzend stopfte Thea die Zigarette unangezündet in die Packung zurück.

»Dann zeigen wir denen da drin mal, was wir draufhaben«, verkündete sie grimmig.

Margot löste den Schal vom Kopf und schüttelte sich die Haare zurecht. Zwei kleine Propellermaschinen nahmen einen Teil der Halle ein, an deren Kopfende ein Tisch mit drei akkurat ausgerichteten Stühlen bereitstand.

Eine Dame im feinen Kostüm nahm die jungen Frauen in Empfang, flankiert von zwei Herren in Anzug und Krawatte. Wie eine den Seiten einer Illustrierten entsprungene Modezeichnung wirkte sie, elegant und hochgewachsen, das nussbraune Haar kurz geschnitten, aber in weichen Wellen frisiert. An ihr sah sogar der knallrote Lippenstift nobel aus.

»Guten Morgen, meine sehr verehrten Damen.« Ihre Stimme füllte mühelos die ganze Halle und klang dabei klar und warm zugleich. »Stellvertretend für die gesamte Lufthansa begrüße ich Sie ganz herzlich zu unserem Auswahlverfahren. Mein Name ist Ursula Buschheuer, für Sie Fräulein Buschheuer. Nach meiner Ausbildung und der zweijährigen Tätigkeit bei Pan American World Airways bin ich diesen Oktober dem Ruf gefolgt, als Chefstewardess der Lufthansa das neue Bordpersonal auszubilden und anzuleiten. Assistieren wird mir dabei Herr Schlippchen hier zu meiner Linken, der auf eine langjährige Berufserfahrung als Steward zurückblicken kann. Herr Pelzer« – sie nickte dem Wandschrank von Mann auf ihrer rechten Seite zu – »wird in seiner Eigenschaft als Fliegerkommandant a. D. unter meiner Führung dafür sorgen, dass Sie die notwendigen technischen und physikalischen Kenntnisse erwerben.«

Die Menge der Bewerberinnen erstarrte spürbar in Ehrfurcht. Nicht nur, dass Fräulein Buschheuer für jene große amerikanischen Fluggesellschaft gearbeitet hatte, die Maßstäbe setzte und Ziele auf der ganzen Welt ansteuerte. Noch dazu war sie frischgebackene Abteilungsleiterin bei der Lufthansa und hatte gestandene Männer unter sich. Als Fräulein! Dabei war sie kaum älter als ihre künftigen Zöglinge, vielleicht Mitte, allerhöchstens Ende zwanzig.

Auf ihren hohen Absätzen trat Fräulein Buschheuer ein paar Schritte zurück, und Herr Schlippchen ergriff das Wort. Gut und gern an die vierzig mochte er sein, halb kahl und das verbliebene Haupthaar bereits angegraut. Mit der vorspringenden Kinnlade und der zackigen Nase erinnerte er Margot an Nick Knatterton, den Comic-Detektiv in der *Quick*; nur die karierte Schiebermütze und die Tabakspfeife fehlten.

»Guten Morgen, die Damen«, sagte er mit tiefer und verblüffend geschmeidiger Stimme. »Für den Fall, dass Sie das Auswahlverfahren, die Ausbildung und die anschließende Prüfung bestehen, erwartet Sie ein Beruf, in dem Sie viel von der Welt sehen und interessanten Menschen begegnen werden. Als Gesicht der neuen Lufthansa werden Sie künftig nicht nur die Fluggesellschaft repräsentieren, sondern die Bundesrepublik Deutschland. Allein das ist schon eine Ehre und sollte Ansporn sein, stets Ihr Bestes zu geben. Was wir Ihnen honorieren, indem …«

»'tschuldigung, 'tschuldigung!« Mit flatternder Krawatte hetzte ein junger Mann im Anzug in die Halle.

Herr Schlippchen musterte ihn streng. »Der werte Herr Felix Jungblut, nehme ich an? Das Konzept der Pünktlichkeit ist Ihnen grundsätzlich schon vertraut, ja?«

»Verzeihung!«, keuchte der Neuankömmling. »Eine Panne bei der Straßenbahn. Wird nicht wieder vorkommen.«

»Davon können Sie ausgehen«, knurrte der Ausbilder und bedeutete dem jungen Mann mit einem Fingerschnippen, sich zu den wartenden Damen zu gesellen.

Margot fragte sich, ob Herr Schlippchen ihr gegenüber ähnlich gnädig gewesen wäre, hätte sie gerade in diesem Moment ihr kaputtes Fahrrad in die Halle geschoben.

Hochrot im Gesicht strich Herr Jungblut seine Krawatte und das gescheitelte semmelblonde Haar glatt und nahm Haltung an; die Hände auf dem Rücken, glich er einem braven Konfirmanden. Um ihn herum wurde eifrig getuschelt. Dass sich Männer ebenfalls bewerben durften, hatte auch Margot nirgends gelesen.

»Ist das jetzt diese neue Gleichberechtigung?«, zischelte es irgendwo hinter ihr.

»Meine Damen«, ergriff Herr Schlippchen wieder das Wort, mit einer leichten Schärfe, die alle zum Verstummen brachte, »wir erwarten nicht weniger von Ihnen, als dass Sie über den Wolken die perfekte Gastgeberin sind. Eine inoffizielle Diplomatin im Dienste der Bundesrepublik. Dementsprechend gut werden wir Sie bezahlen, und Sie werden über die Lufthansa versichert und ärztlich betreut sein. Aber als Luftstewardess dürfen Sie sich auch nicht zu schade sein, in Ihrer schönen Uniform die Bordtoilette zu putzen und Tüten mit Erbrochenem wegzutragen. Auf jedem Flug werden Sie viele Kilometer in der Kabine zurücklegen. Sie müssen den Fluggästen erklären können, warum das Metallgehäuse um sie herum überhaupt in der Luft bleibt, einem Epileptiker den Mund öffnen und unter Umständen sogar elegant überspielen, dass einer Ihrer Gäste in seinem Sitz gerade das Zeitliche gesegnet hat. Und im unwahrscheinlichen Fall einer Notlandung müssen Sie Ihr Leben hinter das der Passagiere stellen.«

Die hellen Augen des Stewards wanderten über die Gesichter der jungen Frauen, die ihm gebannt zuhörten.

»Sollten Sie dazu nicht bereit sein«, fügte er milde hinzu, »oder es sich schlicht nicht zutrauen, möchten wir Sie in beiderseitigem Interesse bitten, jetzt zu gehen.«

»Alles Taktik«, schnaubte Thea neben Margot. »Die wollen

uns weichklopfen, damit uns schon zu Anfang die ersten Fehler unterlaufen.«

Margot nickte, aber ihr war beklommen zumute. Vielleicht war der Beruf der Luftstewardess doch eine Nummer zu groß für sie.

Die Bewerberinnen warfen sich gegenseitig verstohlene Blicke zu. Ein paar schlugen mit betretener Miene die Augen nieder oder kauten auf der Unterlippe; andere schienen trotzig die Absätze fester in den Hallenboden zu stemmen. Keine einzige kniff.

»Wir werden Sie gleich der Reihe nach namentlich aufrufen«, erklärte Fräulein Buschheuer. »Kommen Sie dann bitte für eine kurze Bestandsaufnahme zu uns herüber.«

Die drei Ausbilder gingen ans Ende der Halle und nahmen ihre Sitzplätze ein. Herr Pelzer, der ehemalige Fliegerkommandant, der bisher kein Wort gesagt hatte, zog dabei ein Bein leicht nach, der rechte Ärmel seines Sakkos baumelte leer von der Schulter herunter. Kriegsverletzungen vermutlich.

Einige Augenblicke war nur das leise Rascheln von Unterlagen zu hören, das Flüstern, als Fräulein Buschheuer noch ein, zwei Dinge mit den beiden Herren besprach. Dann ging es los.

»Gisela Aschoff.«

»Hildegard Siebenrok.«

Margot hätte erwartet, dass es nach dem Alphabet gehen würde, aber offenbar war die Reihenfolge ganz und gar willkürlich. Womöglich war das reine Strategie, um die Bewerberinnen die ganze Zeit über in einem Zustand konzentrierter Aufmerksamkeit zu halten – oder es gab bereits eine Vorauswahl, und sobald sie sich die Besten herausgepickt hatten, konnte der Rest nach Hause gehen.

»Margarete Pomm.«

Im Minutentakt stolzierte, tänzelte, stelzte, stöckelte eine der

Aufgerufenen nach der anderen durch die Halle und blieb vor dem Tisch mit der dreiköpfigen Kommission stehen. Ein paar Fragen und Antworten flogen hin und her, von denen Margot kaum mehr als Bruchstücke verstand, bevor die jeweilige Bewerberin wieder auf ihren Platz zurückkehrte. Mal mit glühenden Flecken auf den Wangen oder unsicherem Blick, mal mit einem siegesgewissen Lächeln.

»Thea Brandeis.«

»Ich drück dir die Daumen«, wisperte Margot.

Die Handtasche am angewinkelten Arm, schritt Thea elegant davon. Fast wie bei einer der Modevorführungen, die manchmal samstags in den Kaufhäusern stattfanden, und doch deutlich flotter. Dieses Gespräch dauerte eine Spur länger als die vorangegangenen; vielleicht war es ein gutes Zeichen, dass dabei leise gelacht wurde. Allerdings musste Thea aus den Schuhen schlüpfen, um sich von Fräulein Buschheuer mit dem Zollstock vermessen zu lassen. Ein kesses Lachen auf dem Gesicht, stieg sie anschließend wieder in die Schuhe und gab dabei eine Bemerkung von sich, die sogar Herrn Pelzers steinerne Miene auflockerte. In Theas Nähe bekam man unweigerlich sofort gute Laune, fand Margot.

Mit vielsagendem Blick kehrte Thea zurück und blies lang den Atem aus.

»Renate Trefzer.«

»Hannelore Bär.«

Am Tisch der Kommission zündete Herr Schlippchen sich eine Zigarette an, Herr Pelzer zog ebenfalls eine Packung aus der Jacketttasche.

»Luise Mittnacht.«

»Heiderose Jauch.«

Auch andere Bewerberinnen mussten ihre Schuhe ausziehen,

um vermessen zu werden, oder sich mit puterrotem Gesicht auf die bereitstehende Personenwaage stellen.

»Margot Frei.«

»Toitoitoi!«, raunte Thea ihr zu.

Für Nervosität blieb keine Zeit. Hastig warf Margot noch einen Blick über beide Schultern, ob die Nähte der Nylons auch nicht verrutscht waren, dann ging sie los. Genau so, wie sie es zu Hause mit einem Stapel Bücher auf dem Kopf geübt hatte; einer der Ratschläge aus der Schönheitsfibel.

Entfalten Sie Ihren Charme, wiederholte Margot in Gedanken, den Seidenschal locker umgehängt, das fremde Parfum in der Nase. *Was nützt ein schöner Mund, wenn er nicht zu lächeln versteht?*

Ihre Mutter hatte stets Wert darauf gelegt, dass Lore und sie den Leuten die Hand gaben. Und obwohl keine ihrer Vorgängerinnen es getan hatte, streckte Margot der Chefstewardess ihre Rechte entgegen, die diese sofort ergriff.

»Vielen Dank für die Einladung, Fräulein Buschheuer. Herr Schlippchen.«

Der Ausbilder stand auf, um ihr ebenfalls die Hand zu schütteln. Ganz selbstverständlich hielt Margot ihre Rechte anschließend der Linken von Herrn Pelzer hin. Als er ihre Hand umfasste, glomm es in seinen eisblauen Augen auf.

»Sehen Sie es mir nach, dass ich sitzen bleibe. Sehr erfreut, Fräulein Frei.«

Die Chefstewardess zeigte mit dem Bleistift auf Margot. »Sie haben Ihre Strumpfnähte kontrolliert. Sehr gut. Der Teufel steckt immer im Detail.«

Margot strahlte.

Herr Schlippchen musterte sie eingehend, am längsten ihre Beine. »Sie fahren wohl viel mit dem Fahrrad?«

»Jeden Tag durch halb Hamburg und wieder zurück«, bestätigte sie.

»Können Sie schwimmen?«

»Ja, sicher. Ich bin doch eine Hamburger Deern.«

Herr Schlippchen betrachtete die Notizen vor sich. »Aber Sie sind längere Zeit in der Schweiz zur Schule gegangen.«

»Das ist korrekt«, log Margot, ohne mit der Wimper zu zucken.

Herr Schlippchen sah Margot unverwandt an, die Hände vor sich auf dem Tisch gefaltet, als wollte er sie ins Gebet nehmen. »Warum haben Sie sich bei uns beworben, wenn Sie erst zwanzig sind?«

Darauf war Margot vorbereitet. »Man ist doch so alt, wie man sich fühlt«, zitierte sie eine Weisheit aus der Schönheitsfibel. »Ich bringe auf jeden Fall die nötige Reife und Lebenserfahrung mit. Falls ich Ihnen doch zu jung sein sollte, können Sie ja beim nächsten oder übernächsten Lehrgang auf mich zurückgreifen.«

Der Steward zog die Luft durch die markante Nase. »Danke, Fräulein Frei.«

Margot bedankte sich höflich bei allen dreien und kehrte an ihren Platz zurück. Jetzt erst zitterten ihre Knie, und Thea stieß sie ermunternd mit dem Ellbogen an.

»Hast doch 'ne jute Figur gemacht«, flüsterte sie ihr zu.

Eine Bewerberin in Twinset und geblümtem Tellerrock, die noch jünger aussah als Margot, drehte sich zu ihnen um. Das lange weizenblonde Haar von einem Samtband zurückgehalten, erinnerte sie an Alice im Wunderland. Ihre behandschuhten Finger krampften sich um die Henkel der Handtasche.

»Ist halb so schlimm«, wisperte Margot. »Und sowieso schnell vorbei.«

Unter dichten Wimpern warfen die vergissmeinnichtblauen Augen ihr einen dankbaren Blick zu.

»Almuth von Rehberg!«, rief Fräulein Buschheuer.

Alice alias Almuth errötete und setzte sich in Bewegung. Wie einer der Schwäne auf der Alster glitt sie durch die Halle und deutete vor dem Tisch am anderen Ende einen Knicks an.

Warum habe ich daran nicht auch gedacht, schalt sich Margot.

Almuth hatte kaum zwei Sätze mit den Ausbildern gewechselt, als sie schon wieder zurückkehrte, ihre Miene ebenso erleichtert wie verunsichert.

Als Nächste war Marlies Müller an der Reihe, die junge Frau im grünen Kostüm, die vor der Halle mit ihrem Wissen geprahlt hatte. Schwungvoll warf sie die sehr blonden Haare zurück und setzte in ihren schwindelerregend hohen Pumps energisch einen Fuß vor den anderen. Dabei schwenkte sie so übertrieben die Hüften, dass ihre pralle Kehrseite bei jedem Schritt erzitterte.

»Wackelpeter auf Beinen«, kommentierte Thea. »Sorte Waldmeister.«

Margot musste an sich halten, um nicht loszuprusten, und auch Almuth gluckste hinter vorgehaltener Hand.

Es ging schon auf Mittag zu, als die Kommission endlich alle Bewerberinnen in Augenschein genommen hatte und sich beriet, in Rauchwolken gehüllt wie ein Orakel. Währenddessen tauschten sich die jungen Frauen im Flüsterton aus, was sie hätten besser machen können, rätselten über den weiteren Verlauf des Auswahlverfahrens und stellten Mutmaßungen an, wer von ihnen wohl weiterkam. Auch die Frage, ob sie nach der Ausbildung überhaupt einen Arbeitsplatz hätten, beschäftigte sie. Denn obwohl es eine reine Formsache schien, war bei Weitem noch nicht sicher, ob die Alliierten deutsche Flüge erlauben würden.

Felix Jungblut berichtete einigen interessierten Zuhörerinnen, dass er nach seiner Lehrzeit in einem Hotel etwas von der Welt sehen wolle. Mit selbstsicherem Grinsen tat er kund, dass er nur zu gern der Hahn im Korb war.

»Wohl eher ein Hähnchen«, schnaubte Thea.

Das Tuscheln verstummte jäh, als sich die Ausbilder erhoben und auf sie zukamen.

»Sehr verehrte Damen«, sagte Herr Schlippchen, ein Klemmbrett in der Hand, »Herr Jungblut. Danke für Ihre Geduld. Wenn ich gleich Ihren Namen aufrufe, treten Sie bitte vor.«

Die Anspannung in der Halle war zum Schneiden dick.

»Trefzer. Bär. Müller, Marlies. Schulz. Helbig. Müller, Irene. Rotholz. Meinhardt. Frei.«

Aufatmend machte Margot einen großen Schritt nach vorn, wurde jedoch von Herrn Schlippchens erhobenem Zeigefinger ausgebremst; die Chefstewardess flüsterte ihm gerade etwas zu. Ein kurzer gemurmelter Wortwechsel entspann sich zwischen den beiden, dann räusperte sich der Ausbilder.

»Verzeihung. Hier liegt ein Missverständnis vor. Treten Sie bitte wieder zurück, Fräulein Frei.«

Margots Magen zog sich zusammen. Mit hängendem Kopf stellte sie sich an ihren Platz. Aus und vorbei, nach gerade mal einem halben Tag.

»Rosendahl. Fink. Bisswurm. Keller ...«

Nur die Schönsten wurden ausgewählt, so kam es Margot vor. Diejenigen, die das größte Selbstbewusstsein gezeigt hatten, am besten angezogen waren und eine teure Mappe unter dem Arm hielten.

Die Guten ins Töpfchen, die Schlechten ins Kröpfchen, schoss es ihr durch den Kopf. Sie war den Tränen nahe.

An die hundert junge Frauen hatten am Morgen vor der Halle gestanden, gut die Hälfte hatte Herr Schlippchen soeben aussortiert. Mit betretenen Mienen sahen Margot, Almuth und Thea sich an und versuchten, sich gegenseitig mit Blicken zu trösten.

Fräulein Buschheuer ergriff das Wort. »Sehr verehrte Damen, die Sie soeben namentlich aufgerufen wurden … Leider sehen wir im Augenblick keine Verwendung für Sie. Danke, dass Sie sich herbemüht haben. Im Büro des Flughafengebäudes können Sie sich Ihre Fahrtkosten erstatten lassen. Wir wünschen Ihnen alles Gute für Ihren weiteren Lebensweg.«

Die Fahrtkosten wurden erstattet? Margot fragte sich, ob das irgendwo in den Unterlagen gestanden hatte und was sie wohl sonst noch überlesen haben mochte.

Dann erst traf es sie wie ein Schlag: Sie war weiterhin im Rennen.

8

See You Later, Alligator

Wie eine Schar flatternder und zwitschernder Singvögel fielen die rund fünfzig übrig gebliebenen Bewerberinnen im Flughafengebäude ein und standen vor dem Waschraum Schlange, um diesen erleichtert und mit frisch gepuderter Nase wieder zu verlassen.

Die Lufthansa spendierte ihnen ein Mittagessen im modernen Flughafenrestaurant mit Panoramablick auf das Rollfeld. Vermutlich nicht nur aus reiner Fürsorge und Großzügigkeit, sondern als Test, wie sie sich bei Tisch benahmen. Ein Klacks für Margot. Im *Alsterpavillon* hatte sie nicht nur eine gründliche Einweisung vom Oberkellner erhalten, sie hatte auch genug Lästereien über unflätige Gäste mit angehört. Sie wusste im Schlaf, welches Besteck für den Fisch mit weißer Soße bestimmt war, dass die Serviette auf den Schoß gehörte, man das Glas immer am Stiel anfasste und niemals, wirklich niemals Salzkartoffeln mit dem Messer zerteilte.

Die jungen Damen nutzten die Gelegenheit, die Chefstewardess und die beiden Herren mit Fragen zu bestürmen, und saugten begierig jede Anekdote aus dem Leben über den Wolken auf.

»Ich hatte den Passagier mehrfach gebeten, sich anzuschnallen«, erzählte Fräulein Buschheuer. »Bei der nächsten Turbulenz ist er dann gegen die Kabinendecke gekracht und hat sich drei Rippen gebrochen.«

Aus mehreren Richtungen waren erschrockene Laute zu hören.

»Hatten Sie schon viele wichtige Persönlichkeiten an Bord?«, wollte eine der Bewerberinnen wissen, deren rundwangiges Gesicht wie frisch geschrubbt aussah.

Fräulein Buschheuer lächelte nachsichtig. »Diskretion ist das A und O in unserem Beruf.«

Wie Sonnenblumen richteten sich die jungen Frauen nach der Chefstewardess aus. Bei manchen hatte Margot sogar den Eindruck, dass sie deren Gesten und Tonfall nachahmten, vielleicht unbewusst, vielleicht absichtlich, um ihre Chancen zu erhöhen.

Mit einem Nicken und ein paar freundlichen Worten bedankte sich Fräulein Buchheuer bei dem Kellner, der ihren noch halb vollen Teller abtrug. Margot fragte sich, ob es ein Fehler gewesen war, ihren eigenen komplett zu leeren, das Essen war einfach zu gut gewesen. Aber ein kurzer Blick über die Schulter verriet ihr, dass auch Thea aufgegessen hatte, während sie sich einen Tisch weiter mit Herrn Pelzer unterhielt. Genau wie Felix Jungblut, der ihr gegenübersaß. Almuth dagegen hatte an ihrer Portion nur gepickt und dabei hinreißend bescheiden und sittsam gewirkt.

Fräulein Buschheuer zündete sich eine Zigarette an. Das Rot des Lippenstifts wiederholte sich auf ihren Nägeln, die kurz gehalten und perfekt manikürt waren.

»Ich war etliche Male in Zürich«, erzählte sie. »Eine schöne Stadt, sehr malerisch. Haben Sie gute Erinnerungen an Ihre Zeit in der Schweiz, Fräulein Frei?«

Der Löffel Pudding, der eben noch so geschmeidig Margots Kehle hinabgerutscht war, schien auf einmal festzustecken.

»Sehr«, antwortete sie, nachdem sie sich mit einem großen Schluck Wasser Luft verschafft hatte. »Die Berge. Die klare Luft ... nicht zu vergessen, die Schokolade«, setzte sie kess hinzu.

Lachen sprudelte um den Tisch herum auf. Einen Moment lang konnte Margot fühlen, wie es gewesen wäre, die Backfischjahre in der Geborgenheit einer Alpenidylle zu verbringen und wie Heidi barfuß über die Almwiesen zu springen. In diesem einen Augenblick war ihre erfundene Biografie Wirklichkeit.

Herr Schlippchen beugte sich vom Nachbartisch herüber. »Warum sind Sie dann überhaupt zurückgekommen?«, wollte er wissen.

»Weil Hamburg nun einmal mein Heimathafen ist«, erklärte Margot selbstbewusst.

Seine Miene war undurchdringlich, während er den Rauch ausstieß und die Asche in den Aschenbecher schnippte.

Offenbar war Margot nicht die Einzige, die noch nie einen Flughafen von innen gesehen hatte. Mit großen Augen blickten sich die Bewerberinnen um, als sie das Restaurant verließen, und horchten gebannt auf die Lautsprecherdurchsagen.

Die Reisenden, die Margot vor vier Monaten noch auf einem Plakat bewundert hatte, waren hier Menschen aus Fleisch und Blut. Die Frauen trugen Kostüme oder Kleider, die sicher nicht von der Stange waren, dazu modische Hüte. Ein kleiner Junge hielt einen Teddybären umschlungen, ein etwas größeres Mädchen mit propellergroßen Schleifen im Haar hatte ein rosafarbenes Köfferchen in der Hand. Die meisten Passagiere waren jedoch Männer in guten Anzügen, die ihre Aktentasche unter den Arm klemmten, während sie sich eine Zigarette anzündeten, sich mit dröhnendem Lachen unterhielten oder zielstrebig die Halle durchquerten, einen Kofferträger mit schwerer Last im Schlepptau. Keiner von ihnen sah aus wie Otto Normalverbraucher. Vermutlich waren es Geschäftsmänner, deren Betrieb mit viel Glück oder Geschick durch die harten Jahre gekommen war, oder solche, die den richtigen Riecher für die neue Zeit gehabt hatten, vielleicht auch schlicht Kriegsgewinnler.

Doch selbst die Männer und Frauen, die das Privileg hatten, in die Luft aufsteigen zu dürfen, wandten die Köpfe, als die Menge sich ehrfürchtig teilte.

Langbeinig und schlank schritt eine Handvoll Stewardessen durch den Flughafen, so leichtfüßig und beschwingt, dass Margot fast glaubte, im Hintergrund den Swing von Frank Sinatra zu hören. Die Uniformen blau wie der Sommerhimmel, Blusenkragen und Handschuhe makellos weiß und die Frisuren unter den Käppchen wie gelackt, schwebten sie wie auf ihrer eigenen Wolke daher.

»Knorke!«, raunte Thea.

Margot nickte. Einem exklusiven Club schienen diese Stewardessen anzugehören, und wer das unverschämte Glück hatte, darin aufgenommen zu werden, dem würde die Welt zu Füßen liegen.

»Meine Damen, der Herr, ich bitte Sie um Ihre Aufmerksamkeit.«

Unbarmherzig holte Herr Schlippchen sie in die Wirklichkeit zurück. Ohne große Umschweife verlas er eine neue Liste mit Namen.

Margot war nicht weiter erstaunt, als er sie aufrief, und geradezu trotzig trat sie vor. Ein paar Augenblicke später gesellten sich Almuth und Thea zu ihr. Sie warf den beiden einen mitfühlenden Blick zu und zuckte enttäuscht mit den Schultern. Auch Felix Jungblut kam zu ihnen herüber.

Sie wollte sich schon zum Gehen wenden, als Herr Schlippchen erneut das Wort ergriff. »Herzlichen Glückwunsch, meine Damen, der Herr. Sie dürfen an unserem Auswahltest teilnehmen. Wenn Sie mir bitte folgen würden.«

Margot warf einen Blick über die Schulter. Die Anzahl der Bewerberinnen war auf knapp dreißig zusammengeschmolzen, plus Felix Jungblut. Mehr Plätze hätte es in diesem Raum, der wie ein ganz gewöhnliches Klassenzimmer aussah, auch gar nicht gegeben. Herr Pelzer hatte sich einen Stuhl in die hinterste Ecke gerückt und beschäftigte sich mit dem Ende seiner Krawatte, wenn er nicht gerade das Zifferblatt seiner Uhr studierte.

Margot richtete ihren Blick wieder nach vorn. Kerzengerade und die Beine elegant zur Seite gestellt, saß Fräulein Buschheuer vor der Tafel, während Herr Schlippchen im Stehen die Wanduhr beobachtete.

Der große Zeiger sprang auf die volle Stunde.

»Sie können die Aufgaben jetzt umdrehen und anfangen«, verkündete Herr Schlippchen. »Sie haben drei Stunden Zeit.«

Margot durchblätterte rasch den Papierstoß vor sich. Der essigsaure Geruch der blauen Matrizenfarbe, mit der die Prüfungsbögen vervielfältigt worden waren, stieg ihr in die Nase. Zweihundert Fragen und gerade einmal einhundertachtzig Minuten Zeit. Sie holte tief Luft, schrieb ihren Namen auf das Deckblatt und schlug es um.

Was ist der Mambo?

Das war leicht. Mambo hieß ein kubanischer Tanz, Silvana Mangano tanzte ihn im gleichnamigen Film; die *Constanze* hatte Fotos der Dreharbeiten abgedruckt.

Was ist die H-Linie?

Praktisch jede Illustrierte hatte darüber geschrieben, das *Hamburger Abendblatt* hatte sogar auf der Titelseite davon berichtet. So stellte sich Christian Dior die neue Silhouette der Frau vor, mit schmalem Oberteil und geradem Rock, die Taille betont, aber nicht eng.

Nennen Sie drei Werke von Ernest Hemingway.

Margot schmunzelte.

Übersetzen Sie die folgende Passage Hemingways vom Deutschen zurück ins Englische.

Das klang im ersten Moment schwieriger, als es tatsächlich war. *He was an old man*, schrieb Margot, *and fished alone in a boat* …

Wie viele Chromosomen hat der Mensch? Wie viele Liter Blut fließen durch den menschlichen Körper? Wann wurde die UNO gegründet? Nennen Sie fünf Gründungsmitglieder der UNO. Was hatte die Emser Depesche zur Folge?

Die Köpfe der Prüflinge rauchten, die Zigaretten der Prüfer nicht minder. Abgesehen vom Kratzen der Stifte, dem Rascheln einer umgeblätterten Seite war es mucksmäuschenstill, nur ab und zu stöhnte oder seufzte jemand auf. Gemessenen Schrittes wanderte Herr Schlippchen durch die Tischreihen und betätigte irgendwann den Schalter neben der Tür. Flackernd glommen die Leuchtstoffröhren an der Decke auf, draußen dämmerte es schon.

Nennen Sie drei Maler des französischen Impressionismus. Von wem stammt das Gemälde »Das blaue Pferd«? Aus welchen Elementen besteht Wasser? Welchen Zweck erfüllt eine elektrische Sicherung? Wann wurde das Kolosseum in Rom erbaut? Aus welchem Land kommt der beste Whisky? Wie bereitet man gefüllte Paprika zu?

Margot kam gut voran, zumindest wusste sie überall etwas hinzuschreiben. Erst bei der Frage, an welchem See Chicago lag, blieb sie hängen. Michigan oder Erie? Michigan oder Erie? Ein paar Sekunden rang sie mit einem ersten Anflug von Panik, angetrieben vom Ticken der Uhr. Dann gab sie sich einen Ruck und sprang zur nächsten Zeile.

Wo liegt der Popocatépetl?

Margot stutzte und betrachtete die Zeilen darunter.

Wie heißt die Hauptstadt von Belgien? Wo liegen die Hebriden?

Mit gerunzelter Stirn sah sie zum Fenster, hinter dem es bereits stockdunkel war. Die Scheibe warf ihr ein verschwommenes Spiegelbild von sich selbst und den gesenkten Köpfen um sie herum entgegen. Auf dem Prüfungsbogen standen dieselben Fragen, die ihr Claus Sturm heute Morgen so spielerisch gestellt hatte.

Zählen Sie die Bundesländer der Bundesrepublik und ihre Hauptstädte auf. Wer ist Ho Chi Minh?

Mit einem verwunderten Lächeln schüttelte Margot den Kopf, dann fiel es ihr wieder ein. Chicago lag am Michigansee.

Schwungvoll glitt ihr Stift weiter über das Papier.

Im Bus, der sie zur Halle der Lufthansa zurückbrachte, entlud sich die Aufregung und Anspannung des Tages in einem heillosen Geschnatter. Nur Almuth blieb still, das Gesicht kreidebleich in den vorbeiziehenden Lichtern des Flughafens.

»Ich bin nicht fertig geworden«, beichtete sie schließlich mit belegter Stimme. »Und manchmal habe ich nur geraten.«

»Wie wir alle wahrscheinlich«, sagte Margot und seufzte. Im Nachhinein kamen ihr doch Zweifel, ob ihre Antworten wirklich alle richtig sein konnten.

»Darauf könnt ihr wetten.« Thea stöhnte.

Der Bus hielt ruckelnd und quietschend an, und sie stiegen aus.

»Woher soll ick denn wissen, wie man Gerste, Roggen und Weizen auseinanderhält? Ick bin 'ne Berliner Bulette, 'ne Großstadtpflanze!«, beklagte sich Thea im dröhnenden Scheppern des Dieselmotors.

»Ist gar nicht schwer«, erwiderte Almuth eifrig. »Die Gerste schreibt sich mit großem G, und sie hat die längsten Grannen. Roggen ist das Getreide mit kleinem g und kleinen Grannen. Und der Weizen hat weder noch.«

»Woher weeßte denn so was?«

»Landpomeranze«, antwortete Almuth trocken.

Trotz der steifen Brise auf dem Flughafengelände war der Novemberabend verblüffend lau. Die anderen Bewerberinnen, die sich fieberhaft über Wissen und Nichtwissen in der Prüfung austauschten, zerstreuten sich nach und nach; morgen würde wieder ein langer Tag werden.

Hinter ihnen kam ein Cabriolet in Sicht, silberglänzend in den Nachtlichtern des Flughafens. Einen Pullover über das Hemd gezogen, lehnte Claus Sturm an der Fronthaube und ließ den Blick suchend über die Gesichter schweifen. Als er Margot entdeckte, öffnete er einladend die Beifahrertür, und ihr Herz machte einen Sprung.

»Oh, là, là!«, rief Thea. »Da wird jemand aber standesgemäß abgeholt.«

Almuth verabschiedete sich; ein aufgekratztes »Bis morgen« flog zwischen den dreien hin und her.

Thea folgte Margot zum Wagen. Sie pfiff durch die Zähne und fuhr mit der Hand über den Kotflügel. »'ne Banane!«, raunte sie bewundernd. »Der Maßanzug unter den fahrbaren Untersätzen.«

»Andere nennen ihn Rometsch«, gab Claus Sturm erheitert zurück.

»Wie viel macht der?«

»Hundertsiebzig. In Frankfurt getunt.«

Thea nickte anerkennend und nahm den Fahrer dann genauso gründlich in Augenschein wie seinen Wagen. »Hübsches Gesamtpaket«, befand sie und hauchte im Vorbeigehen ein Küsschen auf Margots Wange. »Bis morgen, Bella Bimba.«

Claus Sturm deutete auf das Fahrrad hinten im Wagen. »Der Fachmann vom Dienst hat die Kette gewechselt. Bei der Gelegenheit hat er auch die Bremse nachgestellt und die Beläge ausgetauscht. Ihr Drahtesel ist also fast wie neu.«

Margot band sich den Schal wieder um die Haare. »Was bin ich Ihnen schuldig?«

»Geht aufs Haus.« Er schwang sich auf den Fahrersitz, zog die Tür hinter sich zu, und mit einem satten Geräusch sprang der Motor an. »Wo müssen Sie hin?«

»Nach Billstedt.«

Das Cabriolet kurvte über den Flughafen und bog in die Zufahrtsstraße ein.

»Und, wie war es?«, rief Claus Sturm in den Wind.

Margot sprudelte nur so über vor lauter Erlebnissen und lachte mit ihm gemeinsam über lustige und merkwürdige Momente dieses Tages. Es fühlte sich an, als würden sie einander schon ewig kennen.

»Woher wussten Sie eigentlich, was für Fragen in der Prüfung gestellt würden?«, fragte sie.

Er grinste. »Sagen wir ... ich habe Beziehungen.«

Unwillkürlich warf Margot einen Blick hinter sich. Der Einzelsitz mit dem großzügigen Fußraum, der gerade ihr Fahrrad beherbergte, schien eigens dafür gebaut, auf Tuchfühlung zu gehen. Zumindest konnte sie sich Claus Sturm und ein hübsches Mädchen ohne Weiteres eng umschlungen darauf vorstellen. Viel weiter reichte Margots Fantasie nicht. Im Film hielten die Schauspieler ihre Köpfe immer in einem unnatürlichen Winkel und pressten die geschlossenen Münder so fest aufeinander, dass es eher unbequem als romantisch aussah.

»Ist ein geräumiger Wagen«, sagte sie herausfordernd.

»Deshalb habe ich ihn gekauft. Unter anderem.«

»Macht sich bestimmt gut als Liebeslaube.«

Ein frecher Seitenblick streifte sie. »Ist das ein Angebot, Fräulein Frei?«

Sie zog vergnügt die Nase kraus. »Träumen Sie ruhig weiter, Herr Sturm.«

Er lachte.

Zwischendurch hatte er zwar angeboten, das Verdeck zu schließen, aber Margot hatte abgelehnt. Herrlich war es, mit ihm im offenen Wagen durch die beleuchteten Straßen zu kreuzen. Erhaben, ein anderes Wort fiel ihr dafür nicht ein, und sie genoss jede Sekunde.

»Ab hier müssten Sie mich navigieren«, sagte er. »Billstedt liegt nicht gerade auf meiner täglichen Route.«

Margot reckte den Kopf und orientierte sich in der abendlichen Beleuchtung.

»Dort vorn können Sie mich rauslassen.« Sie zeigte auf die Haltestelle im Schiffbeker Weg, wo die Straßenbahn ihre Endschleife fuhr.

»Sind Sie sicher? Ich bringe Sie gern bis vor die Tür.«

»Nicht nötig«, erwiderte Margot hastig. »Von dort ist es nur noch ein Katzensprung.«

Sie wollte nicht, dass er die Barackensiedlung sah. Mit einem derart extravaganten Auto, das vermutlich mehr kostete als zwei der kugeligen Volkswagen zusammen, war er sicher Besseres gewohnt.

»Da wären wir«, sagte er, als er am Straßenrand das Fahrrad auslud.

Einige Augenblicke schwiegen sie beide.

»Wann geht es morgen für Sie weiter?«, fragte er dann.

»Um neun. Mit der flugmedizinischen Untersuchung.«

»Ich würde Sie gern wieder mitnehmen, aber mein Terminplan sieht etwas anderes vor.«

Margot nickte und griff nach dem Lenker, dessen andere Seite Claus Sturm hielt.

»Ich würde Ihnen gern meine Nummer geben«, sagte sie, »damit ich mich bei Gelegenheit erkenntlich zeigen kann. Aber wir haben leider kein Telefon.«

»Die Gelegenheit kommt schon noch. Ich gehe jedenfalls fest davon aus, dass wir uns demnächst wieder über den Weg laufen.«

Margot sah ihn verblüfft an. Lachend ging er zum Wagen und stieg ein.

»Bis bald, Margot mit den schönen Beinen und dem klugen Kopf!«

Im Anfahren drückte er auf die Hupe und hob die Hand in den Abendhimmel, dann brauste das Cabriolet davon. Auf Margots Gesicht breitete sich ein Lächeln aus. Mit einem glücklichen Zucken in der Magengegend stieg sie auf und radelte in die entgegengesetzte Richtung.

9

Eventuell, eventuell

»Die Reihen lichten sich«, wisperte Thea.

Margot nickte. Ein Großteil der jungen Frauen hatte die Begutachtung durch den Fliegerarzt bereits überstanden und war danach hinter der Glastür am Ende des Korridors verschwunden. Drei der Bewerberinnen hatte Dr. Frankhauser gleich an Ort und Stelle für untauglich erklärt, die eine aufgrund von Spreizfüßen, die zweite hatte einen leichten Schiefstand des Beckens, und bei der dritten stimmte etwas mit dem Blutdruck nicht. Ihren Einwand, sie sei nur aufgeregt, habe der Arzt mit einer ungeduldigen Geste weggewischt, hatte sie hinterher erzählt, am Boden zerstört.

Das weit entfernte Brummen von Flugzeugmotoren war zu hören. Durch die Türen drang das Klappern von Schreibmaschinen, vereinzelt Stimmen oder das Schrillen eines Telefons. Sämtliche Köpfe ruckten hoch, als sich die Tür zum Arztzimmer öffnete und Almuth heraustrat, steifbeinig wie ein Lamm, das nur knapp der Schlachtbank entronnen war.

»Und?«, fragten Margot und Thea wie aus einem Mund.

»Ich könnte ruhig ein oder zwei Pfund zunehmen«, brachte sie hervor. »Und ich soll viel Milch trinken.« Sie atmete zittrig aus. »Sonst ist wohl alles in Ordnung.«

Die von allen Seiten kommenden Glückwünsche prallten an ihr ab.

»Bis nachher«, flüsterte sie tonlos.

»Du schaffst das«, ermunterte Margot sie.

Almuth nickte mechanisch; sie sah aus, als müsste sie sich jeden Moment übergeben. Die Mappe haltsuchend vor die Brust gepresst und die Handtasche umklammert, stakste sie den Korridor entlang zum persönlichen Vorstellungsgespräch. Die höchste Hürde auf dem Weg in die Wolken, das wussten sie alle.

Der Arzt, ein schmaler Mann in weißem Kittel und mit runder Nickelbrille, erschien im Türrahmen. »Marianne Hoffmann!«

Ein spilleriges Fräulein, das gerade noch die Mindestgröße aufwies, tippelte auf ihren hohen Absätzen auf ihn zu, bei jedem Schritt wippte ihr kupferglänzender Pagenschnitt.

Die Tür schloss sich hinter den beiden, und erneut senkte sich Stille über den Korridor.

Margot warf zum wiederholten Mal einen Blick in den Umschlag mit den Unterlagen, die sie heute mitbringen sollten. Zu ihrer Erleichterung war sie nicht die Einzige, die mit einem schlichten braunen Kuvert erschienen war. Sie konnte nur hoffen, dass ihre liebevoll gebastelten Zeugnisoriginale dem strengen Blick der Ausbilder standhalten würden. Die halbe Nacht hatte sie damit zugebracht, sich noch einmal alle Einzelheiten über Margot, die Pensionatsschülerin, ins Gedächtnis zu rufen und weiter auszuschmücken, die eine oder andere französische Redewendung im Geiste zu wiederholen. Einzig ihr Führungszeugnis vom Amt in Billstedt war echt.

»Ick krieg noch die Motten«, murrte Thea und streckte die Beine von sich, um sie dann wieder übereinanderzuschlagen; ungeduldig wippte ihr Fuß im spitzen Schuh.

Zustimmende Blicke trafen sie. Das Warten war das Schlimmste, diese quälende Ungewissheit. Die ärztliche Untersuchung würde darüber entscheiden, ob sie grundsätzlich für den Beruf der Stewardess infrage kamen. Ein endgültiges Urteil, das allein in der Hand des Arztes lag.

Ablenkung brachten zwei Piloten, die entspannt und energisch zugleich den Korridor entlangmarschierten, jeder einen schwarzen Aktenkoffer in der einen, einen Stoß Papiere in der anderen Hand. Die Streifen an den Ärmeln ihrer mitternachtsblauen Uniformjacken glänzten wie Sonnenstrahlen. In den gebräunten Gesichtern leuchteten ihre ebenmäßigen Zähne so weiß wie die Kapitänsmützen, während sie das Englisch mit breitem amerikanischem Akzent zerkauten.

Eine männliche Autorität trugen sie vor sich her, eine blitzsaubere Art des Heldentums, die die jungen Frauen mit strahlenden Augen in sich aufsaugten. Und selbst Felix Jungblut, der den Damen die Sitzplätze überlassen hatte und an der Wand lehnte, stand mit einem Mal stramm.

Sobald sie außer Hörweite waren, beugte Thea sich zu Margot herüber. »Selber fliegen«, flüsterte sie erregt, »im Cockpit einer Maschine sitzen – det wär's! Aber die nehmen keine Frauen, ick hab zigmal nachgefragt.«

Unerwartet früh ging die Tür zum Arztzimmer wieder auf, und mit nassen Augen stöckelte Marianne Hoffmann heraus.

»Na, na.« Begütigend tätschelte der Arzt ihr die Schulter. »Gibt doch auch andere schöne Berufe.«

Besorgte Nachfragen schwirrten durch die Luft.

»Ein einziger Buchstabe«, schniefte Marianne. »Einen einzigen blöden Buchstaben konnte ich nicht lesen, in der vorletzten Zeile.«

Bestürztes Luftholen machte die Runde.

»Margot Frei!«, rief der Arzt.

Mit langen Schritten überquerte Margot den Korridor und zog die Tür hinter sich zu.

Alle möglichen komplizierten Gerätschaften hatte sie sich für eine solche Untersuchung vorgestellt, stattdessen stand sie in einem ganz gewöhnlichen und ziemlich spartanisch eingerichteten Arztzimmer. Im Licht der Leuchtstoffröhren glänzte der kahle Kopf Dr. Frankhausers wie mit Erdal poliert, während er die Unterlagen auf seinem Schreibtisch durchblätterte.

»Margot Frei«, murmelte er. »Ein Kind der Hansestadt. Schönschön. Geboren am ... Sieh an, ein Christkind.« Verblüfft runzelte er die Stirn. »Sie sind ja noch ein Küken, gerade frisch geschlüpft!«

»Aber schon trocken hinter den Ohren.«

»Das werden wir ja noch sehen«, brummelte der Arzt. »Irgendwelche schwereren Krankheiten oder Unfälle in Kindheit und Jugend? Nein? Besondere Krankheitsbilder in der Familie? Auffälligkeiten in der Verwandtschaft?«

Margot verneinte. Dass Tante Erna ihre Hennen sicher immer noch mit *Puttiputtiputti, geh her bei de Muddi* lockte, konnte er wohl schwerlich meinen.

»Wenn Sie sich bitte freimachen würden, Fräulein Frei.«

»Sollten Sie mich vorher nicht wenigstens zum Essen einladen?«, rutschte es Margot heraus.

»Verzeihung?« Der Arzt blinzelte hinter seinen Brillengläsern.

»'tschuldigung«, murmelte Margot gekonnt zerknirscht, aber mit einem Lachen in der Kehle und schälte sich aus Kostümjacke und Bluse.

»Dann wollen wir mal sehen, ob nicht nur Ihr Mundwerk reibungslos funktioniert«, erwiderte Dr. Frankhauser und hängte sich das Stethoskop um.

In ihrer Unterwäsche wurde Margot gründlich abgehorcht und begutachtet, abgemessen und durchleuchtet und musste ein Glasröhrchen mit Blut dalassen. Die allerletzte Zeile der Buchstabentafel konnte sie nicht klar erkennen, da gehorchte sie einfach ihrem Gefühl. Mit geschlossenen Augen balancierte sie eine Linie auf dem Boden entlang und tippte sich blind auf die Nase, während sie wie ein Storch auf einem Bein stand. Wofür die zwanzig Kniebeugen gut sein mochten, blieb ihr ein Rätsel.

»Sie hören wohl auch das Gras wachsen, was?«, kommentierte der Arzt schließlich zufrieden das Ergebnis des Hörtests, notierte etwas in seinen Unterlagen und kritzelte dann auf einem Rezeptblock herum. »Gehen Sie doch bitte in den nächsten Tagen noch in diese Röntgenpraxis hier, ist in der Innenstadt. Keine Sorge, reine Routine, da müssen alle für eine Aufnahme des Brustkorbs hin. Soweit ich das beurteilen kann, sind Sie so munter wie ein Fisch im Wasser. Oder eher wie eine Lachmöwe über der Ostsee.«

Danach hieß es wieder warten, in einem anderen Korridor, auf einem anderen Stuhl. Der einzige Unterschied bestand darin, dass außer Margot nur noch eine weitere Bewerberin hier saß. Alle, die vor ihr beim Arzt gewesen waren, schienen das Gespräch schon hinter sich zu haben.

»Mein Kopf ist vollkommen leer«, stöhnte die andere junge Frau.

»Meiner auch. Ich bin übrigens Margot.«

»Lieselotte. Aber alle nennen mich Lotte.« Ihr Gegenüber lächelte. Grübchen erschienen dabei in ihren Wagen, ihre blonden Flechtzöpfe trug sie nach altmodischer Landmädelart hochgesteckt.

Die Tür ging auf, und die Schneewittchenschönheit trat in Begleitung von Herrn Schlippchen heraus.

»Fräulein Frei!«, rief er.

Margot sah Schneewittchen fragend an. Die zuckte mit den Schultern, blanke Ratlosigkeit auf dem Gesicht. Dann zog Herr Schlippchen die Tür hinter Margot zu und gab ihr die Hand.

»Nehmen Sie bitte Platz, Fräulein Frei.«

Mit Handschlag begrüßte Margot auch die Chefstewardess und Herrn Pelzer, bevor sie sich zu ihnen an den Tisch setzte. In dem kleinen Raum mit den Wandschränken und gerahmten Karten roch es wie in einer Räucherkammer. Der Aschenbecher war übervoll, und die Kaffeetassen hatten im Lauf des Vormittags Ränder auf der Tischplatte hinterlassen.

»Haben Sie den gestrigen Tag gut überstanden?«, erkundigte sich Fräulein Buschheuer lächelnd; taufrisch sah sie aus.

»Sehr gut, danke«, erwiderte Margot wohlerzogen. »Ich hoffe, Sie auch.«

Das Lächeln der Chefstewardess vertiefte sich.

Der Teufel steckt im Detail, ging es Margot durch den Kopf.

»Darf ich?«, fragte Herr Schlippchen und streckte die Hand nach dem braunen Umschlag aus.

Gründlich betrachtete er die mitgebrachten Dokumente und verglich sie mit seinen eigenen Unterlagen.

»*Voudriez-vous une tasse de café?*«, fragte Fräulein Buschheuer und deutete auf die Isolierkanne auf dem Tisch.

»*Non, merci*«, erwiderte Margot. Da ihr diese Antwort zu knapp vorkam, fügte sie hinzu: »*Je* ...« Prompt verhedderte sie sich und musste auf eine andere Formulierung zurückgreifen, um zu fragen, ob sie vielleicht auch einen Tee haben könne.

»*Peut-être il y a aussi le thé?*«

»*Oui, nous avons aussi du thé*«, bestätigte die Chefstewardess mit Nachdruck.

Margot bemerkte ihren Fehler sofort. In diesem Zusammenhang sagte man nicht *le*, sondern *du*. »*Bon. Alors, je voudrais du thé, s'il vous plaît.*«

Kaum merklich zuckten die Mundwinkel der Chefstewardess, als sie aufstand, um mit einer Kanne heißen Wassers und Teebeuteln zu hantieren.

»Sind Sie schon einmal geflogen?«, fragte unterdessen Herr Pelzer, während er in seiner Kaffeetasse rührte.

»Leider nicht«, antwortete Margot. »Aber ich stelle es mir großartig vor.«

»Keine Angst davor, in ein Flugzeug zu steigen?«, hakte er nach.

Margot sah ihn erstaunt an. »Nein, warum sollte ich? Soweit ich weiß, bleiben die allermeisten doch oben. Bis zur Landung natürlich.«

Unter seinen Augen fächerten sich tiefe Strahlenkränze auf.

»*Here's your tea*«, sagte Fräulein Buschheuer und stellte eine dampfende Tasse vor Margot ab. »*Enjoy.*«

»*So kind, thank you very much*«, bedankte Margot sich. »*I appreciate it.*« Ein Nachsatz, den sie einmal im *Alsterpavillon* aufgeschnappt hatte und schick fand.

Erneut zuckte es um den Mund der Chefstewardess.

»Also«, ergriff Herr Schlippchen das Wort. »Margot Frei, Jahrgang 1933. Sie haben im Einstellungsbogen angekreuzt, politisch unbelastet zu sein. Demnach sind Sie kein Mitglied einer kommunistischen oder ähnlich ausgerichteten Partei?«

Margot hob eine Braue, als hätte er sich ihr unsittlich genähert.

»Genauso wenig finde ich einen Hinweis darauf, dass Sie

jemals Mitglied im Jungmädelbund gewesen wären. Was Sie aber doch aufgrund Ihres Geburtsjahres hätten sein müssen.«

»Die Luftangriffe auf Hamburg im Sommer 43 kamen dazwischen«, erklärte Margot ruhig, aber bestimmt. »Danach hatten wir andere Sorgen.«

»Das war« – Herr Schlippchen warf zur Sicherheit noch einen Blick auf die Unterlagen vor sich – »auch das Jahr, in dem Sie in die Schweiz ausgereist sind, nicht wahr?«

»Genau.«

Der Ausbilder zündete sich eine Zigarette an, blies kräftig den Rauch aus und lehnte sich zurück. »Helfen Sie mir bitte kurz auf die Sprünge, Fräulein Frei. War es da nicht schon äußerst schwierig bis unmöglich, mit deutschem Pass und ohne triftigen Grund in die Schweiz einzureisen und dort auch zu bleiben? Es sei denn, auf illegalem Wege über die grüne Grenze, mittels irgendwelcher Fluchthelfer?«

Margot blickte ihm direkt in die Augen. »Meine Tante in der Schweiz hat mich zu sich geholt. Mich und meine Schwester. Wie genau sie das bewerkstelligt hat, weiß ich nicht. An viel mehr als an die Zugfahrt erinnere ich mich nicht mehr, und selbst da bin ich nicht sicher, ob sie wirklich so stattgefunden hat. Ich war neun Jahre alt, hatte in den Bombennächten mein Zuhause verloren und mich gerade auf unbestimmte Zeit von meiner Mutter verabschiedet.«

Im Stillen leistete sie Abbitte bei ihrer Mutter, bei Lore und Tante Erna, weil sie sie in ihr Lügengebilde mit hineinzog.

»Das muss sehr schwer für Sie gewesen sein«, bekundete Fräulein Buschheuer leise.

Ein feuchter Film überzog Margots Augen, und sie nickte.

»Trotzdem sind Sie auch nach Kriegsende in der Schweiz geblieben«, bohrte Herr Schlippchen nach.

»Natürlich.« Margot sah ihn offen an. »Ich war glücklich im Pensionat, ich hatte Freundinnen gefunden. Und nachdem meine Mutter mit eigenen Augen gesehen hatte, dass ich dort viel besser aufgehoben war als im zerbombten Hamburg, war sie einverstanden. Nicht nur wegen der guten Schulbildung.«

Margot dachte nicht gern an die Zeit, als sie nach der Evakuierung wieder nach Hamburg zurückgekehrt waren, in eine baufällige Baracke, die sie sich mit zwei anderen Familien teilten. Ihr Schulweg hatte durch gespenstische Trümmerfelder geführt, zwischen denen es seltsam roch, und sie erinnerte sich noch an kratzige Wollstrümpfe und an ein Kleid von der Wohlfahrt, das unter den Achseln zwickte. Das Schulhaus war eine Ruine gewesen, in der sich trotz Schichtunterricht in jeder Klasse mehrere Dutzend Kinder und Jugendliche zusammenquetschten, größtenteils im Schneidersitz auf dem Boden, weil es nicht nur an Büchern fehlte, sondern auch an Tischen und Stühlen. Das einzig Gute war die Schulspeisung gewesen, von den Briten mithilfe schwedischer Spenden organisiert, auch wenn nie genug zu essen in den Blechnäpfen zu sein schien. *Ein leerer Bauch studiert nicht gern.*

Deutlich besser gefiel Margot die Vorstellung, wie sie mit langen Zöpfen und in einem weißen Sommerkleid in der Schulbank eines feinen Schweizer Pensionats saß, während durch das geöffnete Fenster die Sonne flutete und das behäbige Läuten von Kuhglocken hereindrang.

Herr Schlippchen schnippte die Asche seiner Zigarette in den Aschenbecher. »Mit Verlaub, das kann ich nicht nachvollziehen. Ihre Mutter hat Sie im Pensionat besucht und ist ohne Sie wieder nach Hamburg zurückgekehrt? Nach der langen Trennung während des Krieges?«

»Das ist doch der Sinn eines Pensionats, oder nicht?« Margot pustete auf ihren Tee und nippte daran. »Wir sind sicher nicht die Einzigen, die im Krieg und in den Jahren danach Entscheidungen getroffen haben, die im Rückblick seltsam oder gar fragwürdig wirken. Und eigentlich« – sie trank einen weiteren Schluck – »eigentlich bin ich doch hier, damit Sie meine Eignung als Luftstewardess überprüfen.«

Das Unterlid des Stewards zuckte, aber er schwieg.

»Einen beachtlichen Lebenslauf haben Sie uns da vorgelegt, Fräulein Frei«, meldete sich jetzt die Chefstewardess zu Wort. »Die Ausbildung im *Alsterpavillon* in Rekordzeit absolviert, in der Berufsschule sehr gute Noten und dann im Service rasch aufgestiegen. Das Zwischenzeugnis Ihres aktuellen Arbeitgebers ist ebenfalls hervorragend. Aber erlauben Sie die Frage, weshalb Sie von der Gastronomie auf eine Bürotätigkeit umgestiegen sind?«

»Weil ich herausfinden wollte, was ich sonst noch kann. Und um möglichst breit gefächerte Erfahrungen zu sammeln.«

Fräulein Buschheuer nickte und notierte sich etwas.

»Das Abitur haben Sie auch bereits mit siebzehn gemacht«, bemerkte Herr Schlippchen mit beißendem Unterton. »Nicht mit achtzehn oder neunzehn, wie sonst üblich.«

Ein kleiner Kunstgriff, der nötig gewesen war, um Schulausbildung, Lehrzeit und Berufserfahrung in ihren knapp einundzwanzig Lebensjahren unterzubringen.

Margot lächelte schelmisch. »Wegen guter Führung vorzeitig entlassen.«

Herr Pelzer schmunzelte hinter seiner Kaffeetasse, und auch die Chefstewardess stieß ein leises Lachen aus.

»In der Schweiz entscheiden die Kantone über solche Regularien«, wandte sie sich mit sanftem Tadel an Herrn Schlippchen. »Nicht selten auch die einzelnen Institutionen.«

Herr Schlippchen ließ nicht locker. »Entschuldigen Sie, Fräulein Frei, wenn ich noch einmal nachhake. Was mich wirklich irritiert, ist die Tatsache, dass ich so gar kein Schweizerdeutsch bei Ihnen heraushöre. Nach« – er warf einen Blick auf die Unterlagen – »immerhin acht Jahren dort. Nicht die Spur eines Akzents.«

Margot sah ihn erstaunt an. »Ich wüsste nicht, woher ich den haben sollte. Unser Lehrpersonal war international, meine Mitschülerinnen auch. Die Schule lag recht abgeschieden, und wir kamen nur selten ins Dorf. Wahrscheinlich brenne ich deshalb so sehr darauf, etwas von der Welt zu sehen und in meinem Beruf mit Menschen zu tun zu haben.«

Sie konnte förmlich spüren, wie ein kleines Teufelchen auf ihre Schulter sprang und sie mit seinem Dreizack pikte.

»Aber natürlich weiß ich«, fügte sie hinzu, »dass ein *Apéro* ein Aperitif ist, *Coupe* ein Eisbecher, das *Gipfeli* ein Hörnchen und ein *Panaché* das, was wir Hamburger Alsterwasser nennen und der Rest Deutschlands Radler.«

Im Geiste schickte sie ein kleines Danke an die Gäste aus der Schweiz, denen sie in vier Monaten *Alsterpavillon* begegnet war.

Fräulein Buschheuer lachte. »Danke, Fräulein Frei. Ich denke, wir konnten uns ein gutes Bild von Ihnen machen. Sie hören von uns.«

Den Umschlag mit ihren Dokumenten unter dem Arm, trat Margot mit weichen Knien aus dem Backsteinbau. Das Billett, das Herr Schlippchen ihr in die Hand gedrückt hatte, schob sie achtlos in die Jackentasche. Unter dem Kostüm klebte die Bluse schweißfeucht an ihrem Rücken, und ein Frösteln durchlief sie. Über Nacht war es wieder kälter geworden, der Winter stand spürbar vor der Tür.

In einiger Entfernung entdeckte sie Almuth, die in ihrem hübschen blauen Kurzmantel an der Wand lehnte und sich fortwährend über die Augen wischte. Margot zögerte einen Moment, dann ging sie hinüber.

»War's so schlimm?«

Almuths Kinn zitterte. »Förmlich gegrillt haben die mich. Ich glaube, ich habe alles falsch gemacht, was man nur falsch machen kann. Und bei dir?«

Im Nachhinein verstand Margot die Reaktion der Schneewittchenschönheit, die vor ihr aus dem Vorstellungsgespräch gekommen war. Sie selbst hob jetzt genauso ratlos die Schultern.

»Weißt du etwas von Thea?«, fragte Almuth schniefend; selbst verweint sah sie noch umwerfend aus.

»Sie saß vor der Tür, als ich rauskam, und müsste gleich als Nächste dran sein.«

»Sollen wir auf sie warten?«, schlug Almuth zaghaft vor.

»Unbedingt.«

Ein kleines Lächeln wanderte zwischen ihnen hin und her.

»Eigentlich will ich das gar nicht«, sagte Almuth nach einer Weile in das Dröhnen einer Propellermaschine hinein. »Luftstewardess werden. Meine Mutter ist diejenige, die sich das in den Kopf gesetzt hat. Sie ist davon überzeugt, dass ich bei dieser Ausbildung den letzten Schliff zur vollendeten Dame erhalte, dabei noch genug Geld für die Aussteuer verdiene und auf einem Flug dann meinen Zukünftigen kennenlerne. Der natürlich ein richtig guter Fang sein muss.«

»Ist nicht wahr!«, entfuhr es Margot.

»Doch«, gab Almuth erstickt von sich. »Ich konnte zwar die Einladung für das Vorstellungsgespräch in Köln abfangen und vernichten. Aber meine Mutter hat mir nicht geglaubt, dass kein Brief gekommen sein soll. Also hat sie bei der Lufthansa angerufen und denen so lange zugesetzt, bis ich zu diesem zweiten Termin nach Hamburg kommen durfte.«

Margot konnte nicht anders, sie musste lachen. Zaghaft stimmte Almuth mit ein.

»Ich darf nur nicht daran denken«, meinte sie dann bang, »was meine Mutter dazu sagt, dass ich komplett versagt habe.«

»Aber du hast es versucht.«

Almuth atmete tief durch. »Ja. Ich habe es wenigstens versucht.«

Hinter ihnen ertönte lautes Absatzgeklapper.

»Ihr seid ja zwei Schätzchen«, posaunte Thea. »Lieb, dass ihr auf mich gewartet habt.« Begierig zog sie an ihrer Zigarette, die sie sich noch im Laufen angesteckt hatte, und blies den Rauch aus. »Alle hab ick gerade in die Tasche gesteckt, alle! Mit fliegenden Fahnen! Außer euch natürlich. Det müssen wir feiern, wa?«

Begeistert wedelte sie mit dem Billett, das zwischen ihrem Daumen- und Zeigefinger klemmte: ein Verzehrbon für das Flughafenrestaurant im Wert eines Heißgetränks.

In einem der Busse, die fortlaufend ihre Runden über das Gelände drehten, fuhren sie zum Flughafengebäude und erzählten sich gegenseitig von ihren Vorstellungsgesprächen.

Solange es den Kellnern gegenüber vertretbar schien, hielten sie sich im Restaurant an ihren Tassen mit echtem Bohnenkaffee fest und beobachteten die Menschen, die sich vor einer großen Reise stärkten oder einfach nur gekommen waren, um wie die drei jungen Frau den Flugzeugen beim Starten und Landen zuzusehen.

Wie auch immer die Entscheidung der Lufthansa ausfallen würde: An diesem Nachmittag konnte ihnen niemand das Gefühl nehmen, es geschafft zu haben. Unbezwingbar fühlten sie sich, wie die Vorreiterinnen einer neuen Zeit.

10

Ich zähl mir's an den Knöpfen ab

Als Margot an diesem Samstagnachmittag aus dem Kino kam, dämmerte es schon. Die Mönckebergstraße erstrahlte im Glanz der Weihnachtsbeleuchtung. Die Luft war feucht, aber mit knapp über null Grad nicht allzu kalt. Weiße Weihnachten waren nicht in Sicht, nur auf dem Plakat mit Bing Crosby im Vorschaukasten.

Der Film, den Margot sich angesehen hatte, hallte noch in ihr nach. *Sabrina.* Dass die bezaubernde Audrey Hepburn am Schluss den knorrigen, schwerreichen und vor allem viel zu alten Humphrey Bogart abbekam – geschenkt. Aber wie sie sich von einem tapsigen Entlein in einen Schwan verwandelt hatte, noch dazu in Paris, das hatte Margot gebannt verfolgt.

So stellte sie es sich vor, wenn sie im kommenden Jahr in ihrer schicken Stewardessenuniform nach London und Paris fliegen würde, vielleicht sogar nach Amerika. Aber bisher hatte sie nichts von der Lufthansa gehört. Sicher dauerte es noch, es waren ja erst zweieinhalb Wochen vergangen. Und trotzdem verbrachte Margot seitdem jeden Tag in einem Schlingerkurs zwischen Bangen und Hoffen.

Auf dem Weg zum Hauptbahnhof schlenderte sie an den festlich geschmückten und beleuchteten Schaufenstern vorüber.

Sogar für einen Samstag herrschte enormer Trubel auf der Einkaufsmeile. Halb Hamburg schien auf den Beinen zu sein, und ein Teil des Umlands noch dazu. Alle wollten ihre Lieben und sich selbst beschenken und die Feiertage schick herausgeputzt verbringen. Eine knappe Woche war es noch bis Heiligabend, und Margot hatte noch keine Geschenke für ihre Mutter, für Lore und Hans. Aber alles, was sie gebrauchen konnten oder ihnen gefallen mochte, lag weit über Margots schmalem Budget.

Vor der Auslage eines Schuhgeschäfts blieb sie stehen. Solche zierlichen Pumps hätte sie auch gern gehabt, aber feste Winterstiefel brauchte sie dringender. Vielleicht konnte sie im Schlussverkauf günstig welche ergattern, für nächstes Jahr.

»Margot?«

Sie wandte den Kopf und erblickte das Grübchenlächeln von Lotte, die mit ihr auf das Vorstellungsgespräch gewartet hatte.

»Ich hab gleich gedacht, das Gesicht kenn ich doch«, rief Lotte lachend, eine dunkle Wollmütze über ihre hochgesteckten Blondzöpfe gezogen.

»Lotte, hallo!«, sagte Margot überrascht. »Ich wusste gar nicht, dass du auch aus Hamburg bist.«

»Bin ich auch nicht«, erwiderte Lotte aufgekratzt. »Montag habe ich die Zusage von der Lufthansa im Briefkasten gehabt. Da habe ich mich gleich in den Zug gesetzt, um mir hier Zimmer anzusehen und ein paar neue Sachen zu kaufen.« Sie hob die Tüten in ihren Händen an. »Am dritten Januar geht es ja schon los.«

Margot schluckte, einen Augenblick lang hatte sie keinen Boden unter den Füßen.

Lotte musste es ihr angesehen haben. »Entschuldige, ich wusste nicht … Ich dachte, gerade du …« Sie machte ein betretenes Gesicht, offenbar um die passenden Worte verlegen.

»Vielleicht kommt deine Zusage ja noch«, fügte sie dann hoffnungsvoll hinzu.

»Ja, vielleicht«, sagte Margot mit trockener Kehle. Sie gab sich einen Ruck. »Glückwunsch, Lotte! Ich freu mich für dich.«

Es kam von Herzen, aber es tat ihr in der Seele weh, und mit fliegenden Schritten hastete sie die Mö entlang.

Die Finsternis des frühen Dezemberabends verschluckte die Bedürftigkeit der Wohnsiedlung, im Schein der beleuchteten Fenster wirkte sie fast heimelig. Vor einigen der Behausungen lag schon ein Tannenbäumchen, das nur darauf wartete, hereingeholt und mit Lametta und Paraffinkerzen geschmückt zu werden. Über dem Arm trug Margot die Sachen, die sie auf dem Rückweg aus der Reinigung abgeholt hatte. Im Gegensatz zu vielen anderen Dingen war eine chemische Reinigung billig; so sparte man sich außerdem die Plackerei mit Zuber und Seifenflocken, die so viel kostbares Wasser verschwendete, und die meisten der neuen Stoffe konnte man sowieso nicht waschen.

Im hintersten Fenster ihres Behelfsheims zeichnete sich die Silhouette von Margots Mutter ab, die sich über die Nähmaschine beugte. Irmgard Frei machte ein großes Geheimnis daraus, woran sie abends gerade nähte. Schnittmusterbogen und der feste Wollstoff hatten Margot jedoch verraten, dass es ein Wintermantel für sie werden würde.

Undankbar kam sie sich vor, weil sie lieber einen Mantel aus einem Modegeschäft gehabt hätte; undankbar, weil sie nicht mit dem Leben zufrieden war, das sie sich nach dem Krieg aufgebaut hatten.

In einer Woche würde sie einundzwanzig Jahre alt sein. Endlich volljährig, endlich erwachsen, mit allen Rechten und Pflichten. Ändern würde sich dadurch nichts. Sie saß weiter mit ihren Lohnlisten im Werftbüro fest, wo Herr Gromann ihr auf Beine und Po starrte und manchmal eine anzügliche Bemerkung fallen ließ. Ab und zu steckte Ole Rummel für ein paar gestotterte Worte über das Wetter oder das Kinoprogramm den Kopf zur Tür herein. Vergangene Woche hatte er ihr Weihnachtsplätzchen von seiner Mutter vorbeigebracht, die nach nichts als Kunsthonig geschmeckt hatten. Wenigstens durfte Margot inzwischen den einen oder anderen Brief abtippen, wenn Lore zu viel zu tun hatte.

Tausend Dinge waren ihr in den letzten zweieinhalb Wochen eingefallen, die sie in ihrem Vorstellungsgespräch anders machen würde, hätte sie noch einmal die Chance. Am Ende waren sie ihr womöglich einfach auf die Schliche gekommen, allen voran der scharfsichtige Herr Schlippchen. Wenn Margot daran dachte, wurde sie glutrot vor Scham. Sie konnte von Glück sagen, wenn sie sie nicht wegen Betrugs und Urkundenfälschung anzeigten. Bei diesem Gedanken drehte es ihr vollends den Magen um.

Sie wischte sich noch einmal über die Augen und öffnete die Tür.

»Margot«, schrillte die Stimme ihrer Mutter aus dem Nebenzimmer, kaum dass sie die gereinigten Kleidungsstücke über die Stuhllehne gelegt hatte. »Margot!«

Das Maßband um den Hals und ein Nadelkissen in der Hand, stürmte Irmgard Frei in Puschen und Kittelschürze in die Wohnküche. »Margot! Du hast Post! Von der Lufthansa!«

Margot starrte den großen Umschlag auf dem Tisch an. Wenn Lotte ihre Zusage am Montag erhalten hatte, waren das bestimmt Margots Bewerbungsunterlagen, ergänzt um ein paar höfliche, aber im Grunde nichtssagende Dankesworte.

»Jetzt mach doch auf!«

Die Würfel waren so oder so gefallen, vielleicht konnte sie sich mit ihren schönen selbst gemachten Zeugnissen anderswo bewerben. Margot riss den Umschlag auf – und hielt dann ungläubig ihren Ausbildungsvertrag in den Händen.

Sie war dabei.

11

Nimm mich mit, Kapitän, auf die Reise

Ein neues Jahr. Ein neuer Anfang. Hoffnungsvoll saß Margot an diesem Montagmorgen in demselben Raum, in dem sie vor gut vier Wochen Fragen zu Hauptstädten und Hemingway beantwortet hatte.

Aus ihrem Arbeitsvertrag auf der Werft herauszukommen hatte sich als erstaunlich schwierig erwiesen. Mit klimpernden Wimpern und übereinandergeschlagenen Beinen hatte sie bei Herrn Gromann nichts erreicht. Erst als sie ihm vorrechnete, wie viele Urlaubstage ihr noch zustanden, sich auf die Kündigungsfrist berief und schließlich sogar das hässliche Wort »Betriebsrat« in den Mund nahm, hatte er klein beigegeben. Am Ende wirkte er beinahe froh, ein derart aufmüpfiges Frauenzimmer los zu sein, das über kurz oder lang nur Scherereien gemacht hätte.

Und hier saß sie nun, als Luftstewardess in spe, wie alle anderen mit Schreibblock und Stift bewaffnet, und wechselte erwartungsvoll einen Blick mit Almuth und Thea. Mit großem Hallo hatten die drei einander vorhin auf dem Korridor begrüßt.

Um Punkt acht Uhr traten Herr Schlippchen und Fräulein Buschheuer an die Tafel.

»Guten Morgen, meine Damen und Herren«, begann die

Chefstewardess. »Im Namen der gesamten Gesellschaft begrüßen wir Sie zum ersten Lehrgang für das Kabinenpersonal der künftigen Lufthansa. Wir beglückwünschen Sie zu dieser einmaligen Gelegenheit. Wir sind sicher, dass wir von mehreren Tausend Bewerbern aus ganz Deutschland die geeignetsten ausgewählt haben.«

In der ersten Reihe konnte Margot die Flechtzöpfe von Lotte ausmachen. Die Schneewittchenschönheit, die Sieglinde hieß, saß schräg hinter ihr und Felix Jungblut auf einem Platz am Fenster. Neben einer properen Brünetten, die ihr vom Auswahlverfahren in Erinnerung geblieben war, erkannte sie sonst nur eine aparte Rotblonde wieder. Alle anderen stammten offenbar aus der früheren Auslese in Köln. Die erste Garde. Margot beschäftigte der Gedanke, was an ihnen so viel besser sein mochte, dass die Lufthansa sie zuerst aus den Bewerbungen ausgesiebt hatte.

Ein gutes Drittel der knapp dreißig jungen Leute waren Männer, mal Milchbubi, mal Sonnyboy, mal eher der Typ solider Buchhalter. Aus den Blicken der anderen jungen Frauen las Margot Verunsicherung; offenbar hatte kaum eine damit gerechnet, sich in einem gemischten Lehrgang wiederzufinden. Ob es hier wohl genauso sein würde wie im *Alsterpavillon*, wo die Kellner den Ton angaben und sich die Rosinen herauspickten?

»In den kommenden sechs Wochen«, fuhr Fräulein Buschheuer fort, »werden wir Ihnen alles Notwendige für den Service an Bord beibringen. Falls Ihnen sechs Wochen zu kurz erscheinen – das sind sie auch. Umso intensiver wird Ihre Ausbildungszeit bei uns sein. Wir setzen darauf, dass Sie bereits einen guten Grundstock an Kenntnissen, Fertigkeiten und Erfahrung mitbringen, dem nur noch ein Quäntchen Perfektion und Know-how fehlt.«

Margot drückte selbstbewusst den Rücken durch. Sehr viel

anders als im *Alsterpavillon* konnte die Arbeit einer Luftstewardess nicht sein, und sie war eine gute Kellnerin gewesen – zumindest, wenn man die unglückselige Episode mit Friedhelm und seinem Pils außer Acht ließ.

»Sollte Ihnen in den Unterrichtsstunden etwas nebensächlich oder unwichtig vorkommen, passen Sie lieber doppelt so gut auf«, mahnte die Chefstewardess. »Achten Sie auf jede Kleinigkeit, denn es könnte sein, dass Sie genau das später einmal brauchen werden. Wir erwarten von Ihnen, dass Sie in jeder freien Minute den Stoff wiederholen und Ihr Wissen selbstständig erweitern. Selbstredend werden wir Sie während der kommenden sechs Wochen jeden einzelnen Tag gründlich unter die Lupe nehmen. Denn nicht alle von Ihnen werden an der Abschlussprüfung Mitte Februar teilnehmen. Und nicht jeder, der diese Prüfung besteht, wird auch einen Arbeitsvertrag erhalten. Derzeit ist noch offen, wie viele Stewards und Stewardessen wir am Ende einstellen werden.«

Siegesgewiss ließen die jungen Herren die Blicke schweifen. Eine Herausforderung, der die Damen teils frostig, teils mit entschlossenen Mienen begegneten.

»Sie sind die Ersten«, fuhr Fräulein Buschheuer fort, »die diesen Lehrgang absolvieren. Sobald die Lufthansa den Betrieb aufnimmt, werden sämtliche Augen auf Sie gerichtet sein. Presse und Rundfunk, Fernsehen und Wochenschau werden darüber berichten. Das muss Ihnen Ansporn sein, jeden Tag Ihr Bestes zu geben. Am 14. Februar dieses Jahres beginnt bereits der nächste Lehrgang für Flugbegleiter. Die Konkurrenz schläft also nicht«, erklärte sie mit einem charmanten Lächeln.

»Wir beginnen mit den Grundlagen«, ergriff Herr Schlippchen das Wort. »Wenn die Damen sich zu Fräulein Buschheuer bemühen wollen, die Herren bitte zu mir.«

Mit den Grundlagen waren offenbar die wichtigsten Regeln von Anstand und Etikette gemeint. Margot und ihre Kolleginnen lernten an diesem Vormittag, dass es nur eine richtige Art gab, einen Mantel aufzuhängen, ihn wieder vom Haken zu nehmen und hineinzuschlüpfen. Knöpfe waren grundsätzlich zu schließen und Handschuhe ein Muss, sofern nicht eine der zahlreichen Ausnahmen zutraf. Eine Handtasche konnte man auf zwei Arten tragen, und weiteres Gepäck war stets nur auf einer Seite des Körpers mitzuführen, vorzugsweise auf der rechten. Unter den scharfen Blicken Fräulein Buschheuers übten sie außerdem, wie eine echte Stewardess zu stehen, zu gehen und zu sitzen.

Als die Chefstewardess die Haltung einer honigblonden Anwärterin mit niedlichem Kätzchengesicht korrigierte, wagte Margot einen kurzen Blick zu den Herren. Deren Lektion war offenbar schon beendet. Zwanglos standen sie mit Herrn Schlippchen zusammen, einige von ihnen mit einer Zigarette in der Hand, und berichteten von ihren Erfahrungen in Restaurants, Hotels oder als Barkeeper.

Entweder waren sie allesamt begabter und besser vorbereitet als die jungen Damen, oder für sie galten schlicht weniger strenge Regeln.

Nach der Mittagspause stieß Herr Pelzer zu ihnen. Margot kam sich wie auf einer Stadtführung vor, als sie im Bus über das Flughafengelände fuhren und der ehemalige Fliegerkommandant die einzelnen Gebäude benannte und ihre Funktion erläuterte. Mit dem großen Unterschied, dass seine Zuhörer während der Besichtigung eifrig mitschrieben.

»Bleiben Sie bitte beisammen, die Damen und Herren!«, rief Herr Schlippchen gegen das Dröhnen des Motors an, als sie schließlich aus dem Bus stiegen. »Wir wollen ja nicht, dass Sie unter die Räder geraten. Oder in die Propeller.«

»Wir befinden uns gerade auf dem Vorfeld«, erklärte Herr Pelzer. »Hier werden die Flugzeuge abgestellt, rangiert und gewartet.«

Ein eisiger Wind riss an Mantelsäumen und Schals und färbte die Nasen rot. Einzelne Schneeflocken wirbelten durch die Luft, während sie an einer Propellermaschine vorübergingen, die wie eine fette Zigarre mit Stupsnase aussah und trotz des trüben Winterhimmels glänzte wie mit Stanniol verkleidet.

»Eine Douglas!«, rief Thea entzückt aus. »Ein Glücksbomber. Die haben während der Blockade kleine Fallschirme mit Schokolade über Berlin abgeworfen.«

»Ah, das Fräulein Brandeis, unser Berliner Kindl«, kommentierte Herr Pelzer jovial und zündete sich einhändig eine Zigarette an; sein leerer Ärmel war heute sorgsam mit Sicherheitsnadeln festgesteckt. »Sie können uns bestimmt mehr zum Typ DC-3 sagen.«

»Zwei Doppelsternmotoren mit je eintausendzweihundert Pferdestärken«, ratterte Thea mit glänzenden Augen herunter. »Reisegeschwindigkeit knapp unter dreihundert Stundenkilometern bei einer Reichweite von gut zweitausend Kilometern. Das meistgebaute Flugzeug der Welt, weil es sicher, robust und sparsam ist und als Transporter und Schlepper ebenso eingesetzt werden kann wie für Sanitäts- und Passagierflüge. Sogar Landungen auf Schnee und Eis sind möglich.«

»Nicht schlecht«, brummte Herr Pelzer.

Thea strahlte.

»Solche Fakten müssen Sie aus dem Effeff beherrschen, meine Damen und Herren«, mischte sich Fräulein Buschheuer ein. »Das wollen die kleinen und vor allem die großen Jungs bei Ihnen an Bord wissen. Und Sie möchten ja deswegen nicht jedes Mal den Kapitän bei seiner Arbeit stören.«

In fieberhafter Hast flogen die Stifte über die Notizblöcke.

»Wie viele Stundenkilometer waren das noch mal?«, wisperte es irgendwo hinter Margot.

»Dreihundert«, antwortete Thea großmütig.

»Auf dieser DC-3«, fuhr Herr Pelzer dann fort, »absolvieren gerade deutsche Piloten Nachschulungen, um ihre Lizenzen wiederzuerlangen und so bald wie möglich den Steuerknüppel von ihren englischen und amerikanischen Kollegen zu übernehmen. Auch den Nachwuchs bilden wir auf dieser Maschine aus. Diese Woche treffen dafür auch noch zwei einmotorige Saab-Safir aus Holland ein. Ihr Arbeitsplatz, meine Damen und Herren, wird jedoch ein anderer sein. Die Convair 340, die bedeutend schneller unterwegs ist.«

Während Herr Pelzer sie zu einem wuchtig wirkenden Flugzeug führte, spulte er die technischen Daten herunter und dozierte dann im Eiltempo über Höhenstrahlung und Radarwellen.

»Entschuldigen Sie ...«, unterbrach ihn das Schneewittchen mit erhobener Hand.

»Ja, Fräulein ...?«

»Heller, Sieglinde Heller.« Sie räusperte sich und fragte dann: »Diese Strahlen und Wellen ... Wie viel werden wir davon abbekommen? Ich habe nämlich gehört, dass die unfruchtbar machen.«

Der frühere Fliegerkommandant musterte sie geringschätzig. »Na, Fräulein Heller, an Ihrer Stelle würde ich mich darauf nicht verlassen.«

Gelächter brandete auf, und mit hochrotem Gesicht verkroch sich Sieglinde tiefer im Pelzkragen ihres Mantels.

Wie ein Staubsaugervertreter von Vorwerk pries Herr Schlippchen die Vorzüge der eingebauten Treppenanlage an, während sie im Gänsemarsch die Stufen hinaufstiegen.

Im Inneren des Flugzeugs empfing sie ein eigenartiger Geruch. Margot brauchte ein paar Augenblicke, um ihn einzuordnen. Es roch funkelnagelneu. Die Ausstattung aus Kunststoff, hellem Holz und Metall, die Sitze, deren Bezüge an Tomatensuppe mit einem Klecks Sahne erinnerten, und die grafisch gemusterten Vorhänge – alles kam frisch aus der Fabrikation und brachte den Geruch von Möbelgeschäften und Warenhäusern mit sich.

»Mei, is des eng herinnen«, meinte eine rundwangige Anwärterin mit schulterlangen goldbraunen Locken.

»Deshalb«, belehrte Herr Schlippchen sie mit beißendem Unterton, »bitten wir vor allem Sie, werte Damen, künftig bei den Mahlzeiten nicht über die Stränge zu schlagen. Sie wollen doch beim Service nicht zwischen den Sitzen stecken bleiben, nicht wahr?«

Verlegenes Kichern perlte auf.

Herr Schlippchen selbst bewegte sich nonchalant durch die Kabine. Er stützte einen Arm auf einer Kopflehne ab und wirkte dabei so entspannt wie am Tresen einer Bar.

»Da wir jetzt vollzählig hier versammelt sind«, sagte er, »können Sie sich schon mal ausmalen, wie es sein wird, zu zweit für vierundvierzig Passagiere zu sorgen.«

»Rechnest du gerade dasselbe nach wie ich?«, fragte Thea im Flüsterton.

Margot nickte. Über vier solcher Maschinen würde die neue Lufthansa verfügen, und bestimmt kämen früher oder später weitere Flugzeuge hinzu. Doch neben den neu angelernten Stewards und Stewardessen würde auch erfahrenes Personal von ausländischen Fluggesellschaften für die Lufthansa arbeiten. Sie könnten sich somit wohl glücklich schätzen, wenn die Hälfte von ihnen später auch wirklich in den Dienst übernommen würde.

»Wir teilen Sie jetzt in drei Gruppen ein«, verkündete Fräulein Buschheuer, »damit Sie unter fachkundiger Anleitung Ihren künftigen Arbeitsplatz näher in Augenschein nehmen und einen Blick ins Cockpit werfen können.«

Wie eine Fee schwebte sie kurz darauf durch den Mittelgang, gefolgt von Margot, Thea, Almuth und einigen ihrer Kolleginnen. In der Pantry, der Bordküche, betätigte Margot fasziniert den Mechanismus, der die Boxen öffnete und wieder verschloss.

»Nehmen Sie sich ruhig ein Beispiel an Fräulein Frei«, forderte Fräulein Buschheuer die anderen auf, »und probieren Sie alles aus. In Ihrem eigenen Interesse sollten Sie sich hier später wie im Schlaf auskennen, um während des Fluges keine kostbare Zeit zu verschwenden.«

»Mit allem ausgestattet«, rief die Rotblonde begeistert und begutachtete Kühlfächer, Herd und Kaffeemaschine. »Und so praktisch! So eine Küche will ich später auch mal.«

Die Chefstewardess lächelte. »Stellen Sie sich immer vor, dass Sie die Hausfrau hier sind. Eine fürsorgliche kleine Mutter für die große Maschine.«

Nach einem Blick in die winzigen, aber funktionalen Waschräume drängelten sie sich lachend und flachsend an der nachrückenden Gruppe vorbei zurück in die Kabine, wo sie bei Herrn Schlippchen den Umgang mit den Sicherheitsgurten übten und die Knöpfe für Licht, Frischluftdüsen und Serviceruf ausprobierten.

Mit ehrfürchtigem Staunen steckten sie nacheinander die Köpfe ins Cockpit, das ungleich mehr Knöpfe und Schalter und dazu Unmengen an Zifferblättern aufwies, zu denen Herr Pelzer eine kurze Einweisung gab. Futuristisch sah es darin aus, fand Margot, wie in einem Raumschiff. Auch hier roch alles nagelneu.

»Der reinste Salat an Technik«, raunte jemand hinter ihr.

»Ist das echtes Leder?«, wisperte Almuth.

Margot, die Herrn Pelzer am nächsten stand, strich verstohlen über einen der beiden Sitze. Butterweich fühlte sich der Bezug unter ihren Fingerspitzen an, und sie nickte. Thea pfiff leise durch die Zähne.

»Das gehört ebenfalls zu Ihrem Arbeitsbereich, meine Damen und Herren«, verkündete Herr Pelzer. »Denn Sie werden auch für das leibliche Wohl unserer hart arbeitenden Piloten sorgen. Sehen Sie immer zu, dass es den Herren hier vorn an nichts mangelt. Das muss für Sie Ehrensache sein.«

Margot hob die Brauen. Wer dazu fähig war, ein Flugzeug zu steuern, konnte sich ja wohl selbst mit Thermoskanne und Butterbrotdose versorgen.

»Allet vom Feinsten«, schwärmte Thea, als sie die Stufen wieder hinabstiegen. »Die ganze Maschine ist 'ne Wucht! Am liebsten würd ick gleich morgen damit abheben.«

Margot und Almuth stimmten ihr zu, während sie frierend darauf warteten, dass der Rest der Truppe zu ihnen stieß, um sich dann gemeinsam mit Herrn Pelzer das Innere eines Flugzeugmotors anzusehen.

Im Lauf des Nachmittags hatten sich die Wolken aufgelockert, und ein paar späte Sonnenstrahlen fielen auf den Asphalt. Ein Pilot überquerte das Vorfeld, drei junge Männer im Schlepptau. Kraftvoll schritten sie in ihren grauen Overalls aus, scheinbar eins mit dem Wind, und in ihren Sonnenbrillen spiegelte sich das Licht. Margot spürte förmlich, wie die jungen Frauen hinter ihr hingerissen die Luft anhielten, ein oder zwei seufzten auf.

»Ah, die Damen haben ein Auge auf unsere Babypiloten geworfen«, kommentierte Herr Schlippchen, der gerade zu ihnen trat. »Nur zu, träumen Sie ruhig weiter! Aber bedenken Sie, dass jeder dieser jungen Herren derzeit mit fünfzig Mark Taschengeld im Monat auskommen muss und nach dem Ende seiner Ausbildung bei der Lufthansa mit zwölftausend Mark in der Kreide steht. Es wird also an Ihnen liegen, sehr verehrte Damen, das traute Glück zu finanzieren. Allerdings ohne unsere Unterstützung.«

Grabesstille senkte sich über die Anwärterinnen. Dass sie als Luftstewardessen unverheiratet und kinderlos bleiben mussten und spätestens mit dem zweiunddreißigsten Lebensjahr aus dem Flugdienst ausschieden, hatten sie zwar zur Kenntnis genommen. Aber erst beim Anblick dieser Himmelsstürmer, die vor männlicher Kühnheit nur so strotzten, schienen sie zu begreifen, was das wirklich bedeutete.

»Spielverderber«, murrte eine weibliche Stimme hinter Margot, kaum lauter als ein Luftholen.

Die Wolkendecke riss auf, und die Sonne warf ein Schlaglicht auf zwei der Jungpiloten; dunkelhaarig und mit markanten Gesichtszügen der eine, sandfarbenes Haar und ein freundliches Gesicht der andere. Sein vorwitziges Lächeln ließ einen schiefen Schneidezahn erkennen.

»Margot«, hauchte Thea und knuffte sie mit dem Ellbogen.

Margot brachte kein Wort heraus, ihr Herzschlag war ins Stolpern geraten.

Ein Grinsen im Mundwinkel, salutierte Claus Sturm lässig in ihre Richtung, bevor er mit seinem Ausbilder und den anderen angehenden Piloten in die bereitstehende DC-3 stieg.

12

Wer soll das bezahlen?

»Eine himmelschreiende Ungerechtigkeit is det!«, beschwerte Thea sich lautstark, als sie mit Margot und Almuth aus der Buchhandlung am Alstertor trat.

Seit sie im Schulungsraum mit einem Blick über die Schulter von Felix Jungblut festgestellt hatte, dass die männlichen Teilnehmer des Lehrgangs ein Buch weniger benötigten, schimpfte sie wie ein Rohrspatz.

»Wat soll ick mit dieser dämlichen Schönheitsfibel anfangen?«, redete sie sich weiter in Rage. »Machen mich Gurkenscheibchen im Gesicht irgendwie zu einer besseren Stewardess? Und Gesichtsgymnastik, ick bitte euch! Ja, vielleicht krieg ick irgendwann die ersten Falten. Aber ein Steward mit Tränensäcken wie ein Bluthund ist ooch keen schöner Anblick!«

Festgefrorene Eiskristalle knirschten unter ihren Schuhsohlen, als sie auf den Ballindamm einbogen. Im Schein der Leuchtreklamen glitzerten Schneeflocken, und von den Lichtern der Stadt angestrahlt, zeichnete sich der Rathausturm wie eine dünne Nadel vor dem dunklen Himmel ab.

»Ick sach's euch«, fuhr Thea erregt fort. »Die wollen uns zu braven Frauchen ummodeln. Damit die Herren der Schöpfung wieder als janze Kerle dastehen können, nachdem sie wie die

Lemminge dem Führer nachjerannt sind und Deutschland in den Abgrund jerissen haben.« Seufzend blieb sie stehen. »Aber denen werden wir zeigen, dass wir nich nur ein helles Köpfchen haben, sondern ooch Rückgrat, wa? Bis morgen, ihr Süßen!«

Mit Wangenküssen verabschiedete sie sich und hastete davon. Im Brausen des Feierabendverkehrs blickten Margot und Almuth sich erheitert an.

»Siehst du das auch so wie Thea?«, fragte Almuth zögerlich.

Margot zuckte mit den Schultern. »Das ist doch mehr oder weniger überall so, egal in welchem Beruf. Hauptsache, wir kommen in der Welt herum und verdienen noch gutes Geld dabei.«

»Ja«, erwiderte Almuth tonlos und betrachtete das in Packpapier eingeschlagene Bücherpaket unter ihrem Arm. »Aber erst mal geben wir ziemlich viel aus.«

Bei der Schönheitsfibel, die auf ihrer Liste stand, handelte es sich um die gleiche, die Margot bereits zu Hause hatte, offenbar das Standardwerk für die gepflegte Frau. *Das Einmaleins des guten Tons* hatte sie im letzten Katalog des Leserings gesehen, das würde sie dort günstiger bekommen. Aber die Wörterbücher waren teuer gewesen. In der Fachbuchhandlung *Dr. Götze & Co.*, zu der Fräulein Buschheuer sie geschickt hatte, konnten sie zwar anschreiben lassen, irgendwann jedoch würden sie die Rechnung begleichen müssen.

Der Lehrgang selbst war kostenfrei, das Kantinenessen vergünstigt, und für den Monatsfahrausweis der Hochbahn gab es einen satten Zuschuss. Eine große Erleichterung für Margot, denn derzeit waren die Straßen morgens tückisch glatt. Vor allem konnte sie zu Hause wohnen, während die anderen froh waren, wenn sie überhaupt irgendwas zur Untermiete gefunden hatten. Es änderte allerdings nichts daran, dass sie in den nächsten Wochen keine müde Mark verdienen würde.

»Ich habe mir ein paar Stellenanzeigen herausgesucht«, gestand Almuth. »Weil ich dachte, ich könnte nebenbei noch arbeiten gehen. Aber als ich den Stundenplan gesehen habe, hat sich das gleich wieder zerschlagen. Wenn noch mehr Ausgaben auf uns zukommen, weiß ich ehrlich gesagt nicht, wie ich das machen soll. Die Miete für das möblierte Zimmer ist happig.« In einem Anflug von Galgenhumor fügte sie hinzu: »Wenigstens muss ich mir jetzt keinen Kopf mehr darum machen, dass ich die Küche dort nicht benutzen darf. Mehr als ein paar Scheiben Brot mit Margarine werden an den Wochenenden sowieso nicht drin sein.«

Margot war erstaunt, dass Almuth solche Sorgen plagten. Mit ihrem *von* im Namen und ihrer feinen Kleidung erweckte sie den Eindruck, in einem großen Haus voller Schleiflackmöbel aufgewachsen zu sein. Man sah eben nie dahinter, wie Margots Mutter sagen würde.

Im Geiste ging Margot die Gelegenheitsarbeiten durch, die ihr im Lauf der Jahre ein paar Mark eingebracht hatten. Zeitungen austragen, Hotelzimmer putzen, in einer Bäckerei, einem Blumengeschäft oder einer Wäscherei aushelfen – nichts davon ließ sich mit ihrem Stundenplan vereinbaren. Montags bis freitags drückten sie die Schulbank, und samstagvormittags ebenfalls.

Zwei bezopfte Mädchen, die plaudernd vorübergingen, Schlittschuhe über der Schulter, brachten Margot auf eine Idee.

»Komm mit!«, rief sie. »Ich weiß vielleicht etwas für uns.«

Sie nahm Almuth bei der Hand und zog sie mit sich zur nächsten Haltestelle.

Die gläserne Fassade des Philipsturms reckte sich wie eine Säule aus Licht in den Abendhimmel, und bunte Lichterketten wanden sich durch Sträucher und winterkahle Bäume. Zu dieser Jahreszeit war der Park mehr *Planten* als *Blomen*.

Während das übrige Gelände im Winterschlaf lag, war dem See wie jedes Jahr ein zweites Leben als Kunsteisbahn geschenkt worden. Ein beliebter Treffpunkt, sobald der alljährliche Winterdom vorbei war, das große Volksfest auf dem Heiligengeistfeld von St. Pauli mit Wildwasserrutsche und Teufelsrad, Lebkuchenständen und Losbuden.

Heute war nicht viel los, aber Margot wusste, dass an den Wochenenden reger Betrieb auf der Eisfläche herrschte. Lausejungen lieferten sich Wettrennen oder jagten mit Holzstöcken einem Puck hinterher. Kleine Eisprinzessinnen, die davon träumten, eine zweite Sonja Henie oder Gundi Busch zu werden, übten Pirouetten. Eltern kamen mit ihren Kindern, ältere Herrschaften drehten gemächlich ihre Runden, und junge Mädchen trafen sich hier, um sich quiekend und kichernd von den gleichaltrigen Jungen umkreisen zu lassen. Am Seeufer konnten sie sich zwischendurch mit Punsch, Grog, Tee oder teurem Glühwein aufwärmen, oder sie gingen im Anschluss auf eine Bratwurst oder eine Suppe ins *Café Seeterrassen* hinüber.

Schlagermusik schallte über die Eisfläche, als Margot und Almuth die geschwungene Freitreppe hinaufstiegen und ins Warme traten. Der zweistöckige Pavillon mit Glasfront und Blick über See und Park war ursprünglich nur für die Internationale Gartenbauausstellung 53 errichtet worden, seitdem aber zu einer festen Größe in Hamburg geworden.

Unsicher sah sich Almuth in dem von Essensgerüchen, Stimmengewirr und Zigarettenrauch erfüllten Restaurant um und klammerte sich fester an ihr Bücherpaket. »Ich weiß nicht, ob ich das kann.«

»Ist nichts anderes als das, was sie uns in der Ausbildung beibringen«, ermutigte Margot sie.

Ein Kellner eilte zwischen den Tischen hindurch auf sie zu. »Guten Abend, die Damen. Ein Tisch für zwei?«

»Ist Herr Baldseefen zufällig da?«, erwiderte Margot. »Ich würde ihn gern sprechen.«

Der Kellner musterte sie kurz und lief dann mit seinem Tablett voller leerer Gläser zur Schwingtür, die er mit der Schulter aufstieß. »Chef?«

»Du kennst den Inhaber?«, fragte Almuth im Flüsterton.

Unter dem Wintermantel, den ihre Mutter ihr genäht hatte, wurde es Margot heiß. Irgendwie musste sie Herrn Baldseefen dazu bringen, sie einzustellen, und gleichzeitig Almuth gegenüber vertuschen, dass sie einen Sommer lang hier ausgeholfen hatte. In ihrem erfundenen Lebenslauf war sie zu dieser Zeit gerade mit der Ausbildung im *Alsterpavillon* fertig gewesen und hatte dort die Karriereleiter erklommen.

Ein gedrungener Mann in Kochjacke trat aus der Schwingtür und trocknete sich die Hände an einem Geschirrtuch ab.

»Na, das Gesicht kenn ich doch!«, rief er vergnügt. »Wenn das nicht unser Fräulein Margot ist.« Mit herzlichem Händedruck begrüßte er sie und Almuth. »Zu schade, Fräulein Margot, dass ich Sie damals nicht überreden konnte …«

Margot unterbrach ihn mit einem Lachen und winkte ab. Die verlegene Röte, die sie auf ihrem Gesicht fühlte, passte zum Glück zu dieser Reaktion.

In jenem Sommer während der Gartenbauausstellung hatte sie unten auf der großen Terrasse unzählige Gäste mit kalten Getränken, Kaffee und Kuchen versorgt und dabei gutes Geld verdient. Am Ende der Saison hatte Herr Baldseefen sie gefragt, ob sie über den Winter den Getränkestand an der Eisbahn betreuen wolle, aber Margot war das seinerzeit zu wenig Geld gewesen, um über die Runden zu kommen. Jetzt jedoch war es eine gute Möglichkeit, neben der Ausbildung etwas zu verdienen.

»Ich wollte mich erkundigen, ob Sie vielleicht noch jemanden für den Stand unten suchen«, sagte Margot hastig, bevor Herr Baldseefen den Faden wieder aufnehmen konnte.

»Einer meiner Kellner macht das gerade«, erwiderte er. »Gar nicht so leicht, jemanden dafür zu finden. Nicht mal in Zeiten wie diesen.«

Margot nickte verständnisvoll. Es war sicher nicht gerade der Traum eines gelernten Gastronomen, sich an einer Bretterbude mit glühendem Gesicht und eisigen Füßen die Beine in den Bauch zu stehen.

»Wir beide«, sagte sie mit einem Blick auf Almuth, »könnten uns das gut vorstellen. Allerdings nur sonnabends am Nachmittag und sonntags.«

Herr Baldseefen kratzte sich an der Stirn. »Die ganze Woche wäre mir natürlich lieber. Und mehr als sechzig Pfennig die Stunde kann ich euch Deerns nicht zahlen.«

Zehn bis zwölf Mark würden jedes Wochenende für sie herausspringen, überschlug Margot rasch, mit Trinkgeld vielleicht ein wenig mehr. Nicht viel, aber besser als nichts.

»Wir sind gut gewappnet für den Ansturm an den Wochenenden«, erklärte sie. »Wir befinden uns nämlich gerade in der Ausbildung als Stewardessen bei der Lufthansa.«

»Oha.« Herr Baldseefen riss anerkennend die Augen auf. »Da will aber jemand hoch hinaus.«

Margot schenkte ihm ihr reizendstes Lächeln. »Wir wären doch das perfekte Aushängeschild für Ihren Glühweinstand.«

Almuth richtete sich kerzengerade auf und strahlte dabei jene adrette Tüchtigkeit aus, auf die Fräulein Buschheuer höchsten Wert legte.

Herr Baldseefen sah von einer zur anderen. »Denn kommen Sie mal mit raus an die Bude, die jungen Damen«, sagte er schließlich.

13

Rote Rosen, rote Lippen, roter Wein

Dicke Tränen kullerten aus Lottes Augen und tropften auf den Frisierumhang. Mit dem langen, offenen Haar, das nass über Schultern und Rücken floss, sah sie aus wie Loreley.

Ein chemischer Geruch hing an diesem dritten Samstag im Januar im Schulungsraum des Flughafens. Die Stühle und Tische waren umgestellt worden, um für einen Friseur und eine Kosmetikerin Platz zu schaffen. Mit Sack und Pack und allerlei Gerätschaften waren Herr Viellieber und Frau Mölleken angerückt, um den angehenden Stewardessen zu einem standesgemäßen Äußeren zu verhelfen.

»Der Look der neuen jungen Frau«, hatte Herr Viellieber, ein drahtiger Mann mit spitzem Gesicht, das nachtschwarze Haar wie gelackt, schwärmerisch verkündet.

Margot, die mit mehreren anderen Anwärterinnen an einem mit kleinen Standspiegeln übersäten Tisch saß, fragte sich, womit die männlichen Auszubildenden wohl den Vormittag verbrachten. Vermutlich lernten sie, sich einen akkuraten Seitenscheitel zu ziehen und den Krawattenknoten korrekt zu binden.

Lottes Augen weiteten sich ängstlich, als die Schere sich näherte, und sie duckte sich. Der Friseur, der in seinem weißen

Kittel an einen Chefkoch erinnerte, seufzte geduldig und rückte ihren Kopf zurecht. Doch sobald er die Schere ansetzen wollte, wich Lotte erneut aus.

»Engelchen«, säuselte Herr Viellieber, »du musst schon stillhalten. Sonst wird das nichts.«

Lottes Erwiderung war vor lauter Schluchzen nicht zu verstehen.

»Ich kann so nicht arbeiten«, knurrte Herr Viellieber und rief nach der Chefstewardess.

Auf ihren hohen Absätzen stolzierte Fräulein Buschheuer zu Lotte hinüber. »Ich habe es Ihnen doch bereits erklärt, Fräulein Frommherz. Es geht darum, Ihre individuelle Schönheit hervorzuheben und gleichzeitig ein einheitliches Erscheinungsbild der Crew zu erzielen. Die Ohren müssen freiliegen und der Kopf klein frisiert sein, damit die Hüte gut sitzen. Wir wollen doch nicht, dass der Gast später in seiner Suppe ein langes blondes Haar von Ihnen findet, nicht wahr?«

Lotte weinte stumm vor sich hin.

»Wenn Sie so an Ihren Zöpfen hängen«, fügte die Chefstewardess bedauernd hinzu, »dann ist für Sie leider kein Platz hier, Fräulein Frommherz.«

Lotte rang sichtlich mit sich, aber schließlich gab sie mit einem zögerlichen Nicken ihre Zustimmung. Dennoch strömten weiter Tränen aus ihren Augen, während unter Herrn Vielliebers Schere eine Strähne nach der anderen fiel.

Margot sah zu Almuth, die bereits unter der Trockenhaube saß und sich ebenfalls verstohlen über die Augen wischte. Auch sie hatte Haare lassen müssen und wartete jetzt mit Lockenwicklern auf dem Kopf auf das Ergebnis.

Margot selbst freute sich auf ihre neue Frisur. Herr Viellieber beherrschte sein Handwerk ganz bestimmt besser als ihre

Mutter mit der Küchenschere. Zunächst aber wurde sie von der Kosmetikerin aufgerufen.

»Au!«, entfuhr es Margot, als Frau Mölleken die Pinzette ansetzte und ihre Augenbrauen bearbeitete.

»Viel besser«, konstatierte Fräulein Buschheuer im Vorbeigehen zufrieden. »Ein solcher Wildwuchs ist nicht zu tolerieren. Übrigens nirgendwo, meine Damen. Wir erwarten selbstverständlich, dass Sie künftig mit tadellos rasierten Beinen unter Ihren Strümpfen zum Dienst erscheinen. Auch dann, wenn Sie im *Stand-by* sind, also auf Abruf bereitstehen.«

Gitta Schober erbleichte unter ihrem frisch aufgetragenen Make-up. Im Unterricht sprach sie Hochdeutsch mit einem charmanten süddeutschen Einschlag, aber in den Pausen erheiterte sie alle mit ihrem deftigen Dialekt. Ursprünglich kam sie von einem Bauernhof im Chiemgau und hatte ihre Ausbildung in einem Gasthof absolviert – in »Minga«, was sich erst nach mehrmaligem Nachfragen als München herausstellte.

Greta Faust, die mit dem Kätzchengesicht, hob entschlossen die Hand. »Und die Achseln?«

Fräulein Buschheuer lächelte. »Da können wir Ihnen nicht hineinreden, das bleibt ganz Ihnen überlassen.«

Also ja, übersetzte Margot für sich; nach zwei Wochen Lehrgang hatte sie ein Ohr für Zwischentöne entwickelt. Hinter ihr begannen zwei weitere Mädchen eifrig zu tuscheln. Soweit Margot es verstehen konnte, waren sie der Meinung, dass keine anständige Frau sich jemals *irgendwas* rasierte. Unter dem scharfen Blick Fräulein Buschheuers verstummten sie jedoch jäh.

»Augen zu!«, befahl Frau Mölleken, deren Gesicht unter der Wolke aus blonden Löckchen kunstvoll zurechtgemacht war, und begann, Margots Haut mit dem Inhalt diverser Tuben und Tiegel zu bearbeiten.

»Merken Sie sich alles, was Frau Mölleken Ihnen beibringt«, schärfte Fräulein Buschheuer ihren Zöglingen ein, während sie auf und ab schritt und sich aufmerksam umsah. »Die Luft im Flugzeug ist trocken, was schnell zu unschönen Falten führen kann. Gute Pflege ist daher unerlässlich. Frau Mölleken wird Ihnen aufschreiben, was Sie dafür benötigen. Am besten gehen Sie mit der Liste ins Alsterhaus.«

Noch mehr Ausgaben, dachte Margot beklommen, während die Kosmetikerin ihre Wimpern in einer Zange einklemmte.

»Was Ihnen am Ende dieses Kurses aus dem Spiegel entgegenblickt«, fuhr Fräulein Buschheuer fort, »wird ab sofort Ihr offizielles Gesicht als Stewardess der Lufthansa sein. Das wollen wir auch für den Rest des Lehrgangs von Ihnen sehen. Ab Montag sollten Sie also entsprechend früher aufstehen.«

Ein leises Stöhnen ging durch den Raum. Margot hoffte, dass die jungen Herren im Gegenzug dazu verpflichtet wurden, sich morgens die Bartstoppeln einzeln auszuzupfen, anstatt einfach zum Rasierzeug zu greifen.

»Nagellack ist nur in bestimmten gedeckten Tönen erlaubt«, dozierte die Chefstewardess weiter. »Und die Nägel dürfen eine gewisse Länge nicht überschreiten. Folgen Sie auch hier bitte den Anweisungen von Frau Mölleken.«

Sieglinde Heller wagte es, die scharlachroten Nägel Fräulein Buschheuers in Augenschein zu nehmen. Der Blick, den sie dafür erntete, machte unmissverständlich klar, wie himmelweit der Unterschied zwischen einer Luftstewardess und einer leitenden Position am Boden war.

»Wo wir schon dabei sind«, ergänzte Fräulein Buschheuer. »Schmuck ist unter keinen Umständen gestattet. Keine Ohrringe, keine Fingerringe, keine Armreifen. Wenn es aus persönlichen oder religiösen Gründen unbedingt sein muss, können

Sie eine Halskette tragen, die jedoch stets unter der Bluse verborgen sein muss. Vorgeschrieben ist hingegen eine Armbanduhr. Natürlich ein zierliches Modell, das nicht gleich ins Auge sticht.«

Am anderen Ende des Raums schnappte Christa Faber beim Blick in den Spiegel erschrocken nach Luft. »Ich sehe aus wie ein Clown!«, rief sie.

»Im Flugzeug werden Sie uns dankbar dafür sein«, rügte Fräulein Buschheuer sie. »Das grelle Kunstlicht schluckt nämlich alle natürlichen Farben. Ohne Make-up ähneln Sie dort einer Wasserleiche.«

Gelächter sprudelte auf, während die Ausbilderin neben der Kosmetikerin stehen blieb und Margots neues Gesicht inspizierte.

»Dass Ihre Sommersprossen noch durchschimmern, gefällt mir, Fräulein Frei«, kommentierte sie. »Das wirkt frisch und natürlich. Betonen Sie die Augen ruhig noch ein klein wenig mehr, Frau Mölleken.«

Die Chefstewardess setzte ihren Rundgang durch den Raum fort und musterte Inge, eine sportlich wirkende Brünette, die ihren neuen dauergewellten *Look* im Spiegel über dem Waschbecken von allen Seiten betrachtete. Mit gut und gern eins siebzig gehörte Inge zu den Größten der Gruppe.

»Wie viel wiegen Sie im Augenblick, Fräulein Rösler?«, wollte die Chefstewardess wissen.

Inge lief rot an. »Dreiundsechzig Kilo, Fräulein Buschheuer.«

Die Ausbilderin hob eine Braue. »Sind Sie sicher? Lassen Sie uns mal eben nachsehen.«

Alle Augen folgten Inge zu der Waage, die als ewige Mahnung in einer Ecke des Schulungsraums stand.

»Knapp über fünfundsechzig«, verkündete die Chefstewardess. »Nächsten Samstag liegen Sie wieder darunter, ja, Fräulein Rösler?«

Mit feuchten Augen stieg Inge zurück in ihre Schuhe, wirkte aber weit weniger aufgelöst als Lotte, die jetzt mit Lockenwicklern in den kurz geschnittenen Haaren zur zweiten Trockenhaube schlich. Almuth drückte ihr tröstend die Hand.

»Wer ist die Nächste?«, fragte Herr Viellieber gelangweilt in den Raum.

»Das Fräulein Margot hier ist fertig«, rief die Kosmetikerin.

Margot blieb keine Zeit für einen Blick in den Spiegel, aber Thea, die ihren Platz einnahm, reckte begeistert beide Daumen hoch.

»Sooo«, sagte der Friseur und warf Margot mit großer Geste den Plastikumhang um. »Das Fräulein Margot.« Er sprach es französisch aus, mit lang gezogenem O am Ende.

Die Fingerspitze unter ihrem Kinn, drehte er Margots Kopf nach links und rechts und murmelte dabei in sich hinein, bevor er mit allen zehn Fingern durch ihre Haare fuhr und seufzte. Dann griff er zu seinem Werkzeug, und Margot schloss die Augen.

»Keine Angst, Liebchen«, schnurrte Herr Viellieber. »Du wirst hinterher wunderbar aussehen. Wun-der-bar.«

»Ich hab auch keine Angst«, erwiderte Margot. »Überraschen Sie mich einfach.«

Der Friseur gab einen zufriedenen Laut von sich.

»Denken Sie immer daran«, dozierte die Chefstewardess unterdessen, »dass Ihre Weiblichkeit nicht versteckt, sondern präsentiert sein will. Jede von Ihnen ist eine Reklamefigur für Flugreisen.«

Irgendwo im Raum sog jemand scharf die Luft ein und flüsterte Margots Namen. Margot blinzelte. Der Boden rings um sie war bedeckt mit braunen Strähnen ihres bisher kinnlangen Haars, und noch immer säbelte Herr Viellieber daran herum.

»Das wird schnafte, Margot!«, rief Thea herüber.

»Ich hab hier gerade Leerlauf, Fred«, ertönte die Stimme der Kosmetikerin. »Soll ich das Frisieren von Fräulein Almuth übernehmen?«

»Sei so gut, Hanne-Schatz«, erwiderte der Friseur, versprühte eine duftende Flüssigkeit und vergrub seine flinken Finger erneut in Margots Haaren.

»Nur ein Hauch von Kemt, und seidig glänzt das Haar«, verkündete er in einem fröhlichen Singsang. »Möchte das gnädige Fräulein vielleicht jetzt einen Blick riskieren?«

Margot schielte zum Spiegel und riss erstaunt die Augen auf. Burschikos kurz war die Frisur, die Herr Viellieber ihr verpasst hatte, und doch weiblich weich durch den Fransenpony. Ihr braunes Haar glänzte satt und wirkte dunkler als zuvor. Mit einem Mal hatte sie ein richtiges Gesicht, fand sie; die Konturen fein ausgeprägt, die Augen darin groß und klar und die Sommersprossen auf der Nase geradezu wie das i-Tüpfelchen.

»O Margot!«, hauchte Almuth. »Du siehst aus wie Audrey Hepburn. Nur schöner.«

»Fehlt lediglich Gregory Peck mit seiner Vespa«, ergänzte Thea.

Margots Blick traf sich mit dem der Chefstewardess. Die Arme elegant verschränkt, deutete Fräulein Buschheuer ein Nicken an, ihr Lächeln fiel ungewohnt warm aus. Glücklich drehte Margot sich um – und gleich darauf blieb ihr vor Staunen der Mund offen stehen.

»Und du siehst aus wie Grace Kelly«, rief sie Almuth zu.

Errötend betrachtete Almuth ihr neues Spiegelbild. »Findest du wirklich?«

Als Nächste nahm Thea Platz auf dem Frisierstuhl. Gebannt warteten Margot und Almuth darauf, was Herrn Vielliebers Föhnluft bei ihr zum Vorschein bringen würde. Thea zog ein langes Gesicht, als ihr wieder in Form gebrachter fransiger Kurzhaarschnitt die Farbe von Toffee annahm.

»Det ist 'ne Struppifarbe«, protestierte sie. Auch ihr rasanter Lippenstift war einer unauffälligeren Nuance gewichen. »Ick seh ja aus wie 'n Nacktmull!«

»Herzelein, du bist laut genug«, erwiderte der Friseur ungnädig. »Da braucht es dein Look nicht auch noch zu sein.«

»Du siehst toll aus«, bekräftigte Margot und meinte es auch so. Aus dem Frechdachs war eine echte Dame geworden. Auch Almuth äußerte sich bewundernd.

Thea schimpfte noch einige Zeit vor sich hin, während sie an ihren Haaren zupfte, aber ihre Augen strahlten.

Im Alsterhaus genügten ihre Namen und der Verweis auf die Lufthansa, um eine Ratenzahlung zu vereinbaren. Mit den Tüten aus der Kosmetikabteilung in der Hand marschierten Margot, Thea und Almuth schwungvoll durch den Samstagnachmittagstrubel auf dem Jungfernstieg. Sie genossen die Blicke der Passanten und das Gefühl, jung und schön zu sein und einer glänzenden Zukunft entgegenzuschreiten. Da ließ es sich auch verschmerzen, dass dieser Triumphzug bereits an der nächsten Ecke zu Ende war.

Am Neuen Wall verabschiedete sich Thea, die an den Wochenenden in einer vegetarischen Gaststätte über den Alsterarkaden aushalf. Margot und Almuth schlitterten im Eiltempo über das glatte Pflaster zur U-Bahn, um rechtzeitig ihre Schicht im *Planten un Blomen* anzutreten.

Heute herrschte reger Betrieb auf der Eisfläche, und vor dem

Glühweinstand bildete sich immer wieder eine Schlange; es war ein eisiger Tag.

»Zweimal Punsch, bitte.« Ein junger Mann mit Wollmütze trommelte mit den Zeigefingern erwartungsvoll auf die Holztheke, im Rhythmus des Schlagers, der aus den Lautsprechern schepperte. Über die Schulter sah er zu einer jungen Frau mit Baskenmütze einige Schritte entfernt. Die Abende im Schummerlicht der bunten Glühlampen gehörten verliebten Paaren und solchen, die es werden wollten.

»Mit Umdrehungen?«, erkundigte sich Margot. »Kinderpunsch ist nämlich aus. Den haben uns die kleinen Rabauken mit ihren Müttern weggeschlürft wie nix.«

Ihr Gegenüber lachte herzlich. »Gern mit. Ist doch sowieso das einzig Wahre bei dieser Kälte, nech?«

»Zweimal Punsch. Eins vierzig, bitte.« Margot griff zur Schöpfkelle, füllte zwei Henkelbecher und kramte das Wechselgeld aus der Kasse.

»Nee, nee, lassen Sie man, schönes Fräulein.« Der junge Mann machte eine abwehrende Geste und wackelte auf den Kufen seiner Schlittschuhe zu seiner Begleiterin, die schon verlangend die Hände nach dem dampfenden Becher ausstreckte.

»Danke schön!«, rief Margot ihm nach und ließ das Zehnpfennigstück klappernd in die Büchse für das Trinkgeld fallen, die sich heute zusehends füllte. Vielleicht lag es am neuen *Look*.

Margot sah zu Almuth, die hinter ihr Gläser und Becher abspülte und abtrocknete. Almuths Bedenken, ob sie der Arbeit hier gewachsen war, zerstreuten sich nur allmählich, nachdem sie einmal in den Schulferien in einem Café ausgeholfen hatte und man ihr dort zu verstehen gab, dass sie zwar sorgfältig, aber zu langsam sei. Danach hatte sie ihr Geld lieber als Kindermädchen und in verschiedenen Haushalten verdient, bevor sie nach dem Abitur Kinderkrankenschwester gelernt hatte. Aber die Schicksale der kleinen Patienten waren ihr zu nahe gegangen, und ihrer Mutter war dieser Beruf ohnehin nicht fein genug gewesen, zumal sich bis zum Diplom noch kein Heiratsantrag eines Arztes eingestellt hatte.

»Du machst das gut«, sagte Margot.

Almuth wischte mit einem feuchten Lappen die klebrigen Ringe von der Holzplatte und lachte. »Das liegt nur am Drill unserer Ausbilder.«

Die Lufthansa hatte keine Kosten und Mühen gescheut, um im Schulungsgebäude am Flughafen die Kabine einer Convair samt Pantry nachzubauen. Zwei Stunden täglich trainierten sie darin jeden Handgriff. Trockenübungen, die ihnen in Fleisch und Blut übergehen sollten. Den übrigen Tag büffelten sie Theorie: Flugzeugtechnik, Physik, Geografie, Meteorologie und Astronavigation. Sprachen, Etikette und Allgemeinwissen kamen noch dazu.

Beim Kassensturz am Ende jeder Schicht machten Margot und Almuth sich einen Spaß daraus, den jeweiligen Betrag in Dollar, Francs, Lire und englische Pfund umzurechnen. Dass sie für ihre Gäste an Bord stets den aktuellen Wechselkurs in petto haben mussten, hatte Fräulein Buschheuer ihnen eingeschärft.

Margot sah auf ihre Armbanduhr. Kurz nach acht am Abend. »Wie spät ist es in New York?«, fragte sie.

Auch Almuth warf einen kurzen Blick auf die Uhr an ihrem Handgelenk. »Zwei Uhr nachmittags. Und in Hongkong?«

»Vier Uhr morgens und schon Sonntag.«

Almuth legte sofort nach. »Wenn sich der Bischof von Trallala jetzt hier einen Glühwein holen würde – wie würdest du ihn ansprechen?«

»Eure Exzellenz. Und wenn der Herzog von Dingsbums bei dir einen Tee bestellt?«

»Eure Hoheit«, antwortete Almuth wie aus der Pistole geschossen. »Sofern es sich bei Dingsbums um ein regierendes Haus handelt. Sonst Eure Durchlaucht.« Sie grinste. »Jetzt zahlt es sich aus, dass meine Mutter die Soraya-Presse verschlingt und über die Adeligen spricht, als wären es unsere Nachbarn.«

Ein junges Mädchen, den gestrickten Schal fast bis zur Nasenspitze hochgezogen, trat an die Theke und bestellte einen Tee.

»Pfefferminz oder Hagebutte?«, fragte Almuth.

»Hagebutte, bitte.«

Almuth reichte ihr einen dampfenden Becher, und das Mädchen stakste zurück aufs Eis.

»*Thé à l'églantier*«, las Margot aus einem der Wörterbücher ab, die sie für kleine Pausen unter dem Tisch liegen hatten, und sagte es sich leise ein paarmal vor. »Was heißt Hagebuttentee auf Russisch?«

»*Tschai*«, begann Almuth und musste kurz nachdenken. »*Tschai is schipownika.*«

»*Tschai is schipownika*«, wiederholte Margot, während sie mit ein paar freundlichen Worten zwei Gläser Grog ausschenkte. »Woher kannst du eigentlich so gut Russisch?«, fragte sie dann.

Almuth erstarrte. Sie murmelte etwas, das wie »Ostzone« oder »Ostpreußen« klang, und wandte sich jäh ab.

Betroffen musterte Margot Almuths Rücken, der sogar noch unter dem gefütterten blauen Anorak schmal aussah. Schauergeschichten von Flucht und Vertreibung drängten sich ihr auf, von Gräueltaten und Grausamkeiten der russischen Armee an der ostpreußischen Bevölkerung. An die bedrückenden Zeitungsberichte von der anderen Seite der Zonengrenze und an den blutig niedergeschlagenen Volksaufstand vorletzten Sommer wollte sie lieber nicht denken.

Mit einem tiefen Durchatmen drehte Almuth sich wieder um. »Ich spreche nicht besonders gut Russisch, und ich spreche es auch nicht gern. Aber irgendetwas musste ich ja im Einstellungsbogen angeben. In Ordnung?« Ungewohnt angriffslustig klang sie dabei.

»In Ordnung«, murmelte Margot. Mit einem unglücklichen Ziehen im Bauch beobachtete sie, wie Almuth verbissen ein paar Becher trocken rieb.

»*Podrugi?*«, fragte sie behutsam. Freundinnen – Almuth hatte ihr dieses Wort beigebracht.

Almuth hielt inne und sah scheu zu ihr herüber. »*Meilleures amies.*« Beste Freundinnen sogar.

Ein Lächeln entfaltete sich zwischen ihnen.

»Verzeihung, die Damen. Ich hätte gern dreimal Glühwein.«

»Kommt sofort«, rief Margot, ohne sich umzudrehen.

»Und entschuldigen Sie – aber sind wir uns nicht schon einmal begegnet?«

Margot blickte auf – geradewegs in die Augen von Claus Sturm. Ein Lächeln breitete sich auf ihrem Gesicht aus.

Mit dem Ellbogen stützte er sich auf die Holzplatte und musterte sie prüfend. »Ich hätte schwören können ... Wissen Sie, einen Augenblick lang habe ich Sie für eine bestimmte junge Dame gehalten. Aber aus der Nähe sehen Sie doch ganz anders aus.« Der Schalk sprühte ihm nur so aus den Augen.

Lachend stellte Margot die Becher vor ihn hin. »Das ist das neue Gesicht der Lufthansa.«

Er nickte mit anerkennender Miene. »Gefällt mir. Gefällt mir sehr. Geradezu exquisit.« Sein Blick fiel auf Almuth.

Margot stellte die beiden einander vor, und mit einem offenen Lächeln streckte er Almuth die Rechte hin. Sie zögerte, bevor sie sie vorsichtig ergriff. Im bunten Licht der Glühlampen war zu sehen, wie sie errötete.

Herausfordernd sah Margot ihr Gegenüber an. »Sie hätten auch einen Ton sagen können, der Herr Babypilot.«

Claus Sturm zwinkerte ihr zu. »Wozu? Ich hatte Ihnen doch versprochen, dass wir uns schneller wiedersehen, als Sie glauben.«

Die Markstücke, die er ihr hinlegte, schob Margot sofort zurück. »Geht aufs Haus. Als Dankeschön für die Fahrradreparatur und den freundlichen Taxiservice.«

Er schob seinerseits die Münzen mit Nachdruck wieder zu ihr. »Es wäre mir lieber, Sie würden sich erkenntlich zeigen, indem Sie einmal mit mir ausgehen.«

»Bedaure. Momentan bin ich ganz von meiner Ausbildung in Beschlag genommen.«

Vor acht Uhr abends kam Margot unter der Woche nicht nach Hause, und nach dem Essen saß sie noch lange über den Büchern. Mehr als fünf Stunden Schlaf waren derzeit nicht drin, und morgens verschwand sie schon im Badezimmer, bevor ihre Mutter oder die Susemihls aufgestanden waren. Seit sie an den Wochenenden zusätzlich hier arbeitete, sah sie auch Lore kaum noch.

Als angehende Luftstewardess hatte sie zum Flirten tatsächlich keine Zeit, genau wie die *Constanze* es prophezeit hatte.

Ein zweiter junger Mann gesellte sich zu Claus Sturm und rief ihm über den schmissigen Schlager hinweg etwas ins Ohr. Margot erkannte ihn wieder, es war der dunkelhaarige Jungpilot, den sie neben Claus Sturm auf dem Vorfeld gesehen hatte.

»Das macht nichts«, sagte Claus Sturm an Margot gerichtet. »Ich kann warten.«

»Claus?«, rief eine weibliche Stimme vorwurfsvoll.

Beide jungen Männer wandten unisono den Kopf, noch dazu in ganz ähnlichen grob gestrickten Pullovern, und Margot musste lachen.

Claus Sturm lachte mit. »Darf ich vorstellen: das bezaubernde Fräulein Margot – Klaus Geier. Der andere Klaus. Er mit K, ich mit C. Ein Teufelskerl am Steuerknüppel und meine bessere Hälfte auf jedem Trainingsflug.«

»Hallo.« Margot streckte ihre Rechte aus.

Klaus Geier musterte sie mit zusammengezogenen Brauen. Geradezu finster wirkte er, einen Bartschatten auf dem kräftigen Gesicht mit den markanten Kieferkochen, das dunkle Haar ungebärdig in der Stirn. Schließlich ruckte er in einer unbestimmten Geste mit dem Kinn und zündete sich eine Zigarette an.

Was für ein Stoffel, dachte Margot.

»Claus!«, wiederholte die weibliche Stimme ungeduldig. Sie gehörte zu einer jungen Frau mit blondem Pferdeschwanz, die in ihrem schneeweißem Pullover, dem Glockenrock und den Strickstrümpfen sichtlich fror.

Claus Sturm drückte dem anderen Klaus einen Glühwein in die Hand und griff nach den beiden anderen Bechern. »Wir sehen uns, Fräulein Margot.«

Almuth hob vielsagend die Brauen, und Margot zuckte leichthin mit einer Schulter. Doch während sie weiter heiße Getränke ausschenkte, sah sie immer wieder zu den dreien hinüber. Mal schmollend, mal mit klimpernden Wimpern und schwingendem Pferdeschwanz, setzte die junge Frau alles daran, die Aufmerksamkeit von Claus Sturm auf sich zu ziehen. Dieser jedoch war in ein Gespräch mit Klaus Geier vertieft, beide eine Zigarette in der einen Hand, den Glühwein in der anderen.

Die Debatte der beiden jungen Männer war lebhafter geworden und wurde von Knüffen und Remplern mit der Schulter begleitet. Als die Zigaretten aufgeraucht waren, drückten sie der verdutzten Eisprinzessin die Glühweinbecher in die Hand und sprangen aufs Eis. Mit Schubsern versuchten sie, sich gegenseitig zu Fall zu bringen, spurteten dann los und jagten zwischen den anderen Eisläufern hindurch.

Über die ganze Länge der Eisbahn hinweg lieferten sie sich ein Wettrennen. Soweit Margot es aus der Ferne erkennen konnte, verlor Claus Sturm, wenn auch knapp.

14

Shake, Rattle and Roll

Die Arme auf dem Kopfteil verschränkt, kniete Margot auf einem Flugzeugsitz der nachgebauten Convair und sah gespannt zu, wie Gisela Roth zu Herrn Schlippchen in die Pantry ging. Auch die anderen verfolgten das Geschehen aufmerksam.

Eine gedrückte Stimmung herrschte an diesem Morgen. Nachdem Christa Faber den Fehler begangen hatte, sich mit ihrem neuen Make-up im Fotoautomaten ablichten zu lassen und das Bild nach Hause zu schicken, hatten ihre Eltern ihr schlichtweg verboten, die Ausbildung fortzusetzen, und sie nach Wiesbaden zurückgeholt. Auch Volker Janke, der sich mit dem Tablett in der Hand so gewandt bewegte wie ein Balletttänzer und immer für einen Witz gut war, hatte den Lehrgang verlassen; seine Leistungen in Englisch waren nicht gut genug gewesen. Heute hatte es auch Inge Rösler erwischt. Obwohl sie beteuerte, streng Diät zu halten, war der Zeiger der Waage im Schulungsraum nicht unter die magische Grenze von fünfundsechzig Kilogramm gesunken, und Inge musste gehen.

»Also, Fräulein Roth«, sagte Herr Schlippchen. »Wir hätten gern einen *Angel Face* von Ihnen. Und los!« Mit einem Klicken setzte er die Stoppuhr in seiner Hand in Gang.

Nach etlichen Stunden in der Flughafenküche, wo sie sich

unter den gestrengen Augen des Chefkochs darin übten, für den verwöhnten Gaumen zu kochen, Speisen gefällig anzurichten und das perfekte Rührei zuzubereiten, wurden sie jetzt zu Barkeepern ausgebildet. Mehr als dreißig Cocktails, die auf solch fantasievolle Namen wie *French 75, Pink Lady, Negroni, Gin Fizz, Bazooka* oder *Margarita* getauft waren, mussten sie künftig über den Wolken stilgerecht mixen und servieren können.

Rotwangig und die Zunge in den Mundwinkel geklemmt, warf Gisela Roth klappernd Eiswürfel in den Cocktailshaker und maß erst Apricot Brandy, dann Gin ab, wobei die Flaschen zu Übungszwecken nur mit Wasser gefüllt waren. Unschlüssig verharrte Giselas Hand über dem Wermut.

»Keinen Wermut«, murmelte Margot vor sich hin. »Calvados. Auch drei Zentiliter.«

»Nicht vorsagen, Fräulein Frei!«, wies Herr Schlippchen sie zurecht. »Aber während Fräulein Roth mit ihrem Zaudern Ihrer aller kostbare Trainingszeit verschwendet, können Sie mir doch sicher fix den *Moscow Mule* herunterbeten.«

Seinem herausfordernden Blick begegnete Margot ungerührt; sie und Almuth hatten am Glühweinstand im Park mehr als genug Gelegenheit, sich gegenseitig Rezepte abzufragen.

»Ein sogenannter Highball«, entgegnete sie deshalb ohne Zögern. »Eine Basisspirituose gemischt mit einem größeren Anteil an nicht alkoholischen Zutaten. Beim *Moscow Mule* sind es ausgepresste Limetten, ein Teil Wodka und drei Teile Ginger Beer auf Eis. Gerührt, nicht geschüttelt, und je nach Geschmack kommt noch ein Spritzer Angostura hinzu.«

Der Ausbilder hob die Brauen, sagte aber nichts weiter dazu. Gisela griff schließlich zum Calvados, schloss den Metallbecher und begann zu schütteln.

Herr Schlippchen zog hörbar die Luft durch die Nase ein.

»Arbeiten Sie mit einem Zementmischer, Fräulein Roth? So hält man doch keinen Cocktailshaker! Nehmen Sie sich ein Beispiel an Fräulein von Rehberg vorhin. Mit Grazie. Grazie!«

»Das feine Fräulein von und zu«, zischelte es hinter Margot.

Almuth auf dem Platz neben ihr lief bis unter die Haarwurzeln rot an. Margot warf einen Blick über die Schulter. Sonja Funke, feingliedrig und stupsnasig, das neuerdings blond gefärbte Haar zu weichen Wellen frisiert, hatte schon im Kurs für Säuglingspflege nicht verknusen können, dass Fräulein Buschheuer Almuths Umgang mit der Babypuppe als vorbildlich mütterlich lobte.

»Neidisch?«, raunte Margot und erntete dafür ein verächtliches Schnauben von Sonja.

Unterdessen schritt Gisela durch den Mittelgang, das mit einer Zitronenscheibe garnierte Martiniglas auf dem Tablett vor sich.

»Hopphopp, Fräulein Roth«, rief Herr Schlippchen mit Blick auf die Stoppuhr. »Das muss schneller gehen!«

Gisela beschleunigte ihre Schritte.

»Was haben wir Ihnen beigebracht?«, wetterte Herr Schlippchen. »Was müssen Sie beim Tragen eines Tabletts beachten?«

»Stark in den Handgelenken«, erwiderte Gisela im Gehen. »Und locker in den Armen.«

»Und warum sehe ich das bei Ihnen dann nicht?«, hakte Fräulein Buschheuer nach, die mit elegant übereinandergeschlagenen Beinen in der vordersten Reihe saß.

Einladend bot Gisela der Chefstewardess den Übungsdrink an, den diese samt Zitronenscheibe in einen bereitstehenden Eimer kippte. Mit dem leeren Glas trat Gisela den Rückweg an, sichtlich den Tränen nahe.

Als Nächstes beorderte Herr Schlippchen Margot in die Pantry. Sie hoffte auf einen Dry Martini, der ging am schnellsten: einfach Gin und trockenen Wermut auf Eis gießen und eine Olive und ein Stück Zitronenschale dazuwerfen.

Thea wünschte ihr Glück, indem sie beide Daumen mit den Fäusten umschloss. Herr Schlippchen hatte wohlwollend in sich hineingebrummt, als sie vorhin mit *Bloody Mary* und *Screwdriver* zwei der wichtigsten *Eye-Opener* für den frühen Morgen oder nach einem langen Flug benannt und einen *Singapore Sling* gemixt hatte.

»Dann zeigen Sie uns mal einen *Manhattan*, Fräulein Frei.«

Die Stoppuhr klickte. Konzentriert ließ Margot Eiswürfel in ein Rührglas gleiten und maß Bourbon ab.

»Sind Sie sicher, dass das kein *Rob Roy* wird?«, stichelte der Ausbilder.

Margot ließ sich nicht aus der Ruhe bringen. »Dafür hätte ich Scotch genommen.«

Sie verrührte den Whiskey mit rotem Wermut und Angostura, holte ein gefrostetes Kelchglas aus dem Kühler und goss die Mischung durch ein Barsieb ein.

»Wie stellt man eigentlich Gin her?«, bohrte Herr Schlippchen währenddessen nach.

»Aus Getreideschnaps, der dann mit Wacholderbeeren destilliert wird«, antwortete Margot freundlich, legte einen Spieß mit Cocktailkirschen auf das Glas und marschierte mit dem Tablett in der Hand los. Genau so, wie sie es gelernt hatte: zügig, aber damenhaft, die Schultern zurückgenommen und mit hoch erhobenem Kopf.

Etwa auf der Hälfte der elf Sitzreihen geriet ihr etwas zwischen die Füße. Sie strauchelte und versuchte noch, an einer der Lehnen Halt zu finden, griff aber ins Leere. Um auf den hohen Absätzen die Balance wiederzufinden, war sie zu schnell unterwegs, und schon schlug sie der Länge nach hin. Das Glas flog in hohem Bogen davon, Wasser ergoss sich auf den Teppichboden.

»Bruchlandung!«, rief einer ihrer Kollegen, und Gelächter brandete auf, hauptsächlich aus den Kehlen der jungen Männer.

Einen Augenblick lang blieb Margot einfach liegen und wünschte sich mit glühendem Gesicht ein Mauseloch herbei. Sie warf einen Blick zurück. Ungefähr dort, wo sie ins Stolpern geraten war, betrachtete Sonja Funke mit Unschuldsmiene ihre Fingernägel. Margot rappelte sich auf, wenigstens war das Glas heil geblieben. Sie stellte es zurück auf das Tablett, sammelte den Kirschenspieß ein und beugte sich besorgt zu Lilli Kolbe auf dem Sitz neben ihr.

»Entschuldigen Sie vielmals«, sagte sie in ihrem besten Kellnerinnentonfall. »Haben Sie etwas abbekommen?«

Lilli spielte mit. »Halb so schlimm«, wehrte sie ab, ein kesses Lächeln auf ihrem Mädchengesicht.

Mit langen Schritten eilte Margot zurück in die Pantry, warf einen Blick in den Kühler und stellte rasch ein neues Kelchglas hinein, bevor sie mit einem feuchten Lappen zurück zu Lilli lief. Der abschätzige Gesichtsausdruck Herrn Schlippchens, dessen Stoppuhr unerbittlich tickte, verursachte ihr ein flaues Gefühl im Bauch. Es half nur nichts, da musste sie jetzt durch.

»Darf ich?« Sorgsam tupfte Margot über die Spritzer auf Lillis Ärmel und Rock und rieb dann über den nassen Fleck im Teppich. Noch war es nur Wasser, aber wären sie wirklich im Dienst, hätte der rote Wermut scheußliche Flecke hinterlassen. Vom Alkoholdunst im Mittelgang ganz zu schweigen.

Zurück in der Pantry, rührte Margot flugs einen frischen Pseudo-*Manhattan* an und machte sich zum zweiten Mal auf den Weg zu Fräulein Buschheuer.

»Verzeihen Sie bitte die Verzögerung«, sagte sie und hielt der

Chefstewardess das Tablett hin. »Es gab unterwegs einen kleinen Zwischenfall.«

Fräulein Buschheuer nickte huldvoll, leerte das Glas in den Eimer und stand auf.

»Meine Damen und Herren!«, rief sie durch die Kabine. »Was Sie eben mitbekommen haben, kann auch Ihnen jederzeit passieren. Es gibt immer irgendwo einen Lausejungen, der Ihnen aus Jux und Tollerei ein Bein stellt, ein Kleinkind, das Ihnen Bauklötze zwischen die Füße wirft, oder einen Passagier, der sich gerade genüsslich ausstreckt, wenn Sie mit einem voll beladenen Essenstablett vorbeigehen. Und auf jedem Flug können unerwartete Turbulenzen auftreten, die Sie mitten im Service erwischen. Dann müssen Sie improvisieren. Genau so, wie Sie es gerade bei Fräulein Frei gesehen haben. Durchatmen, aufstehen und den gröbsten Schaden beseitigen. Handfeger und Lappen sind ebenso Ihr Handwerkszeug wie Cocktailshaker und Tablett. Und dabei immer lächeln, die Damen und Herren, immer lächeln! Sie hätten noch zu Fräulein Kolbe sagen können, dass wir selbstverständlich für die Reinigung aufkommen, Fräulein Frei. Aber ansonsten war das eine glatte Eins.«

Der giftige Blick, den Sonja Funke ihr zuwarf, ging Margot runter wie Öl.

Gitta Schober hob die Hand. »Wann dürfen wir endlich in einem richtigen Flugzeug üben?«

Herr Schlippchen seufzte. »Sobald Sie endlich so weit sind. Kommen Sie doch gleich einmal zu mir, Fräulein Schober.«

Die Flugzeugkabine quoll über vor aufgeregten Stimmen, eine zappelige Ungeduld schwappte durch die Sitzreihen. Nach endlosen Probeläufen im nachgebauten Innenraum einer Convair und gut zwei Stunden, in denen sie in der echten Maschine das

Öffnen und Schließen der beiden Türen geübt hatten, stand an diesem wolkenverhangenen Tag Ende Januar der erste Trainingsflug an.

Ehrfürchtige Stille breitete sich aus, als die beiden Piloten hereintraten. Sämtliche Augenpaare verfolgten, wie der Kapitän und sein Erster Offizier halb auf Englisch, halb auf Deutsch mit Fräulein Buschheuer und Herrn Schlippchen scherzten, bevor sie sich unter gemurmeltem »*Morning, Morning*« den Weg ins Cockpit bahnten. Vor allem der Kapitän mit seinem brandroten Rauschebart machte großen Eindruck auf die zukünftigen Stewardessen.

»Oh. Mein. Gott.« Mit einem breiten Grinsen auf dem Gesicht ließ Thea ihren Gurt zuschnappen. »Ick kann's nicht fassen, dass es gleich wirklich losgeht. Ist euch eigentlich klar, was das für eine Ehre ist? Wir sind die ersten richtigen Passagiere in diesem Schätzchen. Und das, obwohl noch vor ein paar Jahren kein Deutscher überhaupt irgendwo mitfliegen durfte.«

»So was nennt sich Jungfernflug, weil es sich wie das erste Mal auf dem Rücksitz einer Karre anfühlt«, kommentierte Hubert May.

Hinter ihm lachten Rudolf Schiller und Helmuth Nickel beifällig, während Felix Jungblut, der neben Hubert saß, rote Ohren bekam.

»Die werten Damen und Herren«, rief Herr Schlippchen durch die Kabine. »Haben wir nicht etwas vergessen?«

Ratlose Blicke wurden gewechselt, bevor es Margot siedend heiß einfiel.

»Eine Tür ist noch offen«, rief sie und sprang von ihrem Sitz auf.

Rudolf Schiller war schneller. Sein spitzer Ellbogen bohrte sich in Margots Rippen, als er sich ungalant an ihr vorbeidrängte und durch den Mittelgang hastete. Margots Blick traf sich mit dem von Felix, der wie stellvertretend für sein Geschlecht entschuldigend die Schultern hob. *Jungs*, formte sein Mund lautlos.

»Bisschen spät, die Herren!«, schalt Herr Schlippchen die beiden jungen Männer, die in diesem Augenblick die Treppe heraufstürmten.

Margots Herz schlug schneller, als sie Claus Sturm erkannte, den anderen Klaus wie immer an seiner Seite.

»Nicht unsere Schuld«, sagte Claus Sturm kaugummikauend, ein Grinsen im Mundwinkel. »Unsere Theoriestunde ging länger. Tach, Herr Schlippchen! Immer ein Vergnügen, Sie zu sehen.«

Im Vorbeigehen zwinkerte er Margot zu. Klaus Geier hingegen ignorierte ihren gemurmelten Gruß; es sei denn, das angedeutete Kopfrucken galt ihr und lag nicht etwa daran, dass sein Kragen zu eng saß. Nachdem sie den beiden Piloten die Hände geschüttelt hatten – Klaus Geier wortlos, Claus Sturm mit einem frechen Spruch auf den Lippen –, ließen sich die beiden Nachwuchspiloten mit ihren Unterlagen in die erste Reihe fallen. Dort saßen sie so entspannt wie Schüler, die im Schulbus noch ein letztes Mal den Unterrichtsstoff durchgingen, den sie sowieso beherrschten.

»Halt!«, pfiff Herr Schlippchen Rudolf Schiller zurück, der übereifrig schon den Türgriff in der Hand hielt. »Worauf müssen wir bei aller Eile immer warten?«

»*Boarding completed! Cabin crew, close the door*«, ertönte es gleich darauf aus der Sprechanlage, und unter Rudolfs energischen Handgriffen schloss sich die Tür mit einem satten Geräusch.

»Was fehlt noch?«, hakte Fräulein Buschheuer nach.

Dieses Mal war Margot einen Tick zu langsam.

»Service mit Kaugummi und Bonbons«, meldete sich Sonja Funke zu Wort und durfte ein Tablett mit diesen kleinen Hilfsmitteln für den Druckausgleich herumreichen.

»Ich würde gern die Sicherheitsanweisungen übernehmen«, bekundete Margot selbstbewusst.

Herr Schlippchen nickte. »Und wer möchte die Durchsage dazu machen?«

»Icke, hier!«, rief Thea, warf die Enden ihres Gurts zur Seite und schnellte vom Sitz hoch.

Margot holte die Utensilien aus einem der Gepäckfächer. Während sie im Stehen auf ihren Einsatz wartete, spähte sie nach vorn ins Cockpit. Die beiden Piloten waren noch mit der Klarliste beschäftigt: Der Erste Offizier las die Prüfungspunkte vor, der Kapitän antwortete einsilbig, während er Knöpfe und Schalter betätigte. Jetzt sah Margot mit eigenen Augen die Abläufe, die sie bisher nur aus der Theorie kannte. Gebannt horchte sie auf den Funkverkehr mit der Bodenkontrolle, der eine Menge Zahlen und Abkürzungen enthielt und in dem sehr oft das Wort *Roger* vorkam. Weil sie sich beobachtet fühlte, wandte sie den Kopf. Herr Schlippchen musterte sie eindringlich, dann tippte er sich ans Ohr und nickte, fast so etwas wie ein Lächeln um den dünnen Mund.

»Man kann natürlich«, bellte er aus heiterem Himmel, »mit der Sitznachbarin über Jungs, Filmstars oder den neuen Lippenstift tratschen. Oder aber man hört den Herren Piloten zu, um etwas zu lernen. Wir haben die Tür zum Cockpit nicht zum Spaß offen gelassen.«

Fräulein Buschheuer biss sich amüsiert auf die Unterlippe.

Mit einem Schlag war es mucksmäuschenstill. Allerdings nur für einen Augenblick, dann sprangen die Motoren an und ließen die Convair erzittern. Unter der Bluse kräuselte sich die

Haut auf Margots Armen. Mehrmals hintereinander heulten die Triebwerke ohrenbetäubend auf, dazwischen war aus dem Cockpit das eine oder andere zackige *Check* zu hören. Dann klappte die Tür zur Kabine zu.

»Meine Damen und Herren«, ergriff Herr Schlippchen erneut das Wort. »Wir möchten Sie bitten, sich während unserer Trainingsflüge möglichst jedes Geräusch einzuprägen, damit Sie später Ihre Gäste beruhigen können, dass alles, was sie hören, vollkommen normal ist.«

»Sie müssen sich selbst in jedem einzelnen Augenblick vollkommen sicher fühlen«, ergänzte Fräulein Buschheuer. »Nur dann können Sie diese Sicherheit auch Ihren Gästen vermitteln.«

Ein wohliger Schauder rieselte Margots Rückgrat hinab, als die Maschine sich in Bewegung setzte und über das Vorfeld rollte.

»Wir beginnen mit einigen *Touch-and-Goes*«, fuhr der Ausbilder fort, »damit Sie ein Gefühl für Starts und Landungen bekommen. Anschließend werden wir Kreise über Hamburg ziehen, und Sie werden Ihre ersten Gehversuche in der Luft unternehmen. Fräulein Frei, Fräulein Brandeis, bitte legen Sie los!«

Strahlend griff Thea zum Hörer. »Guten Morgen, sehr verehrte Damen und Herren«, zwitscherte sie durch die Sprechanlage. »Im Namen unseres Kapitäns James McAllister und des Ersten Offiziers Theodor Schubert begrüßen wir Sie ganz herzlich zu unserem ersten Rundflug für angehende Stewardessen und Stewards der Deutschen Lufthansa.«

Nahtlos ging sie von der Begrüßung zu den Sicherheitshinweisen über, während Margot mithilfe der Schwimmweste und der Sauerstoffmaske die gründlich einstudierte Choreografie vollführte.

Claus Sturm beugte sich lächelnd über seine Armlehne und reckte schließlich den Daumen hoch. Unwillkürlich zuckte es um Margots Mund.

»Im Namen der Crew und der Lufthansa wünschen wir Ihnen einen angenehmen Flug!«, rief Thea selig in den Hörer, als hätte sie ihr Lebtag nichts anderes getan.

»*Cabin crew, prepare for departure!*«, schnarrte es unter Knistern und Rauschen aus der Sprechanlage.

Margot packte ihre Requisiten zurück in das Fach. Zeitgleich mit Thea nahm sie wieder Platz, schloss ihren Gurt und zog ihn vorsichtshalber noch ein wenig fester.

»Gleich geht's los«, hauchte Almuth neben ihr mit roten Wangen.

Margot nickte und sah aus dem Fenster. In einiger Entfernung konnte sie die Flughafengebäude ausmachen, dann schwenkte die Maschine auf das Rollfeld ein.

»*Cabin crew, prepare for take-off!*«

Dröhnend gingen die Motoren in die Vollen, rüttelnd und schüttelnd nahm die Maschine Fahrt auf. Schnell, immer schneller, und wie von unsichtbaren Händen wurde Margot in den Sitz gedrückt. Ihr Magen schlug einen freudigen Purzelbaum, als die Convair abhob. All das erlernte Wissen über Flugzeugtechnik und Physik war für den Moment verpufft, einen einzigen Wimpernschlag lang fühlte sie sich vollkommen schwerelos.

»Yihaaa!«, quiekte Thea verzückt.

Atemlos und mit glänzenden Augen sah Almuth zu Margot, die ihren Blick erwiderte, bevor sie staunend auf den Flughafen hinuntersah. Vergnügt flatterte es in ihrem Bauch, als das Flugzeug eine Schleife beschrieb, dann mit pfeifenden Motoren tiefer sank und bockelnd wieder aufsetzte, nur um gleich darauf mit neuer Kraft durchzustarten. Wie auf der Wildwasserbahn des Hamburger Dom war es, nur viel schöner, viel aufregender. Geradezu berauschend.

»Fräulein Buschheuer!«, rief Gitta Schober mit schriller Stimme. »Fräulein Buschheuer! Die Lotte ko... – Fräulein Frommherz wird gerade schlecht!«

»Dafür haben Sie die Tüten vor sich«, lautete die gut gelaunte Antwort der Chefstewardess.

Margot warf einen Blick nach hinten. Gitta streichelte unbeholfen den Rücken von Lotte, die sich vornübergebeugt in eine der Papiertüten übergab. Neben ihr schluckte Almuth hörbar, die Armlehnen fest umklammert.

»Mach jetzt nicht auch die flotte Lotte, hörst du?«, flüsterte Margot. »Alles in Ordnung, ein ganz gewöhnliches Flugmanöver.«

Almuth deutete ein Kopfschütteln an, käseweiß im Gesicht. »Das ist es nicht. Mir wird nur immer selbst schlecht, wenn sich jemand in meiner Nähe übergibt.«

Margot legte ihre Hand auf Almuths. »Das musst du dir schnell abgewöhnen. Schau mir fest in die Augen und atme tief durch. Tiefer. Noch tiefer. Noch einmal.«

Langsam nahmen Almuths Wangen wieder Farbe an, und ein dankbares Lächeln huschte über ihr Gesicht. »Hast du gerade wirklich flotte Lotte gesagt?«, fragte sie dann.

Ein leises Kichern perlte zwischen ihnen auf.

Zum wiederholten Mal kam die Maschine auf dem Boden auf und hob gleich darauf erneut ab. Dieses Mal fühlte es sich jedoch anders an. Schärfer, ruppiger, das Geräusch der Motoren war dunkler und greller zugleich. Margot konnte förmlich fühlen, wie der Schub der Triebwerke und die Schwerkraft der Erde um das Flugzeug rangen. Unbeirrbar verfolgte die Convair rumpelnd und bebend ihre steile Bahn, und schlagartig verdunkelte sich die Kabine. Nebel verhüllte die Fenster, dick wie die berüchtigte Hamburger Erbsensuppe.

Wolken, berichtigte Margot sich sogleich verblüfft. Wir sind in den Wolken. Sie gähnte herzhaft, und mit einem Knacken löste sich der Druck auf ihren Ohren.

Jäh stieß das Flugzeug durch das Grau, in einen unwahrscheinlich blauen Himmel hinein. Ein atemberaubender Moment, noch überwältigender als im Film. Gänsehaut überzog Margots Körper, und Tränen schossen ihr in die Augen. Geblendet vom Silberglanz des Flügels in der hellen Sonne, blinzelte sie auf die Wolken hinunter, die einer Landschaft aus Zucker und Sahne glichen.

Dafür bin ich gemacht, dachte sie. Genau dafür. Und für nichts anderes auf dieser Welt.

Mit einem Pingen erloschen die Lichtzeichen fürs Anschnallen und das Rauchverbot. Jeden Augenblick konnten sie damit beginnen, das Servieren während des Flugs zu üben.

Die Tür zum Cockpit öffnete sich, und der Erste Offizier, kantig und graumeliert, trat heraus. »Herr Geier.«

Claus Sturm erhob sich, um seinen Freund aus der Sitzreihe aufstehen zu lassen. Wie zufällig ließ er dabei seinen Blick über die Köpfe in der Kabine schweifen, und Margot duckte sich. Verletzlich und überlebensgroß zugleich fühlte sie sich in diesem Moment, den sie mit niemandem teilen wollte.

Der Erste Offizier und Klaus Geier nickten einander zu, und der Jungpilot zwängte sich an seinem Vorgesetzten vorbei ins Cockpit. Dabei erhaschte Margot einen Blick auf sein markantes Gesicht, das entschlossen und in sich gekehrt wirkte und dabei doch seltsam gelöst. Als hätte er hier oben in der Luft einen Ballast von sich abgeworfen, den er am Boden niemals loswurde.

Verlegen wandte Margot den Blick ab, noch bevor sich die Tür hinter Klaus Geier schloss. Sie überließ sich ganz dem Gefühl absoluter Freiheit, während das Flugzeug mit schnurrenden Motoren über die Wolken schaukelte.

Würgend bat Lotte um eine frische Tüte.

15

Pack die Badehose ein

»Arme Lotte!«, murmelte Almuth, Tränen in den Augen.

Margot nickte mit enger Kehle. »Jetzt hat sie ganz umsonst ihre langen Haare geopfert.«

Fünf Trainingsflüge lagen hinter ihnen, auf denen sie gelernt hatten, wie schwierig es war, ein voll beladenes Tablett unfallfrei durch ein schlingerndes und manchmal bockiges Flugzeug zu tragen. Auf fast jedem dieser Flüge hatte Lotte sich übergeben oder war zumindest mit grünlicher Gesichtsfarbe durch die Kabine getaumelt. Fräulein Buschheuer hatte die Gelegenheit genutzt, um an ihr zu demonstrieren, wie man einem Passagier mit Luftkrankheit die Beine hochlegte, und dabei erklärt, dass Tomaten und frischer Salat Linderung verschaffen konnten, fettes Fleisch und Speck, schwarzer Kaffee und Schlagsahne hingegen zu meiden waren. Am Ende hatte die Chefstewardess jedoch ein Machtwort gesprochen, und Lotte hatte sich weinend von allen verabschiedet.

»Ach, na ja«, meinte Thea. »Ihre neue Frisur sieht dufte aus, viel besser als die ollen Zöpfe. Lotte wird ihren Weg schon gehen, nur eben auf festem Boden.« Sie hielt kurz inne. »Vermissen werde ich sie trotzdem«, fügte sie hinzu und wischte sich über die Augen.

Die Betroffenheit der drei war echt, aber die Tränen rührten eher vom Qualm der Lumpen und Zeitungen her, die hinter der Flughafenbaracke lichterloh brannten. Im Augenblick war es Lilli Kolbe, die sich mit dem Feuerlöscher abmühte, sehr zur Erheiterung der beiden anwesenden Feuerwehrmänner.

Seit gestern drehte sich im Lehrgang alles um das Thema Sicherheit. Dr. Frankhauser hatte ihnen nicht nur erläutert, wie sich das Fliegen auf den menschlichen Körper und das Befinden auswirkte. Nach einer Einweisung in die Funktionsweise der Sauerstoffmasken hatten sie – Damen und Herren jeweils getrennt – aneinander Herzdruckmassage und Mund-zu-Mund-Beatmung geübt, ebenso die richtigen Handgriffe bei drohendem Ersticken und Epilepsie und wie man Knochenbrüche fachmännisch schiente. Die Medikamente der Bordapotheke waren sie ebenfalls durchgegangen, und wenigstens im Prinzip war ihnen jetzt klar, wie man einen Luftröhrenschnitt durchführte: mit Rasierklinge, Kugelschreiber und Hochprozentigem aus der Bordbar.

»Glückwunsch, Fräulein Kolbe!«, rief Herr Schlippchen mit Blick auf seine Stoppuhr. »Just in diesem Moment haben Sie die ersten Passagiere mit einer Rauchvergiftung ins Jenseits befördert!«

»In einer solchen Situation dürfen Sie nicht zimperlich sein, meine Damen«, rügte Fräulein Buschheuer ihre Zöglinge. »Da müssen Sie beherzt zupacken! Jeder einzelne der Herren hat das besser gemacht als Sie alle zusammen.«

Margot, Thea und Almuth warfen sich betretene Blicke zu, während sich die jungen Männer in diesem Lob sonnten. Auf einen Wink von Herrn Schlippchen hin nahm einer der Feuerwehrmänner der geknickt wirkenden Lilli den Feuerlöscher ab und erstickte in zwei kurzen Stößen die Flammen.

»Denken Sie immer daran«, fügte die Chefstewardess hinzu, »dass Sie mehr als das freundliche Gesicht der Fluggesellschaft sind. Im Ernstfall tragen Sie – und nur Sie – die Verantwortung für das Leben Ihrer Gäste. Wenn es darauf ankommt, müssen Sie blind die Türen öffnen können. Sogar dann, wenn das Flugzeug in absoluter Finsternis kopfüber im Wasser treibt.«

»Danke für das Stichwort, Fräulein Buschheuer«, sagte Herr Schlippchen.

»Wir haben einen Swimmingpool?«, rief Thea verzückt.

Herr Schlippchen hatte die angehenden Stewards und Stewardessen zu einem großen Wasserbecken hinter dem Gebäude geführt, in dem sich auch die Personalräume befanden. Margot hatte mittlerweile einen fast vollständigen Lageplan des Flughafens im Kopf, aber dieses Becken war ihr noch nie aufgefallen, und offenbar ging es den anderen genauso.

Herr Schlippchen hob eine Braue. »Ob Sie Ihre knapp bemessene Freizeit hier am Springbrunnen verbringen wollen, bleibt Ihnen überlassen, meine Damen und Herren.«

Einige der jungen Damen klatschten begeistert in die Hände, ihre männlichen Kollegen grinsten sich verheißungsvoll an.

Unter dem grauen und kalten Februarhimmel wirkte das Becken wenig einladend. Aber es war eine verlockende Vorstellung, sich an einem heißen Sommertag ins Wasser zu stürzen oder mit einer Cola auf dem von niedrigen Hecken umzäunten Rasen in der Sonne zu sitzen, während man den startenden und landenden Flugzeugen zusah. Passagiere und Besucher hatten hier keinen Zutritt; ein exklusiver Luxus, von dem andere in Margots Alter nur träumen konnten.

Am Beckenrand türmten sich orangefarbene Schwimmwesten auf, daneben warteten unförmige Pakete aus ganz ähnlichem Material sowie ein Stapel dicker Frotteetücher und ein Korb mit Thermoskannen und Bechern. Seit sie mit dem launischen Ungetüm von Kaffeemaschine an Bord der Convair hantierten, hatten sie sowieso alle immer eine Bluse oder ein Oberhemd als Ersatz dabei; trotzdem waren sie gebeten worden, für diesen Tag zusätzliche Kleidung zum Wechseln mitzubringen. Margot begann zu ahnen, weshalb.

»Ein herrlicher Tag, um den Pool einzuweihen, finden Sie nicht?«, sagte Herr Schlippchen mit Blick zum wolkenverhangenen Himmel. »Tauschen Sie bitte Ihre Jacken und Mäntel gegen die Schwimmwesten!«

Er warf sein Sakko von sich und nahm sich eine der Westen. Auch Margot streifte sich eine Weste über, überprüfte den korrekten Sitz und ob die Bänder weder zu fest noch zu locker saßen, wie sie es in der Theoriestunde gelernt hatten. Dann sah sie sich um, ob auch alle anderen mit den Westen zurechtkamen.

»Sehr gut, Fräulein Frei«, sagte Fräulein Buschheuer, die mit aufmerksamem Blick die Reihe ihrer Zöglinge abschritt.

Vor Ulla König blieb sie stehen und ruckte an den Bändern, die sofort aufgingen. Mit hochrotem Gesicht band Ulla sie wieder zu, diesmal deutlich fester.

»Das ist kein Korsett, Fräulein Heller«, sprach die Chefstewardess gleich den nächsten Tadel aus. »Herr May, geben Sie auf Ihre Krawatte acht, sonst strangulieren Sie sich womöglich noch damit. Und jetzt schließen Sie bitte alle die Augen und lösen Sie die Westen aus.«

Blind tastete Margot nach der Kordel und zog daran. In einer einzigen Salve zerbrachen reihum knackend die Patronen mit Kohlendioxid, und eine Weste nach der anderen pumpte sich geräuschvoll auf.

»Wie die Michelin-Männeken, wa?«, wisperte Thea erheitert.

»Immerhin. Das beherrschen Sie schon mal«, kommentierte Herr Schlippchen gnädig. »Wenn die Damen und Herren nun ihre ganze Aufmerksamkeit auf die Rettungsflöße richten würden. Gleiches Prinzip wie bei den Schwimmwesten. Sie ziehen einmal kräftig hier dran, treten ein paar Schritte zurück und lassen die Technik die Arbeit übernehmen.«

Er riss an der Kordel, und gebannt beobachteten die angehenden Stewards und Stewardessen, wie sich das Paket aus gummiartigem Stoff zischend und schnaufend zu einem übergroßen Rettungsboot aufblies.

»Fräulein Brandeis!«, bellte der Ausbilder. »Die Herren Lohse und Popp: Nachmachen! Aber zackig! Im Ernstfall zählt jede Sekunde.«

Eifrig stürmten die drei vorwärts und lösten den Mechanismus aus, der die Rettungsflöße entfaltete.

»Wassern und einsteigen!«, befahl Herr Schlippchen. Er gab dem ersten Floß einen derart kräftigen Stoß, dass es klatschend auf dem Wasser aufkam, und sprang hinein. »Das gilt für alle. Maximal zu sechst. Hopphopp, worauf warten Sie noch?«

»Auf Grüppchenbildung aus Sympathiegründen ist zu verzichten!«, schärfte Fräulein Buschheuer ihnen vom Beckenrand aus ein. »Nehmen Sie das Floß, das Ihnen am nächsten ist!« Mit verschränkten Armen kuschelte sie sich tiefer in die Strickjacke, die sie über ihrem Kostüm trug.

Margot fackelte nicht lange, schlüpfte aus den Schuhen und hüpfte ins nächstbeste Boot. Almuth zögerte nur einen Wimpernschlag lang, bevor sie ihr folgte.

»Das wackelt nicht halb so schlimm wie gedacht«, flüsterte sie, als sie sich neben Margot niederließ, atemlos vor Erleichterung.

»Seien Sie dankbar«, rief Fräulein Buschheuer, »dass wir eigens für Sie den Brunnen aus dem Winterschlaf geholt haben! Sonst müssten wir die Übung in der Binnenalster durchführen, unter den Augen zahlreicher Zaungäste am Jungfernstieg.«

Im Sekundentakt füllten sich die Boote mit den jungen Damen und Herren. Sieglinde Heller setzte zum Sprung an, wurde aber von Herrn Schlippchen zurückgepfiffen und blieb mit rudernden Armen auf der Kante stehen.

»Wissen Sie, was so ein Floß kostet?«, herrschte er sie an. »Wollen Sie es aufschlitzen und untergehen lassen?«

Sieglinde blickte hilflos drein.

»Die Schuhe!«, riefen Margot und Almuth wie aus einem Mund.

Hastig kickte Sieglinde die Pumps von den Füßen und sprang.

Gisela Roth dagegen zauderte noch, während sich die vier Flöße langsam, aber unaufhaltsam vom Beckenrand entfernten.

»Wollen Sie im lichterloh brennenden Flugzeug zurückbleiben?«, stichelte Fräulein Buschheuer.

Gisela schüttelte den Kopf, rührte sich jedoch nicht vom Fleck.

Herr Schlippchen schlug in dieselbe Kerbe. »Sollen die Passagiere vielleicht Sie retten anstatt umgekehrt, Fräulein Roth?«

»Hol Schwung und spring!«, rief Margot. Sie umfasste die Gummiwand und schaukelte hin und her. »Siehst du, passiert nichts.«

»Ist ganz leicht, Gisela«, bekräftigte Almuth.

Gisela atmete tief ein, nahm auf Strümpfen ein paar Schritte Anlauf und machte einen Satz über die Kante. Mit einem Aufschrei landete sie neben Thea im Floß, aufgefangen von ihren lachenden Kolleginnen.

»Wie früher aufm Müggelsee«, meinte Thea vergnügt.

Unter den Kommandos von Fräulein Buschheuer probierten sie die Paddel aus, inspizierten den Notvorrat und die Erste-Hilfe-Tasche und prägten sich ein, wie man eine Leuchtrakete abfeuerte.

Plötzlich klatschte hinter ihnen etwas ins Wasser, und Margot fuhr herum.

»Mann über Bord!«, schrie Wolfgang Göbel.

Einige andere riefen panisch Herrn Schlippchens Namen.

Ohne Zögern schob Margot sich über den Rand des Rettungsfloßes und landete mit einem lauten Platschen im Wasser, das eisig in Arme und Beine stach und ihren Atem lähmte.

Neben ihr trieb eine Schwimmweste; im trüben Licht war nicht zu erkennen, wie tief das Becken sein mochte. Bange Augenblicke verstrichen. Dann tauchte Herr Schlippchen in einiger Entfernung gurgelnd auf und schlug wild um sich.

Hechelnd schwamm Margot los, durch die Kälte und die dicke Weste gerieten ihre Bewegungen schwerfällig und ungelenk. Wasser spritzte nadelscharf in ihr Gesicht, und das Chlor biss ihr in die Augen. Als sie Herrn Schlippchen erreichte, der verzweifelt weiter auf das Wasser eindrosch, schlang sie blindlings einen Arm um ihn.

»Ruhig, Herr Schlippchen!«, schnaufte sie. »Bleiben Sie ruhig! Ich hab Sie. Ich hab Sie ganz sicher und bring Sie jetzt zurück ins Boot, ja?«

Herr Schlippchen erschlaffte, wie ein nasser Sack hing er in ihrem Griff. Ein totes Gewicht, das jeden ihrer Schwimmzüge zu einem Kraftakt machte. Prustend tauchte Felix Jungblut neben ihr auf und packte mit an.

»Zu euch ins Boot«, keuchte Margot. »Ihr habt mehr Kraft, um ihn hineinzuziehen.«

Zu zweit schleppten sie den Ausbilder zum Floß, wo sich

ihnen helfende Hände entgegenstreckten, um den reglosen Körper an Bord zu zerren. Einer der jungen Männer fühlte seinen Puls, während ein anderer sich bereits an Herrn Schlippchens Krawatte zu schaffen machte, um zur Herzdruckmassage anzusetzen.

»Stopp!«, sagte Herr Schlippchen unvermittelt. Mit einem Ruck setzte er sich auf und schubste die hilfsbereiten Hände zur Seite. »Das reicht. Wir wollen es nicht übertreiben, meine Herren.«

Vor Schreck schluckte Margot Wasser und spie es hustend und mit brennender Kehle wieder aus.

»Sie sind ein Fuchs, Herr Schlippchen!«, rief Felix lachend. »Wir haben Ihnen das echt abgekauft!«

Ein kleines Grinsen auf dem Gesicht, rückte Herr Schlippchen sich den Krawattenknoten zurecht.

»Margot, hier!« Thea balancierte am Rand des Floßes und streckte die Hände nach ihr aus.

Mühselig zog Margot sich durch das Wasser vorwärts, ihre Arme und Beine schwer wie Blei, und ließ sich ins Boot bugsieren.

»Das war 'ne Wucht!«, rief Thea, während sie aus Leibeskräften auf den Beckenrand zupaddelte.

»Bist a Pfundsmadl«, stimmte Gitta Schober zu.

Mit klappernden Zähnen kletterte Margot aus dem Floß. Fräulein Buschheuer zog sie auf die kältestarren Beine und schälte sie aus der Schwimmweste. Dann legte sie ihr ein Handtuch um und drückte ihr einen dampfenden Becher in die Hand.

»Trinken Sie das«, sagte sie dazu. »Und danach machen Sie besser, dass Sie aus den nassen Sachen herauskommen.«

Schlotternd und mit widerstreitenden Gefühlen im Bauch

ließ Margot die Anerkennung ihrer Kolleginnen über sich ergehen, während Felix grinsend im Schulterklopfen der anderen Männer badete. Ein paar Schritte entfernt warf Herr Schlippchen die Schwimmweste von sich und leerte mit angewiderter Miene seine Schuhe aus. Ein Handtuch übergeworfen, stapfte er tropfnass über den Rasen, ohne Margot auch nur eines Blickes zu würdigen.

Während sie Schluck für Schluck den heißen Tee trank, verfolgte sie mit halbem Ohr die Manöverkritik Fräulein Buschheuers und ihre Ausführungen zu Flugunfällen. Einige Herzschläge lang blinzelte sie in den leer getrunkenen Becher, dann schlich sie sich auf den kaputten Nylons davon.

In der Damenumkleide hatte Margot große Mühe, mit steifen Fingern den klatschnassen Rock zu öffnen und von sich abzupellen. Bei der Bluse gab sie nach ein paar Knöpfen auf und zerrte sie einfach über den Kopf. Ratlos stand sie in der durchgeweichten Unterwäsche da, sie konnte sich nicht erinnern, wo sie den Schlüssel zu ihrem Schrank hatte. In ihrem Kopf war nur Platz für das, was sie von Fräulein Buschheuers Vortrag noch mitbekommen hatte.

Um eine kleinere Convair der Swissair war es gegangen, deren Piloten in der Hektik vor dem Abflug vergessen hatten, die Klarliste durchzugehen. Erst über dem Ärmelkanal fiel auf, dass die Maschine nicht aufgetankt war. Die Notwasserung glückte, aber nach einer guten Viertelstunde versank das Flugzeug in den Fluten, und da für Flüge, die planmäßig nicht länger als dreißig Minuten über Wasser führten, keine Schwimmwesten vorgeschrieben waren, ertranken drei der britischen Passagiere, eine ältere Dame und eine Mutter mit ihrem kleinen Jungen. Alle drei konnten nicht schwimmen.

Heute war es nur eine Übung im überschaubaren Wasserbecken des Flughafens gewesen. Morgen jedoch könnte ihnen das Gleiche noch einmal passieren, dann allerdings auf offener See, wo sie Stunden, vielleicht Tage auf Rettung warten mussten.

Margot wickelte sich in das feuchte Handtuch, ließ sich auf die Holzbank fallen und begann zu weinen.

Klappernd näherten sich Absätze über den Gang, machten vor der Tür halt und traten dann über die Schwelle. Margot wischte sich über das Gesicht, und Reste der zerlaufenen Schminke blieben auf der tränennassen Hand haften. Geradezu trotzig hob sie den Kopf und blickte Fräulein Buschheuer entgegen; mochte sie doch von ihr denken, was sie wollte.

»Ich dachte«, sagte die Chefstewardess leise, »ich bringe Ihnen das nur eben schnell hinauf.« Neben einem frischen Handtuch legte sie Margots Mantel auf die Bank und stellte die Schuhe ordentlich darunter.

Margot schob die Hand in die Manteltasche und ertastete den Schlüssel zu ihrem Schrank.

Eine Weile schwiegen sie beide. Dann fasste Margot sich ein Herz.

»Im Grunde kann es jederzeit um Leben und Tod gehen, nicht wahr?«, fragte sie heiser.

Fräulein Buschheuer nickte sacht. »Die häufigste Frage, die einem als Stewardess gestellt wird, ist die, ob Fliegen nicht furchtbar gefährlich sei. Ich antworte dann meistens, dass man sich auch beim Fensterputzen das Genick brechen kann. Oder man überquert ahnungslos die Straße und wird überfahren. Das trifft zwar zweifellos zu, ist aber eben nur die halbe Wahrheit.«

Sie machte eine gedankenschwere Pause, verschränkte die Arme und kratzte mit dem Bleistiftabsatz ihrer Pumps über den Fußboden.

»Ich habe im vergangenen Jahr eine frühere Kollegin verloren«, erzählte sie dann. »Ich kannte sie nicht besonders gut, aber ich kannte sie. Die Maschine der KLM ist nach dem Start im irischen Shannon auf Irrflug geraten und dann auf der Nordsee aufgeschlagen. Niemand hat überlebt.« Sie atmete tief durch. »Das sind diese Schockmomente, die einem bewusst machen, dass es einen selbst jederzeit treffen kann.«

»Sind Sie deshalb aus dem Liniendienst ausgeschieden und Ausbilderin geworden?«, wollte Margot wissen.

Ein kleines Lächeln zeigte sich auf dem makellosen Gesicht Fräulein Buschheuers. »Nein. Ich fliege immer noch leidenschaftlich gern und fast immer gänzlich unbesorgt. Mich hat die Herausforderung gereizt, den Nachwuchs anzuleiten.« Ihr Lächeln bekam etwas unerwartet Spitzbübisches. »Ganz abgesehen davon, dass ich damit der Zeit, die für uns Frauen so unerbittlich tickt, ein Schnippchen schlagen kann. Ich werde schließlich auch nicht jünger.«

Margots Mundwinkel hoben sich.

»Angst ist etwas Gutes, Fräulein Frei«, erklärte die Chefstewardess ernst. »Angst macht Sie wachsam. Später im Dienst werden Sie so von der täglichen Routine und Ihren Gästen in Anspruch genommen sein, dass Sie gar keine Zeit mehr dafür haben. Umso wichtiger ist es, dass Sie dieser Angst schon einmal ins Gesicht geblickt haben. Denn sollte der Ernstfall eintreten, darf die Angst Sie nicht lähmen. Sie müssen gleichermaßen instinktiv und mit einem kühlen Kopf handeln, so schnell es nur geht. Ohne lange nachzudenken, ohne zu viel zu hinterfragen. Dass Sie dazu in der Lage sind, das habe ich heute gesehen.«

Margot nickte schwach.

»Nehmen Sie sich den restlichen Tag frei«, sagte Fräulein Buschheuer.

Margots Kopf ruckte hoch. »Aber der Lernstoff!«

»Wir machen heute nichts Großartiges mehr. Psychologische Kniffe, wie man sich selbst auf allerlei Notfälle vorbereitet. Das können Sie sich getrost schenken, das schaffen Sie auch ohne Kursus. Gehen Sie lieber nach Hause und nehmen Sie ein heißes Bad. Trinken Sie einen Tee, warme Milch mit Honig oder von mir aus auch einen Grog. Und gehen Sie zeitig ins Bett. Morgen sieht die Welt dann wieder freundlicher aus. Ja, Fräulein Frei?«

Margot nickte wieder, dieses Mal überzeugter.

In der Tür drehte sich Fräulein Buschheuer noch einmal um. »Sie haben das Zeug zu einer erstklassigen Stewardess, Margot. Das hatte ich von Anfang an im Gefühl. Und meine Menschenkenntnis hat mich noch nie getrogen.«

16

Mona Lisa

»Ohne mich! Ohne mich!«, skandierten die Demonstranten, die sich an diesem Samstagnachmittag vor dem Eingang des Parks versammelt hatten. Mehrheitlich Männer verschiedenen Alters mit dicken Schals, aber auch Frauen, die ihre Mützen und Kopftücher zum Schutz vor der Kälte tief ins Gesicht gezogen hatten. Manche hielten kleine Kinder an der Hand; eine hatte sogar einen Kinderwagen dabei.

Friedensbrot, nicht Heldentod!, las Margot auf den Spruchbändern und Schildern. *Butter statt Kanonen – Mehr Lohn statt Divisionen!* Und: *Nie wieder Krieg!*

Es war eine eher kleine Kundgebung, verglichen mit derjenigen Ende Januar hier im *Planten un Blomen*, an der sich rund zweitausend Menschen beteiligt hatten. Karl-Heinz, ein junger Kellner im Café, hatte erzählt, dass die Polizei an jenem Montag vorsorglich mit mehreren Bereitschaftswagen und sogar einem Wasserwerfer angerückt war, obwohl am Ende alles friedlich verlief.

»Mir ist ehrlich gesagt auch mulmig zumute«, sagte Margot, »wenn ich mir vorstelle, dass wir bald wieder eine Wehrmacht haben sollen.«

Am Tag vor Silvester hatte Frankreich nach zähem Ringen

endlich eigenen westdeutschen Streitkräften zugestimmt. Eine Entscheidung, die schon im Vorfeld beiderseits der Zonengrenze laute Proteste hervorgerufen hatte, aber auch das baldige Ende der Besatzungszeit ankündigte.

»Eine neue Wehrmacht«, präzisierte Almuth.

»Aus lauter alten Nazis«, erwiderte Margot. »Oder was glaubst du, wo die ganzen Offiziere und Soldaten herkommen sollen, wenn nicht aus Hitlers Wehrmacht und der SS?«

Almuth sah sie verständnislos an. »Dass Piloten wie Schubert im Krieg für die Luftwaffe geflogen sind und da mit Sicherheit auch Bomben abgeworfen haben, stört dich doch auch nicht. Oder Pelzer, der war Fliegerkommandant!«

Der reine Pragmatismus hatte dazu geführt, dass so viele Ja-Sager und Mitläufer in Justizapparat und Verwaltung, Krankenhäuser und Schulen zurückgekehrt waren. Wie sollte man auch sonst das zerstörte Land aufbauen und wieder in Schwung bringen? In diesen Zeiten war fast alles ein Provisorium, vom Grundgesetz bis hin zur Nationalhymne, bei der viele nach wie vor »Deutschland, Deutschland, über alles« sangen, weil sie die dritte Strophe gar nicht kannten, und andere stumm blieben, weil das Deutschlandlied zu viele schlechte Erinnerungen weckte. Die vielbeschworene Stunde Null war reines Wunschdenken, das wusste Margot, und trotzdem rieb sie sich daran.

»Ich werde jedenfalls ruhiger schlafen, wenn es endlich eine deutsche Armee gibt, die uns beschützen kann«, sagte Almuth entschlossen. »Mir läuft es jedes Mal kalt den Rücken hinunter, wenn von der Wiedervereinigung die Rede ist. Da steckt doch der Russe dahinter, der will doch auch noch den letzten Rest von Deutschland in seine Gewalt bringen.«

»Stalin ist tot«, entgegnete Margot nüchtern.

»Aber sein Schatten ist lang«, erwiderte Almuth leise. »Auch unter Bulganin und Chruschtschow.«

Jeder Schritt der jungen Bundesrepublik hin zur Eigenständigkeit trieb den Keil zwischen Ost und West tiefer, so kam es Margot vor. Eine Reibungsfläche, an der sich jederzeit ein größerer Zwist entzünden könnte, vielleicht sogar ein neuer Krieg.

Viel Zeit für solche beklemmenden Gedanken blieb jedoch nicht, sie waren spät dran. Das Maßnehmen für die Uniformen hatte länger gedauert, und auf der Fahrt mit der Hochbahn war es ebenfalls zu Verzögerungen gekommen. Der Winter hatte Hamburg fest im Griff, und die ersten Ausläufer einer Erkältungs- und Grippewelle rollten über die Stadt hinweg. Mit langen Schritten eilten Margot und Almuth über die verschneiten Parkwege zum Glühweinstand, der von einer ganzen Traube belagert war.

»Na endlich«, stöhnte Karl-Heinz, als die beiden durch die Holztür traten, um ihn abzulösen.

Sogar zu zweit hatten sie Mühe, mit dem Ausschenken hinterherzukommen; das Winterwunderland im Park hatte unzählige Eisläufer und Spaziergänger jeden Alters angelockt.

Es war schon dunkel, als der Ansturm endlich nachließ. Im Akkord spülten Margot und Almuth die klebrigen Gläser und Becher aus, um sich für das Abendgeschäft zu wappnen.

Mit einer dicken Jacke über seiner Kellnerkluft steckte Karl-Heinz den Kopf zur Tür herein. »Braucht ihr noch was, oder seid ihr gerade versorgt?«

»Ein paar Flaschen Wein auf Reserve wären nicht schlecht«, antwortete Margot mit Blick auf den Pegelstand in den Töpfen und die Vorräte unter dem Tisch. »Sonst ist alles bestens.«

»Bring ich euch«, sagte Karl-Heinz. Lächelnd griff er nach

der nassen Tasse in Almuths Hand. »Ich helf euch nur schnell abtrocknen.«

»Lass gut sein«, wehrte Almuth ruppig ab und kehrte ihm den Rücken zu.

Ratlosigkeit zeichnete sich auf Karl-Heinz' Gesicht ab, und Margot verkniff sich ein Grinsen.

»Wenn du die Becher einsammeln könntest, wäre uns mehr geholfen«, meinte sie, um Almuth zu erlösen. Es war offensichtlich, dass der smarte Jungkellner ein Auge auf sie geworfen hatte.

»Klar, mach ich«, versprach Karl-Heinz und verschwand durch die Hintertür. Er klemmte sich eine Kiste unter den Arm und begann, die stehen gelassenen Becher und Gläser rund um die Eisfläche einzusammeln und dabei mit zwei Mädchen auf Schlittschuhen zu schäkern.

»Er ist ein netter Kerl«, kommentierte Margot.

»Mag sein«, kam es dürr von Almuth, einen verkniffenen Zug um den Mund.

»Guten Abend, die werten Damen!«, ertönte in diesem Moment eine allzu bekannte Männerstimme.

Almuth erstarrte sichtlich. Ihren Ausbilder in Anorak und Skihose hier anzutreffen, damit hätte auch Margot beim besten Willen nicht gerechnet.

»Guten Abend, Herr Schlippchen«, sagte sie freundlich. Almuths Gruß war kaum mehr als ein geflüstertes Echo.

Eindringlich musterte er die beiden angehenden Stewardessen. »So verbringen Sie also Ihre Wochenenden. Einen Glühwein, bitte. Stimmt so.«

Margot füllte einen Becher, stellte ihn vor Herrn Schlippchen auf die Theke und bedankte sich.

»Machen Sie das schon die ganze Zeit über?«, wollte er wissen. »Während des gesamten Lehrgangs?«

Almuth verkroch sich tiefer in ihren Anorak und sah hilfesuchend zu Margot.

»Im Ausbildungsvertrag steht nichts davon, dass ein Nebenverdienst nicht erlaubt wäre«, entgegnete Margot angriffslustig.

Herr Schlippchen blies auf den dampfenden Glühwein. »Weil wir davon ausgegangen sind, dass Sie jede freie Minute für den Lehrstoff benötigen.«

Almuth entschuldigte sich hastig und floh mit gesenktem Kopf durch die Hintertür. Bevor sie sich einem Kreuzverhör von Herrn Schlippchen aussetzte, sammelte sie wohl lieber mit Karl-Heinz die leeren Becher ein.

»Das sollte kein Vorwurf sein«, ergriff Herr Schlippchen wieder das Wort. »Ich finde es nur erstaunlich, wie Sie offenbar beides unter einen Hut kriegen, Arbeit und Ausbildung.«

»Es ist eben nicht jeder finanziell auf Rosen gebettet«, erklärte Margot. »Und Erfahrung im Service ist ja wohl nie von Nachteil.«

Herr Schlippchen nickte gedankenvoll vor sich hin. Er nippte an seinem Glühwein und beobachtete die wenigen Eisläufer, die noch auf dem See ihre Runden drehten.

»Das war eine reife Leistung von Ihnen, Fräulein Frei«, sagte er dann, »wie Sie mich diese Woche aus dem Wasser gezogen haben. Respekt! Haben Sie das in der Schweiz gelernt?«

»Nein, hier an der Bille«, konterte Margot. »Dort haben im letzten Sommer ein paar Jungs für ihren Rettungsschwimmer geübt.«

Ein kleines Lächeln erschien auf Herrn Schlippchens Gesicht. »Immerhin einem Ihrer Geheimnisse bin ich jetzt auf die Spur gekommen, Fräulein Frei.«

Margots Wangen brannten. »Ich habe keine Geheimnisse.«

»Da wären Sie die Einzige«, erwiderte er belustigt. »Jeder hat doch seine kleinen oder großen Geheimnisse.«

Im bunten Schein der Lichterketten drehte sich Almuth immer wieder mit einem ängstlichen Gesicht zum Stand um.

»Wissen Sie, was mich beschäftigt, Fräulein Frei?«, fragte Herr Schlippchen nach den nächsten Schlucken. »Seit sie den *Alsterpavillon* wieder aufgebaut haben, bin ich oft dort zu Gast. Jemand wie Sie wäre mir zweifellos aufgefallen. Trotzdem kann ich mich nicht an Sie erinnern. Dabei vergesse ich nie ein Gesicht.«

Margot überlief es abwechselnd heiß und kalt. »Dann haben wir uns wohl immer knapp verpasst. Das bringt der Schichtdienst mit sich.«

Sein Lächeln vertiefte sich. »Sind Sie je um eine Antwort verlegen, Fräulein Frei?«

»Selten.«

»Na, dann dürfte Ihnen die Prüfung nächste Woche ja keinerlei Kopfzerbrechen bereiten.« Er stellte den leeren Becher ab und klopfte mit der flachen Hand auf die Holztheke. »Bis Montag, Fräulein Frei.«

Genauso sicher wie in Lackschuhen balancierte er auf den Schlittschuhkufen zum See hinüber und glitt über das Eis.

Gleich darauf kehrte Almuth mit einem Arm voller ineinandergestapelter Becher und Gläser zum Stand zurück.

»Was wollte der denn?«, fragte sie bang.

Margot sah zur Eisfläche hinüber. Die Arme auf dem Rücken verschränkt, zog Herr Schlippchen in gleichmäßigen Schwüngen seine Bahn, andächtig und wie selbstvergessen.

»Ich habe keine Ahnung«, murmelte sie, ein nervöses Flattern in der Magengegend.

17

Es kommt auf die Sekunde an

Über dem Rollfeld war es noch dunkel, als sich die Prüflinge eine Woche später neben der Convair postierten, die jungen Damen im Kostüm, sorgfältig geschminkt und die Frisuren mit Haarfestiger gegen den Wind gerüstet, die Herren in Jackett und Krawatte. Im Licht des Flughafens und dem Dröhnen der Propellermaschinen begrüßten sie die Gäste dieses Fluges: neben Fräulein Buschheuer, Herrn Pelzer und Herrn Schlippchen drei Herren im Anzug, die in der Verwaltung der Lufthansa tätig waren.

Um Punkt acht Uhr startete die Maschine und zog ihre Kreise über der morgendlichen Stadt. Jeder der Lehrgangsteilnehmer hatte eine klare Aufgabe zugewiesen bekommen, der sie alle äußerst akribisch nachkamen.

Margot sollte gemeinsam mit Almuth den Frühstücksservice übernehmen. Mit ganzer Kraft hielt sie den Knopf für die Wasserzuleitung gedrückt, während sie sich in der rüttelnden Pantry auf ihren hohen Absätzen ausbalancierte und mit der anderen Hand in der Pfanne mit den aufgeschlagenen Eiern rührte. Almuth verteilte unterdessen frische Brötchen und Hörnchen auf den Tabletts und verzierte Salami und Schinken mit Petersilie und Tomatenkrönchen.

»Ich kann es noch immer nicht fassen«, sagte Margot mit Blick auf die Schälchen mit Butter und Marmelade. »Echte Butter. Im Flieger!«

Almuth nickte geistesabwesend. Unter ihrem sorgfältig aufgetragenen Make-up wirkte sie blass, ihre Finger zitterten leicht. »Wie kannst du nur so ruhig bleiben?«, fragte sie.

»Ich stelle mir einfach vor, wir wären auf einem ganz gewöhnlichen Flug«, erwiderte Margot heiter. »Haben wir doch alles dutzendfach geübt. Übernimmst du bitte die Eier?«

Sie ließ den Knopf los und setzte beidhändig das Sieb mit dem Pulverkaffee ein. Gurgelnd machte sich die Kaffeemaschine ans Werk. Im Rhythmus des Fluges klapperte und klingelte es in den Boxen, und unwillkürlich pfiff Margot leise eine Melodie dazu.

Ein Lächeln zog über Almuths Gesicht. Während sie das Rührei portionierte und Kaffeesahne in die Kännchen einschenkte, gewannen ihre Bewegungen wieder an Sicherheit.

»Mit Gefühl«, ermahnte Margot sich murmelnd selbst und öffnete behutsam das Kaffeesieb. »Mit ganz viel Gefühl.«

Das Drama, mit dem die divenhafte Maschine allzu gern feuchten Kaffeesatz versprühte, wenn man sie auch nur einen Augenblick zu früh störte, blieb aus. Zufrieden füllte Margot die Tassen. Eines der Tabletts war für den einarmigen Herrn Pelzer bestimmt. Kurzerhand griff sie zur Schere und schnitt den oberen Rand des Zellophantütchens mit dem Besteck ab; so tat er sich bestimmt leichter.

»Denn man tau«, sprach sie sich selbst und Almuth Mut zu und holte noch einmal tief Luft, bevor sie mit den Tabletts in den Händen durch die schwankende Kabine marschierten.

Auf ihrem Platz am Gang streckte Sonja Funke gerade ihre schlanken Beine von sich. »Vorsicht, bitte!«, rief Margot im

Vorbeigehen gut gelaunt, aber mit warnend erhobener Braue. Sonja reckte ihr Näschen höher, zog aber rasch die Füße ein.

»Bitte sehr, die Herren«, verkündete Margot fröhlich, als sie das Tablett vor dem Herrn aus der Verwaltung abstellte, der auf Platz 4A saß. »Ihr Frühstück.«

»Na, das sieht ja vielversprechend aus«, schnurrte dieser genüsslich und drückte seine Zigarette im Aschenbecher in der Armlehne aus.

»Wir wünschen Ihnen einen guten Appetit«, fügte Almuth mit einem warmherzigen Lächeln hinzu.

Herr Pelzer sah von seinem Tablett zu Margot und Almuth auf; sein kleines Schmunzeln beantwortete Margot mit einem Zwinkern. Ihr Blick wanderte durch die Kabine, und sie trat zu Fräulein Buschheuer und Herrn Schlippchen in Reihe drei. Das Tablett des Ausbilders war wie leer geputzt, das der Chefstewardess noch halb voll, aber sie hatte sich bereits eine Zigarette angezündet.

»Dürfen wir Sie von Ihren Tabletts befreien?«, erkundigte sich Margot.

Herr Schlippchen, der sich intensiv mit seinen Notizen und der Stoppuhr beschäftigte, gab ein Brummen von sich, was sie als Zustimmung deutete.

»Sehr freundlich, vielen Dank«, antwortete Fräulein Buschheuer lächelnd. Die glimmende Zigarette zwischen den manikürten Fingern, blätterte sie eine Zeitschrift auf.

Während Margot die beiden Tabletts durch den Mittelgang trug, zog Almuth die Tische aus ihrer Halterung, steckte sie in die Reißverschlusstasche des Vordersitzes und verstaute die Kissen, die während der Mahlzeiten auf den Knien der Passagiere lagen und die Erschütterungen des Flugzeugs dämpften, in den Gepäckfächern. Mit halbem Ohr bekam Margot mit, wie Almuth dabei ein paar Worte mit Fräulein Buschheuer über die neue Frühjahrsmode wechselte und Herrn Schlippchen versprach, ihm den gewünschten Orangensaft zu bringen.

Margot lächelte. Den ersten Teil der Prüfung hatten sie beide wohl gut hinter sich gebracht.

Die Stille auf dem Korridor war erdrückend. Von anfänglich rund dreißig Anwärterinnen und Anwärtern waren noch zwanzig übrig, die heute ihre mündliche Prüfung ablegen sollten. Zwanzigmal die Hoffnung auf einen Neuanfang über den Wolken und zwanzigmal die Furcht, auf den letzten Metern zu scheitern – so wie Annedore Hillebrand und Harald Mertens, die nicht zur Prüfung zugelassen worden waren.

Mit geschlossenen Augen murmelte Sieglinde Heller lautlos vor sich hin, als ob sie im Geiste noch einige Fakten oder Vokabeln durchginge. Sonja Funke schüttelte zum wiederholten Mal die Wellen ihrer Frisur zurecht, Felix Jungblut zerrte an seiner Krawatte, und Gitta Schober seufzte in regelmäßigen Abständen auf.

Margot warf einen Blick auf ihre Uhr. Herr Baldseefen in den *Seeterrassen* war darauf vorbereitet, dass sie und Almuth heute später an den Glühweinstand kommen würden.

»Die behalten sie ganz schön lange drin«, flüsterte Thea ihr zu.

Margot nickte. Seit geschlagenen fünfzehn Minuten stand Almuth vor der Prüfungskommission. Alle anderen waren schneller wieder herausgekommen, manche selbstsicher, andere verunsichert oder gar bestürzt. Einhellig alle hatten von Fragen berichtet, mit denen sie im Traum nicht gerechnet hätten: *Was würden Sie tun, wenn einem Herrn während des Fluges die Hose platzt? Was sagen Sie, wenn eine Dame mit Blumen ins Flugzeug steigt? Und wie kümmern Sie sich um eine ältere Dame, die einen Nervenzusammenbruch erleidet?*

Wie die Prüflinge dabei abgeschnitten hatten, hatte ihnen niemand mitgeteilt.

Endlich öffnete sich die Tür, und Almuth kam auf sichtbar wackeligen Knien heraus, glühende Flecke auf den Wangen.

»Und?«, hauchten Margot und Thea wie aus einem Mund.

»Mich haben sie auch ganz komische Sachen gefragt«, wisperte Almuth. »Ich kann mich nicht daran erinnern, dass wir das im Unterricht je hatten. Bestimmt habe ich mich um Kopf und Kragen geredet.«

»Fräulein Frei!«, erschallte es durch die offene Tür.

»Du schaffst das«, flüsterte Almuth. Thea stieß sie aufmunternd mit dem Ellbogen an, und Margot setzte sich in Bewegung.

Im Schulungsraum empfing sie der Geruch, der ihr in den vergangenen sechs Wochen so vertraut geworden war: eine Mischung aus Linoleum, Holz, Bohnerwachs und Kreide, gewürzt mit Zigarettenrauch und Kaffee. Diese sechs Wochen waren für Margot nur so vorbeigeflogen und kamen ihr doch vor wie ein halbes Jahr. Sie schloss die Tür hinter sich und trat mit laut klappernden Absätzen auf die Prüfer zu. Vor der Tafel saßen die drei Ausbilder an zusammengeschobenen Tischen, über Eck hatten Fräulein Gottschlich, ihre Französischlehrerin, und die beiden Dozenten für Italienisch und Spanisch sowie für Russisch Platz genommen, die Margot sowohl vom Sehen als auch vom Hörensagen kannte. Reihum schüttelte sie allen die Hand, trat dann zurück und nahm Haltung an.

»*Kak u was dela?*«, sprach der Russischlehrer sie unerwartet durch die Rauchwolke seiner Zigarette hindurch an.

»*A usted le gusta volar?*«, hakte sein Kollege sogleich nach.

Margot stutzte. Sie hatte weder Russisch noch Spanisch

belegt, aber offenbar hatte es sich im Lehrkörper herumgesprochen, dass die Zöglinge in der Kantine nicht nur das Mittagessen miteinander teilten, sondern auch ihre jeweiligen Sprachkenntnisse. Mehr als einige knappe Redewendungen hatte Margot sich dabei nicht angeeignet, aber für den Augenblick genügte es: Ja, natürlich ging es ihr gut, trotz aller Aufregung, und natürlich flog sie gern.

»*Choroscho, spasibo*«, antwortete sie. »*Y claro que sí!*«

Beide Lehrer machten sich eine Notiz auf ihr Klemmbrett.

»*Well, Miss Frei*«, ergriff Fräulein Buschheuer lächelnd das Wort. »*How would you describe your experience in the past six weeks?*«

Ihre Erfahrungen in den vergangenen sechs Wochen? Eine Zusammenfassung des Lehrplans konnte Fräulein Buschheuer wohl nicht meinen. Margot nahm sich einen Augenblick Zeit, bevor sie in wenigen englischen Sätzen umriss, welche Herausforderungen jeder neue Tag mit sich gebracht hatte, dass jedoch genau das den Reiz der Ausbildung ausmachte.

Fräulein Gottschlich unterbrach sie, indem sie auf Französisch nach den wichtigsten Sehenswürdigkeiten von Paris fragte.

»*Un moment, s'il vous plaît*«, bat Margot sie freundlich um einen Augenblick Geduld.

Auf Englisch ging sie weiter darauf ein, wie sehr ihr diese Mischung aus ungewohnten Situationen und einstudierter Routine gefiel, die sie im Lehrgang kennengelernt hatte, bevor sie für Fräulein Gottschlich auf Französisch den Louvre und den Eiffelturm skizzierte, Notre-Dame, die Champs-Elysées und Montmartre mit Sacré-Cœur und schließlich noch einen Besuch in Versailles vorschlug.

»Offenbar haben Sie ein Ohr für Sprachen«, sagte Herr Pelzer und trank einen Schluck aus seiner Kaffeetasse. »Mich interessiert allerdings Ihr Fachwissen.«

Schlag auf Schlag kamen seine Fragen zu Konvektionswolken und Corioliskraft, Kondensation und Dreipunktlandung, *Clear Air Turbulence* und g-Kraft, und genauso schnell und präzise folgten Margots Antworten, bis Herr Pelzer schließlich nickte.

»Sagen Sie, Fräulein Frei«, ließ sich Herr Schlippchen vernehmen und schnickte die Asche seiner Zigarette in den Aschenbecher, »was machen Sie, wenn die Lichtzeichen des Rauchverbots erloschen sind und einer Ihrer Gäste sich gleich darauf eine Zigarre oder Pfeife anzündet?«

Margots Selbstsicherheit geriet für einen Augenblick ins Wanken. Sie glaubte sich daran zu erinnern, dass Fräulein Buschheuer so etwas einmal beiläufig erwähnt hatte.

»Ich bitte ihn«, antwortete sie aus dem Bauch heraus, »aus Rücksicht auf alle anderen Gäste für die Dauer des Flugs darauf zu verzichten, und biete ihm an, stattdessen bei mir Zigaretten zu erwerben.«

Mit verschränkten Armen lehnte Herr Schlippchen sich zurück. »Nehmen wir an, Sie begleiten einen Flug nach New York. An Bord unterhalten Sie sich nett mit einem Gast, der offensichtlich Gefallen an Ihrer Person gefunden hat. Ihren Worten entnimmt er, dass Sie einen Tag Aufenthalt haben werden und nicht zum ersten Mal in der Stadt sind. Also lädt er Sie ein, ihm die Sehenswürdigkeiten zu zeigen, Drinks und Dinner für Sie inklusive. Wie lautet Ihre Antwort?«

»Ich teile ihm freundlich mit, dass ich mich geehrt fühle und sein Angebot zu schätzen weiß«, erklärte Margot gelassen. »Allerdings bin ich am Zielort weiterhin in Bereitschaft, falls eine Kollegin auf einem anderen Flug ausfallen sollte und ich für sie einspringen muss. Ich nenne dem Herrn ein paar sogenannte Geheimtipps, um ihm das Gefühl zu vermitteln, dass er für uns ein ganz besonderer Gast ist, und beende das Gespräch, indem ich die Hoffnung äußere, ihn bald wieder an Bord der Lufthansa begrüßen zu dürfen.«

Der Ausbilder stieß lang gezogen den Rauch aus und sah Margot aus schmalen Augen an. »Welche Gesellschaft steuert von Hamburg aus Buenos Aires an?«

»Die Panair do Brasil«, antwortete Margot wie aus der Pistole geschossen.

»Mit welchem Flugzeugtyp?«

»Mit der Lockheed Constellation, genannt Connie.« Das war geraten, aber fast alle Fluggesellschaften setzten die Connie für ihre Langstreckenflüge ein.

»Was zeichnet die Constellation aus?«

»Neben ihrer Reisegeschwindigkeit von etwas mehr als fünfhundert Stundenkilometern verfügt sie über eine Druckkabine und eine Klimaanlage.«

Herr Schlippchen verzog das Gesicht. »Das dürfte trotzdem kein *Nonstop*-Flug sein, oder?«

Damit erwischte er Margot kalt. Vermutlich nicht, noch gab es kein Flugzeug mit einer solch enormen Reichweite, aber sie hatte nur eine vage Vorstellung, wo bei diesem Flug überall zwischengelandet wurde. Sie holte tief Luft und entschied sich für die Flucht nach vorn.

»Es gibt gleich mehrere *Layovers*«, erwiderte sie mit einem gewinnenden Lächeln. »Falls Sie sich für die genaue Route interessieren, kann ich das gern für Sie in Erfahrung bringen.«

Herr Pelzer räusperte sich, während es um Fräulein Buschheuers Mund zuckte. Einige Herzschläge lang musterte Herr Schlippchen Margot durch den Rauch seiner Zigarette. Dann nickte er ihr zu.

»Danke, Fräulein Frei. Warten Sie bitte draußen.«

Als sich die zwanzig jungen Leute im Schulungsraum aufreihten, war die Luft darin aufgeladen wie vor einem Gewitter. Margot schloss für einen Moment die Augen, ihr nächster Atemzug geriet zittrig. Dass sie sich nach etwas Neuem umsehen müsste, wenn sie hier durchfiel – daran wollte sie lieber nicht denken. Wenigstens würde ihr die Arbeit am Glühweinstand bis zum Ende der Eislaufsaison weiterhin ein paar Mark einbringen.

Almuths Hand stahl sich in ihre, und Margot drückte sie fest. Jetzt war ohnehin nichts mehr zu ändern, die Würfel waren gefallen. Ihr Blick traf auf Theas, die ihre zappelige Ungeduld nur schwer im Zaum halten konnte.

Mit einem Räuspern trat Herr Schlippchen vor die Prüflinge, ein Klemmbrett in der Hand. »Meine Damen und Herren, wir wollen Sie nicht länger auf die Folter spannen. Fräulein Roth, Herr Göbel, Herr Schmitz: Für Sie drei hat es leider nicht gereicht. Wir wünschen Ihnen für Ihren weiteren Lebensweg alles Gute. Allen anderen Damen und Herren gratulieren wir ...«

Der Sturm, der losbrach, verschluckte die weiteren Worte des Ausbilders. Jubelnd lagen sich die jungen Frauen in den Armen, während ihre Kollegen sich gegenseitig auf die Schultern klopften und kräftig in die Seite stießen. Thea fiel Margot um den Hals, während Almuth die Schulter der untröstlichen Gisela Roth streichelte. Tränen standen dabei in ihren Augen, ob aus Mitgefühl, Freude oder vor Schock, wider Erwarten doch bestanden zu haben, war schwer zu sagen. Ringsum wurden Hände geschüttelt, und die frischgebackenen Stewardessen und Stewards badeten in den Glückwünschen der Prüfer.

»Herzlich willkommen an Bord der Lufthansa«, sagte Fräulein Buschheuer mit einem warmen Lächeln und streckte Margot die Rechte hin.

Auch Herr Schlippchen gratulierte ihr mit Handschlag. Seine Miene zeigte dabei kaum eine Regung, aber in seinen Augen glomm es verblüffend freundlich auf.

Spätestens als die Korken knallten und die Sektgläser klingelten, sprudelte die Stimmung über.

Sie hatten es geschafft! Zehn junge Damen, sieben junge Herren, ausgesiebt aus Tausenden von Bewerberinnen und Bewerbern. Sie waren diejenigen, die sich bis zum Ende durchgekämpft hatten, sie hatten bewiesen, dass sie die Besten waren.

Lärmend ergoss sich die ausgelassene Meute auf den Korridor, berauscht vom Sekt und mehr noch vom Erfolg. Die Herren überboten sich gegenseitig mit Vorschlägen, wo sie heute noch auf den Putz hauen konnten, während die ersten Jungstewardessen mit klappernden Absätzen losstürmten, um vom nächsten Fernsprecher aus zu Hause anzurufen.

»Mia ham's gschafft!«, jauchzte Gitta Schober einem jungen Mann entgegen, der in Hemd und Kurzmantel vor dem Schwarzen Brett stand.

»Wir sind die neuen Stewardessen der Lufthansa!«, stimmte Lilli Kolbe beschwingt ein.

»Herzlichen Glückwunsch!«, erwiderte der junge Mann gut gelaunt.

Margots sowieso schon tanzendes Herz schlug höher, als sie Claus Sturm erkannte.

»Sind die für mich?«, girrte Sonja Funke und griff übermütig nach dem regenbogenbunten Blumenstrauß in seiner Hand.

»Tut mir leid«, antwortete er belustigt. »Die gehen an eine andere junge Dame.«

»Was ein Pech«, gab Sonja unverdrossen zurück. Die Art, wie sie in ihren Stöckelschuhen eine Drehung vollführte und dabei ihr in Wellen gelegtes Haar schwang, sollte ihn zweifellos dazu bringen, es sich noch einmal zu überlegen.

Ein Grinsen im Mundwinkel, wandte Claus Sturm sich um. Seine Augen leuchteten auf, als Margot ihn anlachte.

»Demnach kann ich gratulieren?«, fragte er.

Margot gefiel es, wie er Almuth und Thea in sein Lächeln mit einschloss.

»*Ready for take-off*«, bestätigte Thea glücklich.

»Und wenn ich nicht bestanden hätte?«, neckte Margot den Nachwuchspiloten, als er ihr den Strauß überreichte.

Seine Brauen zuckten keck. »Dann wären die hier eben zum Valentinstag gewesen.«

Lächelnd vergrub Margot das Gesicht in den Tulpen und Freesien und sog ihren süßen Duft ein.

»Darf ich Sie drei zur Feier des Tages einladen?«, fragte Claus Sturm.

»Daraus wird leider nichts«, entgegnete Margot. »Die Arbeit ruft. Aber ich gebe Ihnen einen Glühwein aus, wenn Sie wollen.«

In seinen Augen blitzte es auf. »Da sag ich nicht Nein.«

Zu hibbelig für einen Sitzplatz, blieben sie in der U-Bahn einfach stehen. Hinter Ohlsdorf füllte sich der Wagen zusehends, und sie mussten zusammenrücken. Am Bahnhof Dorotheenstraße schwappte schließlich ein ganzer Schwung Menschen herein. Margot bekam einen kräftigen Stoß in den Rücken. Claus Sturm legte den Arm um sie und zog sie zu sich heran.

»Alles klar?«, fragte er leise.

In der anruckenden Bahn waren sie einander so nahe, dass Margot seine Wärme durch die Kleiderschichten hindurch spüren konnte. Ihre Blicke verhakten sich ineinander, bevor sie sie lächelnd weiterwandern ließen.

Thea grinste über das ganze Gesicht, während Almuth, die Schultern hochgezogen, durch die verschmierte Fensterscheibe starrte.

18

Charming Boy

»Guten Abend, Herr Sturm«, grüßte der *Maître* an seinem Pult. »Gnädiges Fräulein.« Er nahm Claus und Margot die Mäntel ab und geleitete sie über den mit Läufern ausgekleideten Parkettboden zu ihrem Platz.

Im Restaurant *Bodega* summte es wie in einem Bienenstock, dabei war es ein gewöhnlicher Mittwochabend. Das Lokal lag im *Haus Vaterland* am Ballindamm, das Margot bisher nur von außen gekannt hatte, und wirkte auf unaufdringliche Art fein. Die knorrigen und üppig bemoosten Zweige an der Decke, durch die sich eine bunte Lichterkette zog, sorgten für ein südländisches Flair. Im sanften Schein der Deckenleuchten und Tischlampen nahmen sie ihre Plätze ein.

»Ist schön hier«, stellte Margot fest.

Claus grinste. »Warte erst ab, bis du das Essen vor dir hast.«

Irgendwann am Samstagabend hatte sich das Du ganz selbstverständlich zwischen ihnen eingeschlichen.

»Schönes Kleid«, bemerkte Claus. »Steht dir gut.«

»Haute Couture von Burda und Mutti«, kommentierte Margot leichthin, und Claus lachte.

Heute Morgen hatte sie ihren Arbeitsvertrag mit Beginn zum ersten März unterschrieben, aber bis zu ihrem ersten

Gehalt würde es noch sechs Wochen dauern. Also musste heute ein selbst genähtes Kleid herhalten, und für die Entlassfeier am Freitag hatte ihre Mutter ein abgelegtes Kleid von Lore umgefärbt, das sie gerade auf Margots schlanke Figur abänderte. Trotz aller anfänglichen Skepsis war Irmgard Frei mächtig stolz auf ihre Tochter. Vermutlich wusste inzwischen halb Billstedt, dass Margot jede noch so hohe Hürde genommen und Luftstewardess geworden war. Ihre Mutter hatte sie sogar gebeten, ein oder zwei Ansichtskarten vom Flughafen mitzubringen, damit sie sie an Tante Erna schicken konnte.

»Darf es ein Aperitif sein?«, erkundigte sich der Kellner, der ihnen die Speisekarte brachte.

»Was hältst du von Martini?«, fragte Claus.

Margot nickte. »Sehr gern.«

Das Menü war auf festes Papier gedruckt, das den Fingern schmeichelte. Bereits bei den Vorspeisen gingen Margot die Augen über. Japanische Austern. Portugiesische Ölsardinen. Eier Russische Art. Schlemmerschnitte Hosianna. Hummercocktail Santa Maria. Geflügelsalat Hawaii. Entsprechend saftig waren die Preise.

»Vielleicht nur was Kleines«, murmelte sie schuldbewusst.

»Ich lade dich gern ein«, erwiderte Claus.

»Ich weiß.« Sie warf ihm einen schnellen Blick zu. »Aber ich will nicht daran schuld sein, wenn du dir demnächst den Sprit für deinen schicken Wagen nicht mehr leisten kannst.«

»Da mach dir mal keine Sorgen«, entgegnete er heiter.

Margot ließ die Speisekarte sinken. »Im Ernst, Claus. Wie kannst du dir das leisten? Ich dachte, ihr Piloten seid am Ende der Ausbildung arme Schlucker.«

Er grinste. »Ich habe einen Deal mit der amerikanischen

Mafia. Sobald ich im Liniendienst bin, schmuggle ich deren Schwarzgeld in meinem Köfferchen mit.«

»Na dann«, meinte Margot trocken und entschied sich für den Geflügelsalat Hawaii.

Nach der molligen Wärme des Restaurants war es draußen umso kälter, bei jedem Atemzug schwebten kleine Wölkchen zum Himmel. Entlang der Straße türmten sich aufgeschaufelte Schneewälle, und frische Flocken tanzten durch die abendlich erleuchtete Stadt; für die Nacht waren weitere schwere Schneefälle vorhergesagt. Margot erzählte von der letzten Anprobe mit der Schneiderin heute Vormittag.

»Das Wichtigste ist übrigens der Hüftformer«, erklärte sie in strengem Lehrerinnentonfall. »Kein Hüftformer, kein Flug.«

Mit einem Seitenblick beäugte Claus ihre Kehrseite. »Schwer zu sagen, bei dem dicken Mantel … Aber ich wage mal zu behaupten, dass du keinen nötig hast.«

Lachend knuffte Margot ihn in die Seite. »Warum bist du Pilot geworden?«, wollte sie dann wissen.

»Die Mafia hat mich in der Hand.«

Margot warf ihm einen ironischen Blick zu, und er grinste.

»Es gibt zwei Arten von Piloten«, sagte er. »Die einen sind Romantiker, die anderen Pragmatiker. Die einen haben Flugzeugbenzin im Blut, die anderen Geld und Status im Kopf.«

»Ich brauche wohl nicht zu fragen, zu welcher Sorte du gehörst.«

Sein Grinsen vertiefte sich. »Na ja, die Uniformstreifen machen ordentlich was her. Mit neunhundert Mark kann man zwar keine Riesensprünge machen, aber als Anfangsgehalt sind sie nicht zu verachten. In meinem Auswahlverfahren war einer dabei, den sie erst einmal zurückgestellt haben, weil noch unsicher ist, wie groß die Flotte anfangs sein wird. Er hat dann dankend verzichtet und ist lieber in die Firma seines Vaters eingestiegen.« Lachend schüttelte Claus den Kopf. »Die altgedienten Piloten verstehen da die Welt nicht mehr. Nach dem Krieg haben sie ihr Dasein als Taxifahrer, Teppichverkäufer oder im Reisebüro gefristet. Dass sie wieder fliegen dürfen, hat ihnen ihr Leben zurückgegeben.«

Ihre Schritte hatten sich verlangsamt. Claus blieb stehen und legte den Kopf in den Nacken.

»Da oben«, sagte er nach einer längeren Pause, »ist alles grenzenlos. Nichts als Himmel und Wolken. Nirgendwo fühle ich mich so frei wie dort.«

Lächelnd richtete er den Blick wieder auf Margot. Wie von selbst fanden sich ihre Hände, als sie ihren Weg fortsetzten, an den Lichtern vorüber, die sich im Wasser spiegelten.

»Hast du schon deine Personalnummer?«, fragte Claus.

Margot grinste. »Ja, aber die behalte ich lieber für mich.«

»Warum?«

Margot schüttelte geheimnisvoll den Kopf.

Sachte stieß Claus sie mit dem Ellbogen an. »Nun sag schon!«

»Sechshundertsechsundsechzig«, flüsterte sie mit hochgezogenen Brauen und Grabesstimme.

Claus stieß einen anzüglichen Pfiff aus. »Sexy!«

Lachend knuffte Margot ihn erneut.

»Man muss zwar ganz genau hinschauen …«, sagte er und musterte eingehend ihre Baskenmütze. »Aber tatsächlich, da drücken sich schon zwei kleine Teufelshörner durch.«

Dieses Mal boxte Margot ihn kräftig gegen die Schulter. Lachend hielt Claus ihren Arm fest und zog sie an sich. Das Herz schlug Margot bis zum Hals, und ihre Knie, eben noch steif vor Kälte, wurden weich.

»Mach die Augen zu«, raunte er, und sein Atem strich dabei über ihr Gesicht.

Margot schüttelte den Kopf.

»Traust du mir nicht?«, fragte er leise.

»Ich will keinen einzigen Augenblick verpassen«, flüsterte sie.

Ein Ausdruck des Verstehens glitt über sein Gesicht. Er hauchte einen Kuss auf ihre Schläfe. »So wie diesen Augenblick?«, fragte er. »Oder den?« Sein Mund legte sich kurz auf ihre Wange.

Lange sahen sie sich in die Augen, zitternd nicht nur vor Kälte, und dann schloss Margot doch die Lider, genau in dem Moment, als sie Claus' Mund auf ihrem spürte. Ein Kuss, der eine kleine Ewigkeit dauerte und Margot den Atem verschlug.

»Habt ihr kein Zuhause?«, wetterte eine Männerstimme hinter ihnen.

»Heizung ist ausgefallen!«, rief Claus zurück.

Margot warf einen Blick über die Schulter. Ein älterer Herr mit Hut und Gehstock murrte vor sich hin, während seine Frau etwas von »unverschämt und liederlich« zischte.

Leise lachend wandten sich Margot und Claus wieder einander zu.

»Ich hab ein Zuhause«, flüsterte er und zog sie fester an sich. »Gar nicht so weit von hier. Und die Heizung dort läuft auf vollen Touren.«

Margot schüttelte den Kopf.

Claus machte ein zerknirschtes Gesicht. »Zu forsch?«

Sie nickte.

»Okay«, flüsterte Claus und strich über ihre Wange.

Dann küsste er sie noch einmal.

19

So ein Tag, so wunderschön wie heute

An diesem Freitag stellten sich die frischgebackenen Stewardessen und Stewards für Erinnerungsfotos auf. Von Herrn Schlippchen und Fräulein Buschheuer eingerahmt, posierten sie in ihren brandneuen Uniformen bibbernd vor einer Convair. Dann hakte jeweils ein Herr eine Dame unter, und sie marschierten über das mit Neuschnee überzuckerte Vorfeld, bis die Bilder endlich im Kasten waren.

Mit großem Hallo trafen Mütter, Geschwister und ein paar wenige Väter ein, um sich einmal auf dem Flughafen herumführen zu lassen. Ein eher kleiner Kreis, den meisten war der Weg nach Hamburg zu weit gewesen.

In der Flughafenbaracke betrachtete Irmgard Frei misstrauisch die beiden kleinen Propellermaschinen hinter der Absperrkette.

»Damit gehst du aber nicht in die Luft, oder?«, wandte sie sich besorgt an Margot.

»Wir haben vorhin doch das Flugzeug gesehen, in dem sie arbeiten wird«, erklärte Lore bemüht geduldig. »Das große silberne.«

Margots Mutter seufzte unbehaglich und presste die Handtasche fester an ihr großgeblümtes Kleid. »Ich werde nie begreifen, dass so ein Ding nicht wie ein Stein vom Himmel fällt.«

»Reine Technik, Irmgard«, ließ sich Margots Schwager Hans vernehmen und gab seiner Frau Feuer, bevor er sich selbst eine Zigarette anzündete.

Lore stieß den Rauch aus und musterte Margot von Kopf bis Fuß. »Richtig seriös«, kommentierte sie die dunkelblaue Uniform mit wadenlangem Rock und blau-weiß gestreifter Bluse. »Nur an die kurzen Haare kann ich mich einfach nicht gewöhnen. Du siehst aus wie ein freches Kerlchen auf hohen Absätzen.«

Margot lachte. »Das spart mir morgens jede Menge Zeit. Und der Hut sitzt auch besser.«

Ihre Schwester beäugte die runde Kappe mit der kleinen Krempe und rümpfte die Nase. »Die hätten euch ruhig etwas weniger Trutschiges verpassen können.«

»Nun lass doch, Lore«, schalt Irmgard Frei. Zaghaft, beinahe ungläubig streichelte sie Margots Schulter. »Unsere Lütte, auf einmal ganz groß. Wenn Vati dich so sehen könnte …«

Die anwesenden Väter ließen sich an einer Hand abzählen. Entweder hatten sie sich nicht freinehmen können, oder es gab – wie bei Margot – keinen Vater mehr.

»Gruß von Ole übrigens«, sagte Hans. »Ich glaube, er hofft, dass du irgendwann wieder Vernunft annimmst und ins Büro zurückkommst.« Er ließ den Blick über die beisammenstehenden Grüppchen aus Stewards und Stewardessen nebst Anhang schweifen. »Das ist doch nichts Solides, Margot! Die zahlen euch wirklich vierhundert Mark? Fürs Kellnern?«

»Vierhundertfünfzig, ja. Und fürs Zigarettenverkaufen«, gab Margot selbstbewusst zurück. »Ganz nebenbei sind wir auch noch Säuglingspflegerin, Krankenschwester, Gourmetköchin, Dolmetscherin und Reiseführerin. Manchmal auch Seelsorgerin oder Retterin in der Not. Und das alles auf fünftausend Metern Höhe.«

»Nicht zu vergessen«, warf eine männliche Stimme ein, »die rechte Hand der Piloten.«

»Claus!«, rief Margot lachend aus. »Was machst du denn hier?«

»Für ausgleichende Gerechtigkeit sorgen«, erwiderte Claus Sturm heiter. »Fräulein Buschheuer hat beim Blick auf die Gästeliste festgestellt, dass später beim Tanzen nicht genug Herren anwesend sein werden. Also hat sie flugs beide Pilotenlehrgänge herbeordert. Und wenn die Chefstewardess ruft, stehen wir natürlich Gewehr bei Fuß.«

Lächelnd salutierte er in Fräulein Buschheuers Richtung, die seinen Gruß mit einem huldvollen Nicken erwiderte.

Wir – das waren neben Claus Sturm fünf weitere junge Männer in Anzug und Krawatte, die teils verlegen mit den Füßen scharrten, teils den versammelten Stewardessen hoffnungsvolle Blicke zuwarfen. Natürlich war auch der andere Klaus dabei, der gerade mit einer angedeuteten Verbeugung nacheinander Fräulein Buschheuer, Greta Faust und deren Mutter die Hand gab. Offenbar war er grundsätzlich zu so etwas wie Höflichkeit fähig.

»Außerdem«, flüsterte Claus Margot ins Ohr, »wollte ich dich unbedingt wiedersehen.«

Die Art, wie er dabei flüchtig über ihren Arm strich, verursachte ihr eine wohlige Gänsehaut. Mit Handschlag stellte er sich ihrer Familie vor.

»Sie sind Pilot?« Irmgard Frei blickte entgeistert drein. »Dürfen Sie denn überhaupt schon Auto fahren?«

Claus lächelte. »Wenn es gut läuft, werde ich im April meine rund dreihundert Flugstunden für die Linienlizenz zusammenhaben. Mehr als die Hälfte davon waren Alleinflüge.«

Hans verwickelte ihn in ein längeres Gespräch über die neue

Werfthalle aus Glas und Stahl, die vergessen ließ, dass Teile der Verwaltung der Lufthansa immer noch in ehemaligen Nissenhütten am Rand des Flughafens untergebracht waren. Margots Schwager ließ keinen Zweifel daran, dass er den Schiffbau für technisch kniffliger und in wirtschaftlicher Hinsicht für wesentlich wichtiger hielt als das Fliegen.

»Ich glaube, es geht los«, verkündete Lore, und sie nahmen an einem der Tische auf der anderen Seite der Baracke Platz.

Almuth saß bereits brav neben ihrer Mutter, die ihr Kostüm wie eine Ritterrüstung trug. Frau von Rehberg musste einmal eine sehr schöne Frau gewesen sein. Jetzt wirkte das Gesicht unter dem sorgfältigen Make-up verbittert, und das streng zurückgekämmte Haar war übermäßig blondiert. Kritisch beäugte sie die Platte mit Häppchen und gefüllten Eiern und den Käseigel.

»Das sieht aber nicht mehr ganz frisch aus«, mäkelte sie. »Der Käse schwitzt ja schon!«

Almuth lief rot an.

Der Reihe nach rief Herr Schlippchen die Absolventen nach vorn, wo sie, von einem neckischen Vers begleitet, ihr Dienstabzeichen überreicht bekamen.

Interessiert verfolgte Hans die Zeremonie.

»Das ist doch 'ne Schwuchtel, oder?«, flüsterte er, als Rudolf Schiller sich mit einem angedeuteten Handkuss bei Fräulein Buschheuer bedankte. »So gelackt, wie der aussieht.« Er ließ seinen Blick umherschweifen. »Wahrscheinlich sind die Jungs alle vom anderen Ufer. Sind Kellner doch immer. Genau wie Frisöre.«

Lores Lippenstiftmund kräuselte sich amüsiert.

»Pscht!«, zischte Irmgard Frei verlegen.

»Was?« Hans setzte eine unschuldige Miene auf. »Sei doch froh. Dann lassen sie schon die Finger von deiner Tochter.«

Margot wandte das Gesicht ab und überließ sich dem unbändigen Drang, mit den Augen zu rollen. Claus, der neben ihr saß, grinste vielsagend hinter seinem Sektglas.

»Fräulein Frei!«

Voller Energie durchquerte Margot auf ihren hohen Absätzen den Raum.

»Unsere Margot ist ganz keck«, las Fräulein Buschheuer beschwingt vor, »hat das Herz am rechten Fleck. Sie weiß sehr viel, kann mancherlei und sagt dann laut: Ich bin so frei!«

Gelächter brandete auf. Herr Schlippchen heftete die Anstecknadel an Margots Revers, und Herr Pelzer reichte ihr die linke Hand. Unter Applaus kehrte sie an ihren Platz zurück und zeigte dann stolz das Abzeichen vor, einen steil aufsteigenden Kranich mit kraftvoller Silberschwinge.

Mit der Fingerspitze wischte Lore ein Stäubchen von Margots Uniform. »Meine kleine Schwester«, sagte sie gerührt, »ist endlich angekommen.«

»Mhm«, machte Margot und trank einen Schluck Sekt.

»Dein Schwesterchen flattert nicht mehr nur so herum – es hebt ab!«

Unter dem Tisch verflochten sich ihre Finger mit denen von Claus.

Im Umkleideraum schälten sich die Jungstewardessen aus ihren Uniformen und schlüpften in die mitgebrachte Abendgarderobe. Sonja Funke stand ganz im Mittelpunkt, sie und Greta waren gestern auf Stippvisite bei der *Constanze* gewesen.

»Wie Filmstars haben sie uns empfangen«, erzählte sie, während sie ihren Lippenstift nachzog. »Mit allem Tamtam und Sekt zum Kaffee. Hinterher haben wir noch Fotos gemacht. In Uniform. Der Fotograf hat sich gar nicht mehr eingekriegt vor

Entzücken. Waschkörbeweise Liebesbriefe hat er uns prophezeit.«

Margot wechselte einen Blick mit Almuth, die heute stiller war als sonst. Als Frau von Rehberg etwas von diesem Redaktionsbesuch mitbekommen hatte, hatte sie ihre Tochter vorwurfsvoll gelöchert, warum sie nicht auch auserwählt worden war.

Sonja presste die Lippen aufeinander und öffnete sie mit einem schmatzenden Laut wieder. »Nettes Kleid!«, rief sie Margot zu. »Erinnert mich an Spinat.«

»Wer kann, der kann«, erwiderte Margot gelassen.

Zu ihrem Kummer hatte ihre Mutter sich standhaft geweigert, den wadenlangen Tellerrock auch nur um einen Zentimeter zu kürzen. Margot tröstete sich damit, dass das grelle Grün ihre Augen zum Strahlen brachte und ihre Haut leuchten ließ. Ein Petticoat wäre perfekt dazu gewesen, aber die waren derzeit für sie noch unerschwinglich; sie hatte gerade die letzte Rate in die Buchhandlung gebracht und im Alsterhaus schon wieder neue Schulden für Wimperntusche und Gesichtscreme gemacht. Schweren Herzens hatte sie auch darauf verzichtet, den einfachen Unterrock stattdessen mit Zuckerwasser zu stärken. Sie wollte vermeiden, dass er im weiteren Verlauf des Abends irgendwann an ihren Beinen klebte.

Sonja legte nach: »Ich glaube, wir hatten mal Vorhänge aus einem ganz ähnlichen Stoff.«

»Die hätten se mal lieber nach München geschickt, wa?«, brummte Thea und zog Margots Reißverschluss zu.

Heute Vormittag hatten die neuen Stewards und Stewardessen ihren künftigen Einsatzort erfahren. Fünf von ihnen waren zum ersten März nach München versetzt worden, ein Wermutstropfen in der Feierlaune. Denn die großen, die begehrten Ziele wie London, Paris oder Madrid und natürlich New York würden auf absehbare Zeit wohl nur von Hamburg aus angesteuert. Mit langem Gesicht hatten Rudolf Schiller, Helmuth Nickel, Hubert May, Lilli Kolbe und Ulla König zur Kenntnis genommen, dass sie bis auf Weiteres wohl hauptsächlich Inlandsflüge begleiten würden. Sonja und ihre Sticheleien dagegen würden ihnen leider auch künftig erhalten bleiben.

»Mia seng uns scho wieder. Und Minga is echt schee«, hatte Gitta versucht, Trost zu verbreiten. Sichtbar schuldbewusst, weil die Lufthansa ausgerechnet ihr den Wunsch erfüllt hatte, in Hamburg zu bleiben.

Sieglinde, die gerade mit hochgezogenem Rock ihre Strümpfe festklippte, wäre dagegen lieber nach München gegangen, weil sie es von dort aus nicht ganz so weit zu ihrer Familie hatte.

»Macht dir das gar nichts aus«, wandte sie sich jetzt an Thea, »dass die Lufthansa Berlin nicht anfliegen darf?«

»Du bist wohl vom Affen jebiss'n«, antwortete Thea fröhlich. »Umzingelt vom Russen? Nee, danke auch. Ick bin froh, dass ick dort weg bin.«

»Auf geht's, Madln!«, rief Gitta aufgekratzt und schob sich die Oberweite unter dem gepunkteten Kleid zurecht. »Gemma schwof'n!«

Auf hohen Absätzen schlitterten sie über den Schnee zurück in die Baracke. Während Hans und Lore sich mit den Häppchen beschäftigten und dabei sichtlich erfolglos versuchten, ein Gespräch mit Frau von Rehberg in Gang zu bringen, hatte sich Fräulein Buschheuer zu Irmgard Frei gesetzt.

»Ich kann mir nicht annähernd vorstellen, wie das für Sie gewesen sein muss«, sagte die Chefstewardess gerade, als Margot an den Tisch trat, und drehte nachdenklich das Sektglas in den Fingern.« Der Mann im Krieg, und dann mussten Sie auch noch auf Ihre beiden Töchter verzichten.«

Margot sackte das Herz in die Magengrube.

Ihre Mutter blinzelte verwirrt. »Ach, na ja. Das ist eben der Lauf der Dinge. Die Kinder werden groß und gehen ihren eigenen Weg. Man kann sie doch nicht festbinden. Andere haben ja ganz andere Sachen durchgemacht, nech?«, fügte sie mit einem künstlichen Auflachen hinzu.

Fräulein Buschheuer nickte verständnisvoll. »Trotzdem. Es gehört schon Größe und ein gewisses Maß an Vertrauen dazu, sein Kind ziehen zu lassen. Vor allem in solch jungen Jahren.«

Irmgard Frei blickte fragend zu ihrer Tochter auf. Bei dem Gedanken, ihr Schwindel könnte im nächsten Augenblick auffliegen und alles zunichtemachen, litt Margot Höllenqualen. Das Gespräch der beiden Frauen war jedoch wie eine der neuen Nirosta-Spülen. Ohne einen Kratzer, einen Sprung, an dem Margot einhaken konnte.

»Unsere Margot«, sagte ihre Mutter fast verschämt, »war eben schon immer ein wenig eigensinnig.«

Fräulein Buschheuer lächelte. »Mit Erfolg. Nicht alle unserer Nachwuchsstewardessen können einen solchen Lebenslauf vorweisen. Und sie ist unseren Erwartungen bisher mehr als gerecht geworden. Wir schätzen uns glücklich, sie für die Lufthansa gewonnen zu haben.«

Irmgard Frei konnte ihre Verwunderung nicht verbergen, während ihr Blick zwischen ihrer Tochter und der Chefstewardess hin und her wanderte. Margot sah ihr an, woran sie gerade dachte: an Margots schwierige Schulzeit, an die vermurkste Ausbildung und die Arbeitsstellen, die sie fast so häufig gewechselt hatte wie die Bettwäsche.

»Ich kann Ihnen nur gratulieren«, fügte Fräulein Buschheuer

lächelnd hinzu. »Offenbar haben Sie bei Ihrer Tochter alles richtig gemacht.«

Dann trat auch noch Herr Schlippchen zu ihnen, und Margot wäre am liebsten im Erdboden versunken.

»Frau Frei, Fräulein Buschheuer«, sagte er. »Ich störe Ihren Plausch nur sehr ungern. Aber ich denke, es ist an der Zeit, den inoffiziellen Teil einzuläuten.« Er deutete auf die fünfköpfige Band, die in einer Ecke der Baracke gerade ein letztes Mal ihre Instrumente nachstimmte.

»Natürlich. Hat mich sehr gefreut, Frau Frei.« Die Chefstewardess nickte sowohl Margot als auch ihrer Mutter zu und erhob sich graziös.

Margot war erlöst.

»So eine feine Dame«, murmelte Irmgard Frei, während sie ihr nachsah. Dann trank sie einen großen Schluck Sekt. »Aber von den Sorgen, die einem Kinder so bereiten, versteht sie nicht das Geringste. Pass nur auf, Margot, dass du nicht auch mal so ein weltfremdes spätes Fräulein wirst!«

Auf einen Wink von Fräulein Buschheuer hin setzte die Musik ein. Zu einem flotten Swing eröffneten sie und Herr Schlippchen den Tanzabend, leichtfüßig dahinschwebend wie Ginger Rogers und Fred Astaire.

Almuth, die sich dezent im Hintergrund gehalten hatte, blieb keine Zeit mehr, Zuflucht auf ihrem Platz zu suchen. Mit langen Schritten eilten sowohl Felix Jungblut als auch Hubert May auf sie zu. Einer der Nachwuchspiloten war jedoch schneller und führte Almuth, die in ihrem himmelblauen Kleid umwerfend schön aussah, mit triumphierendem Grinsen auf die Tanzfläche. Auch Lore und Hans drückten ihre Zigaretten aus, um das Tanzbein zu schwingen. Claus, der sich mit Herrn Pelzer unterhalten hatte, kam zu Margot und ihrer Mutter an den Tisch.

»Darf ich bitten, Frau Frei?«, fragte er mit einer galanten Verbeugung.

»Ach.« Margots Mutter winkte errötend ab. »Nicht doch. Ich tanze schon lange nicht mehr. Das ist doch was für euch jungen Leute.«

»Dann musst du wohl mit mir vorliebnehmen«, sagte Margot kess.

Ein Grinsen im Mundwinkel, zuckte Claus mit den Schultern. »Scheint so.«

»Ich sag's besser gleich«, meinte Margot, als er sie auf die Tanzfläche führte. »Ich kann nicht besonders gut tanzen.«

Für Tanzstunden war im Hause Frei kein Geld übrig gewesen. Margots Kenntnisse beschränkten sich darauf, dass sie Hand in Hand mit Lore die Schrittmuster geübt hatte, die in den Zeitschriften des Lesezirkels abgebildet waren, bevor Hans ihre Schwester zum Ausgehen abholte.

»Davon merke ich nichts«, entgegnete Claus lächelnd. »Aber ich bin auch abgelenkt«, flüsterte er ihr ins Ohr, »weil du so hinreißend aussiehst.«

Alte und neue Schlager wechselten sich mit jazzigen Stücken ab, und genauso munter war das Bäumchen-wechsel-dich unter den Tanzpaaren. Sichtlich ungern reichte Claus Margot der Reihe nach an ihre Kollegen weiter und begnügte sich selbst mit einer anderen jungen Dame, um anschließend so schnell wie möglich wieder zu ihr zurückzukehren.

»Sie erlauben?« Herr Schlippchen tauchte neben ihnen auf.

»Nur weil Sie es sind«, erwiderte Claus augenzwinkernd, und Herr Schlippchen hob blasiert die Brauen.

Er war ein hervorragender Tänzer, an seiner Hand fühlte Margot sich leicht wie eine Feder, und trotzdem war es ihr unangenehm, ihrem ehemaligen Ausbilder und neuen Vorgesetzten so nah sein zu müssen.

»Jetzt haben Sie es also geschafft, Fräulein Frei«, sagte er nach etlichen Takten, während Margot beharrlich schwieg und seinem Blick auswich.

»Ja, ich hab's geschafft«, erwiderte sie honigsüß.

»Offen gestanden«, bemerkte er, »habe ich so meine Zweifel, ob Sie wirklich für diesen Beruf geeignet sind. Wenn es nach mir gegangen wäre, hätten Sie das Auswahlverfahren niemals überstanden. Aber Fräulein Buschheuer wollte Sie unbedingt im Lehrgang haben.«

»Habe ich die bestandene Prüfung auch Fräulein Buschheuer zu verdanken?«, hakte Margot schnippisch nach.

Er schmunzelte. »Nein, das war Ihre eigene Leistung. Aber wie Sie sich als Stewardess machen, wird sich erst noch zeigen. Ich habe jedenfalls ein Auge auf Sie.«

Noch vor den letzten Takten des Musikstücks trat Claus wieder zu Ihnen. »Sie gestatten, Herr Schlippchen?«

»Mit Vergnügen«, erwiderte der Ausbilder knapp und reichte Margot weiter.

»Was ist?«, fragte Claus leise, als er sie an sich zog.

Margot schüttelte den Kopf, sie wollte sich den Abend nicht von einem Mieselpriem wie Schlippchen verderben lassen.

»Geben Sie acht, Fräulein Frei!«, rief Fräulein Buschheuer, die im Arm von Lillis Onkel vorbeitanzte. »Der werte Herr Sturm hier mag ein vielversprechender Jungpilot sein. Aber ich fürchte, er ist auch ein ausgemachter Herzensbrecher, das sagt mir mein Instinkt.«

»Ich kann nun mal nichts für meinen unwiderstehlichen Charme, verehrtes Fräulein Buschheuer«, erwiderte Claus lachend. »Der ist einfach angeboren!«

»Vorsicht, Sie Schlingel!« Fräulein Buschheuer drohte ihm scherzhaft mit dem Zeigefinger, bevor sie weiterschwebte.

Bei Almuth standen die jungen Herren Schlange, wohlwollend beobachtet von Frau von Rehberg. Thea schob gerade Herrn Pelzer über das Tanzparkett; so wie ihre Augen dabei strahlten, quetschte sie ihn bestimmt über die technischen Details einer Junkers Ju 52 – liebevoll *Tante Ju* genannt – oder einer britischen Spitfire aus. Ohne Punkt und Komma redete indes Sonja Funke auf Klaus Geier ein, was dieser mit steinerner Miene über sich ergehen ließ. Margot hatte fast Mitleid mit ihm.

Sie selbst ließ keinen Tanz aus und pausierte nur, um hastig ein paar Schlucke zu trinken.

»Margot«, sagte ihre Mutter, als sie zwischen zwei Tänzen zu ihr an den Tisch trat, »wir machen uns dann auf den Weg.«

Sie hatte bereits den Mantel an, Hans half Lore gerade in ihren.

»Jetzt schon?«, fragte Margot bestürzt. Ihre Uhr verriet ihr, dass es erst kurz nach zehn war.

Ihre Mutter tätschelte ihr den Arm. »Bleib ruhig noch.«

Margot blickte sich um. Die Stimmung in der Flughafenbaracke hatte an Ausgelassenheit und Lautstärke zugenommen, schien aber noch weit von ihrem Höhepunkt entfernt. Mit hängendem Kopf trottete Almuth hinter Frau von Rehberg in Richtung Ausgang; offenbar hatte am Ende keiner der anwesenden Herren in ihren Augen Gnade gefunden.

»Vielleicht wird es spät«, sagte Margot zögerlich.

»Das macht nichts. Amüsier dich, das hast du dir verdient.« Verstohlen steckte Irmgard Frei ihr einen zusammengefalteten Geldschein zu. »Und nimm dir ein Taxi nach Hause.« Scharf sah sie Claus Sturm an. »Sie passen gut auf meine Tochter auf, ja, junger Mann? Ich weiß jetzt, wo Sie arbeiten und bei wem ich mich beschweren kann, sollte mir etwas anderes zu Ohren kommen.«

»Ehrensache, Frau Frei«, erwiderte Claus mustergültig.

»Danke, Mutti!«, flüsterte Margot und schlang die Arme um sie, bevor sie mit Claus auf die Tanzfläche zurückkehrte.

Gegen elf wurde die Musik ruhiger, und der Abend trieb auf den unvermeidlichen Rausschmeißer zu. Margot fühlte sich in ihrer Feierfreude ausgebremst.

»Ich könnte die ganze Nacht durchtanzen«, seufzte sie.

In Claus' Augen funkelte es auf. »Sollen wir?«

20

Auf der Reeperbahn nachts um halb eins

In der klirrenden Kälte stachen die grellen Neonlichter ins Auge und überschrien sich gegenseitig. Hinter dem harmlosen *Panoptikum – Die Welt in Wachs*, einem Preisschießen und *Sanders Wurst-Express* reihte sich Kneipe an Kneipe, wechselten sich Bars mit Nachtclubs ab. *Allotria, Bikini, Tabu* und *Jungmühle. Zum Goldenen Handschuh* und *Zum Silbersack. Trichter, Hippodrom, Sing Sing Bar* und das *Piraten Cabaret.* Irgendwo dahinter musste das *Café Keese* sein, über das ganz Deutschland hitzig diskutierte, weil beim *Ball Paradox* immer Damenwahl war – wie ungehörig!

Trotz der eisigen Temperaturen war viel los auf der Reeperbahn. Vor allem Männer waren unterwegs, allein oder in Grüppchen. Interessiert beäugten sie die frischgebackenen Stewardessen, und ungeachtet ihres männlichen Begleitschutzes – Claus, Klaus und Felix waren mit von der Partie – prasselten obszöne Pfiffe auf sie ein.

»Meine Mutter bringt mich um«, stöhnte Sonja.

»Dann erzähl's ihr nicht!«, warf Margot ihr über die Schulter zu. Doch auch ihr schlug das Herz bis zum Hals, während sie an Claus' Hand zum ersten Mal in ihrem Leben über den Kiez von St. Pauli ging.

Fasziniert beobachtete sie, wie eine Frau auf schwindelerregend hohen Stöckelschuhen aus der Tür einer Kneipe stolperte und schwankend stehen blieb. Ihr knapper Rock endete weit über dem Knie, der hautenge Rollkragenpullover überließ nichts der Fantasie, und die Fuchsstola hatte exakt die gleiche brandrote Farbe wie ihr auftoupiertes Haar. Fahrig zündete sie sich eine Zigarette an; erst nach mehreren tiefen Zügen hatte sie sich so weit im Griff, dass sie mit wackelnder Kehrseite davonstöckeln konnte.

Pariser Träume versprach ein Lokal, vor dem ein gezeichnetes Pin-up-Girl von karikaturhaften Männern im Frack begafft wurde. Das *Casino de Monaco* lockte mit Roulette, und das *Indra* schließlich versuchte gleich mit einem ganzen Elefanten aus Neonlichtern, die Gunst der Nachtschwärmer zu gewinnen.

»Seid ihr bereit?«, fragte Claus grinsend, nachdem er die anderen in eine verdächtig dunkle Gasse geführt hatte, in der es eigenartig wummerte.

»Gibt's da a Bier?«, wollte Gitta wissen, bibbernd vor Kälte.

»Hier gibt's alles«, verkündete Claus vollmundig und riss die Tür auf.

Die Musik traf Margot wie ein Faustschlag. Natürlich kannte sie Rockabilly und Blues, Jitterbug und Boogie; das alles lief im Radioprogramm von *British Forces Network*. Aber das hier war eine Naturgewalt, brüllend und ungezügelt, aufwühlend und auf atemberaubende Art roh. Das musste der brandneue Rock'n'Roll sein, der im Kielwasser von Bill Haleys *Rock Around the Clock* aus Amerika bis nach Hamburg geschwappt war, das Fieber der Jungen und Wilden.

»Wird hier nichts geklaut?«, rief Sonja in Claus' Richtung, als er ihnen signalisierte, Mäntel und Taschen einfach auf einen Haufen zu werfen.

»Sieht hier einer so aus, als hätte er Interesse an deinen Sachen?«, rief er zurück.

In den Schwaden aus Zigarettenrauch zuckten junge Männer mit Armen und Beinen und wirbelten Mädchen mit Pferdeschwanz herum, sodass sich ihre Petticoats wie Pfauenräder öffneten und schlossen; andere Mädchen hüpften in engen Hosen auf und ab wie Gummibälle. Entlang der Wände zeichneten sich die Schattenrisse hemmungslos knutschender Paare ab. Ein Tollhaus, dessen Sog übermächtig war.

»Und ick Schaf hab jeglaubt, ihr Hamburger wärt so kalt wie'n toter Hering!«, rief Thea beglückt in Margots Ohr.

Gitta schüttelte ausgelassen ihre kurz geschnittenen Locken. Sie hatte kaum den ersten Schluck von ihrem Astra genommen, als sie die Flasche bereitwillig gegen die Hand eines bulligen Kerls mit Bürstenschnitt eintauschte, der sie mitten ins Getümmel zog. Um Sonja buhlten gleich zwei junge Männer, und Felix lehnte sich mit einem flirtbereiten Grinsen an den Tresen. Von Klaus Geier fehlte jede Spur.

Den Arm um Margot gelegt, nickte Claus hierhin und dorthin, er schien oft herzukommen.

»Willst du tanzen?«, rief er ihr ins Ohr.

Margot schüttelte den Kopf. Es war wie vor dem allerersten Sprung vom Dreimeterbrett, sie wollte den Moment auskosten, bevor sie sich kopfüber ins Wasser stürzte. Ihr Blick fiel auf Thea, die mit einem Strahlen im Gesicht rhythmisch in den Knien federte. Auffordernd ruckte Margot mit dem Kopf und stupste Claus mit dem Ellbogen in die Seite.

»Bist du sicher?«, fragte er nach.

Margot nickte, und jauchzend ließ Thea sich von ihm ins Gedränge führen. Felix beugte sich zu ihr herüber und rief etwas, von dem sie kein Wort verstand. Bevor sie nachfragen konnte, warf sich eine durstige Meute zwischen sie und drängte Margot ab. Hastig wich sie einem vorüberwalzenden Paar aus und bekam einen Stoß in den Rücken. Wie eine Flipperkugel prallte sie im bunt beleuchteten Halbdunkel gegen Schultern, Arme und Hüften. Die Luft war feuchtheiß wie in einem Treibhaus und roch nach Schweiß und Rauch, Parfum, Rasierwasser und Pomade, nach Bier und Schnaps.

Ein Trommelwirbel peitschte durch den Raum, der Kontrabass gab einen scharfen Laut von sich, dann brach die Musik jäh ab. Buhrufe und Pfiffe ertönten, ein Murren und Maulen aus unzähligen Kehlen.

»Ein verdurstendes Pferd läuft nicht weiter«, rief der Gitarrist vom Podium, aus seiner Haartolle tropfte der Schweiß.

Gelächter brandete auf, und zwei Hände voller Bierflaschen reckten sich zu den Musikern hinauf.

Die Menge zerstreute sich. Stimmengewirr setzte ein, der Schwefelgeruch entzündeter Streichhölzer breitete sich aus, überall glommen Zigaretten auf, und am Tresen überschrien sich die Feiernden gegenseitig mit ihren Bestellungen.

Unvermittelt stand Margot dem anderen Klaus gegenüber. Jackett und Schlips hatte er abgelegt, die Ärmel seines Hemds aufgekrempelt, dunkle Härchen bedeckten seine kräftigen Unterarme. Außer Atem strich er sich eine Haarsträhne aus der schweißnassen Stirn. Als sein Blick auf Margots traf, fror er mitten in der Bewegung ein. Stumm starrten sie sich an, gefangen in einem seltsamen Schwebezustand, eine scheinbare Ewigkeit lang.

»*A one, a two*«, schallte es vom Podium, während Holz rhythmisch gegen Holz klopfte. »*A one, two, three, four!*«

Wummernd, dröhnend, jaulend brach eine neue Runde Rock'n' Roll über den Raum herein, begleitet von Applaus und Jubelgeheul. Klaus' Miene erhellte sich, mit einer knappen Geste winkte er Margot zu sich heran.

Sie schüttelte den Kopf. Was bildete der sich ein?

Die Leidenschaft jedoch, mit der die Band auf dem Podium ihre Instrumente bearbeitete, halb Lebenshunger, halb blanker Zorn, war hochgradig ansteckend. Der wirbelnde Trommeltakt peitschte Margots Herzschlag auf und ging geradewegs in die Beine, und der Klang von Kontrabass und Gitarre zerrte verlockend an ihr. Klaus' Augen funkelten, und einer seiner Mundwinkel hob sich. Wie von selbst setzten sich Margots Füße in Bewegung, und er griff nach ihrer Hand.

Einen Augenblick lang wusste Margot nicht, was sie mit ihren Armen und Beinen anfangen sollte. Dann schlang Klaus den Arm um ihre Taille und zog sie an sich.

»Lass dich einfach fallen«, flüsterte er an ihrem Ohr. Seine Stimme klang wie ein Nachhall des Kontrabasses, tief und dunkel vibrierend, und ein Kribbeln rann ihren Nacken hinab.

Klaus machte die ersten Schritte, und Margot tat es ihm nach. Es war gar nicht so schwer, kaum anders als Seilspringen oder ein Hüpfspiel. Wie ein Jo-Jo wirbelte sie an seiner Hand davon und zurück in seine Arme, ließ sich von ihm hochstemmen und herumschwingen. Ihr atemloses Lachen beantwortete er mit einem kleinen Grinsen. Eine wilde Karussellfahrt war dieser Tanz, lebensprühend, stürmisch, elektrisierend.

Mit einem schmissigen Tusch endete die Musik. Margot kreiselte noch einmal um die eigene Achse, und Klaus fing sie auf. Sein Hemd war genauso durchgeschwitzt wie ihr Kleid. Eng umschlungen standen sie da. Brust an Brust fühlte es sich an, als hätten sie beide keinen Faden am Leib. Das Blut rauschte in Margots Ohren, als Klaus ansetzte, etwas zu sagen oder zu fragen. Dann rollten die ersten schmeichlerischen Noten eines

Blues über sie hinweg, und Claus Sturm tauchte neben ihnen auf.

Widerstandslos ließ Margot sich in seine Arme ziehen und presste das glühende Gesicht gegen seine Schulter.

Mit seligem Grinsen hatte Felix sich bereit erklärt, sich mit Thea, Sonja und Gitta in ein Taxi zu quetschen und die drei reihum zu Hause abzusetzen. Für Margot und Claus war kein Platz mehr gewesen, und ein weiteres Taxi war nicht aufzutreiben. Nicht um diese Zeit, in der es alle Nachteulen nach Hause zog. Wo der andere Klaus abgeblieben war, wusste niemand.

Eisig schlug Margot die Nachtluft entgegen, als sie mit Claus aus der U-Bahn trat. »Ich glaube, ich bin ziemlich betrunken.« Sie seufzte.

Claus zog sie fester an sich und lachte. »Da sind wir schon zu zweit.«

In der klirrenden Kälte wurden Margots Füße in den dünnen Schuhen schnell zu Eisklumpen, ihre Zähne schlugen aufeinander.

»Gleich sind wir im Warmen«, versprach Claus, als er sie über eine Straße führte. »Nur noch ein paar Schritte.«

Der von Laternen erhellte Fußweg zwischen den verschneiten Flächen schien geradewegs in die Sterne hineinzuführen. Margot blinzelte. Das mussten beleuchtete Fenster sein, offenbar waren auch andere Leute um diese Zeit noch auf. Sie legte den Kopf in den Nacken. Die Lichter schienen sehr weit in den Himmel hinaufzureichen, nach und nach schälten sich die Konturen sehr großer, sehr hoher Häuser aus der Dunkelheit.

»Willkommen in Klein-Manhattan«, raunte Claus und hauchte ihr einen Kuss auf die Wange.

Ein Teil von ihr fühlte sich matt und geradezu schläfrig

an, während der andere mit einem Schlag hellwach war. »Du wohnst am Grindelberg?«

Margot kannte diese Wohnblöcke vom Vorbeiradeln. Fasziniert hatte sie über Monate hinweg beobachtet, wie die Stahlträger höher und höher in den Himmel hinaufwuchsen, bis sich die Häuser aus gelbem Klinker wie Bienenwaben aufreihten. Eine Stadt in der Stadt nach amerikanischem Vorbild und ein Wegweiser für die Zukunft. Leute wie die Susemihls schimpften, die Blöcke erinnerten an Grabsteine, und überhaupt seien sie ein Schandfleck für die ehrwürdige Hansestadt. Unbestritten war, dass es sich dort wohnen ließ wie nirgendwo sonst in Hamburg oder ganz Deutschland – zu einem entsprechend hohen Preis.

»Hast du das auch der Mafia zu verdanken?«, witzelte Margot, als sie vor einem der Blöcke stehen blieben.

Lachend hielt Claus ihr die Eingangstür auf. »Du hast es erfasst.«

»Da haben sie dich allerdings gewaltig übers Ohr gehauen«, sagte Margot, als sie den Aufzug betrat und sich anlehnte. »Für das, was sie hier an Miete blechen, hätten sie dir anderswo in Hamburg eine ganze Villa besorgen können.«

»Sag bloß.« Claus zog die Tür hinter ihnen zu, drückte auf den obersten Knopf und schlang dann die Arme um Margot. »Vielleicht sollte ich dich zu den nächsten Verhandlungen besser mitnehmen.«

»Solltest du«, murmelte Margot an seinem Mund. Der Aufzug hielt, und sie zögerte. »Ist es wirklich in Ordnung, wenn ich mitkomme?«

»Warum denn nicht?«

Margot setzte ein neunmalkluges Gesicht auf. »Schon mal vom Kuppelparagrafen gehört? Oder von der Eppendorfer

Richtlinie? Kein Besuch für Untermieter nach zweiundzwanzig Uhr.«

Claus setzte eine grüblerische Miene auf, während er sie durch einen langen Flur führte. »Ich dachte, wir sind hier in Eimsbüttel? Oder ist es schon Harvestehude?«

Margot schnappte in gespielter Empörung nach Luft, weil er, der *Quiddje*, der Zugezogene, so leichtfertig die Hamburger Stadtteile durcheinanderwarf.

Claus schloss die Wohnungstür auf, und Licht flammte auf.

»Einerlei«, flüsterte er zwischen zwei Küssen, »hier kräht kein Hahn danach, wenn der Herr Sturm das Fräulein Frei in einer bitterkalten Nacht in seine Wohnung mitnimmt.«

Lachend schälten sie sich aus den Mänteln, und Margot kickte sich die Pumps von den Füßen, bevor sie eng umschlungen durch den Korridor taumelten. Gänzlich außer Rand und Band fühlte sie sich. Es musste am Rock'n'Roll liegen, der noch immer in ihren Adern pulsierte. Womöglich stimmte es, dass diese neue, wilde Musik die Jugend verführte und aufwiegelte.

Ebenso verführerisch war es, sich im sanften Licht der Nachttischlampe aufs Bett fallen zu lassen und Claus' Hände auf ihrem Körper zu spüren, während er sie hitzig küsste. Doch als seine Schuhe zu Boden polterten und er nach dem Reißverschluss ihres Kleides tastete, versteifte Margot sich.

»Warte!«, keuchte sie und stemmte die Hände gegen seine Brust.

»Ich pass auf, Margot«, flüsterte er. »Und zwar nicht so, wie es die anderen Jungs immer großmäulig verkünden.« Er drehte sich zur Seite, zog die Nachttischschublade auf und drückte Margot etwas in die Hand.

Ratlos drehte sie die kleine himmelblaue Schachtel hin und her. *Blausiegel* war darauf gedruckt, *Luxusklasse*.

»Was ist das?«

»Ein Überzieher. Pariser. Londoner. Lümmeltüte. Wie man auch immer dazu sagen mag.«

Das Prinzip des Kinderkriegens war ihr vage bekannt. Dass es irgendwie mit Küssen zusammenhing – und mit dem, was danach unter der Bettdecke passierte. Nur nicht, wie es sich im Einzelnen gestaltete.

Margot schüttelte die Schachtel, in der es daraufhin raschelte und knisterte. »Und wie funktioniert das?«

Claus grinste. »In der Theorie oder gleich in der Praxis?«

Margot gluckste, runzelte jedoch gleich darauf die Stirn. Wenn es doch so etwas gab, wie sie es gerade in den Händen hielt – warum war ein ungewolltes Kind dann immer noch das große Schreckgespenst aller jungen Mädchen und unverheirateten Frauen?

»Ist das nicht verboten?«, fragte sie leise. Sie spürte, wie sie rot anlief, unsagbar naiv kam sie sich vor.

»Verboten nicht, nur schwer zu besorgen«, antwortete Claus. »Echte Bückware. Und sündhaft teuer. Aber die sind jede Mark wert, haben mich noch nie im Stich gelassen.«

»Wo kriegst du die her?«

»Beim Apotheker um die Ecke. Schön brav in braunem Packpapier unter dem Ladentisch durchgereicht.« Sein Grinsen vertiefte sich. »Ich habe den Verdacht, dass der in seiner Jugend selber mal ein toller Hecht war. Oder man bestellt sie aus dem Katalog von Tante Uhse.«

Margot dämmerte, weshalb sich Frauen und Mädchen so was nicht selbst besorgten.

In ihrer Zeit als Zimmermädchen hatte sie einmal beim Saubermachen im Bad eines Ehepaares eine Schachtel mit Wattepfropfen gefunden, auf die sie sich keinen Reim machen konnte. Neugierig hatte sie den beiliegenden Zettel studiert und war nach Feierabend frohgemut in die nächste Apotheke gestürmt, um sich statt der fetten Camelia-Monatsbinden auch o.b. zu kaufen. Der Apotheker hatte die Zehnerpackung zwar aus der untersten Schublade geholt, Margot dann jedoch vor aller Augen und Ohren gefragt, ob sie wirklich mutwillig ihre Jungfräulichkeit beschädigen wolle. Aus lauter Trotz hatte Margot das Markstück dafür auf die Theke geknallt, seitdem lag die Schachtel allerdings ungeöffnet im hintersten Winkel ihrer Unterwäscheschublade, weil sie mit einer Mischung aus Scham und ohnmächtiger Wut behaftet war.

Margot konnte sich lebhaft vorstellen, was ihr blühte, sollte sie jemals irgendwo nach einer Packung Blausiegel verlangen.

Claus stützte den Kopf auf und strich über Margots Bauch. »Dir brauche ich ja nicht zu erklären, dass es zwar Blindflug heißt, wir uns dabei aber auf die Instrumente verlassen können. Ich fliege nie komplett blind, Margot. Weder dort oben noch hier am Boden.«

Margot schmunzelte, als sie das Emblem mit dem Krönchen auf der Schachtel entdeckte, *Queen* stand darunter. Eine unerhörte Freiheit lag da in ihrer Hand, eine ungeahnte Sorglosigkeit. Und trotzdem kam sie sich vor, als sollte sie gleich in fünftausend Metern Höhe aus dem Flugzeug springen.

Sanft drückte sie die Schachtel an Claus' Brust. »Nicht heute. Nicht so.«

Er wirkte keineswegs gekränkt, als er die Schachtel in einer lässigen Geste auf den Nachttisch zurückwarf.

»Erzähl mir, wie du es dir dann vorstellst«, sagte er und sah Margot aufmerksam an. »Mit Rosen, Musik und Kerzenlicht? Bei Mondschein auf einer Sommerwiese? Mit Feuerwerk?«

»Unbedingt mit Feuerwerk«, erwiderte sie leichthin. Sie

dachte einige Herzschläge lang nach. »Auf jeden Fall nicht überhastet. Nicht betrunken, sondern bei klarem Verstand.«

»Damit du keinen Augenblick verpasst?«

Margot nickte.

Claus fuhr die Konturen ihres Gesichts nach. »Einer wie dir bin ich noch nie begegnet.«

Margot lachte. »Das erzählst du bestimmt jeder!«

»Nein.« Ernst sah er sie an. »Das Leben ist zu kurz für Lügen. Auch für die schönen und charmanten.« Er setzte sich auf und knöpfte sein Hemd auf. »Zieh dich trotzdem aus.«

Margot hob die Brauen.

»Sonst ist dein Kleid morgen hoffnungslos zerknittert«, fügte er grinsend hinzu.

In Unterwäsche schlüpften sie unter die Decke.

»Was ist das mit uns?«, wisperte Margot, als sie sich in seine Armbeuge schmiegte.

»Ich weiß es nicht«, flüsterte er und zog sie enger an sich. »Ich weiß nur, dass ich mehr davon will. Seit ich dich das erste Mal gesehen habe, mit deinem kaputten Fahrrad am Straßenrand.«

21

In Hamburg sind die Nächte lang

Im Schein der Nachttischlampe öffnete Margot die Augen. Allzu spät konnte es nicht sein, draußen war es noch dunkel. Sie warf einen Blick auf Claus' Fliegeruhr, die auf dem Nachttisch lag. Kurz vor sieben, mehr als zwei oder drei Stunden hatte sie wohl nicht geschlafen. Irgendwo rauschte eine Wasserleitung, vielleicht in der Nachbarwohnung.

Im Schlaf sah Claus wie ein Lausebengel aus, das Haar verstrubbelt und die Wangen gerötet. Margot hauchte einen Kuss auf den Leberfleck auf seiner Wange. Claus' Mund verzog sich zu einem Lächeln, aber er schlief tief und fest weiter.

Auch im Flur brannte noch Licht. Margot schlich auf Zehenspitzen aus dem Zimmer, zog ihr Kleid über den Kopf und verrenkte die Arme, um den Reißverschluss zuzuziehen. Als hinter ihr eine Tür geöffnet wurde, fuhr sie erschrocken herum. In Jeans und kurzärmligem Unterhemd stand ihr der andere Klaus gegenüber.

»Was machst du hier?«, fragte sie verblüfft.

Verständnislos sah er sie an. »Ich wohne hier.«

»Oh«, machte Margot, fing sich aber sogleich wieder. »Darf ich mal euer Badezimmer benutzen?«

Klaus wies mit dem Kopf auf die Tür hinter sich und verschwand dann auf der anderen Seite des Flurs.

Im Bad war es kuschelig warm. Margot seufzte wohlig auf, als sie sich auf die Klobrille setzte, die nicht annähernd so kalt und klamm war wie die zu Hause. Daneben hing eine Rolle gekauftes Toilettenpapier. Aus dem Wasserhahn kam auf Anhieb heißes Wasser, ganz ohne Plackerei mit einem Boiler. Margot betrachtete sehnsüchtig die großzügige Badewanne, während sie sich den pelzigen Mund ausspülte, die Reste des Make-ups aus dem Gesicht wusch und mit feuchten Händen ihre Haare zurechtzupfte.

Zurück im Flur, empfing sie der unwiderstehliche Duft von echtem Bohnenkaffe und lockte sie in die Küche. Mit verschränkten Armen beobachtete Klaus den Wigomat, der in aller Gemütsruhe dampfendes Wasser durch den Glaszylinder mit gemahlenem Kaffee laufen ließ.

»Ihr habt eine elektrische Kaffeemaschine?«, entfuhr es Margot.

Diese brandneuen Automaten, die auch gut in ein Labor gepasst hätten, kannte sie nur von der Lufthansa; für Normalsterbliche war neben dem Porzellanaufsatz mit Filtertüte ein Perkolator das höchste der Gefühle.

»Claus wollte die unbedingt haben. Er findet, die macht den besten Kaffee.« Klaus zuckte mit den Schultern. »Ich schmecke da keinen Unterschied. Für mich ist Kaffee einfach nur Kaffee.«

»Einen Fernseher habt ihr wohl auch?«, fragte Margot neckend. Sie hörte selbst, wie neugierig sie dabei klang.

»Klar. Wir verpassen keine Folge der *Schölermanns*.«

Margot stutzte, als er die Familienserie erwähnte, die seit der ersten Folge im September in aller Munde war. Dann entfuhr ihr ein Lachen. »Du hast ja Humor!«

Seinem Gesichtsausdruck nach zu urteilen, war das kein Kompliment, auf das Klaus großen Wert legte.

Das Unterhemd saß reichlich knapp. Er war kräftiger und breiter gebaut als sein Freund, aber auch bei Claus Sturm waren ihr die beachtlichen Muskeln schon aufgefallen. Entweder nahmen sie bei der Lufthansa nur Sportler, oder sie unterzogen ihre Nachwuchspiloten einem strammen Trainingsprogramm.

Der Wigomat war verstummt. Klaus griff zur Glaskanne, füllte zwei Henkelbecher mit Kaffee und schob einen davon in Margots Richtung.

»Du siehst aus, als könntest du den vertragen«, kommentierte er.

Margots Wangen brannten. Sie setzte dazu an, ihn darüber aufzuklären, dass zwischen ihr und Claus nicht das passiert war, was er vielleicht vermutete, schwieg dann aber. Was ging ihn das an?

»Brauchst du Kaffeesahne oder Zucker?«, fragte er.

»Erst wenn ich in meinem Leben so viel echten Bohnenkaffee getrunken habe, dass er langweilig geworden ist.«

So etwas wie ein Lächeln zuckte über Klaus' markantes Gesicht. Gestern Nacht hätte sie schwören können, dass er dunkle Augen hatte, jetzt leuchteten sie beinahe grün.

Margots Magen gab ein hohles Rumpeln von sich. »Ihr habt nicht zufällig Kekse oder so was da?«

Klaus öffnete nacheinander die Oberschränke und spähte hinein. Als er dabei den linken Arm ausstreckte, rutschte der Ärmel seines Unterhemds hoch, und Margot erhaschte einen Blick auf eine Tätowierung, die wie die Spitze einer gefiederten Schwinge aussah, knapp unterhalb seiner linken Schulter. Solche bunten Bilder auf der Haut kannte sie nur von Seeleuten; deren tätowierte Anker, Rosen und Meerjungfrauen gehörten zum Hamburger Hafen wie die Schiffe und Werften.

Klaus' Suche blieb erfolglos. »Negativ«, kommentierte er.

Margot schmunzelte, als sie die vertraute Fliegersprache hörte, die sie als Stewardess ebenfalls beherrschen musste, um sich mit den Piloten verständigen und gegebenenfalls für die Passagiere übersetzen zu können.

»Bist du mal zur See gefahren?«, fragte sie, als er sich wieder zu ihr umdrehte.

Klaus warf ihr einen irritierten Seitenblick zu. »Nein.«

»Wo kommst du her?«

Seine Schultern spannten sich an. »Berlin.«

Margot dachte an Thea. »Hört man gar nicht.«

»Ist auch schon eine Weile her«, nuschelte er beim ersten Schluck Kaffee.

Es war offensichtlich, dass sie ihm lästig fiel. Margot war kurz davor, einfach zu gehen, aber der Kaffee war zu gut, um ihn stehen zu lassen. Ihr Blick wanderte durch die Einbauküche, die Lore in einen wahren Freudentaumel versetzt hätte, mitsamt elektrischer Brotschneidemaschine und Mixer. Vom behaglich summenden Kühlschrank ganz zu schweigen.

»Lässt es sich hier wirklich so toll wohnen, wie es immer heißt?«, fragte sie.

Klaus klopfte eine Zigarette aus der Packung, zündete sie an und stieß den Rauch aus. »Kommt darauf an, ob man Wert auf solchen Firlefanz wie eine Müllschütte draußen auf der Etage legt. Aber klar, warmes Wasser und Zentralheizung sind angenehm. Die Hemden bringen wir in die Wäscherei rüber und holen sie gebügelt wieder ab. Die Wege zum Bäcker und Schlachter, zum Tante-Emma-Laden und dem Tabakgeschäft sind kurz. Claus kriegt in der Tiefgarage sogar seinen Wagen gewaschen und vollgetankt. Am besten gefällt mir der Telefonanschluss, den können wir gut gebrauchen, wenn wir später im *Stand-by* sind.«

Margot fragte sich, ob die Zukunft so aussehen würde wie hier am Grindelberg: Parkähnliche Anlagen mit riesigen Wohnblöcken, in denen die neuesten technischen Errungenschaften den Bewohnern alles abnahmen, was derzeit noch mühselig und zeitraubend war. Würden sie alle einmal so leben, in zehn oder zwanzig Jahren? Eine Vorstellung, die für Margot im Augenblick so utopisch erschien wie die Mutmaßungen über fliegende Untertassen und eine Invasion durch Außerirdische, die Herr Susemihls Groschenblatt regelmäßig anstellte.

Klaus lehnte sich rücklings an die Kante der Arbeitsplatte. »Auf jeden Fall ist es hier um Längen besser als in der Baracke am Flughafen, in der uns die Lufthansa eigentlich untergebracht hat. Zweierzimmer mit Stockbetten und ein Gemeinschaftswaschraum mit eiskaltem Wasser. Morgens Stullen mit Margarine und Marmelade aus einem Eimer, abends Blutwurst oder Corned Beef, das noch aus den Beständen der Army übrig geblieben ist.« Er trank einen Schluck Kaffee. »Der zweite Lehrgang hat deutlich nach uns angefangen, die werden noch in den Genuss der neuen Fliegerschule in Bremen kommen. Anfang nächsten Jahres soll es dort losgehen.« Ein kleines Grinsen zog über sein Gesicht. »Vielleicht hat die Lufthansa bis dahin auch die Douglas DC-3 ausgetauscht, auf denen wir gerade fliegen. Gebraucht von den Amis gekauft. Wenn man genau hinschaut, sieht man sogar noch die ausgebesserten Einschusslöcher aus dem Koreakrieg.«

»Lehrjahre sind keine Herrenjahre«, wiederholte Margot in ironischem Tonfall den Spruch, den sie selbst allzu oft gehört hatte.

Klaus' Lippen kräuselten sich. »So ist es. Wir haben dafür das

Glück, dass unsere Ausbildung kürzer ist. Bei uns war anfangs vieles noch provisorisch und weniger reglementiert, verglichen mit denen nach uns. Dafür können wir unser Pensum zügiger durchlaufen, wenn wir ordentlich büffeln.«

»Wirst du auch im April die Prüfung absolvieren?«

Er nickte. »Zusammen mit Claus, ja. Ich bin froh, dass er mich hier wohnen lässt, so komme ich später schneller von meinen Schulden bei der Lufthansa runter.«

»Flugzeugbenzin im Blut oder Geld und Status im Kopf?«, fragte Margot altklug.

Um Klaus' Mund zuckte es. »Beides, denke ich.« Er reckte sich und fuhr sich mit der Linken durch das dunkle Haar.

Margot erhaschte einen weiteren Blick auf die Tätowierung, die sich über die Innenseite seines Bizeps zog. Ein athletischer junger Mann, der sich mit ausgebreiteten Schwingen in die Luft erhob.

Ikarus. Eine eigenartige Wahl für einen zukünftigen Piloten.

»Ikarus hat sich die Flügel an der Sonne versengt«, sagte Margot.

Klaus sah ihr fest in die Augen. »Genau deshalb.«

Margot riss den Blick von ihm los. Der Küchentisch war unter aufgeschlagenen Büchern, Notizen und Berechnungen begraben, dazwischen verteilten sich Instrumente und Schreibzeug. Vieles davon kam Margot bekannt vor. Sie entdeckte eine Fliegeruhr, ein bescheideneres Modell als das von Claus, das Glas war zerschrammt.

»Woher hat Claus so viel Geld?«, wollte sie wissen.

Mit gerunzelter Stirn sah Klaus sie durch den Zigarettenrauch an. »Hat er dir das nicht erzählt?«

»Ich weiß nur, dass er aus Frankfurt ist, das hat er einmal erwähnt.«

Klaus schnippte die Asche in den Aschenbecher. »Sagt dir *Alpha Beta Chemie* etwas? Hat mit Kunstdünger, Soda und Färbemitteln angefangen, später Werkstoffe für den Fahrzeug- und Flugzeugbau entwickelt und produziert. Unter dem alten Sturm hat das Geschäft gebrummt, vor allem im Krieg. 45 haben die Amis das Werk stillgelegt, aber ein Jahr später durfte die Produktion für zivile Zwecke wieder starten. Claus sollte nach dem Studium die Firma übernehmen, aber mit einundzwanzig hat er alles hingeschmissen und die Bude verkauft.«

»Was hat sein Vater dazu gesagt?«

»Den gab es da schon nicht mehr. Hat sich beim Einmarsch der Amis eine Kugel in den Kopf gejagt. Hatte wohl Schiss, dass sie ihn wegen der Zwangsarbeiter drankriegen. Oder aus Prinzip. Der hat auch seine Familie nicht aus der Stadt geschickt, als die Alliierten schon ihre Angriffe flogen. *Keine Schwäche vor dem Feind. Lieber tot als Sklav.*« Seine Stimme triefte vor Ironie.

Margot erinnerte sich noch gut an die Parolen kurz vor Kriegsende, als doch eigentlich jeder schon wusste, dass alles verloren war. Unwillkürlich verkrampften sich ihre Finger um den Kaffeebecher.

»Lebt seine Familie noch in Frankfurt?«, fragte sie leise.

Klaus deutete ein Kopfschütteln an. »Eine Bombe hat das Wohnhaus erwischt. Spätabends, der alte Herr war noch im Büro. Alle anderen sind im Keller verschüttet worden, Mutter, Dienstmädchen und die beiden Jungs. Claus haben sie als Einzigen lebend aus den Trümmern rausgezogen, hatte nur ein paar Kratzer.«

Margots Magen drehte sich gewaltsam um. Sie trat ans Fenster und kämpfte blinzelnd gegen die Tränen an. Unter ihr glitzerte und funkelte Hamburg, während es am Horizont langsam hell wurde. Hier oben war es fast ein bisschen wie in einem Flugzeug, dem Himmel ganz nah.

Sie hatte noch Claus' Stimme im Ohr: *Nirgendwo fühle ich mich so frei wie dort.*

»Wundert mich«, sagte Klaus nach einer Weile rau, »dass er dir nichts davon erzählt hat. Wenn es die schicke Karre und sein Charme nicht sind, kriegt er spätestens damit jede ins Bett.«

Margot wandte sich um. »Ich dachte, ihr seid Freunde.«

Klaus blies den Rauch aus Mund und Nase. »Sind wir auch. Ich würde für ihn durchs Feuer gehen und umgekehrt genauso. Deswegen muss ich nicht alles gutheißen, was er tut oder sagt.«

Mit gesenktem Kopf stocherte er mit dem Zigarettenstummel im Aschenbecher und drückte ihn schließlich aus. Als er den Blick hob und Margot ansah, waren seine Augen dunkel und glanzlos.

»Ich hoffe, du bist dir darüber im Klaren, dass er dich nicht heiraten wird. Nicht heute und auch nicht morgen. Egal wie verliebt er tut.«

Margot zog die Brauen zusammen. »Mischst du dich immer in Dinge ein, die dich nichts angehen?«

»Wenn du demnächst hier vor der Tür stehst, um dich bei mir auszuheulen, geht es mich sehr wohl etwas an.«

»Sehe ich aus wie eine, die unbedingt geheiratet werden will?«, fragte sie.

»Das sagen sie alle.« Sein Grinsen war unverschämt.

»Ich bin aber nicht so wie alle«, trumpfte Margot auf.

Mit ernster Miene zog Klaus sich hinter seinen Kaffeebecher zurück.

»Ich hatte so was vermutet«, erwiderte er schließlich.

Die Art, wie er sie dabei ansah, konnte sie nicht einordnen. Sie erinnerte sich an den wilden und ungezügelten Tanz letzte

Nacht, bei dem sie einander so nahe gekommen waren, und ihr Gesicht wurde heiß.

Müdigkeit überrollte sie, und sie stellte die leere Tasse ab. »Danke für den Kaffee.«

Klaus band sich die Fliegeruhr um. »Wo musst du hin?«

»Nach Billstedt.«

»Ich kann dich mitnehmen. Ist zwar zugig auf dem Moped, aber sicher besser als mit deinen Schühchen da durch den Schnee zu laufen.«

Margot zuckte mit den Schultern. Sie wollte nur noch nach Hause, egal wie.

Was Klaus als Moped bezeichnet hatte, entpuppte sich als ausgewachsenes Motorrad, das mit etwas gutem Willen als »antik« hätte durchgehen können, vielleicht stammte es noch aus Wehrmachtsbeständen.

Mit einem kräftigen Stiefeltritt startete Klaus den Motor und sah Margot dann abwartend an. Sie hatte noch nie auf so einem Ding gesessen, nur ein paarmal mit Lore auf Hans' Motorroller.

»Hü oder hott!«, rief Klaus über das Bollern des Motors hinweg.

Im eleganten Damensitz mitzufahren kam ihr zu wackelig vor. Kurz entschlossen raffte sie Rock und Mantelsaum und schwang sich rittlings hinter Klaus in den Sattel.

»Du musst dich schon festhalten«, forderte er sie auf.

Gehorsam legte Margot die Hände auf die Schultern seiner Lederjacke. Klaus knurrte etwas in sich hinein und setzte seine Sonnenbrille auf. Dann packte er Margots Rechte und legte sie mit Nachdruck an seinen Bauch.

»Jetzt die andere Hand«, rief er ungeduldig nach hinten. »Wie der Gurt im Flieger.«

Margots Wangen brannten, als sie die Arme um seine Hüften schlang. Mit einem Ruck fuhr das Motorrad röhrend an. Es zog in der Tat ganz ordentlich, noch dazu bei diesen frostigen Temperaturen, aber ein bisschen war es auch, wie in Bodennähe dahinzufliegen.

Die Art und Weise, wie Klaus das Motorrad durch die sich langsam füllenden Straßen steuerte, ließ Margot ahnen, was für ein Pilot er einmal sein würde: vorausschauend und besonnen, der Geschwindigkeit nicht ausgeliefert, sondern sie mit sicherer Hand zähmend.

Die vernarbte Lederjacke roch nach Rauch und irgendwie nussig, der Rollkragen des Pullovers muffig, und Klaus selbst nach einer herben Seife. Der Wind verwirbelte sein dickes Haar direkt vor ihrer Nasenspitze, während sein Bauch ihre Hände wärmte. Fast hätten sie die Abzweigung verpasst.

»Da vorn links«, rief Margot im letzten Moment, »und dann gleich wieder rechts.« Bei Klaus war es ihr egal, wenn er sah, dass sie in einer Barackensiedlung wohnte.

Trotz des unebenen, teils verschneiten und vereisten Untergrunds hielt er geschmeidig vor dem Behelfsheim. Steifbeinig stieg Margot ab. Ein paar verirrte Schneeflocken glitzerten in Klaus' dunklen Haaren.

»Danke fürs Mitnehmen!«, rief sie über den wummernden Motor hinweg.

Unter der verspiegelten Sonnenbrille geriet sein Gesicht in Bewegung. Er sah aus, als würde ihm etwas auf der Zunge liegen, aber er nickte nur, und das Motorrad holperte über Stock und Stein davon.

Margot nestelte den Schlüssel aus der Manteltasche, schloss auf und prallte im Flur beinahe mit Frau Susemihl zusammen, die noch im Hauskleid war und Lockenwickler auf dem

Kopf hatte. Abfällig musterte die Nachbarin sie von Kopf bis Fuß.

»Soso, kommt das feine Fräulein auch mal nach Hause? Zu meiner Zeit hätte es so was ja nicht gegeben, meine Mutter hätte mich windelweich geprügelt. Mit dem Kochlöffel!«

»Ihnen auch einen schönen guten Morgen, Frau Susemihl«, entgegnete Margot schnippisch und öffnete schnell die Tür zur Wohnküche.

»Margot, endlich!« In Morgenmantel und Puschen löste sich Irmgard Frei vom Fenster. »Ich habe mir solche Sorgen gemacht.«

»Entschuldige, Mutti! Ich habe bei Thea auf dem Sofa übernachtet.« Eine lässliche kleine Lüge, fand Margot.

Der Blick ihrer Mutter wanderte noch einmal zum Fenster. »Hat dich jemand nach Hause gebracht?«

»Der Sohn von Theas Zimmerwirtin. Lag für ihn auf dem Weg.« Die nächste Lüge.

Margot leistete Abbitte, indem sie einen Kuss auf die Wange ihrer Mutter drückte.

»Puh!«, machte diese, »du riechst wie eine ganze Hafenkaschemme.« Mit banger Miene griff sie nach Margots Arm. »Du warst doch … anständig?«

»Natürlich, Mutti.« Das wenigstens entsprach der Wahrheit. Zumindest halbwegs.

Margot spürte den Blick ihrer Mutter auf sich, während sie in langen Zügen ein Glas Leitungswasser herunterstürzte.

»Bist du gut mit dem Rehberg-Mädchen befreundet?«, wollte Irmgard Frei zwischen zwei Schlucken Ersatzkaffee wissen.

»Mit Almuth? Ja, ziemlich«, antwortete Margot und füllte das Glas nach. »Warum fragst du?«

»Ihre Mutter hat den Abend über so ein paar Sachen

gesagt …« Mit grüblerischer Miene strich Irmgard Frei eine umgeknickte Ecke der Lesemappe glatt. »Ach, ist wahrscheinlich nichts weiter. Schlaf du dich erst mal aus.«

Margot nickte. Mit einem herzhaften Gähnen streifte sie ihr Kleid ab, zog ihr Nachthemd über und ließ sich auf das ausgeklappte Sofa fallen, um wenigstens noch ein paar Stunden Schlaf nachzuholen, bevor sie zu ihrer Schicht am Glühweinstand aufbrechen musste.

22

Jolly Joker

Die Motoren der Convair liefen schon, doch noch harrte sie auf dem Rollfeld aus. Margot warf einen Blick auf die Uhr. 17:25 Uhr, ganz pünktlich würden sie nicht mehr starten. Vor dem Fenster glänzten und blinkten die Lichter des Flughafens in der Dunkelheit. Hier in München war tagsüber zwar das Wetter besser gewesen als heute Morgen in Hamburg, dafür lag noch viel Schnee.

»Wollen wir uns morgen oder übermorgen endlich mal etwas von der Stadt ansehen?«, wandte sie sich an Almuth.

In ihrer ersten Arbeitswoche hatten sie die knapp vier Stunden Aufenthalt jeden Tag dafür genutzt, sich mit den Gegebenheiten am Flughafen vertraut zu machen, um später ihren Fluggästen sagen zu können, wo genau sie ihr Gepäck abholen oder ein Taxi bekommen konnten und wo es zu ihrem Anschlussflug ging.

Almuth nickte. »Vielleicht fliegt Gitta nächste Woche wieder mit uns statt auf der Abendroute«, sagte sie. »Dann kann sie uns ein bisschen herumführen.«

Die Tür zum Cockpit öffnete sich, und Margot trat einen Schritt zur Seite, um Greta vorbeizulassen, die mit geröteten Wangen ein leeres Tablett in die Pantry trug. Endlich setzte sich die Maschine in Bewegung.

Thea griff zum Hörer. »Guten Abend, sehr verehrte Damen und Herren. Im Namen unseres Kapitäns Archibald Brewster und des Ersten Offiziers Joachim Hansen begrüßen wir Sie ganz herzlich an Bord unseres Geisterflugs von München-Riem über Frankfurt und Düsseldorf nach Hamburg-Fuhlsbüttel.«

Leises Kichern perlte in den Sitzreihen auf, und dann gleich noch einmal, als Thea die Durchsage eins zu eins auf Englisch wiederholte.

Ghost flight. Bis auf das Bordpersonal und die beiden Piloten war die Convair leer.

Seit dem ersten März flog die Lufthansa wieder, allerdings im reinen Probebetrieb. Der Antrag auf Personenbeförderung war zwar bei den Alliierten gestellt, aber bis jetzt nicht genehmigt worden. Die Franzosen sperrten sich noch. Sie wollten lieber abwarten, bis die Verhandlungen zu den Pariser Verträgen abgeschlossen waren, die Deutschland einen Großteil seiner Souveränität und damit auch die Lufthoheit zurückgeben sollten.

Solange hieß es für die frischgebackenen Stewards und Stewardessen weiterhin üben, üben, üben. Während Thea die Sicherheitsanweisungen abspulte, illustrierte Margot ihre Worte mit Gestik und Mimik. Dabei übertrieb sie ein wenig, was bei ihren Kolleginnen die erhoffte Erheiterung hervorrief.

Voller Zuversicht und Tatkraft hatten sie den heiß ersehnten Flugdienst angetreten. Dass sie nun seit mehr als einer Woche größtenteils zur Untätigkeit verdammt waren und nicht wussten, wann sich das ändern würde, schlug allmählich auf die Stimmung, da konnten sie jede Aufmunterung gebrauchen.

Margot setzte sich neben Almuth und schloss den Gurt. Die Motoren gingen in die Vollen und jagten die Convair über die Startbahn, dann hob sie ab. Das war das Beste überhaupt, fand Margot: jeden Tag fliegen zu dürfen. Jeden Tag sechs Starts, jedes Mal ein kurzer Rausch der Geschwindigkeit, ein Augenblick vollkommener Leichtigkeit und dieses unbeschreibliche Glücksgefühl, das in Wellen durch ihren Körper strömte.

Mit einem Pingen erloschen die Leuchtzeichen an der Decke, und Thea zündete sich eine Zigarette an.

Margot löste ihren Gurt. »Wer macht mit mir Service?«

Ein paar Reihen weiter vorn beugte sich Corry lachend über die Armlehne. »Übertreibst du's nicht ein bisschen? So schnell verlernt ihr das doch nicht.«

Cornelia Arnold, honigblond und mit dem frischen Aussehen des netten Mädels von nebenan, hatte ihre Ausbildung bei der British Airways absolviert und zwei Jahre dort gearbeitet, bevor sie vor Kurzem, mit Mitte zwanzig, zur Lufthansa gewechselt war, zunächst als Aufsicht für den Nachwuchs. Margot arbeitete gern unter Corry, deren patente und gut gelaunte Art ihrer eigenen sehr ähnlich war; von ihr konnte sie noch einiges lernen. Zum Beispiel hatte Corry ihr den Tipp gegeben, besonders groß gewachsenen Passagieren beim Einsteigen schützend die Hand über den Kopf zu halten. Eine nette Geste, auf die Margot allein nicht gekommen wäre.

»Wenn wir schon stundenlang nutzlos durch die Luft schaukeln«, erwiderte Margot fröhlich, »können wir's uns doch auch ein bisschen gut gehen lassen, oder? Was kann ich dir bringen?«

»Das stimmt allerdings«, antwortete Corry. »Dann hätte ich gerne einen O-Saft, bitte!«

»Ich helf dir«, sagte Felix und folgte Margot in die Pantry, während Almuth mit einem Armvoll Zeitungen und Illustrierten den Gang abschritt.

»Sag mal«, meinte Corry in vertraulichem Tonfall, als Margot ihr das Glas brachte, »stimmt es, dass du nebenher noch arbeitest? Ganz offiziell?«

Margot nickte. »Am Glühweinstand im *Planten un Blomen*. Almuth auch. Sonntags und jeweils an unserem freien Tag. Weil es immer noch so kalt ist, haben sie die Eislaufsaison bis Mitte März verlängert.«

»Dass Fräulein Buschheuer das erlaubt, kann ich mir ja noch vorstellen«, meinte Corry nachdenklich. »Aber Schlippchen? Der ist doch sonst so ein harter Knochen.«

»Ich habe ihm gesagt, dass wir es als zusätzliches Training betrachten. Und dass wir bis Monatsende noch jede Mark brauchen, die wir irgendwie auftreiben können.«

Grinsend reckte Corry den Daumen hoch.

Aus dem Cockpit ertönte ein Gong. Greta stellte hastig ihren Kaffee zur Seite und sprang auf, wurde jedoch von Sonja abgedrängt, was sie sich nicht gefallen lassen wollte. Margot, die sowieso schon stand, war die lachende Dritte und marschierte nach vorn, um den Wunsch der Piloten nach Kaffee, Tee oder sonst einem Anliegen an das Bordpersonal zu erfüllen.

Zackig klopfte sie an die Cockpittür und trat ein. In der Dunkelheit waren die beleuchteten Anzeigen und glühenden Lämpchen vor den beiden Piloten besonders faszinierend.

»*Coffee, tea or me, Sirs?*«, fragte sie schwungvoll.

Kapitän Brewster wandte den Kopf. Sein Blick strich Margots Beine hinauf und blieb einen Wimpernschlag lang auf ihren Blusenknöpfen liegen, bevor er sie über die ganze Breite seiner eckigen Kinnlade angrinste. »*Whatever's fastest and hottest, sweetheart.*«

Sein Tonfall ließ keinen Zweifel, woran er bei flott und heiß gerade dachte. Offizier Hansen gab hinter vorgehaltener Faust ein amüsiertes Hüsteln von sich; an seinem Ringfinger glänzte es golden.

»*Two coffee would be fine*«, erklärte er dann in seinem sperrigen Englisch. »*Thank you, Miss Margot.*«

In einer ganz und gar nicht väterlichen Geste schloss sich seine Hand kurz um Margots Ellbogen; sein Lächeln verriet, dass er sehr wohl wusste, wie attraktiv er auch mit Anfang vierzig noch war.

Während in der Pantry die Kaffeemaschine gurgelte und Margot das Tablett richtete, ging sie im Geiste ein paar weniger verfängliche Formulierungen durch, für nächstes Mal.

Nach zwanzig Minuten Zwischenlandung in Frankfurt folgte der nächste Start. Corry konnte Thea und Margot gerade noch davon abhalten, die Sicherheitsanweisung und den Service zu wiederholen.

Neben ihnen blätterte Sonja in einem Klatschmagazin. »Schau mal!« Aufgeregt stupste sie Greta in die Seite. »Soraya. Unfassbar, dass sie in Wirklichkeit noch viel schöner ist als auf den Fotos!«, rief sie überlaut durch die Kabine.

Der mehrtägige Besuch des Kaiserpaars von Persien in Hamburg war das Ereignis schlechthin gewesen. Sonja und Greta hatten es sich nicht nehmen lassen, an ihrem freien Tag nach Fuhlsbüttel zu pilgern, um dabei zu sein, wenn der Flieger aus London eintraf. Auch jetzt, zwei Wochen danach, konnte Sonja es nicht lassen, den anderen ihre Begegnung mit der schönen Kaiserin immer wieder aufs Brot zu schmieren.

Felix deutete ein Augenrollen an.

»Stellt euch doch mal vor«, sagte Sonja jetzt, während sie Seite um Seite voller Prominenz umblätterte, »so jemanden mal als Gast an Bord zu haben. Hildegard Knef oder Caterina Valente. Claus Biederstaedt, Adrian Hoven oder Dieter Borsche. Oder hier, Rainier von Monaco!« Sie seufzte selig.

Thea verzog das Gesicht. »Det is doch 'n Schmierlappen!«

»Die streiten sich immer noch ums Saarland«, murmelte Almuth auf dem Platz neben Margot. Sie hatte sich für eine gänzlich andere Lektüre entschieden als Sonja.

Margot spähte auf die Zeitung in Almuths Händen. Das Industriegebiet an der Saar hatte seit Kriegsende einen Sonderstatus inne, nicht ganz zu Deutschland gehörend, aber auch kein Teil Frankreichs. Derzeit wurde wieder besonders heftig darum gezerrt; bockbeinig beharrte Bundeskanzler Adenauer darauf, dass das Saarland zu Deutschland gehöre, während die Franzosen sich dagegen sträubten.

»Und wenn sie sich darüber ganz entzweien«, fragte Almuth bang, »und sich damit alle Pläne für ein Ende der Besatzungszeit zerschlagen?«

»Glaub ich nicht«, widersprach Margot. »Die Besatzung kostet die Alliierten ja eine Menge Geld. Das werden die sich nicht ewig leisten können oder wollen. Die Amis vielleicht schon, aber Frankreich bestimmt nicht, und schon gar nicht die Briten. Bei denen waren die Lebensmittel ja noch bis letztes Jahr rationiert, die müssen erst mal selber wieder auf die Beine kommen.«

»Aber wenn es ewig dauert?« Almuth blickte zweifelnd drein.

»Die werden sich schon einig werden«, meinte Margot zuversichtlich, obwohl auch sie beim Blick in die Zeitungen den Eindruck hatte, dass das Ringen um die Eigenständigkeit der Bundesrepublik nach dem Motto »zwei Schritte vor, einer zurück« vonstattenging.

»Wie lange wird es sich die Lufthansa denn leisten können, uns auf Geisterflüge zu schicken?«, gab Almuth zu bedenken. »Momentan kostet jeder Tag Geld, bringt aber nichts ein. Glaubst du, die beschäftigen uns über Monate hinweg, wenn dann immer noch niemand mitfliegen darf?«

Eine frisch angezündete Zigarette zwischen den Fingern, beugte Thea sich zu ihnen herüber. »Jenau, deshalb wartet jetzt gerade eine funkelnagelneue Super-Connie im sonnigen Kalifornien auf ihren ersten Flug nach Fuhlsbüttel. Pelzer sagt, so ein Flieger ist noch nie zuvor gebaut worden, da kann die Standard-Connie einpacken. Und wir kriegen noch mal drei von diesen Super-Duper-Dingern! Wenn die Lufthansa sieben Mille für jeden dieser Transatlantikbrummer blechen kann, kriegt sie unsere paar Kröten doch locker zusammen!«

Almuth sah noch immer wenig überzeugt aus.

Energisch stieß Thea den Rauch aus. »Du kaufst keinen Flieger, wenn du keine Crew dazu hast. Und noch viel weniger lässt du dann hier in Deutschland eine Spezialküche einbauen, um die sich jeder Sternekoch reißen würde. Glaubst du, die Leute, die einen Haufen Geld für den Flug nach New York hinblättern, wollen sich darin selber Kaffee kochen und Butterbrote schmieren?«

»Wenn alle Stricke reißen«, sagte Magot betont locker, »bewerben wir uns eben bei einer ausländischen Fluggesellschaft. Corry«, rief sie nach vorn, »du kennst doch sicher jemanden bei British Airways, bei dem du ein gutes Wort für uns einlegen kannst!«

Sie sah nur Corrys gereckten Daumen über der Kopflehne, und sogar Almuth stimmte in ihr Lachen mit ein.

In Margots Magengegend flatterte es, als sich die Kabine leicht neigte. Sie waren im Sinkflug. Unter ihnen tauchten die Lichter Düsseldorfs auf und kamen zügig näher. Margot gähnte herzhaft, und mit einem Knacken löste sich der Druck auf ihren Ohren. Kurz vor zweiundzwanzig Uhr würden sie wieder in Hamburg sein. Dann mussten sie noch die Kabine aufräumen, das benutzte Geschirr ausladen und Formulare ausfüllen. Vor Mitternacht wäre sie sicher nicht zu Hause, und morgen früh um halb sieben musste sie schon wieder gestiefelt und gespornt zum Dienst erscheinen. Trotzdem wollte sie diese langen Tage nicht missen.

Geschmeidig setzte die Convair auf und rollte aus. Margot wartete das Signal aus dem Cockpit ab, dass sie ihre Parkposition erreicht hatten, dann löste sie den Gurt.

»Ich lass mal eben frische Luft rein.«

Sie öffnete die Tür, die nach oben aufschwang, einmal mehr fasziniert von der Technik, die es ermöglichte, dass dabei automatisch eine komplette Gangway ausgefahren wurde. Der rote Teppich war ausgerollt, jetzt fehlten nur noch die Gäste.

Kalte Nachtluft strömte herein, und mit ihr das dumpfe Dröhnen von Flugzeugmotoren und das rasselnde Schnurren der Dieselbusse und Volkswagen, die zwischen den Gebäuden des Flughafens verkehrten. Margot sog den stechend süßlichen Geruch von Benzin und Abgasen ein, nach dem sie genauso süchtig war wie nach dem Fliegen selbst. Der Gedanke, nach der Plackerei der vergangenen Monate wieder in einem Büro zu landen, hinter einem Ladentisch oder in einem Kaffeehaus, war unerträglich.

Zwischen den beleuchteten Flughafengebäuden erstreckte sich in der Dunkelheit die Befeuerung des Rollfelds. Ob Hamburg, München, Frankfurt oder Düsseldorf – hier, wo die Flugzeuge abhoben und wieder aufsetzten, war jeder Flughafen gleich. Und besonders jetzt, in der Schwärze der Nacht, wirkten die roten, gelben und blauen Lichter am Boden wie ein Versprechen, dass es immer einen Weg gab.

Die Tür zum Cockpit ging auf, und Offizier Hansen streckte mit breitem Grinsen den Kopf heraus.

»Meine Damen, köpfen Sie den Sekt! Gerade kam über

Funk, dass die Alliierten uns die Sondergenehmigung erteilt haben. Am ersten April nimmt die Lufthansa offiziell den Betrieb auf!«

In der Kabine brach haltloser Jubel aus. Aufbrüllend schlang Felix die Arme um Sonja und hob sie hoch, Almuth verdrückte vor Erleichterung ein paar Tränen.

»Hab ick jerade Sekt jehört?«, rief Thea.

»Anweisung aus Hamburg!«, antwortete Hansen lachend.

Felix und Sonja stürmten an Margot vorbei in die Pantry und ließen dort die Korken knallen und die Gläser klingeln. Lachend und unter Freudenrufen stieß die Crew der neuen Lufthansa auf diesen großen Moment an.

»Thea, kann ich eine Zigarette bei dir schnorren?«, rief Corry. »Zur Feier des Tages?«

»Sie müssen aber mittrinken, Herr Hansen«, schnurrte Greta, ein Strahlen auf ihrem Kätzchengesicht.

Offizier Hansen nahm das Glas entgegen und sah ihr dabei tief in die Augen. »Weil Sie es sind, Fräulein Greta.«

Kapitän Brewster stieß mit ihnen an, diese Entscheidung sicherte auch ihm mindestens ein weiteres Jahr im deutschen Flugdienst, bis die Lufthansa über genug deutsche Piloten verfügte. Seine Frau habe zwar Heimweh, erzählte er zwischen zwei Zügen von seiner Zigarette, sei aber dennoch dankbar für den Lebensstandard, den sie in Hamburg genossen, auch der Kinder wegen; in London mangele es weiterhin an vielem.

Ein paar Minuten blieben ihnen noch, bevor die Maschine wieder in Richtung Hamburg abhob, und Margot hielt es nicht in der Kabine. So schnell es auf den hohen Absätzen ging, klapperte sie die Gangway hinunter, um in der Nachtluft des Flughafens zu baden. Hinter sich hörte sie zwei weitere Paar hochhackige Schuhe auf den Metallstufen.

»Kann mich mal bitte jemand kneifen?«, rief Almuth aufgekratzt.

Thea schlang einen Arm um Margot und reckte ihr fast leeres Glas in die Höhe.

»Der Kranich fliegt wieder«, johlte sie zu den Arbeitern hinüber, die mit einer Maschine auf dem Vorfeld beschäftigt waren und ihnen lachend zuwinkten. Ein vorbeifahrender Volkswagen hupte quäkend.

»Große weite Welt, wir kommen!«, schrie Margot in die funkelnde Nacht hinaus.

23

Die süßesten Früchte fressen nur die großen Tiere

Mit langen Schritten eilte Margot durch den Korridor des Personaltrakts zur ihrer Einsatzbesprechung. Noch zwei Wochen bis zum ersten April – dem Beginn einer neuen Ära für die Lufthansa. Seit das Datum für die Aufnahme des regulären Flugbetriebs feststand, hatten sie alle frischen Aufwind bekommen. Die Vorbereitungen liefen auf Hochtouren, sogar zu dieser frühen Stunde hasteten schon geschäftig aussehende Herren im Anzug und Sekretärinnen mit Unterlagen unter dem Arm an Margot vorbei.

Lufthansa ... wieder zu Ihren Diensten!, versprach das Faltblatt, das seit gut einer Woche am Schwarzen Brett hing. Es enthielt den ersten Flugplan der neuen Lufthansa, der auch in den Flughäfen und Reisebüros auslag.

Die Sondergenehmigung der Alliierten galt vorerst nur für Flüge innerhalb Deutschlands. Der Pendelverkehr zwischen Hamburg und München via Frankfurt und Düsseldorf oder Köln-Wahn sollte jedoch nur der Anfang sein. Im Vertrauen darauf, dass die Verhandlungen zwischen den westlichen Besatzungsmächten und der Bundesrepublik demnächst zu einem

Abschluss kämen, waren bereits Flüge von Hamburg nach Paris, Madrid und London geplant, und auch die Kolleginnen und Kollegen in München sollten ab Mitte Mai nach Heathrow starten.

Händeringend suchte die Lufthansa nach weiterem Personal für Luft und Boden. Eintausendzweihundert Angestellte und Auszubildende waren es jetzt schon, stolz Lufthanseaten genannt.

Auch der Stab an Lehrern und Ausbildern war aufgestockt worden; statt Fräulein Buschheuer, die zunehmend mit organisatorischen Aufgaben betraut war, unterwies nun Frau von Richthofen die künftigen Stewards und Stewardessen in Umgangsformen und Etikette.

Margots gute Laune verpuffte, als sie die düsteren Mienen ihrer Kolleginnen sah, die sich tuschelnd vor dem Besprechungszimmer zusammendrängten. Dass die Tür nicht wie sonst offen stand, verhieß nichts Gutes.

»Was ist los?«, wollte Margot wissen. Dann stutzte sie. »Wo ist Greta?«

»Da drin«, erwiderte Thea knapp und warf einen vielsagenden Blick auf die geschlossene Tür.

Margot hatte Greta zuletzt nach der Landung am gestrigen Abend gesehen, als sie ihnen allen eine gute Nacht gewünscht hatte und dann mit glühenden Wangen davongeeilt war, so schnell die Stöckelschuhe sie trugen.

»Schlippchen hat sie gleich rausgefischt«, berichtete Felix. »Seit gut zehn Minuten haben er und Fräulein Buschheuer sie in der Mangel.«

»Und warum?«, hakte Margot nach.

Felix zuckte ratlos mit den Schultern.

»Du musst doch wat wissen«, wandte Thea sich an Sonja. »Ihr seid doch janz dicke!«

Leichenblass schüttelte Sonja den Kopf und presste die Lippen aufeinander.

»Hat es was mit Hansen zu tun?«, bohrte Corry nach, scharfsichtig wie immer.

Sonjas Gesichtsfarbe schlug in ein leuchtendes Rot um, und Almuth schnappte erschrocken nach Luft.

Alle wandten die Köpfe, als die Tür sich öffnete. Greta trat heraus, sichtlich um Fassung bemüht, aber ihr Gesicht war verweint. Die besorgt geflüsterten Nachfragen und die Hände, die sich tröstend nach ihr ausstreckten, wehrte sie ab. Stolpernd rannte sie auf ihren hohen Absätzen davon.

Herr Schlippchen erschien im Türrahmen, die Miene eisern und undurchdringlich. »Kommen Sie herein.«

Wispernd und mit fragendem Gesichtsausdruck nahmen sie ihre Plätze ein. Fräulein Buschheuer erwiderte ihren Gruß mit einem kurzen Nicken; hinter dem Rauch ihrer Zigarette wirkte sie angespannt.

»Für den restlichen Monat gibt es einige Änderungen im Dienstplan«, begann Herr Schlippchen ohne Umschweife.

Margot hob entschlossen die Hand. »Verzeihung, Herr Schlippchen, Fräulein Buschheuer. Ich finde, wir haben ein Recht darauf zu erfahren, was mit Fräulein Faust ist. Wir sind doch Kolleginnen.«

Herr Schlippchen zog scharf die Luft durch die Nase. »Fräulein Faust hat es in gerade einmal drei Wochen als Luftstewardess geschafft, sich zu kompromittieren. Daher sahen wir uns gezwungen, ihr fristlos zu kündigen.«

Eine erschrockene Stille legte sich über den Raum.

Sich zu kompromittieren, wiederholte Margot bissig im Kopf.

Das klang wie in einem dieser unsäglichen Fortsetzungsromane mit rüschenbesetzten Reifröcken und Pferdekutschen.

»Wie bereits gesagt«, begann Herr Schlippchen erneut, »stehen einige Änderungen an. Diejenigen, die kommende Woche für die Abendroute eingeteilt waren, bleiben in der Tagschicht. Gleich am Montag steht ein Einführungsflug nach Frankfurt auf dem Programm, zu dem wir Presse geladen haben.«

»Wir brauchen hoffentlich nicht eigens zu erwähnen«, warf Fräulein Buschheuer ein, »dass Sie sich von Ihrer besten Seite zu zeigen haben, wenn Sie den Herren der schreibenden Zunft Rede und Antwort stehen, zumal auch einige Herren aus dem Vorstand anwesend sein werden.«

»Den Presseflug begleiten«, ergänzte Herr Schlippchen, »werden allerdings nur drei von Ihnen: Fräulein Arnold, Fräulein Funke und Fräulein von Rehberg.«

»Ich?« Almuth verschluckte sich beinahe an ihrer eigenen Stimme.

Herr Schlippchen musterte sie scharf. »Haben Sie irgendwelche Einwände, Fräulein von Rehberg?«

Hastig schüttelte Almuth den Kopf, blinzelte jedoch unglücklich auf die Namensliste und den Zeitplan, die Herr Schlippchen ihr hinlegte.

»Am Donnerstag, den 31. März«, fuhr dieser unbeirrt fort, »bleiben wir am Boden, da wird die neue Flugzeugwerft eingeweiht. Wir erwarten achthundert geladene Gäste, darunter einige Senatoren und Bundesverkehrsminister Seebohm, und die komplette Belegschaft vom Stift bis zum Vorstand.«

Fräulein Buschheuer griff zu ihrem Kaffeebecher. »Auch hier erwarten wir, dass Sie sich den gesamten Tag über von Ihrer Schokoladenseite präsentieren. Vergessen Sie keinen einzigen Augenblick, dass Sie das Aushängeschild der Lufthansa sind!«

»Der erste April schließlich«, verkündete Herr Schlippchen, »wird ganz im Zeichen des offiziellen Eröffnungsfluges stehen, zum ersten Mal seit Kriegsende mit zahlenden Gästen an Bord. Und danach arbeiten wir endlich im regulären Betrieb.«

Er verteilte die Dienstpläne für den Monat April. Margot würde abwechselnd eine Woche Tagschicht fliegen, eine Woche die Abendroute mit Übernachtung in München, zu ihrer Freude meistens zusammen mit Thea, Almuth oder Corry, aber ein paarmal auch mit Gitta. Dazwischen waren ein oder zwei Tage dienstfrei oder *Stand-by* eingetragen. Die Namen der Piloten waren für jeden Flug verzeichnet, während Platzhalter die neuen Stewardessen und Stewards markierten, die Ende dieses Monats ihre Prüfung ablegen würden.

Margots Herz pochte aufgeregt bei dem Gedanken, dass es nun wirklich losging.

Fräulein Buschheuer stellte ihre Tasse ab und stand auf. »Bevor wir Sie in den Tag entlassen, noch ein paar Worte zu dieser unglückseligen Geschichte mit Fräulein Faust, meine Damen. Und das betrifft tatsächlich in erster Linie die Damen.« Sie warf Felix einen entschuldigenden Blick zu. »Uns als Ihren Vorgesetzten ist durchaus bewusst, dass Sie junge Menschen sind und hungrig auf das Leben, sonst wären Sie nicht hier. Wir wissen auch, dass man sich hoch über den Wolken wesentlich näher kommt als in anderen Berufen. In zweitausend oder fünftausend Metern Höhe zu arbeiten, das schweißt zusammen, schafft aber auch Konflikte. Ein Spannungsfeld, in dem die Gefühle schnell außer Kontrolle geraten. Fräulein Faust hat sich in ihrem Überschwang zu einer unbedachten Handlung hinreißen lassen und hatte leider das Pech, dabei erwischt zu werden.«

Mit verschränkten Armen ging Fräulein Buschheuer durch den Raum, und bei jedem ihrer Schritte schien das Pochen der hochhackigen Schuhe ihren Worten zusätzliches Gewicht zu verleihen.

»Gegen einen kleinen Flirt oder eine Schwärmerei ist nichts einzuwenden, meine Damen«, sprach sie weiter. »Das bringt Schwung in den Alltag. Wir können Ihnen auch nicht vorschreiben, an wen Sie Ihr Herz verlieren oder mit wem Sie Ihre knapp bemessene Freizeit verbringen. Aber Sie müssen wissen, wo die Grenze verläuft, und sollten sie besser nicht überschreiten. Wir haben Sie im Vertrauen auf Ihren guten Leumund eingestellt, und wir erwarten, dass Sie sich diesem weiterhin verpflichtet fühlen. Alles, was Sie tun oder sagen, ob im Dienst oder privat, wird über kurz oder lang unweigerlich nicht nur auf Sie, sondern auch auf die Lufthansa zurückfallen. Und selbstverständlich werden Sie die Konsequenzen dafür tragen.«

Die Chefstewardess blieb stehen und musterte ihre Zöglinge der Reihe nach.

»Zum Schluss noch ein ganz persönlicher Rat von mir«, fügte sie majestätisch hinzu. »Die Fähigkeit, ein Flugzeug zu fliegen, die Verantwortung und das Risiko, die damit einhergehen, mögen einen Piloten wie einen Helden erscheinen lassen. Aber auch ein Pilot ist nur ein Mann, der nicht zögert, die ganze Hand zu nehmen, wenn Sie ihm den kleinen Finger reichen. Mit Verlaub – Sie, meine Damen, sind austauschbar, ein Pilot jedoch ist für die Fluggesellschaft unersetzlich. Es wird ausschließlich Ihr Ruf sein, der bei einem Ausrutscher Kratzer bekommt, während der eines Piloten aus Teflon ist.« Ihre strenge Miene lockerte sich auf. »Haben Sie einen guten Flug!«

Die Aussicht, in der kommenden Woche die neue Lufthansa den Augen der Öffentlichkeit zu präsentieren und danach auch endlich zahlende Gäste zu bewirten, hätte Margot und ihre

Kolleginnen beflügeln müssen. Stattdessen herrschte an diesem Morgen eine gedrückte Stimmung an Bord der Convair. Die Ansprache Fräulein Buschheuers hallte merklich nach, während die Stewardessen und Felix routiniert überprüften, ob in der tadellos aufgeräumten Maschine alles vorhanden war und die Technik funktionierte.

Corry schien bestrebt, ihre Kolleginnen auf andere Gedanken zu bringen. »Als frischgebackene Stewardess einen solchen Presseflug zu begleiten – das ist schon eine besondere Auszeichnung.«

Mit einem stolzen Lächeln warf Sonja den Kopf zurück. »Ich weiß. Aber danke.«

»Freust du dich denn gar nicht darüber?«, wollte Corry von Almuth wissen.

Klemmbrett und Stift in den Händen, zögerte Almuth. »Ich weiß nicht, ob ich dem gewachsen bin«, erwiderte sie leise. »Wenn ich nun das Tablett fallen lasse oder den Drink über einem der Reporter verschütte? Dann steht am nächsten Tag in allen Zeitungen, dass ich ein ungeschickter Trampel bin.«

Sonja hob blasiert die Brauen. »Wenn du dir derart unsicher bist, ist das wohl nicht der richtige Beruf für dich.«

»Lampenfieber gehört doch sicher dazu«, mischte Margot sich ein. »Oder, Corry?«

»Und ob«, bestätigte diese. »Tu einfach so, als ob du bei dir zu Hause eine Cocktailparty schmeißen würdest. So mache ich das bei jedem Dienst. Wen juckt schon das eine oder andere Missgeschick, solange die Stimmung gut ist? Die Partys, an die man sich am längsten erinnert, sind doch die, von denen Rotweinflecken auf dem Sofa oder Brandlöcher im Teppich zurückbleiben.«

»Lass das bloß nicht Fräulein Buschheuer hören«, warf Margot schmunzelnd ein, und Corry lachte.

»Und wenn mich einer der Reporter etwas fragt und ich keine Antwort darauf weiß?«, hakte Almuth nach.

Corry schnaubte. »Denen könntest du erzählen, dass wir mit Wodka im Tank fliegen, und sie würden es drucken. Für die sind Flugreisen ein atemberaubendes Abenteuer. Insgeheim bewundern sie uns dafür, dass wir auf fünftausend Metern Höhe furchtlos in der schwankenden Kabine herummarschieren. Als zarte Fräuleins!«

In das Gelächter der Stewardessen drangen schwere Männerschritte, die sich über die Metallstufen der Gangway näherten.

»*Morning, girls*«, brummte Kapitän Brewster hinter seinem brandroten Bart.

»Einen wunderschönen guten Morgen, die Damen«, stimmte sein Co-Pilot Joachim Hansen ein, die Uniformjacke leger über dem Arm. »Fräulein Almuth, Sie sehen heute wieder zum Anbeißen aus!«

Almuth lief rot an. »Vielen Dank, Herr Hansen«, murmelte sie mechanisch.

Hansen pfiff gut gelaunt vor sich hin und schritt auf das Cockpit zu; offenbar war sein Gewissen so rein wie sein frisch gestärktes Pilotenhemd.

Die Stewardessen wechselten vielsagende Blicke, während sie die letzten Handgriffe und Kontrollen vornahmen, um zeitgleich mit den Piloten startklar zu sein. Felix ließ die Kaffeemaschine warmlaufen und schloss auf das Kommando aus dem Cockpit hin die Tür. Die Motoren sprangen an, und die Convair machte sich auf den Weg zur Startbahn. In Margots Magengegend kribbelte es verheißungsvoll, als sie daran dachte, dass ihre Geisterflüge wohl genauso gezählt waren wie die Tage, an denen der Stationsleiter in Frankfurt sich mit einem Tisch im Flugzeughangar, einer Schreibmaschine und einer Geldkassette begnügen musste und den Passagieren nur Kisten als Sitzgelegenheit anbieten konnte.

Thea hielt es nicht lange auf ihrem Sitz. Noch bevor die Anschnallzeichen erloschen waren, sprang sie auf und baute sich in ihrer ganzen zierlichen Größe vor Sonja auf.

»Jetzt ma Tacheles!«, forderte sie. »Wat weißt du über Greta?«

Sonja schwieg, ganz die blondgelockte Unschuld, aber mit einem verräterischen Funkeln in den Augen.

Auch die anderen Stewardessen lösten ihre Gurte und drängten sich um Sonja, bestürmten sie mit Fragen und neugierigen Blicken. Sonja sonnte sich förmlich in der ungewohnten Aufmerksamkeit, zierte sich jedoch weiterhin – bis Felix ihr ungefragt einen Kaffee brachte, den sie gnädig entgegennahm.

»Also«, begann sie bedeutungsschwanger und versicherte sich mit einem schnellen Blick, dass die Tür zum Cockpit geschlossen war. »Hansen hat vom ersten Tag an ein Auge auf Greta geworfen und mit ihr geschäkert, wo es nur ging – Fräulein Greta hier, Fräulein Greta da. Ich hab sie zwar gewarnt, dass da nichts Gutes bei rauskommt, aber sie wollte ja nicht hören. Der Kerl hat ihr vollkommen den Kopf verdreht, spätestens seit er sie in München ein paarmal ausgeführt hat. Ins *FK*.«

Alle rissen sie die Augen auf. Laut Gitta war die Espressobar des Kabarettisten Fred Kraus am Maximiliansplatz der angesagteste Treffpunkt für Stars und Sternchen, die sich gern von den Playboys zu einer Runde im Sportwagen – oder mehr – einladen ließen. »Seng und gseng wean«, lautete das Motto. Auch für Kraus' Teenagersohn Peter, der unlängst sein Filmdebüt in *Das fliegende Klassenzimmer* gegeben hatte und nebenher Musik machte.

»Jedenfalls«, erzählte Sonja beim nächsten Schluck Kaffee

weiter, »haben sich Hansen und Greta gestern Abend eines der Büros am Flughafen zum Turteln ausgesucht. Der Nachtwächter hat sie dann erwischt.« Sie senkte ihre Stimme zu einem atemlosen Flüstern. »In flagranti.«

Almuth war nicht die Einzige, die erschrocken nach Luft schnappte.

»Hansen hat dem Nachtwächter einen Zwanziger in die Hand gedrückt«, fuhr Sonja fort, »damit er stillhält. Aber der hat dann wohl doch den Moralischen gekriegt und Greta heute Morgen gemeldet.«

»Woher weeßte det allet?«, bohrte Thea misstrauisch nach.

Sonja reckte ihr Näschen höher. »Weil Greta danach derart aufgelöst war, dass sie noch bei mir geklingelt hat. Mitten in der Nacht! Meine Vermieterin hätte mir beinahe den Koffer vor die Tür gestellt.«

Felix blickte ungläubig. »Greta haben sie gefeuert, aber Hansen darf einfach weitermachen wie bisher?«

Sonja zuckte leichthin mit den Schultern. »Sieht ganz so aus.«

Eine hitzige Diskussion über Schuld, Verantwortung und Moral entbrannte; beinahe hätten sie den Gong aus dem Cockpit überhört. Mit einem tiefen Durchatmen zog Corry ihre Uniformjacke stramm und ging nach vorn.

Langsam zerstreute sich die Crew und nahm flüsternd wieder ihre Plätze ein. Sonja stand auf, um ihre leere Kaffeetasse in die Pantry zurückzubringen.

»Pass nur auf, dass es dir nicht genauso ergeht«, zischte sie Margot im Vorbeigehen zu.

Margot hob fragend die Brauen.

»Du weißt schon«, fügte Sonja hinzu. »Du und dein stürmischer Claus. Der hat seinen Ruf doch längst weg.«

»Ich habe keine Ahnung, was du meinst«, erwiderte Margot mit unschuldigem Augenaufschlag.

»Wer hoch fliegt, fällt tief«, wisperte Sonja.

»Genau«, entgegnete Margot. »Und wer hochnäsig auf andere herabschaut, stolpert allzu leicht über die eigenen Füße.«

Sie ließ Sonja stehen und setzte sich neben Almuth. Sie wusste selbst am besten, was sie zu tun oder zu lassen hatte.

24

Bella Bimba

»*Luftsprung nach Frankfurt*«, las Thea in schmissigem Tonfall vor und setzte sich bequemer auf dem Schlafsofa zurecht.

An diesem Samstagabend war die Zeitung von Dienstag zwar schon Schnee von gestern, aber die Woche über hatten Margot, Almuth und Thea keine Zeit gefunden, den Artikel über den Presseflug der Lufthansa Wort für Wort zu genießen. Vor allem hatten sie jetzt in Irmgard Frei ein aufmerksames Publikum.

Für alle drei war es das erste freie Wochenende in diesem Jahr. Zum Ausgehen fehlte ihnen das Geld, bis zur ersten Lohntüte von der Lufthansa dauerte es noch eine knappe Woche. Also hatten sie sich bei Margot getroffen, sogar im Behelfsheim hatten sie mehr Platz als in Theas und Almuths jeweiligem Zimmerchen zur Untermiete.

»*Gemütlichkeit über den Wolken*«, fuhr Thea fort. »Von H. J. Mesterharm. – Det war doch der, der mich so viel zu den Motoren und PS gefragt hat.« Die Stirn gerunzelt, studierte sie den Zeitungstext, dann erhellte sich ihre Miene. »Hat brav allet mitgeschrieben!«

Mit gekonnter Mimik und Betonung gab sie die Begeisterung des Reporters über die Ausstattung der Kabine wieder – vom Aschenbecher über Leselampe und Schlafsessel bis hin zum *supermodernen Besteck*. Auch das aufgetischte Frühstück wurde bis ins Detail beschrieben.

»Aber jetzt kommt's!«, rief Thea und sah in die Runde. »Jetzt kommt meine Lieblingsstelle: *… serviert von der blutjungen Papenburger Stewardess Almuth von Rehberg, die – nach Charme bezahlt – die Lufthansa ein Vermögen kosten würde.*«

Almuth zog den Ärmel ihres Twinsets bis über die Fingerspitzen und verbarg verlegen das Gesicht hinter der Hand. Ihr Strahlen konnte sie jedoch nicht verstecken.

»Hast du das deiner Mutter schon geschickt?«, fragte Irmgard Frei.

Almuth nickte und drehte die Teetasse in den Händen. »Seit mir am Montag alles so leicht von der Hand ging«, gestand sie leise, »denke ich, dass ich es vielleicht doch kann. Stewardess sein.«

Margots Mutter sah sie erstaunt an. »Aber natürlich kannst du das! Sonst hättest du doch weder den Abschluss geschafft noch einen Arbeitsvertrag bekommen.«

Almuth schenkte ihr ein seliges Lächeln.

Thea reichte Irmgard Frei die Zeitung und tippte auf das Foto. »Det ist unser Felix, wie er die Reporter beim Einsteigen begrüßt.«

»Kein Bild von euch Mädchen?« Irmgard Frei klang enttäuscht.

»Gemacht haben sie welche«, ließ sich Margot vernehmen und packte sich noch zwei Schnittchen auf den Teller. »Wir drei auf der Gangway, wie wir über einer aufgeschlagenen Zeitung lächelnd in die Ferne schauen und so was. Aber ich habe irgendwann auch den Überblick verloren, welcher Fotograf zu welcher Zeitung gehörte.«

Mit verklärtem Blick las ihre Mutter noch einmal den Artikel. »Hühnchen mit Waldorfsalat«, murmelte sie. »Und Kräuterbutter. Im Flugzeug, herrje! – Dieses Jahr noch Flüge nach New York, im nächsten nach Rio de Janeiro und Buenos Aires, dann Teheran. Du meine Güte! Dieser Hans Bongers hat aber viel vor.«

»Das schafft er auch, Mutti«, erklärte Margot, die große Stücke auf den Vorstand der Lufthansa hielt. »Wenn du dir überlegst, dass sie vor gerade mal fünf Jahren das *Büro Bongers* in Köln gegründet und sich dort zu fünft die Köpfe darüber zerbrochen haben, wie deutsche Luftfahrt wieder möglich sein könnte … Ich hab dir doch gesagt, das ist wie bei der Währungsreform. Lange Vorarbeit und Planung, und dann geht alles Schlag auf Schlag.«

»Bongers hat uns allen die Hand geschüttelt«, erzählte Thea triumphierend, »und sich für unsere Arbeit bedankt.«

Irmgard Frei nickte lächelnd, aber ihr war anzusehen, dass diese fremde neue Welt, die für Margot und ihre Freundinnen gerade zum Alltag wurde, sie überforderte. »Dann lasse ich euch Mädchen mal allein. Schlaft gut!«

»Danke, dass wir hier übernachten dürfen, Frau Frei«, zwitscherte Thea.

»Aber natürlich.« Margots Mutter lächelte warmherzig. »Du hast doch Margot nach der Entlassfeier netterweise auch bei dir beherbergt.«

Thea zuckte nicht mal mit der Wimper. »Na, selbstverständlich, Frau Frei.«

»Soso«, murmelte Thea später beim Zähneputzen und schielte zu Margot. »Wo hat sie denn nun tatsächlich in jener Nacht jeschlafen, unsere Margot?«

Margot spülte sich den Mund aus und zuckte vielsagend mit

den Schultern, bevor sie sich aus Rock und Pulli schälte und das Nachthemd überstreifte.

»Du bist wie 'ne Auster«, beharrte Thea. »Du erzählst auch nie wat aus der Schweiz damals.«

Margot kramte tiefer in ihrem Kulturbeutel. »Da gibt's auch nicht so wahnsinnig viel zu erzählen«, murmelte sie. »Eigentlich war es todlangweilig.«

Thea riss die Augen auf und gestikulierte mit der Zahnbürste. »Die Schweiz, Margot! Det Land der Selijen, mitten im Krieg! Und du in einem Pensionat. Gab's da keene Mitternachtspartys, Schwärmereien für den Lehrer, Ausreißerinnen? Wenigstens 'nen jut jebauten Kuhhirten, der nachts die Efeuranken hochgeklettert ist, um 'nen Kuss zu rauben?«

»An Efeu kannst du nicht hochklettern, Thea, der reißt ab.« Almuth hatte sich in einer Ecke des Badezimmers das Nachthemd übergezogen und trat zu ihnen ans Waschbecken. »Ich beneide dich um deine Mutter, Margot. Ich wünschte, meine wäre auch so lieb.«

Margot lachte. »Sie hätte bestimmt auch nichts dagegen, wenn ich ein bisschen mehr wie du wäre, genauso ruhig und brav.«

Thea spuckte aus und wischte sich den Zahnpastaschaum vom Mund. »Wart's ab. Unsere Almuth hat's in Wahrheit bestimmt faustdick hinter den Ohren.«

»Gar nicht!«, protestierte Almuth derartig heftig, dass Thea losprustete, Margot mit einstimmte und Almuth selbst schließlich ebenfalls giggelte.

»Pssst«, machte Margot glucksend und deutete auf die Wand zu den Susemihls.

Die Kulturbeutel unter den Arm geklemmt, huschten sie auf leisen Sohlen zurück in die Wohnküche.

»Also«, sagte Thea im Flüsterton, während sie sich in ihrem

gestreiften Pyjama auf das ausgeklappte Sofa warf und das Kissen zurechtklopfte. »Hand uff's Herz, Margot: Wo warst du nach unserer Sause neulich?«

Margot lauschte, ob aus dem Zimmerchen nebenan noch etwas zu hören war, aber offenbar schlief ihre Mutter schon.

»Bei Claus«, wisperte sie schließlich.

»Und?«, wollte Thea mit gespannter Miene wissen.

»Nichts und. Wir haben uns geküsst, und dann sind wir Arm in Arm eingeschlafen.«

Almuth bearbeitete angestrengt ihre Haare mit der Bürste, sie schien die hundert Striche täglich, die der Schönheitsratgeber nahelegte, überaus ernst zu nehmen.

Thea seufzte. »Det is so 'n echter Sonnyboy, wa? Mir jefällt der andere Klaus besser. Finster, schweigsam, mysteriös. Wie Rudolf Prack.«

Almuth schlüpfte neben Margot unter die Decke.

»Nee«, widersprach Margot. »Der ist kein bisschen wie Rudolf Prack.«

»Denn eben wie Gregory Peck«, gluckste Thea.

»Quatsch! Klaus ist ein ungehobelter Klotz.«

Thea gackerte. »Warte, warte, ick hab's: wie Marlon Brando.«

Margot verdrehte die Augen und zog sich die Decke über den Kopf.

Mitten in der Nacht weckte ein Wimmern Margot, dünn wie das Fiepen eines Welpen, unmittelbar neben ihr. Thea konnte es nicht sein, die gab zarte Schnarcher von sich. Behutsam tastete sie nach Almuth, die zusammenzuckte und sich dann stocksteif machte, jeder Atemzug von einem Schluchzen begleitet.

»Es ist vorbei, Almuth«, murmelte Margot und streichelte ihr über den Rücken. »Was auch immer es war, es ist vorbei.«

Almuth drehte sich um und presste das heiße, nasse Gesicht an Margots Schulter. Sie zitterte.

Ein Lichtkeil fiel in die Wohnküche, und Irmgard Freis Silhouette zeichnete sich im Türspalt ab.

»Schon gut, Mutti«, flüsterte Margot und drückte die Freundin fester an sich. »Almuth hat nur schlecht geträumt.«

Ihre Mutter harrte noch einen Augenblick lang unschlüssig in der Tür aus, dann nickte sie, und das Licht verlosch.

25

Flip, Flop and Fly

Im Duft der noch warmen Brötchen und Hörnchen aus der Pantry stapelte Margot die Zeitungen und Zeitschriften in das dafür vorgesehene Fach der Kabine. Sie stutzte und hielt lachend die *Frankfurter Allgemeine* hoch.

»Schaut mal! Die Pan Am heißt uns mit einer Anzeige willkommen.«

Corry und Almuth hoben die Köpfe von den Listen auf ihren Klemmbrettern, mit denen sie die Vorräte in der Pantry und die Geräte überprüften. Nur heute, auf diesem besonderen Flug, waren sie noch zu dritt, danach würden sie den Service an Bord immer zu zweit stemmen.

»*Hallo Lufthansa*«, las Margot schmunzelnd vor. »*Bremsklötze weg!*«

Der Premierenflug »Spezial 800« hatte bereits gestern stattgefunden, anlässlich der Einweihung der neuen Flugzeugwerft. Gitta und die anderen Kolleginnen und Kollegen von der Abendroute hatten eine Handvoll erlesener Gäste nach Köln begleitet. Aber heute – heute begann eine neue Zeitrechnung: Heute schwang sich der Kranich wirklich und wahrhaftig wieder in den Himmel hinauf.

»Habt ihr schon die neuen Luftpostmarken gesehen?«, fragte

Corry, während sie eine Box nach der anderen zuschnappen ließ. »Gibt's ab heute, mit unserem Kranich drauf. – Ich wär dann übrigens so weit.«

Almuth setzte den letzten Haken auf ihrer Liste. »Ich auch.«

»Glück ab!« – »Glück ab!«, wünschten sie sich gegenseitig mit einer kurzen Umarmung.

Margot hielt Almuth einen Augenblick länger fest als nötig. »Keine flotte Lotte?«

Almuth legte den Kopf zurück und lachte. Seit ihren ersten Übungsflügen war *flotte Lotte* zum geflügelten Wort für an Übelkeit grenzende Nervosität geworden.

»Keine flotte Lotte«, bestätigte sie, ein Strahlen in den blauen Augen.

In den letzten Tagen war Almuth aufgeblüht. Besonders gestern bei der Einweihungsfeier war das augenfällig geworden. Zwischen den feierlichen Reden wichtiger Herren hatte sie die Gäste an den bunt gedeckten Tischen mit anmutiger Leichtigkeit und zupackendem Selbstbewusstsein betreut. Die bewundernden Blicke der frischgebackenen Stewards und Stewardessen des zweiten Lehrgangs waren sicherlich nicht nur Margot aufgefallen.

Almuth, Corry und Margot drängten sich vor dem winzigen Spiegel zusammen, um die Kappen akkurat aufzusetzen und den Lippenstift nachzuziehen. Dann streifte Margot die Handschuhe über und sprang die Stufen der Gangway hinunter. Sie rief dem Loader, der gerade den letzten Koffer verstaute und die Klappe schloss, ein Dankeschön zu.

»Da nich für«, antwortete er grinsend, bevor er in seinen motorisierten Karren sprang und davonbrauste.

Unter dem grauen Himmel leuchtete die blau-gelbe Flagge mit dem Lufthansa-Kranich umso intensiver. Bei Blasmusik und unter den Augen der Gäste war sie gestern zwischen dem Schwarz-Rot-Gold der Bundesrepublik und dem rot-weißen Hamburger Wappen gehisst worden. »Die Luft, das vierte Element, ist uns wiedergegeben«, hatte der Bundesverkehrsminister in seiner Ansprache gesagt. Anschließend hatte Senator Plate der neuen Lufthansa – ganz hanseatisch – »Mast- und Schotbruch« gewünscht.

Obwohl es erst kurz nach sieben Uhr morgens war, hatten sich zahlreiche Schaulustige eingefunden, die Wind und Nieselregen trotzten. In regelmäßigen Abständen klickten Kameras. Margot winkte den versammelten Schulklassen zu, die ihre Fähnchen gleich noch eifriger schwenkten.

In den Lufthansa-Farben Blau und Gelb waren auch die Volkswagen und Busse lackiert, die auf dem Vorfeld vorüberpreschten. Blau für den Himmel und das Meer und Gelb für die Sonne, zu der sich Zugvögel wie der Kranich aufschwangen, um sich auf ihre weite Reise zu begeben. Und jeder, der den glänzenden Rumpf einer Convair hoch oben über seinem Kopf entdeckte, sollte an den sprichwörtlichen Silberstreif am Horizont denken.

Einer der Busse hielt vor dem Flugzeug, und die ersten Gäste stiegen aus. Allesamt Herren im Anzug und mit Hut. Manche hatten den Mantel oder Trenchcoat noch an, andere trugen ihn schon über dem Arm. Die meisten hatten Aktentaschen oder Köfferchen in der Hand, der eine oder andere eine Zigarette im Mundwinkel.

Margot atmete tief durch, hielt die Hände locker vor ihrem Schoß zusammengelegt und ließ ihr Lächeln noch ein wenig mehr strahlen.

»Guten Morgen. Herzlich willkommen bei der Lufthansa«, begrüßte sie jeden einzelnen der Herren mit direktem Blickkontakt. »Wir wünschen Ihnen einen guten Flug.«

»Na, und was das für ein guter Morgen ist!«, rief ihr ein noch recht junger Mann mit Fassonschnitt und kariertem Sakko zu. »Allein Ihr Lächeln ist schon die hundertsechsundsiebzig Mark für das Ticket wert!«

Lachend deutete Margot einen Knicks an. »Vielen Dank, der Herr!«

»Wo genau sitze ich denn?«, fragte ein anderer, während er etwas unbeholfen mit Mantel, Aktentasche, Ticket und zusammengefalteter Zeitung hantierte.

Margot zeigte mit einer einladenden Geste zur Tür. »Meine Kolleginnen dort oben bringen Sie an Ihren Platz und kümmern sich um Ihren Mantel und das Gepäck.«

Nur ein oder zwei dieser gestandenen Männer wirkten abgeklärt; alle anderen erinnerten an aufgekratzte Jungs beim Schulausflug.

»Wie soll das Wetter denn heute in München werden?«, fragte ein schlaksiger Herr in sichtlich teurem Anzug, den Hut tief in die Stirn gezogen.

»Ein paar Grad wärmer als hier«, antwortete Margot aus dem Stand, »und auch etwas freundlicher.«

»Frollein, entschuldigen Sie«, sprach sie ein Mittfünfziger an, der unaufhörlich seine Sakkotaschen abtastete. »Ich fürchte, ich habe meine Zigaretten liegen lassen. Sie haben nicht zufällig Player's an Bord?«

Margot prägte sich sein Gesicht ein und nickte. »Haben wir. Ich bringe Ihnen noch vor dem Start welche an den Platz.«

Sofern sie richtig gezählt hatte, müsste das der letzte Gast gewesen sein, auch wenn die Maschine nicht einmal halb voll war. Der Bus rollte davon, und Margot blickte auf die Uhr. Ein paar Minuten würde sie noch ausharren, für alle Fälle.

Zwischen den Zaungästen erspähte sie Thea, die am Spätnachmittag nach München fliegen würde, und drei der neuen Stewardessen, sichtlich hibbelig, weil mit dem heutigen Tag auch für sie der Flugdienst begann. Fröhlich erwiderten sie Margots Winken.

Etwas abseits entdeckte Margot Herrn Bongers. »Mr Lufthansa«, wie ihn alle nannten, war ein Hanseat, wie er im Buche stand, mit der markanten Aura eines Gary Cooper. Groß gewachsen und breitschultrig, überragte er die umstehenden Herren; in dunklem Mantel und Zweireiher wirkte er fast überlebensgroß.

Früher, als junger Mann, war er schon einmal in der Direktion der Lufthansa gewesen. Auch ohne Parteiabzeichen und sogar als »Linker« verschrien, hatte er eine beachtliche Karriere hingelegt – so wichtig war er für das Unternehmen gewesen. Hautnah hatte er die goldene Ära miterlebt, als die Lufthansa Maßstäbe in der Luftfahrt setzte und einen Rekord nach dem anderen aufstellte. Und er war auch Zeuge gewesen, wie sie im Krieg schmachvoll unterging, von den Nazis gekapert und die Flotte nach und nach für die Luftwaffe ausgeschlachtet, bis von dem einst so vielversprechenden Namen nichts als Schall und Rauch übrig war.

Hans Bongers wirkte versonnen, fand Margot. Sie fragte sich, was in ihm vorgehen mochte, jetzt, da seine Vision von der Wiedergeburt des Kranichs Wirklichkeit geworden war.

Sein Blick richtete sich auf Margot, und in einem Anflug von Übermut hob sie die Hand zum Salut. Ein Schmunzeln glitt über sein Gesicht, als er sich ebenfalls an die Hutkrempe tippte.

Beschwingt stieg Margot die Gangway hinauf. In diesem Augenblick rief jemand ihren Namen. Ein junger Mann im grauen Overall rannte auf das Vorfeld, das sandfarbene Haar vom Wind zerwühlt. Margot strahlte über das ganze Gesicht, als sie Claus erkannte, der in einer entschuldigenden Geste die Arme ausbreitete und dann grinsend beide Daumen in die Höhe reckte. Sie bedankte sich mit einer Kusshand, bevor sie das Flugzeug betrat und die Gangway fauchend eingefahren wurde. Mit einem satten Geräusch schloss sich die Tür, und die Motoren der Convair sprangen an.

Während die Maschine anrollte, verstauten die drei Stewardessen hastig ihre Kappen und die Handschuhe und tauschten die hohen Schuhe gegen die flachen Absätze für den Service ein. Der Passagier auf Platz 8C bekam von Margot seine Zigaretten zusammen mit einem Lufthansa-Streichholzbriefchen, Corry begrüßte die Gäste über die Sprechanlage, und Almuth übersetzte die Sicherheitsanweisungen in Pantomime.

»Geht es jetzt los?«, fragte der grau melierte Herr mit gepflegtem Schnurrbart auf Platz 4A, als Margot mit Kaugummi durch die Reihen ging, während Almuth die Gurte kontrollierte und den einen oder anderen Gast bat, den Sitz wieder aufrecht zu stellen.

»Jawohl, Herr Mertens«, erwiderte Margot lächelnd. »Gleich heben wir ab.«

Den Namen zu jeder Platznummer zu wissen, bestimmte Wünsche und Anforderungen im Kopf zu haben und vielleicht noch ein paar Details zum beruflichen oder persönlichen Hintergrund gehörte zum Service dazu.

»*Cabin crew, prepare for take-off!*«

Margot ließ sich in den Sitz neben Almuth fallen, schloss den Gurt und blickte auf die Uhr. Sieben Uhr dreiundvierzig.

»Ob in München auch alles glattgeht?«, fragte Almuth.

»Bestimmt«, erwiderte Margot zuversichtlich.

Zeitgleich startete dort eine zweite Convair mit Ziel Hamburg, vermutlich mit ebenso großem Bahnhof beim Abflug.

Das Schnurren der Motoren schwoll zu einem Röhren an, das das ganze Flugzeug zum Vibrieren brachte, dann jagte die Maschine mit Vollgas über die Betonpiste. Mit einem Ruck wurde Margot in den Sitz gedrückt, und sie waren in der Luft.

Ein Raunen ging durch die Kabine, mehrstimmiges Auflachen war zu hören, der eine oder andere Ausruf. Margot, Almuth und Corry grinsten sich an.

»Entschuldigen Sie bitte!« Herr Drews, der junge Mann im karierten Sakko auf Platz 7C, beugte sich über die Armlehne. »Ist das immer so laut?«

»Stellen Sie sich vor«, rief Margot nach vorn, »links und rechts von Ihnen stehen jeweils fünfzehn Volkswagen auf den Tragflächen und drehen bis zum Anschlag hoch. Das entspricht der Leistung unserer Motoren hier. Die Convair hat nämlich so viel Kraft wie acht *Tante Jus*.«

Der junge Mann machte ein beeindrucktes Gesicht und drehte sich wieder um.

Dennoch spitzte Margot die Ohren. Das Rütteln und Klappern in der Pantry war ihr ebenso vertraut wie das Brüllen der Motoren und das Knacken, Klopfen und Surren im Flugzeugrumpf. Heute jedoch fand sich ein Misston darin. Ein leises und beharrliches Rappeln, das Margot irritierte.

Sie wandte den Kopf und spähte am festgeklemmten Vorhang vorbei in die Pantry. Der Verschluss einer der Boxen hatte sich gelockert. Im Takt des vibrierenden Flugzeugs lotterte die Klappe bedrohlich, lange würde sie nicht mehr halten. Auch Corry hatte sich umgedreht und wechselte dann einen Blick mit Margot.

Die Eier, verständigten sie sich stumm. Da sind die Eier drin.

Klack-klack-klack machte die Klappe, wie eine hektisch tickende Uhr.

Die Leuchtzeichen glühten, noch waren sie im Steigflug. Margot dachte an das Sicherheitsprotokoll während der einzelnen Phasen des Fluges, aber auch daran, dass die Gäste an Bord hundertsechsundsiebzig Mark für den einfachen Fug bezahlt hatten, für Hin- und Rückflug immerhin noch dreihundertsiebzehn Mark. Entschlossen öffnete sie ihren Gurt.

»Margot!«, fauchte Corry.

Mit langen Schritten hastete Margot in die Pantry, entgegen der Schwerkraft und der Beschleunigung des Flugzeugs, wie ein Spurt durch Aspik.

»Margot!«, wiederholte Corry in unmissverständlichem Befehlston.

Die Klappe zuzudrücken und sicher wieder zu verschließen würde sie nicht mehr schaffen. Im Laufen zerrte sie eines der Tabletts aus der Halterung, dann gab der Verschluss auch schon nach. Die Klappe sprang auf, und die beiden aufeinandergestapelten Eiersteigen rutschten Margot in hohem Bogen entgegen. Sie konnte nur noch hoffen und beten, dass sie mit dem Tablett gut genug zielte.

Eine Schrecksekunde lang balancierte sie sich mit wackeligen Knien in der schaukelnden Pantry aus, dann stellte sie aufatmend das Tablett auf die Arbeitsplatte und besah sich den Schaden. Beim Aufprall waren einige Eier zerbrochen, durch den Luftdruck im Flugzeug schäumte es aus den Ritzen des Kartons wie Pril. Trotzdem waren noch genug Eier übrig, um jedem Gast seine Portion Rührei zu servieren, mit reichlich Kaffeesahne gestreckt schmeckte es sowieso besser.

Das Pingen hinter Margot verkündete, dass sie die Reiseflughöhe erreicht hatten. Sie stieg wieder in den Schuh, den sie unterwegs verloren hatte. Als sie sich aufrichtete, blickte sie in eineinhalb Dutzend Augenpaare. Alle an Bord beugten sich über die Armlehnen oder reckten sich über die Kopfstützen, um zu verfolgen, was hinten im Flugzeug vor sich ging.

Mit Spritzern von Dotter und Eiklar auf Bluse und Uniform, pustete Margot sich eine Ponyfranse aus der erhitzten Stirn und stemmte die Hand in die Hüfte.

»Meine Herren«, rief sie durch die Kabine, »willkommen bei der neuen Lufthansa! Mit uns fliegen Sie so sicher und behütet wie die rohen Eier!«

»Das hast du wirklich so gesagt?« Claus legte den Kopf in den Nacken und lachte lauthals.

Ein nicht mehr ganz junges Dämchen, das im *Planten un Blomen* seinen Fiffi ausführte, drehte sich mit gerunzelter Stirn nach ihnen um. Dem Pelz und dem Wagenrad von Hut nach zu urteilen, stammte sie aus Eppendorf oder Blankenese. Erst als sie Claus mit seinem ordentlichen Haarschnitt und dem Kurzmantel über weißem Hemd und Bundfaltenhose näher in Augenschein nahm, wurde ihr Blick milder.

Margot zuckte mit den Schultern. »Die haben mich alle so erwartungsvoll angekuckt. Fräulein Buschheuer hat mich natürlich für meine Ausdrucksweise gerüffelt. Männer sollte man besser nicht mit rohen Eiern vergleichen, meinte sie. Aber ich habe genau gesehen, dass sie sich dabei das Lachen verkneifen musste.«

Claus grinste.

»Sonst lief alles wie am Schnürchen«, erzählte Margot weiter. »Die Münchener sind allerdings über Augsburg in einige Böen und Luftlöcher geraten. Die Tüten waren dann wesentlich gefragter als das Frühstück.«

Seit der Entlassfeier hatten Claus und sie sich mit ein paar Worten und einer verstohlenen Berührung hier und da auf einem

Korridor des Flughafens begnügen müssen. Beide verbrachten mehr Zeit in der Luft als am Boden, Margot im Dienst, Claus auf seinen Trainingsflügen für die Prüfung kommende Woche. In den verbleibenden Stunden büffelte er Theorie.

Heute hatte er jedoch Bücher Bücher sein lassen, um den Sonntag mit Margot zu verbringen. Sie spürte seinen Blick auf sich.

»Was ist?«, fragte sie.

Er setzte eine halb blasierte, halb erschütterte Miene auf. »Ich muss mich erst daran gewöhnen, dass mir ein Fräulein die Bedingungen diktiert.«

Margo knuffte ihn mit dem Ellbogen. »Ich habe die Spielregeln nicht gemacht.«

Ein Spaziergang im Park war unverfänglich, auch Hand in Hand. Zumal so früh am Tag nur wenige Besucher unterwegs waren, um nach den ersten Frühlingsboten Ausschau zu halten. Doch im *Planten un Blomen* waren die meisten Bäume und Sträucher noch kahl, während in München schon die Forsythien blühten. Wenigstens brachte die Sonne, die verschlafen hinter den Wolken hervorblinzelte, genug Wärme mit sich, dass sie die Mäntel offen lassen konnten. Alle hofften auf Ostern, die Wettervorhersage für nächste Woche stimmte optimistisch, auch die Stare waren bereits in Schwärmen zurückgekehrt.

»Du weißt, dass wir jederzeit zu mir können«, sagte Claus und strich mit dem Daumen über Margots Handrücken.

»Das ist keine gute Idee«, erwiderte sie.

»Warum nicht?«

»Wegen Klaus.« Die Vorstellung, dass er wohl oder übel mit anhörte, wie sie und Claus sich küssend auf dem Bett herumwälzten, war ihr mehr als unangenehm.

Claus lachte. »Der ist einiges gewöhnt. Zur Not schicken wir ihn weg.«

Margot schüttelte energisch den Kopf, dieser Gedanke behagte ihr noch weniger.

Claus seufzte. »Dann belassen wir es eben bei Kintopp, Milchbar und Restaurant. Wie andere Paare auch.«

»Wir könnten auch Alsterschiff fahren«, warf Margot ironisch ein.

Mit der Miene eines gesetzten Herrn, der abends seine Ruhe haben will, schüttelte Claus bedächtig den Kopf. »Nein danke, das ist mir zu aufregend.«

»Nicht dass du dich noch mit mir langweilst«, zog Margot ihn auf.

Claus lachte. »Ganz bestimmt nicht!« Er ließ ihre Hand los und legte ihr den Arm um die Schultern.

Margot musterte ihn von der Seite. Was der andere Klaus über ihn erzählt hatte, ging ihr nicht mehr aus dem Kopf.

Bei der Zwischenlandung in Frankfurt hatten dort die Flaggen auf Halbmast geweht, zur Erinnerung an die Bombardierung der Stadt vor elf Jahren. Ein einprägsames Bild, zumal West und Ost gerade einer Eiszeit entgegenschlitterten. Ständig neue Schikanen aus Pankow erschwerten den Interzonenhandel und gefährdeten die Versorgung West-Berlins; sogar von einer neuen Luftbrücke war bereits die Rede. England baute nach der Atombombe nun ebenfalls an einer noch zerstörerischeren Wasserstoffbombe, und die Explosion, die neulich halb Harburg erschüttert hatte und der zwei Männer zum Opfer gefallen waren, hatte einen gruseligen Nachhall bekommen, als bekannt wurde, dass die beiden dabei gewesen waren, im Auftrag Ost-Berlins Sprengsätze zu bauen. Bombenbastler für die Ostzone, hier in Hamburg – nicht nur Margot lief es bei diesem Gedanken eiskalt den Rücken hinunter. Die Friedenszeit, die sie gerade erlebten, schien mit jedem Tag brüchiger zu werden.

»Klaus hat mir von deiner Familie erzählt«, sagte sie leise.

Ein Schatten legte sich auf Claus' Gesicht. »Wir haben doch alle unter dem Krieg gelitten, oder nicht? Du ja auch.«

»Ich habe meinen Vater verloren«, erwiderte Margot leise. »Nicht meine ganze Familie.«

Claus kniff die Augen zusammen, auf seinem Gesicht zuckte es.

»An meinen Bruder denke ich noch oft«, sagte er nach einer Weile. »Anton. Diesen Sommer wäre er achtzehn geworden.«

Unter ihren Sohlen knirschte der Kies, als sie auf einen verlassenen Pfad einbogen. In den immergrünen Hecken tschilpten Spatzen, eine Amsel zeterte.

»Das war das Schlimmste«, raunte er. »Wie er nach unserer Mutter rief. Nach mir. Und die Stille danach.«

Margot schlang den Arm um Claus' Rücken und schmiegte das Gesicht an seine Schulter. »Wie lange warst du verschüttet?«

Sein Lächeln wirkte wund. »Viel zu lange.« Er blieb stehen und legte die Stirn an ihre. »Aber ich lebe, Margot«, murmelte er, als ob er selbst darüber staunte. »Wir leben.«

Und wie wir leben, ging es Margot durch den Kopf, leicht wie der Wind, atemlos und himmelssüchtig.

26

Great Balls of Fire

Unter dem rot glühenden Nachthimmel schwappten Schlager und Jahrmarktsmusik ohrenbetäubend ineinander. Fahrgeschäfte ratterten, dröhnten, hupten und klingelten, Mädchen kreischten in den höchsten Tönen, und Jungs johlten vor Vergnügen. Die Luft triefte vom Geruch nach Schmalzgebackenem, Bratwurst und Hähnchen vom Grill, gezuckert vom Duft gebrannter Mandeln, Waffeln und Karamell.

Nicht nur halb Hamburg, sondern auch zahlreiche Auswärtige und Touristen drängten sich an diesem Ostersamstag auf dem Heiligengeistfeld, um einen der letzten Tage des Frühlingsdoms in vollen Zügen zu genießen.

»Ich bin da gerade so im Sinkflug«, rief Claus über den Lärm hinweg. Seine flache Hand stellte eine Saab-Safir im Flug dar. »Und dann – bämm! – haut mich diese Bö zur Seite weg. Ich halte dagegen, aber mit Gefühl, und prompt reißt der Windstoß ab. Ich fange die Maschine schlingernd ab und bringe sie dann perfekt austariert runter.« Seine Hand beschrieb einen Bogen und setzte sanft auf einer imaginären Landebahn auf. »Wie auf Schienen!«

»Unser Ausbilder hat gesagt, er hätt's nicht besser hingekriegt«, fügte Eckart hinzu. Der Dritte im Bunde der frischgebackenen Jungpiloten sah mit seinem Engelsgesicht und dem hellblonden Haar wesentlich jünger aus als vierundzwanzig.

Mit einem Grinsen im Mundwinkel trank Claus von seinem Bier, legte den Arm wieder um Margot und küsste sie auf die Schläfe.

Nach der schriftlichen Prüfung am Montag hatten Ecki, Claus und Klaus die ganze Woche über Prüfungsflüge nach Düsseldorf, Köln, Frankfurt, Nürnberg und München absolviert. Mit einer Sondergenehmigung der belgischen Regierung hatten sie zusätzlich noch mehrere Runden durch den dortigen Luftraum gedreht.

»Wir haben vielleicht Augen gemacht!«, erzählte Ecki. »Da kommst du morgens in den Hangar und fragst dich, was für heute wohl auf dem Prüfungsplan steht, und dann drückt dir der Ausbilder ein paar Zettel in die Hand und sagt: ›Los, Jungs, kutschiert mich mal eben nach Flandern!‹«

»Und wie geht's jetzt für euch weiter?«, fragte Irma, eines der Mädchen, die im Schlepptau der Jungpiloten mit auf den Dom gekommen waren. Zutraulich und mit bewunderndem Augenaufschlag hängte sie sich an den Arm des anderen Klaus.

»Am Dienstag holen wir unsere Lizenzen ab«, erklärte Claus. »Und dann bereiten wir uns auf die Convair vor. Irgendwann im Mai setzen sie uns als Co-Piloten im Liniendienst ein.«

Hinter ihnen schepperte es unter Freudengeheul, beim Dosenwerfen hatte jemand abgeräumt. Ein Elternpaar zog ein heulendes Kind hinter sich her, das noch nicht nach Hause wollte; der Luftballon in seiner Hand war offenbar kein ausreichender Trost.

Gunda, mit der Ecki ständig lange Blicke wechselte, wandte sich an Margot. »Und was machst du so?«

»Ich bin Stewardess.«

Gunda starrte sie mit großen Augen an. »Im Flieger? Richtig mit Uniform und so?«

Als Margot bejahte, begannen Gunda und ihre Freundin Helga sie über die Voraussetzungen und die Ausbildung zu löchern.

»Fahren wir noch mal?«, rief Claus dazwischen und deutete auf die Achterbahn, die gerade unter Getöse und Gekreische einen Looping drehte.

Sie hatten bereits alles ausprobiert, was schnell und aufregend war: das Teufelsrad und die Raketenbahn, den Bumerang und den Dom-Zylinder, bei dem man mit kleinen Autos im Kreis raste, sodass die alten Flakbunker hinter dem Heiligengeistfeld kopfstanden. Atempausen verschafften ihnen die Motorbötchen im Wasserbecken und die Boxautos.

»Lieber eine Runde Geisterbahn«, schlug Gunda vor.

Claus sah Margot fragend an, und sie schüttelte lachend den Kopf. Sie konnte mit diesem vorgetäuschten Grusel, der ebenso künstliche Schreckensschreie hervorrief, nichts anfangen.

»Ja, Geisterbahn!«, kiekste Irma und drängte sich enger an Klaus, der sich ihr entzog. Er knurrte etwas, das wie »Kinderkram« klang.

»Angsthase!«, rief Helga kichernd und streckte die Hand nach Claus aus. »Aber Begleitschutz brauchen wir trotzdem, für alle Fälle!«

Mit einem entschuldigenden Blick drückte Claus Margot sein Bier in die Hand und ließ sich mitziehen. Ebenso wie Ecki, der inzwischen nach Gundas Hand gegriffen hatte.

Im blinkenden Lichtgewitter blieben Klaus und Margot schweigend zurück.

Margot spürte, wie er sie unverhohlen musterte. Mondän

kam sie sich in der schmalen Hose und den flachen Ballerinas vor, die sie sich von ihrem ersten Gehalt gekauft hatte.

»Ist das was Ernstes mit dir und Claus?«, hörte sie ihn nach einiger Zeit fragen.

Verblüfft sah sie ihn an. »Warum willst du das wissen?«

Schulterzuckend trank er einen Schluck Bier.

»Wir haben Spaß zusammen«, sagte Margot schließlich und fuhr mit dem Daumen über den Flaschenhals. »Mehr weiß ich auch noch nicht.«

Hinter Klaus drehte sich die Feuerblume des Riesenrads. An der Losbude gegenüber warteten Teddybären in Himmelblau, Papageiengelb und Rosarot darauf, mit nach Hause genommen zu werden, neben Sektflaschen, Heringsdosen und glubschäugigen Plastikpuppen im Spitzenkleid. Im Zwielicht des Jahrmarkts wirkte Klaus wie ein Erwachsener, der aus Versehen auf einen Kindergeburtstag geraten war, dabei war er gerade mal ein Jahr älter als Claus und Ecki.

Margot kniff ein Auge zu und legte den Kopf schräg. »Und was ist mit dir und Irma?«

Klaus sah sie irritiert an. »Ich kann mit solchen Hühnern nicht viel anfangen.«

Margot lachte. Ihr wäre es auch lieber gewesen, Thea und Almuth wären mitgekommen, aber Almuth war über Ostern zu ihrer Mutter nach Papenburg gefahren, und Thea hatte heute Dienst.

»Wie müsste sie denn sein, deine Pilotenbraut?«, neckte sie Klaus.

Sein Blick flackerte, bevor er sich zu ihr herüberbeugte und etwas sagte.

»Was?«, schrie Margot. Sie hatte ihn nicht verstanden, weil die Achterbahn gerade vorbeiratterte.

Abrupt schlang Klaus den Arm um sie und zog sie ein paar Schritte mit sich. Wo sie eben noch gestanden hatten, stolperte und torkelte eine Horde Halbstarker herum, unübersehbar betrunken und auf Krawall aus. Einer davon krümmte sich zusammen und übergab sich an Ort und Stelle.

Margot sah zu Klaus auf. Der Geruch seiner Lederjacke hüllte sie ein. So nah war sie ihm, dass sein Atem ihr Gesicht streifte, in seinen Augen spiegelten sich die Lichter des Doms. Er öffnete den Mund und neigte den Kopf, wie um ihr etwas ins Ohr zu flüstern.

»Ich brauch was Süßes!«, quiekte Gunda hinter ihnen, unüberhörbar überdreht nach der Fahrt in der Geisterbahn, und zerrte Ecki hinter sich her.

Klaus' Arm fiel von Margots Schultern, und er wandte sich jäh ab.

»Hast nichts verpasst«, sagte Claus grinsend, als er zu ihr trat und sie bei der Hand nahm.

Vor der Bude mit Zuckerwatte, bunten Lollis, türkischem Honig und Wiener Mandeln knabberte Gunda an einem Liebesapfel und bedachte Ecki mit einem gekonnten Augenaufschlag. »Schießt du mir eine Rose?«

Ecki ließ sich nicht zweimal bitten. Breitbeinig wie ein Cowboy schlenderte er zur Schießbude hinüber und legte drei Mark auf die Theke. Unter den erwartungsvollen Blicken der anderen gingen alle fünf Schuss aus dem Luftgewehr daneben.

»Liegt's am Bier, oder hast du den Fliegerarzt beim Sehtest bestochen?«, lästerte Claus gutmütig und handelte sich eine kumpelhafte Kopfnuss ein.

»Lass mich mal!« Claus trat seine Zigarette aus und schob Ecki zur Seite.

Für fünf Mark durfte Claus zehnmal schießen und schaffte immerhin drei Plastikrosen. Margot wehrte lachend ab, und er schenkte sie stattdessen den drei jungen Mädchen, die sich mit verzückten Ausrufen bedankten.

»Jetzt du!«, rief Claus dem anderen Klaus zu, doch der schüttelte den Kopf.

»Brichst dir doch keinen Zacken aus der Krone«, meinte Ecki.

»Jetzt komm schon!«, beharrte Claus. »Einer muss doch unsere Pilotenehre retten.«

»Einer für alle, alle für einen!«, setzte Ecki noch eins drauf, sie waren alle nicht mehr nüchtern.

Klaus schüttelte nur weiter den Kopf und trank von seinem Bier. Unerträglich arrogant wirkte er, fand Margot.

»Gott, Klaus!«, rief sie ungeduldig. »Es ist doch nur eine alberne Schießbude!«

Klaus' Blick durchbohrte sie.

Schließlich stellte er doch sein Bier ab, knallte ein paar Markstücke auf den Tresen und griff zum Gewehr.

Der erste Schuss sprengte ein Stück des Plastikröhrchens ab, aber die Rose blieb stecken. Klaus begutachtete das Gewehr von allen Seiten und zielte damit prüfend in den Schein einer der Glühlampen.

»Das ist doch manipuliert«, brummte er.

Der Mann hinter der Theke zündete sich grinsend eine Zigarette an. »Das behaupten sie alle.«

Klaus' Kiefer mahlten. »Wenn ich alle Rosen abräume«, sagte er rau, »springt dann ein Hauptpreis raus?«

»Freie Auswahl.« Mit großer Geste und spöttischem Lächeln deutete der Schausteller auf die obligatorischen Teddybären, Plüschhasen, Sektflaschen und einen röhrenden Hirsch mit Uhr im Sockel.

Klaus ruckte mit dem Kopf in Margots Richtung. »Ist was für dich dabei?«

Zwischen all dem Tinnef lag auch ein Biedermeiersträußchen mit einer Manschette aus Papierspitze. Margot machte sich nichts aus Kunstblumen, aber bei diesen waren die Blüten aus Schokolade, umwickelt mit farbigem Stanniol. Ähnliche Gebinde hatte sie schon mehrfach in den Schaufenstern der Konditoreien bewundert.

Sie zuckte mit den Schultern. »Von mir aus das Sträußchen da.«

Klaus griff in die Hosentasche und zählte Kleingeld auf den Tisch, dann setzte er das Gewehr erneut an. Er ließ sich Zeit damit, sich selbst und die Waffe genau auszurichten und durch Kimme und Korn zu spähen. Seltsam schief stand er da, Margot konnte sich nicht vorstellen, wie er so überhaupt irgendwas treffen sollte – außer vielleicht den Schausteller.

»Dauert das noch lange?«, murrte jemand hinter ihnen. »Wir wollen vielleicht auch mal!«

Klaus schien es nicht einmal gehört zu haben. Mit einem Knall zerbarst das erste Plastikröhrchen, dann das nächste und übernächste.

Neben Margot sog jemand scharf die Luft ein. Ein paar Halbwüchsige hatten sich an der Schießbude eingefunden, die Hände bis zu den Ellbogen in den Hosentaschen, und verfolgten gebannt, wie eine Rose nach der anderen fiel.

»Wie 'n Scharfschütze«, raunte jemand.

Scheinbar blind lud Klaus die Patronen nach, die ihm der Schausteller zähneknirschend reichte, bevor er weiter treffsicher die Rosen niedermähte, bis hin zur allerletzten Plastikblume. Todernst wirkt er dabei und fast kaltblütig, fand Margot. Aus irgendeinem Grund war ihr unbehaglich zumute.

Ungerührt legte Klaus das Gewehr weg. Das Schulterklopfen von Claus und Ecki prallte genauso an ihm ab wie die begeisterten Ausrufe und anerkennenden Bemerkungen der Schaulustigen. Mit angewiderter Miene, ein Glitzern in den Augen, das Margot unheimlich war, warf er ihr den Strauß zu und verschwand mit seinem Bier in der Menge.

Mit glücklichem Quietschen teilten die drei Mädchen den Berg Rosen unter sich auf, während Margot beklommen auf das Biedermeiersträußchen in ihrer Hand starrte. Sie wünschte sich, sie hätte nichts gesagt.

Wenn bei mir der Groschen fällt, dudelte es irgendwo zwischen den Buden hervor.

Nach Fischbrötchen mit reichlich Zwiebeln und einem Absacker auf der Reeperbahn stiegen sie an den Landungsbrücken die Treppen zur U-Bahn hinauf, die Mädchen mit Kunstblumen in den Händen und Pfefferkuchenherzen um den Hals, Ecki mit dem Teddybären unter dem Arm, den er für Gunda an der Losbude gewonnen hatte.

»Was steht eigentlich auf deinem drauf?«, wollte Gunda wissen und blinzelte auf Margots Pfefferkuchenherz.

»*Du allein*«, antwortete Claus an ihrer Stelle und küsste Margot auf den Mund.

Irma schnaubte. »Ich fass es nicht! *Ihre Heirat wird Ihnen großes Glück bringen*«, las sie noch einmal von dem Papierstreifen ab, den sie für zehn Pfennig aus dem Wahrsageautomaten gezogen hatte. »*Der Kindersegen wird nach Ihren Wünschen sein.* Also bitte! Etwas romantischer darf's dann doch sein.«

Ihre Freundinnen bogen sich vor Lachen, während Irma einen sehnsüchtigen Blick zu Klaus warf, der etwas abseits ging und an seiner Zigarette zog. In sich gekehrt wirkte er, geradezu abwesend.

»Hättest du auch so einen Zettel rausgelassen«, murmelte Claus in Margots Haar, »hätte er dir bestimmt geraten, dass heute die Nacht der Nächte ist.«

Sein Mund glitt an ihr Ohr und kitzelte sie, und Margot knuffte ihn lachend in die Seite. »Du schläfst heute Nacht nur deinen Rausch aus, und zwar allein.«

Ein Rumpeln und Quietschen über ihren Köpfen scheuchte sie auf.

»Schnell, der Zug!«, rief Claus.

Lachend stoben sie die letzten Stufen hinauf und schlitterten über den fast leeren Bahnsteig, wo sich die Türen der U-Bahn gerade schnaufend schlossen. Claus stieß einen Fluch aus, als der Zug anruckte, der nächste kam erst in einer halben Stunde.

»Bis dann!«, warf Klaus ihnen zu und schleuderte die Kippe von sich.

Er nahm ein paar Schritte Anlauf, packte einen der Türgriffe und sprang auf. Die Mädchen schnappten erschrocken nach Luft.

»Mach keinen Scheiß!«, brüllte Ecki.

Klaus reagierte nicht. Mit angehaltenem Atem beobachtete Margot, wie er sich am beschleunigenden Zug hochstemmte und aufs Dach hangelte wie *Klettermaxe* Arnim Dahl. Jemand rief seinen Namen, hallend von den Wänden des Bahnhofs zurückgeworfen; Margot brauchte ein paar Herzschläge, bis sie begriff, dass sie selbst das gewesen war.

»Lass ihn.« Claus zog sie in seine Arme. »Der weiß schon, was er tut. Bis jetzt ist er noch immer heil nach Hause gekommen.«

Über seine Schulter hinweg starrte Margot dem davonrauschenden Zug nach, Klaus als kauernde Silhouette oben auf dem Dach, bis die Schlusslichter in der Nacht verglühten.

27

Das Vagabundenlied

Der April verging für Margot buchstäblich wie im Flug. Sie war für den Pendelverkehr zwischen Hamburg und München eingeteilt. An Bord hauptsächlich Geschäftsmänner, denen Zeit bares Geld wert war, während sie kreuz und quer durch die Bundesrepublik reisten, um die Wirtschaft anzukurbeln und dabei die eigenen Taschen zu füllen.

Nur selten konnten Margot und ihre jeweilige Kollegin weibliche Passagiere an Bord der Convair begrüßen. Meistens handelte es sich um Sekretärinnen, die auf Zuruf ihres Chefs Unterlagen aus dicken Mappen heraussuchten oder ein Diktat aufnahmen, während ihr Kaffee kalt wurde. Ab und zu stieg jedoch auch eine sorgfältig zurechtgemachte Dame in feinem Kostüm mit Hut und Handschuhen ein, die ihren Mann auf einer Geschäftsreise begleitete und unterwegs ein Glas Schaumwein oder eine Zigarette genoss – und die jungen Stewardessen mit Argusaugen beobachtete.

Auch der Abendflug nach München am letzten Dienstag des Monats verlief ruhig. Die paar Herren im Anzug erwiesen sich als pflegeleichte Gäste, die keine großen Extrawünsche für ihre Drinks und das Abendessen hatten und sich ansonsten zigarettenrauchend ihren Geschäftspapieren oder der Zeitung widmeten. Die meisten stiegen schon in Köln-Wahn oder Frankfurt aus; ein Gast zückte bei der Verabschiedung sogar einen Zehnmarkschein: »Für den hervorragenden Service, meine Damen.«

Bei der überschaubaren Zahl an Passagieren war es für Almuth und Margot ein Klacks, Kabine und Pantry nach der Landung in Riem wieder in ihren Ursprungszustand zu versetzen, sodass sie gemeinsam mit den beiden Piloten überpünktlich in den Kleinbus der Lufthansa steigen konnten, der sie vom Flughafen draußen auf der grünen Wiese nach München brachte.

Mit halbem Ohr verfolgte Margot, wie sich Kapitän McAllister und der Erste Offizier Schubert auf Englisch darüber mokierten, dass sich ihre Frauen ständig neue Elektrogeräte für die Küche wünschten, die dann jedoch kaum benutzt im Schrank verschwanden. Margot wechselte belustigt einen Blick mit Almuth: Solche Probleme hätten sie auch gern gehabt. Die regelmäßigen Besuche im Friseursalon von Herrn Viellieber, um ihren *Look* wieder in Form zu bringen, die Ausgaben für Kosmetik und ständig neue Strümpfe würden künftig einen beträchtlichen Teil ihres Gehalts verschlingen.

Margot sah zum Fenster hinaus. Die spätabendlich beleuchtete Stadt wirkte heimelig und beschaulich, die Bürgersteige schienen längst hochgeklappt. »Des greaßte Dorf von Bayern«, hatte Gitta München lachend genannt. Erst das Zentrum hatte etwas Großstädtisches, besonders in der lichterfunkelnden Dunkelheit, die die zahlreichen Baustellen und letzten Bombenlücken verschwinden ließ. Auch jetzt, nach dreiundzwanzig Uhr, drängten sich auf dem Stachus Autos, Motorroller und Trambahnen, und auf den Straßen rings um den Hauptbahnhof wimmelte es von Menschen. Vor dem Café *Stadt Wien* in der Bayerstraße standen schick angezogene Herren und Damen Schlange, um das Tanzbein zu schwingen.

Der Bus bog in die Schillerstraße ein und hielt vor der schlichten neuen Fassade des Hotels *Haberstock*.

»Pfiat eich!«, verabschiedete der Fahrer sie herzhaft. »Bis moagn, hoibe sechse.«

Sie mussten nicht erst klingeln. Luis, der Nachportier, eilte schon herbei und öffnete ihnen die Glastür zum Foyer, das mit Perserteppichen, schlanken Sesseln und asiatischen Bodenvasen eingerichtet war.

»Griaßt eich Gott!«, begrüßte er sie vergnügt. »Hobt's ihr an guaden Flug g'hobt? Hob eich scho a Brotzeit 'naufgstellt.«

In München stand man gleich auf Du und Du, und an das rustikale Bayrisch des Portiers hatte Margot sich mittlerweile auch gewöhnt.

Mit einem freundlichen »*Good night, see you tomorrow*« verabschiedeten Almuth und sie sich auf dem Hotelflur von den Piloten. Kaum fiel die Tür des Doppelzimmers hinter ihnen zu, kickte Margot die Pumps von den Füßen, bevor sie eine der beiden bereitstehenden Bierflaschen öffnete, auf denen das Kondenswasser perlte. Sie trank einen großen Schluck und streckte Almuth einladend die andere Flasche entgegen.

Almuth schüttelte abwehrend den Kopf. »Du weißt doch, was Fräulein Buschheuer uns eingetrichtert hat: zwölf Stunden vor dem nächsten Flug keinen Alkohol.«

Margot setzte eine entrüstete Miene auf. »Bier is doch koa Alkohol ned!«, imitierte sie Gitta so gekonnt, dass Almuth lachen musste.

Während Margot ihre Reisetasche einfach abgestellt hatte, war Almuth schon dabei auszupacken. Sie fühlte sich erst dann wohl, wenn die frische Bluse für den nächsten Morgen auf dem Bügel hing und auch noch der letzte Toilettenartikel griffbereit an seinem Platz lag, das hatte Margot inzwischen gelernt.

»Glaubst du«, fragte Almuth aus dem Badezimmer und drehte den Wasserhahn auf, »die Lufthansa wird uns immer in so guten Hotelzimmern unterbringen? Mit eigenem Bad anstatt einem draußen auf der Etage?«

»Das will ich schwer hoffen«, antwortete Margot.

Almuth hängte ihre ausgewaschenen Strümpfe über den Badewannenrand und griff dann nach der Türklinke. »Ich mach mal eben zu, ja?«

Der Teppich war weich unter Margots bestrumpften Füßen, als sie um das Bett herumging und das Fenster öffnete. Sofort schwappten ausgelassene Stimmen, Gelächter und laute Musik zu ihr herauf.

Das Bahnhofsviertel war der Kiez von München. Hinter den Restaurants, Cafés und der italienischen Eisdiele reihte sich ein Nachtlokal an das andere, viele davon noch in Baracken. Grüppchen aufgekratzter junger Männer und tanzwütige Paare hasteten in Richtung der Musik und wichen dem einen oder anderen Betrunkenen aus. Eine dunkle Limousine hielt vor einem der Clubs, und der Fahrer öffnete den Wagenschlag für einen mittelalten Herrn nebst zugehöriger Dame, die nach richtig viel Geld aussahen. Daneben bestimmten vor allem Uniformen das Straßenbild: amerikanische Besatzungssoldaten, die sich die Nacht um die Ohren schlugen – und zwar nicht nur mit Drinks und den Rhythmen ihrer Heimat.

Flesh Pot, Fleischtopf, nannten die Amis dieses Viertel, hatte Gitta im Flüsterton berichtet. In bestimmten Nachtclubs wiegten sich *Schönheitstänzerinnen* zu aufreizender Musik und entblätterten sich dann bis auf ihr winziges Unterhöschen. Margot beugte sich über das Fensterbrett, um unten vielleicht eine der Damen vom sündigen Gewerbe zu entdecken. Angeblich verdienten genau diejenigen ihr Geld in Stundenhotels, bei denen man es am wenigsten erwartete: die Damen mit den züchtigsten Ausschnitten, aber den höchsten Absätzen, vielleicht sogar mit einer Nerzstola über den Schultern. Die jungen Frauen, die bis in die Haarspitzen aufgedonnert hier entlangstolzierten, waren dagegen auf einen Flirt aus, der ihnen den Sprung ins reiche Amerika ermöglichte. Mit einem weißen Soldaten natürlich; die dunkelhäutigen Amerikaner hatten ihre eigenen Clubs im Norden der Stadt, mit ihrer eigenen Musik: Blues und Jazz statt Rockabilly und Boogie-Woogie, auch das wusste Margot von Gitta.

Unten auf der Straße schrillte ein Pfiff. Zwei GIs waren stehen geblieben und sahen zu Margot herauf.

»*Hey gorgeous!*«, rief der eine.

Margot bezweifelte, dass er im Gegenlicht des Hotelzimmers viel von ihr erkennen konnte, geschweige denn, ob sie eine Schönheit war. Die beiden GIs hingegen standen genau im Lichtschein des Hotels. Sie wirkten jung, auf blank geschrubbte Art gut aussehend und mit demselben smarten Selbstbewusstsein, das Margot von den amerikanischen Piloten in Fuhlsbüttel kannte.

»*Whatcha doin' tonight?*«, erkundigte sich der Soldat nach ihren Plänen für den restlichen Abend.

Margot hob die halb leere Flasche an. »*Just having a beer and going to sleep.*«

»*Wanna go dancin'?*«, fragte der andere Amerikaner.

»*I can't!*«, rief Margot lachend zurück. »*I've got an early flight tomorrow.*«

»*I'll fly you to the moon, baby!*«, rief der erste Soldat prahlerisch und deutete mit ausgebreiteten Armen einen Höhenflug an.

Margot lachte.

»Mit wem redest du?«, wollte Almuth wissen, die aus dem Badezimmer trat und über Margots Schulter spähte.

Bei ihrem Anblick stießen sich die beiden GIs gegenseitig an, ein anerkennender Pfiff flog zum Fenster herauf.

Hastig wich Almuth ins Zimmer zurück. »Geh vom Fenster weg!«, zischte sie.

»Warum?«, fragte Margot verwundert.

»Sonst verstehen die das noch als Einladung, zu uns heraufzukommen!«

Zusammen mit ihrer Stewardessenuniform schien Almuth auch ihre neu gewonnene Selbstsicherheit abgelegt zu haben. In ihrem braven rüschenbesetzten Nachthemd, die Arme um sich geschlungen, wirkte sie wie ein verängstigtes kleines Mädchen.

Margot grinste. »Dazu müssten sie erst einmal an Luis vorbei.«

Almuth war offensichtlich nicht nach Scherzen zumute. »Willst du, dass die da unten randalieren und sich mit Gewalt Zutritt verschaffen?«

Margot schüttelte den Kopf über ihre Freundin, schloss dann aber doch das Fenster. Mit Nachdruck. »Meine Güte, Almuth! Das sind nur zwei amerikanische Jungs in Uniform. Nicht die Rote Armee.«

Sie wusste sofort, dass sie etwas Falsches gesagt hatte. Mit einem Schlag war alle Farbe aus Almuths Gesicht gewichen.

»Entschuldige«, murmelte Margot, ohne dass sie genau wusste, was sie falsch gemacht hatte.

Sie hätte Almuth gern in den Arm genommen, aber die war eigen mit Berührungen, manchmal sogar bei Margot und Thea, und gerade jetzt schien kein guter Zeitpunkt dafür.

Das Schweigen zwischen ihnen war erdrückend.

»Ich finde es nur schade«, sagte Margot nach einer Weile leise, »dass wir auf der Abendroute so gar nichts von München haben.«

Almuth löste sich aus ihrer Erstarrung. Mit zornigen Bewegungen schlug sie die Falten aus ihrem Uniformrock und hängte ihn über die Stuhllehne. »In der Tagschicht haben wir doch genug Zeit für die Stadt.«

Margot fand nicht, dass vier Stunden Aufenthalt genug waren, zumal schon fast eine Stunde für die Fahrt vom Flughafen und zurück draufging. Es reichte jedes Mal gerade so für ein Stündchen in einem der feinen Cafés oder im Biergarten, die eine oder andere Sehenswürdigkeit oder für einen Bummel durch das schöne neue Kaufhaus von Ludwig Beck. Sie hätte gern mehr von dieser Stadt gesehen, die auf einladende Art quirlig und doch gemütlich war, halb modern, halb urig und von ruppiger Herzlichkeit. Vor allem aber lockte das Nachtleben sie, das sie hier im Hotel direkt vor der Tür hatten.

Margot stellte die Bierflasche ab und drehte an den Knöpfen des kleinen Radios auf dem Schreibtisch.

»Wär das denn nichts«, fragte sie, »du und ich, flott angezogen und aufgehübscht, und dann stürzen wir uns kopfüber in die Nacht?«

»... *and now grab your girl*«, vibrierte die tiefe Stimme des Sprechers von *American Forces Network Munich* durch das Hotelzimmer, »*and rock and roll into the night!*«

Schmissige Saxophonmusik sprudelte aus dem Lautsprecher und ging Margot sofort ins Blut. Schwungvoll tanzte sie auf Almuth zu und streckte einladend die Hand nach ihr aus. Almuth wandte verlegen den Blick ab, aber ein kleines Lächeln glitt über ihr Gesicht, und schließlich konnte auch sie nicht anders, als sich dem Sog des Rock 'n' Roll zu überlassen.

»*Shake, rattle and roll!*«, jubelten sie im Chor mit Bill Haley, während sie mit kleinen Kicks umeinander herumhüpften und an der Hand der anderen um sich selbst kreiselten. »*Shake, rattle and roll!*«

Im Stockwerk unter ihnen hämmerte jemand gegen die Wand, und kichernd ließen die beiden sich aufs Bett fallen.

Margot stützte den Kopf auf die Hand. »Willst du nicht mal mitkommen, wenn Claus und ich tanzen gehen?«

Almuth blickte zweifelnd drein. »Als fünftes Rad am Wagen?«

»Thea ist oft dabei. Manchmal auch Gitta und Felix.«

Die Chordettes trällerten *Mister Sandman, bring me a dream*. Margot stand auf und drehte die Lautstärke des Radios herunter.

»Ich kann das nicht so gut«, hörte sie Almuth leise sagen.

»Was, tanzen? Glaub ich dir nicht.« Margot streifte ihre Uniform ab.

Almuth zupfte an einer Rüsche ihres Nachthemds. »Mit Jungs«, flüsterte sie schließlich kaum hörbar.

Margot sah zu ihr hinüber, während sie in ihr Nachthemd schlüpfte. *Eisprinzessin* nannte Max sie, wenn die jungen Stewards unter sich waren, das hatte Felix erzählt. Weil Almuth die manchmal anzüglichen Schäkereien und tapsigen Flirtversuche ihrer männlichen Kollegen stets mit frostigem Blick an sich abgleiten ließ.

»Die meisten dort im Tanzschuppen sind ganz in Ordnung«, meinte Margot leichthin. »Und die paar von der unangenehmen Sorte kannst du getrost links liegen lassen. Das machen alle Mädchen so.«

»Ich weiß nicht«, murmelte Almuth zaudernd.

Margot nahm die beiden Bierflaschen und das Tablett mit Brezeln und *Obazda* und kehrte zum Bett zurück. Almuth setzte sich auf und griff gedankenverloren nach einer Brezel.

»Wenn meine Mutter mich so sehen würde«, stöhnte sie. »Mitten in der Nacht mit Essen im Bett. Wie eine Vagabundin!«

Margot gluckste. »Das sind wir doch auch: Vagabunden der Lüfte.«

»Trotzdem.« Almuth pickte sorgsam Krümel und Salzkörnchen von ihrem Nachthemd und ließ sie auf das Tablett fallen.

»Du bist erwachsen, Almuth. Sogar fast zwei Jahre älter als ich.«

Almuth schwieg, den Blick auf ihr Nachthemd gerichtet.

»War deine Mutter immer schon so streng?«, wollte Margot wissen.

Angespannt kaute Almuth auf ihrer Unterlippe. »Sie findet eben«, sagte sie dann schwach, »dass wir mehr als andere auf unseren Ruf achten müssen. Wegen unseres alten Namens. Und weil wir im Krieg so viel mitgemacht haben.«

»Das haben andere doch auch«, entgegnete Margot.

Almuths Kopf ruckte hoch. »Aber das interessiert keinen mehr, verstehst du?«

Margot nickte. Was im Krieg passiert sein mochte, war unter einer Schicht aus Schweigen verschwunden wie die Schränke und Tische unter Spitzendeckchen.

»Willst du es mir erzählen?«, fragte Margot behutsam.

»Vielleicht irgendwann«, murmelte Almuth.

Geradezu trotzig griff sie zur Bierflasche und trank einen großen Schluck. Wie bittere Medizin, von der sie wusste, dass sie ihr doch nicht helfen würde.

28

Secret Love

Still lag das Flussufer in der Dunkelheit, aus dem Autoradio perlten Geigenklänge und die Stimme von Doris Day in die Nacht hinaus.

Es war Samstag. Kaum war Margot aus München zurückgekommen, hatte Claus sie zum Abendessen ins *Bodega* ausgeführt. Nach Cocktails in einer Bar oder einer durchtanzten Nacht hatte ihnen nicht der Sinn gestanden. Lieber waren sie mit offenem Verdeck durch die Lichter der Stadt gekurvt und an die Elbe hinausgefahren. Dieser 30. April war der erste warme Tag im Jahr, der Abend noch mild.

»Ist dir auch nicht zu kalt?«, murmelte Claus zwischen zwei Küssen.

»Kein bisschen«, flüsterte Margot, schmiegte sich aber trotzdem enger an ihn.

Die Musik verklang. Das knisternde Rauschen danach war wie eine kalte Dusche. Es musste dreiundzwanzig Uhr sein, Programmschluss bei *British Forces Network*. Mit einem enttäuschten Seufzen vergrub Margot das Gesicht an Claus' Schulter.

»Soll ich dich nach Hause bringen?«, fragte er in die Stille hinein. »Richtig nach Hause, meine ich.«

Margot schüttelte den Kopf.

»Warum nicht?«, hakte Claus nach. »Deine Mutter scheint doch ganz umgänglich. Die wird schon nicht mit dem Nudelholz auf mich losgehen, wenn ich dich vor eurer Tür absetze.«

»Aber mich wird sie womöglich durch die Mangel drehen«, meinte Margot, »bis sie auch noch die letzte Kleinigkeit über dich weiß.«

Claus grinste. »Nur zu. Ich hab nichts zu verbergen. Oder fast nichts.« Er spielte mit einer Strähne ihrer kurz geschnittenen Haare. »Mir ist nie ganz wohl dabei, wenn ich dich unterwegs irgendwo rauslasse. Da draußen laufen eine Menge Sittenstrolche herum.«

»Solche wie du?«, fragte Margot leichthin und stupste ihn zwischen die Rippen.

»Ich bin auf langsame Verführung aus«, erklärte Claus mit gekonnt überheblicher Miene. »So lange, bis du nicht mehr anders kannst, als in meine Arme zu fallen.«

»Du meinst wohl in dein Bett.«

Er zwinkerte ihr zu. »Muss nicht unbedingt mein eigenes sein.«

Das Geräusch eines Motors näherte sich, und Reifen knirschten auf Kies. Margot wandte den Kopf und blinzelte in das Scheinwerferlicht. Der Wagen blieb einen Augenblick lang wie unschlüssig stehen und rollte dann zögerlich über den Strand. Schemenhaft konnte Margot hinter der Scheibe das Gesicht eines Mädchens ausmachen, daneben schob sich das eines jungen Mannes; beide spähten vorsichtig zu Claus und Margot herüber. Der Motor erstarb, die Scheinwerfer erloschen, und die zwei Gesichter verschwanden im Inneren des Wagens.

Claus schmunzelte. »Offenbar sind wir nicht die Einzigen, die zum Parken hierherkommen.«

»Parken nennst du das also?«, zog Margot ihn auf.

»Ja, parken. Oder wie würdest du dazu sagen?«

Grinsend zog er sie für einen langen Kuss an sich. Seine Hand legte sich auf ihr Knie und wanderte unter dem Rock weiter aufwärts. Ein verlockendes Sehnen durchzog Margot, und trotzdem versetzte sie seinen Fingern einen spielerischen Klaps. Leise lachend kuschelten sie sich aneinander.

Arm in Arm verfolgten sie die Positionslichter der Flugzeuge am Himmel. In der Stille der Nacht war das weit entfernte Dröhnen der Motoren klar zu hören, und eine wohlige Gänsehaut überlief Margot.

»Hab ich dir eigentlich erzählt«, flüsterte Claus nach einer Weile, »dass ich als Knirps einmal mit der *Hindenburg* gefahren bin?«

Margot staunte. »Der Zeppelin, der in Flammen aufgegangen ist?«

Claus nickte. »Die Firma meines Vaters hat das Eisenoxid geliefert, das die Außenhülle gegen Sonneneinstrahlung schützen sollte. Ehrensache, dass er zur Probefahrt eingeladen war und seinen Stammhalter mitbringen durfte. Unser Chauffeur hat uns von Bockenheim nach Friedrichshafen am Bodensee gefahren.«

»Und, wie war es?«

Um seinen Mund zuckte es. »Abgesehen von dem grauenvollen Matrosenanzug, in den mich meine Mutter für diesen Anlass gesteckt hat? Großartig natürlich! Das war mein erster Flug überhaupt, und ich konnte gar nicht genug davon kriegen, hoch oben über dem See durch die Luft zu schweben. Irgendwann habe ich dann allerdings gefragt, ob wir nicht mal einen Zahn zulegen könnten.«

Margot lachte.

»Wenn danach irgendwelche Geschäftspartner meines Vaters

bei uns zu Gast waren«, fuhr Claus fort, »von Junkers, Dornier oder Focke-Wulf, habe ich sie bestürmt, mich doch mal mitzunehmen. Ein paarmal durfte ich dann tatsächlich auf einen kleinen Rundflug mitkommen. Wann immer ich konnte, bin ich auf dem Fahrrad zum Flughafen rausgefahren und habe stundenlang im Gras gesessen, um den Flugzeugen zuzuschauen. Ich bin auch dann noch hingeradelt, als dort alles zu Schutt und Asche zerbombt war.«

»Um von einem besseren Morgen zu träumen«, ergänzte Margot wispernd. »Und von der Freiheit dort oben.«

»Genau.«

Lächelnd sahen sie und Claus sich in die Augen. Er rutschte tiefer in den Sitz und zog sie an sich.

»Einmal habe ich zwischen den Trümmern eine verbogene Anstecknadel gefunden«, murmelte er an ihrer Wange. »Ein Kranich der Lufthansa. Weiß der Geier, wie sie dort gelandet ist. Eines Tages, habe ich mir da geschworen – eines Tages fliege ich in den Himmel hinauf. Die Nadel steckt jetzt an der Innenseite meiner Uniformjacke. Als Talisman.«

Während Margot fast jeden Tag flog, wartete Claus noch auf seinen ersten Einsatz. Solange die Sondergenehmigung der Alliierten nur für innerdeutsche Flüge galt, waren alle verfügbaren Plätze im Cockpit den Piloten vorbehalten, die schon länger im Dienst waren.

Zärtlich strich Claus ihr eine Ponyfranse aus der Stirn. »Warum darf ich nicht sehen, wie du wohnst, Margot mit den schönen Augen und dem eigenen Kopf?«, flüsterte er.

Margot wandte das Gesicht ab. »Weil es da nicht viel zu sehen gibt.«

»Ich bin nicht kurzsichtig, Margot«, hörte sie ihn leise sagen. »Ich weiß sehr wohl, wie andere Leute leben. Ja, ich habe einen

Haufen Geld, aber ich bin nicht besonders stolz darauf, ich habe nie etwas dafür geleistet. Vor allem ist mir bewusst, wie es verdient worden ist: auf dem Rücken der Zwangsarbeiter.«

Seine Miene war ernst, als er den Blick auf die Lichter richtete, die auf der anderen Seite des Wassers glommen.

»Natürlich habe ich sie gesehen«, fuhr er mit rauer Stimme fort, »damals bei uns im Werk. Ich dachte mir nur nichts weiter dabei. Irgendjemand musste die Arbeit doch machen, nachdem so viele unserer Leute an die Front geholt worden waren. Und wenn ich mitbekommen habe, dass der Vorarbeiter rumbrüllte oder auch mal zuschlug, habe ich geglaubt, dass das schon seine Richtigkeit hätte. Ich war ja noch ein Bub und kannte es nicht anders. Mein alter Herr ist genauso mit mir umgesprungen, wenn ich nicht spurte.«

Margots Hand stahl sich in seine, aber er schien sie kaum wahrzunehmen.

»Ich habe keine Ahnung, was aus den Zwangsarbeitern geworden ist«, raunte er nach einer Weile. »Als ich mit der Erlaubnis der Militärregierung wieder auf das Werksgelände durfte, war keine Spur von ihnen zu finden. Ich weiß bis heute nicht, ob mein Vater die Unterlagen vernichtet hat oder ob es nie welche gab. Und die Alliierten konnten oder wollten mir keine Auskunft geben.«

Eine Weile schwiegen sie beide, während der helle Schweif des Leuchtturms durch die Nacht pulsierte.

Claus legte seine Stirn an Margots. »Bleib heute Nacht bei mir«, flüsterte er. »Ich kann auch anständig sein.«

Seine Nähe und sein Duft nach frischem Rasierwasser und Zigarettenrauch machten Margot schwindlig im Kopf. »Aber ich vielleicht nicht«, flüsterte sie.

»Was für eine Versuchung«, hauchte er auf ihre Wange. »Und

was für eine Verschwendung wäre es, sie nicht noch ein wenig auszukosten.« Lächelnd hob er den Kopf. »Komm, ich fahr dich nach Hause. Und zwar bis vor die Tür. Keine Widerrede.«

Er drehte am Knopf des Radios.

Margot lachte. »Da wirst du jetzt kein Glück mehr haben. Um diese Zeit läuft nur der Nordwestdeutsche Rundfunk, die bringen Klassik oder Hörspiele.«

Claus zuckte mit den Schultern. »Mozart or Beethoven in der Nacht haben auch ihren Reiz.«

Zwischen Rauschen, Knistern und unverständlichem Wellensalat erhaschte Margot etwas, das wie »Adenauer« klang.

»Warte!«, rief sie und hielt Claus' Hand fest.

Gehorsam drehte er den Knopf wieder einen Tick zurück.

»… sind Bundeskanzler Dr. Adenauer und der französische Außenminister Pinay nach rund siebzehnstündigen intensiven Beratungen im Palais Schaumburg vor die Presse getreten.«

»Die Konferenz«, flüsterte Margot atemlos.

Claus nickte, während des Essens im *Bodega* hatten sie noch darüber gesprochen. Die noch immer heikle Saarfrage beschäftigte ihn im Grunde ebenso wenig wie Margot, aber womöglich hing davon das weitere Schicksal der Bundesrepublik ab.

»… konnte der Streit um die saarländischen Röchling-Werke erst nach mehrstündigen harten Auseinandersetzungen beigelegt werden. Damit dürfte die Bedingung des französischen Rats für das Saarstatut erfüllt sein …«

Margot atmete tief durch, und ihre Finger verflochten sich mit denen von Claus.

»… Am kommenden Donnerstag, dem 5. Mai, endet das Besatzungsregime. An diesem Tag wird der Bundesrepublik ihre Souveränität zurückgegeben.«

Margot stieß einen Freudenschrei aus.

Claus schloss die Hände um ihr Gesicht. »Weißt du, was das heißt?«, rief er.

»Wir kriegen auch unsere Lufthoheit zurück!«, jubelte Margot und küsste ihn fest auf den Mund.

Claus drehte den Zündschlüssel um. Mit aufheulendem Motor setzte der Wagen zurück und preschte durch aufspritzenden Kies in Richtung der asphaltierten Straße.

Margot reckte die Arme in die Höhe und das Gesicht in den Fahrtwind, während sie durch die Lichter der Stadt brausten und Claus fortwährend auf die Hupe drückte.

»Der Himmel gehört uns!«, brüllten sie in die Nacht hinaus.

29

Ganz Paris träumt von der Liebe

Voller Energie trat Margot in die Pedale. Die Morgenluft war noch frisch, aber trotz des bedeckten Himmels war es kurz nach sechs Uhr schon hell. Überall grünte und blühte es, und die Vögel trillerten; endlich war der Frühling da.

Schwungvoll bog Margot auf die Zufahrtsstraße zum Flughafen ein. Die Schafe, die die ausgedehnten Grünflächen Fuhlsbüttels kurz hielten, waren aus ihrem Winterquartier zurückgekehrt und blökten munter, während eine kleine Propellermaschine schnurrend über das Vorfeld rollte. Ein unbeschreibliches Gefühl von Freiheit war es, in Hosen und flachen Schuhen zu radeln und sich keine Gedanken mehr über ihre Frisur machen zu müssen. Und in knapp achtundsiebzig Stunden würde die Bundesrepublik ein eigenständiger Staat sein.

Mit einem kurzen Gruß schoss Margot am Pförtnerhaus vorbei und preschte dann über den Asphaltweg; einer der Lufthansa-Volkswagen hupte ihr zu. Außer Atem hielt sie vor dem Personalgebäude, schnappte sich ihre Tasche und warf den Arbeitern, die in ihren Overalls bei einer Zigarettenpause zusammenstanden, ein freundliches »Moin« zu, bevor sie hineinflitzte.

»Hast du es schon gehört?«, empfing Almuth sie in der Umkleide und stopfte den Blusensaum unter den Bund des

Uniformrocks. Das Strahlen auf ihrem Gesicht umgab sie wie mit einem Goldschimmer.

»Hab ich«, bestätigte Margot und schlüpfte aus den Ballerinas. »Jetzt ist auch der letzte Bremsklotz weg! Hallo Welt, wir kommen!«

Glücklich lachten sie sich an.

»Griaßt eich!« Fröhlich stürmte Gitta herein und stellte das Köfferchen für die Übernachtung in München in ihren Schrank.

Margot und Almuth wechselten einen Blick. Wenn ihre Vorgesetzten auch die Abendschicht einbestellt hatten, warteten definitiv große Neuigkeiten auf sie.

»Was ist denn hier los?«, fragte Margot, als sie kurz darauf in ihrer Uniform den Schulungsraum betrat.

Sämtliche Kolleginnen und Kollegen aus den beiden Lehrgängen drängten sich vor den geöffneten Fenstern zusammen.

Thea, die auf einem der Fensterbretter saß, winkte Margot grinsend zu sich. »Det musste dir ankieken! Ein Bild für die Götter!«

Nur widerwillig machten zwei der jungen Damen Platz, als Margot sich zwischen ihnen hindurchzwängte.

Die Wolkendecke war aufgerissen, und in der Morgensonne schäumte und glitzerte die Fontäne des Springbrunnens. Das Wasser darin war noch fast so kalt wie bei der Rettungsübung im Februar, jede Woche stippten sie probehalber die Hand hinein. Auf dem Rasen jedoch herrschte schon Hochsommer.

In kurzen Sporthosen und teils im Unterhemd, teils mit freiem Oberkörper rangelte eine Handvoll junger Männer lautstark um einen Ball. Ein launiger Wettkampf ohne klare Mannschaftsgrenzen, bei dem es offenbar egal war, ob man den Ball warf, mit den bloßen Füßen kickte oder eindrucksvoll unter Beweis stellte, mit welchem Körperteil man ihn am besten jonglieren konnte. Die Lebendigkeit und Lebensfreude der Jungpiloten war unwiderstehlich, und das lustvolle Spiel ihrer Muskeln nicht minder.

»Tja«, sagte einer der neuen Stewards zum anderen. »Da musst du noch eine Menge Tabletts schleppen, bis du annähernd so aussiehst!«

Thea steckte zwei Finger in den Mund und stieß einen grellen Pfiff aus.

Unten wandte Claus sich um und winkte kaugummikauend und mit einem Grinsen zu ihnen herauf. Auf seinen Brustmuskeln und dem Bizeps glänzte der Schweiß. Mit einem Herzstolpern hob Margot die Hand und erwiderte seinen Gruß.

Platschend landete der Ball im Wasser. Der andere Klaus zog sich das Unterhemd über den Kopf und enthüllte dabei einen durchtrainierten Bauch und dichtes dunkles Brusthaar. In der Bewegung sah es aus, als ob der Ikarus auf seinem Oberarm geradewegs in den Himmel hinaufjagte.

»Der ist so ein Tier!«, seufzte Sieglinde hingebungsvoll.

»Na denn, ran an den Speck!«, riet ihr eine andere Stewardess.

Sieglinde schnaubte. »Meine Eltern drehen durch, wenn ich so einen heimbringe. Mit einem Seemannsbild auf dem Arm.«

»Wieso?«, mischte sich einer der Stewards ein. »Sieht doch keiner, auch mit einem kurzärmligen Hemd nicht. Sonst hätte ihn die Lufthansa gar nicht eingestellt. Kurt hat nämlich auch eins, auf der Schulter. Ein rotes Herz mit Anker.« Er grinste frech. »Mutti gewidmet.«

»Lügner!«, protestierte besagter Kurt.

»Also würdest nur du es sehen«, wisperte die Stewardess von gerade eben Sieglinde in vielsagendem Tonfall zu. »So oft du willst.« Beide begannen zu kichern.

Unten nahm Klaus Anlauf und klatschte mit einer gewaltigen Arschbombe ins Wasser. Claus folgte ihm mit einem eleganten Kopfsprung und tauchte prustend wieder auf. Johlend balgten sie sich um den Ball und drückten sich gegenseitig unter Wasser, und an den Fenstern brandete Gelächter auf.

»Ich muss doch sehr bitten!«, bellte Herr Schlippchen hinter ihnen.

Erschrocken fuhren sie herum. Unbemerkt waren ihre Vorgesetzten in den Raum getreten. Fräulein Buschheuer stand unmittelbar hinter ihnen und spähte mit einem feinen Lächeln über ihre Schultern hinweg nach draußen.

»Contenance, meine Damen«, sagte sie, eine Augenbraue spöttisch hochgezogen. »Ich vermisse Ihre Contenance.«

Unter Herrn Schlippchens scharfem Blick nahmen sie rasch ihre Plätze ein.

Herr Schlippchen beugte sich hinaus und schloss dann naserümpfend die Fenster, bevor er sich umsah. »Fräulein von Rehberg!«

Almuth, die sich gerade gesetzt hatte, erhob sich wieder. »Ja, Herr Schlippchen?«

»Tragen Sie Ihren Hüftformer?«

Bis unter die Haarwurzeln lief Almuth rot an. »Natürlich, Herr Schlippchen.«

»Sind Sie sicher?« Mit ein paar schnellen Schritten war er bei ihr und schnickte mit dem Zeigefinger gegen ihre Kehrseite.

Wie von der Nadel gestochen machte Almuth einen Satz vorwärts.

»Das sieht mir aber ganz und gar nicht so aus«, konstatierte Herr Schlippchen beißend.

»Möglicherweise habe ich noch meinen eigenen Hüfthalter an.« Es war Almuth sichtlich eine Qual, die Details ihrer Unterwäsche mit Herrn Schlippchen zu diskutieren, noch dazu vor den versammelten Kolleginnen und Kollegen.

Fräulein Buschheuer goss sich eine Tasse Kaffee ein. »Ich bin sicher, ich habe Ihnen während der Ausbildung lang und breit den Unterschied zwischen Hüfthalter und Hüftformer erklärt, Fräulein von Rehberg. Der eine hält Ihnen nur die Strümpfe oben, der andere sorgt noch dazu dafür, dass sich nichts abzeichnet und nichts wackelt.«

»Bei Almuth wackelt doch nüscht«, wagte Thea einzuwerfen.

Fräulein Buschheuer blickte streng in die Runde. »Je schlanker die Silhouette, desto besser. Sie wollen ja wie pfeilschnelle Schwalben aussehen und nicht wie behäbige Hummeln.«

Einige der Stewardessen setzten sich sofort kerzengerade hin, sogar ein paar der Stewards zogen verstohlen den Bauch ein.

»Nutzen Sie ruhig alle Vorteile, die Ihnen die moderne Bekleidungsindustrie verschafft«, riet Fräulein Buschheuer. »Miederhosen beispielsweise zaubern etwaige Speckröllchen im Handumdrehen weg.«

Die Augen niedergeschlagen, drehte Gitta ihre Zigarettenschachtel in den Händen. Mittlerweile rauchten sie fast alle, nicht nur der Geselligkeit wegen, weil es mondän wirkte oder um Wartezeiten zu überbrücken, sondern auch, um ihr Gewicht zu halten; ein Tipp der älteren Stewardessen.

Margot und Almuth bildeten die große Ausnahme. Almuth deshalb, weil ihre Mutter sich auf der Entlassfeier über die rauchenden Fräuleins mokiert hatte, Fräulein Buschheuer eingeschlossen. *Eine deutsche Frau raucht nicht*, war das althergebrachte Diktum – oder allerhöchstens, wenn sie bereits unter der Haube war. Margot selbst zögerte allerdings aus einem anderen Grund, zu Zigaretten zu greifen. Seit der Senkung der Tabaksteuer gab es zwar ein Dutzend billige Zigaretten schon ab neunzig Pfennig, die besseren für eine Mark fünfzig. Aber auch das läpperte sich mit der Zeit, und das Geld sparte Margot lieber.

»Gehen Sie sich bitte umziehen!«, forderte Herr Schlippchen Almuth auf.

Almuth machte große Augen. »Jetzt?«

»Sie haben fünf Minuten«, erwiderte Herr Schlippchen knapp. »Sonst bleiben Sie heute am Boden, und jemand anders springt für Sie ein.«

Mit gesenktem Kopf hastete Almuth davon.

»Die guten Nachrichten haben Sie ja bestimmt schon alle gehört. Trotz aller Freude darüber müssen wir den Tag leider mit einer unangenehmen Neuigkeit beginnen«, verkündete Herr Schlippchen. »Was vergangenen Herbst bereits als Gerücht durch den Blätterwald flatterte, hat sich nun bestätigt. Mit Wirkung zum ersten Mai hat die sowjetisch besetzte Zone eine nationale Fluggesellschaft gegründet und sie ebenfalls *Deutsche Lufthansa* genannt.«

Ein Raunen ging durch den Raum, die Stewards und Stewardessen warfen sich verwirrt Blicke zu.

»Det hat Adenauer bestimmt nich mit Wiedervereinigung in Frieden und Freiheit jemeint«, schimpfte Thea leise vor sich hin.

»Da die Nachrichten von drüben nur spärlich zu uns dringen«, erklärte Fräulein Buschheuer und blies den Rauch ihrer Zigarette aus, »wissen wir nicht, ob besagte Fluggesellschaft bereits in ein Register eingetragen ist oder Markenschutz beantragt wurde.«

Elisabeth, Lissi genannt, eine Absolventin des zweiten Lehrgangs, hob die Hand. »Dürfen die das denn so einfach, sich auch Lufthansa nennen?«

Herr Schlippchen lächelte milde. »Unser sehr verehrter Herr

Bongers hat im Auftrag der Bundesregierung bereits frühzeitig Namen und Markenzeichen der alten Lufthansa erworben. Daher ist die Rechtslage eindeutig. Im Zweifel lassen wir es auf eine Klage ankommen. Mit der Unterstützung des Bundes sind wir auch finanziell dafür gewappnet.«

»Und wo kriegen die ihre Flugzeuge her?«, wollte einer der Stewards wissen.

»Aus der Sowjetunion natürlich«, antwortete Herr Schlippchen. »Vermutlich Iljuschins oder Tupolews.« Sein Gesichtsausdruck ließ keinen Zweifel daran, was er im Vergleich zu den in Kalifornien gebauten Convairs und Lockheed Constellations davon hielt.

»In der Ostzone werden allmählich die Lebensmittel knapp«, flüsterte Sieglinde ihrer Tischnachbarin zu. »Stand so in der Zeitung.«

»Deshalb türmen die Leute von dort auch scharenweise in den Westen«, warf Theo ein, der zusammen mit Lissi den Lehrgang absolviert hatte. »Die Aufnahmelager in Berlin quellen schon über.«

»Wir haben Sie darüber in Kenntnis gesetzt«, erklärte Fräulein Buschheuer, »damit Sie entsprechend reagieren können, sollte einer Ihrer Fluggäste Sie darauf ansprechen. Es gibt nur eine einzige Lufthansa, und die sitzt hier in Fuhlsbüttel, nicht in Schönefeld.«

Almuth kehrte in den Schulungsraum zurück. Hoch erhobenen Hauptes schwebte sie herein und schwang dabei ihre schmalen Hüften wie ein Mannequin auf dem Laufsteg. Mitten im Raum vollführte sie eine langsame Drehung, bevor sie sich an ihren Platz setzte. Eine ironische Geste, die verriet, was sie von dieser strengen Kleiderordnung hielt, aber mit so viel Grazie und Charme vorgebracht, dass Fräulein Buschheuer sich schmunzelnd räusperte und es auch um Herrn Schlippchens Mund zuckte.

»Wie dem auch sei«, fuhr er fort. »Wir harren einfach der Dinge, die da kommen. Freuen wir uns lieber, dass die Bundesrepublik in drei Tagen die Lufthoheit zurückerhält und diesseits der Ostgrenze frei fliegen darf. Gleich am Sonnabend hat die Lufthansa die Ehre, den Bundeskanzler, Herrn Dr. Adenauer, zur Konferenz nach Paris zu bringen, wo die Westeuropäische Union aus der Taufe gehoben und die Bundesrepublik feierlich in die NATO aufgenommen wird. Eine Premiere in doppeltem Sinn, denn zur Stunde wird unsere erste Super-Constellation eigens für Dr. Adenauer und sein diplomatisches Gefolge mit besonders bequemen Sitzen und einem roten Teppich ausgestattet.«

Herr Schlippchen genoss sichtlich die erwartungsvollen Blicke der Stewards und Stewardessen, von denen jeder und jede Einzelne hoffte, für diesen ehrenvollen Flug auserwählt zu sein.

»Angesichts der immensen Bedeutung dieses Flugs«, erklärte er, »und der damit verbundenen Anforderungen übernimmt Fräulein Buschheuer höchstpersönlich den Service an Bord. Fräulein Arnold, Fräulein Heller und Herr Jungblut werden sie dabei unterstützen.«

Neidische Blicke streiften Sieglinde, die glücklich aufquiekte, und Felix, der selig grinste.

»Gehen Sie vorher noch zum Friseur, Herr Jungblut!«, wies Herr Schlippchen ihn zurecht. »Eine Schmalztolle à la Tony Curtis ist an Bord fehl am Platz.«

»Jawohl, Herr Schlippchen«, murmelte Felix verlegen und strich sich das Haar aus der Stirn.

»Auf Sie alle«, ergänzte Fräulein Buschheuer, »kommt ab der kommenden Woche ein geänderter Dienstplan zu.«

Die beiden Vorgesetzten gingen durch die Reihen, um die neuen Pläne auszuteilen.

»Madrid!«, rief Thea aus. »Keen Flachs?«

»Polieren Sie Ihr Spanisch noch etwas auf, Fräulein Brandeis«, riet Fräulein Buschheuer. »Schaffen Sie das in den knapp zwei Wochen?«

»*Claro que sí!*«, erwiderte Thea zackig.

»Ich darf nach London«, hauchte Almuth und presste die Hände an die Wangen. »Das hatte ich mir so sehr gewünscht.«

Herr Schlippchen beugte sich grinsend über ihre Schulter. »Aber nur mit Hüftformer, ja?«

»*Of course*«, antwortete Almuth lachend.

Margot blinzelte auf den Plan, den Herr Schlippchen ihr hinlegte, und ihr Herzschlag geriet aus dem Takt. Sie würde nach Paris fliegen! Und das schon in etwas über einer Woche.

Ein Dreierflug war es, mit Lissi und Theo, denen sie als Dienstälteste vorstehen würde. Margots Blick wanderte zu den Zeilen mit den Namen der Piloten. Kapitän: James McAllister. Erster Offizier: Claus Sturm.

30

Wenn der weiße Flieder wieder blüht

Ein babylonisches Sprachgewirr flutete die Halle des Flughafens von Orly, unterlegt von den unterschiedlich getakteten Schritten zahlloser Menschen.

Darüber schwebten die Durchsagen auf Französisch und Englisch.

»Fünf Stunden«, maulte Lissi. »Was kann man in fünf Stunden Paris denn schon groß anfangen? Das ist doch wie Mokkatörtchen, an denen man zwar schnuppern darf, die man aber nicht auf den Teller kriegt.«

Nur widerwillig löste Theo den Blick von einer ausnehmend schönen Frau im Kostüm, die sich gerade von einem eleganten Herrn Feuer geben ließ.

»So ein Blitztrip hat doch auch seinen Reiz«, sagte er. »Wie weit ist es denn von hier bis ins Zentrum?«

»Eine gute halbe Stunde, je nach Verkehr«, erklärte Margot, die sich gut vorbereitet hatte. »Wir sehen uns heute Abend. Seid bitte pünktlich!« Im Gehen drehte sie sich noch einmal um. »Und kommt mir nicht unter die Räder!«

Lachend klemmte sie sich die Handtasche unter den Arm und lief auf ihren hohen Absätzen davon. Als sie durch die Glastür trat, kniff sie geblendet die Augen zusammen. Die Sonne schien hier heller als zu Hause, und es war auch deutlich wärmer, fast schon Frühsommer.

»*Bonjour, Mademoiselle.*« Einladend öffnete der Fahrer die rückwärtige Tür des Taxis, das an eine Staatskarosse erinnerte, er selbst trug die Kluft eines Chauffeurs.

»*Bonjour, Monsieur*«, erwiderte Margot, als sie einstieg, und bat ihn, noch ein paar Minuten zu warten.

Es dauerte nicht lange, dann trat auch Claus aus der Glastür, die drei Streifen auf den Ärmeln seiner Uniformjacke glänzten in der Sonne. Sein Blick wanderte über die bereitstehenden Taxis, dann entdeckte er Margot und strahlte sie an. Er warf die Zigarette weg und kam mit langen Schritten auf sie zu.

»Was für ein Flug!«, rief er, als er sich mit seinem Pilotenköfferchen auf den Beifahrersitz fallen ließ.

Der Taxifahrer schlug die Tür hinter ihm zu und setzte sich ans Steuer. Mit einem Nicken und einer freundlichen Bemerkung nahm er das Ziel zur Kenntnis, das Margot ihm nannte, und gab Gas.

Claus nahm die Pilotenmütze ab und fuhr sich durch die Haare. »Das war wie im Schleudergang einer Großwäscherei. Ein paarmal dachte ich wirklich, wir schmieren ab.«

»Deine Feuertaufe hast du jedenfalls bestanden«, entgegnete Margot.

Er lachte. »Habt ihr hinten viele Tüten gebraucht?«

Margot zog die Nase kraus. »Ziemlich viele, wir kamen kaum mit dem Wegtragen hinterher. Zwischendurch dachte ich schon, uns würde der Vorrat ausgehen und wir müssten welche aus Zeitungspapier falten.«

»Bei solchem Wetter fliegen doch nur Verrückte!« Claus stöhnte mit einem hörbaren Grinsen.

»Oder die Lufthansa!«, ergänzte Margot den alten Spruch aus dem Legendenschatz der Fluggesellschaft.

Beide lachten, und Claus warf einen Blick über die Schulter. »Hast du unsere Super-Connie gesehen, die vor der Halle der Air France parkt?«, fragte er.

»Die ist nicht zu übersehen«, erwiderte Margot vergnügt. »Schon allein durch den Pulk, der sie belagert.«

Die Super-Constellation, liebevoll Super-Connie genannt, war der Star unter den Himmelsstürmern. *The Lady of the Skies*: schlank und schnittig, mit majestätischer Spannweite und langbeinigem Fahrwerk. Derzeit flog keine Passagiermaschine so schnell und weit wie sie; die vier luftgekühlten Turbolader-Motoren brachten es zusammen auf satte dreizehntausend Pferdestärken. Mit einem solchen Flugzeug war der Sprung über den Atlantik ein Klacks – und stilvoll noch dazu.

Als sie die Vororte hinter sich gelassen hatten, wurde es still im Taxi. Der Zauber von Paris schlug Margot gänzlich in seinen Bann.

Sie kurbelte das Fenster herunter und streckte den Kopf hinaus. Benzindunst und Abgasschwaden vertrieben den Geruch nach Erbrochenem, der sich in ihrer Nase festgesetzt hatte. Der Fahrtwind roch nach Staub und Stein und sattgrünem Laub, und wie ein teures Parfum lag der Duft der blühenden Kastanienbäume und Fliedersträucher in der Luft.

Paris sah aus, als hätte es nie einen Krieg erlebt. Eine Stadt aus feudalen Zeiten, die beschwingt in die Moderne getänzelt war, auch ihre schäbigsten Ecken mit Würde vorzeigte und aus jeder Mauerritze Leichtigkeit verströmte. Egal welche Abzweigung das Taxi auch nahm – von überall war der Eiffelturm zu sehen wie der Zeiger einer Sonnenuhr.

Hand in Hand schlenderten Margot und Claus an der Seine entlang. Männer mit Rollkragenpullovern und Baskenmützen, im Mundwinkel eine Zigarette oder einen Zigarillo, blätterten an den Buden durch abgegriffene Bücher; mit Wäscheklammern aufgehängte Kunstdrucke schaukelten im Wind. Touristen fotografierten die Türme von Notre-Dame, die für Margot aussahen, als hätte das Geld nicht mehr für ein Dach gereicht; die vibrierenden Klänge einer Geige schwebten durch die Luft.

Vor ihnen ergoss sich eine regenbogenbunte Flut von Blüten über die Pflastersteine. Wie magisch angezogen lief Margot zu dem Blumenstand und kehrte mit einem Armvoll Flieder zu Claus zurück.

»Ich konnte nicht widerstehen«, sagte sie. »Meine Mutter liebt Flieder, und bei uns blüht er ja noch nicht.«

Lächelnd griff Claus nach ihrer Hand. »Ich könnte dich zum Essen ausführen«, schlug er vor.

Margot nickte. »Könntest du.«

»Wir könnten uns auch vor einem Café in die Sonne setzen und das Treiben um uns herum beobachten.«

»Könnten wir.«

»Oder wir könnten ins Museum gehen.«

»Ja, könnten wir auch«, erwiderte Margot leichthin.

Sie sahen sich in die Augen, und Margot glaubte zu sehen, dass Claus das Herz genauso bis zum Hals schlug wie ihr selbst.

Das Hotel lag in einer kleinen Seitenstraße, außen bröckelte der Putz von den verrußten Mauern, innen empfing es sie mit verstaubtem Charme.

Der Rezeptionist war nicht mehr ganz jung, irgendwas in den Vierzigern, die Schläfen schon grau. Das Metallschildchen an seinem Revers verriet, dass er Charles hieß, wie Charles de Gaulle.

Nach einem höflichen Willkommensgruß warf er einen schnellen Blick hinter Margot. »*Pas de valises?*«

In ihrem besten Französisch erklärte Margot, dass sie kein Gepäck dabeihatten, weil sie sich nach einem langen Flug nur ein paar Stunden ausruhen wollten, bevor sie heute Abend wieder zurückflögen.

»*Allemands?*«, wollte der Rezeptionist mit einem Blick auf ihre Uniform mit der Lufthansa-Nadel wissen. Als Margot bestätigte, dass sie aus Deutschland kamen, verzog er den Mund. »*Nos nouveaux amis.*«

Margot war unbehaglich zumute. So kurz nach dem Krieg waren Deutschland und Frankreich sicher nicht als neue Freunde zu bezeichnen; trotzdem war *Entente*, Einigkeit, das viel zitierte Schlagwort der Stunde.

Charles musterte erst Margot und ihren Fliederstrauß, dann Claus von Kopf bis Fuß, bevor er sich in das großformatige Buch vor sich vertiefte und bedauernd den Kopf schüttelte. »*Je regrette, Mademoiselle.*«

Margot sank der Mut, bevor seine nächsten Worte ihren Pulsschlag beschleunigten.

Mit gespielt betrübter Miene drehte sie sich um. »Er hat leider keine Einzelzimmer mehr. Nur noch ein Doppelzimmer, ganz oben unter dem Dach.«

Claus legte genauso gekonnt die Stirn in grüblerische Falten, als müsste er nachdenken, und zuckte dann mit den Schultern.

»*C'est bon, merci*«, wandte Margot sich wieder an Charles.

Der Rezeptionist seufzte etwas, das wie *l'amour* klang.

»*Pardon?*«, fragte Margot.

Charles beugte sich vor. »Isch 'att ein Lieb in Deutschland«, raunte er, als müsste er versteckte Lauscher fürchten. »In Krieg.«

Mit einem verschwörerischen Zwinkern schob er Margot den Schlüssel zu.

Das Zimmer am Ende des engen Korridors war nicht groß, aber es roch gut, nach Möbelpolitur und Wäschestärke.

»Wer hat jetzt wen ausgetrickst?«, fragte Claus belustigt und warf Pilotenkoffer, Mütze und Uniformjacke auf den Sessel, während Margot Wasser ins Waschbecken einließ und die Fliederzweige hineinstellte. »Hast du dein Glück schon mal beim Pokern versucht?«, fügte er hinzu, löste seine Krawatte und öffnete den obersten Hemdknopf. »Talent zum Bluffen hast du auf jeden Fall.«

Lachend trat Margot ans Fenster und öffnete die Flügeltüren. Großstadtlärm und Taubengurren schwappten herein. Auf das schmiedeeiserne Gitter gestützt, ließ sie den Blick über das Häusermeer schweifen, aus dem das filigrane Flechtwerk des Eiffelturms in den Himmel ragte.

»Paris«, flüsterte sie ungläubig. »Wir sind wirklich in Paris.«

Claus schloss die Arme um sie und küsste sie auf den Nacken. »Paris und du«, murmelte er. »Besser geht's nicht.«

»Fehlt nur noch das Feuerwerk«, erwiderte Margot und wandte sich um. Ihr Blick fiel auf die kleine blaue Schachtel, die neben Claus' Fliegeruhr auf dem Nachttisch lag, und in ihrer Magengegend machte sich ein nervöses Flattern breit.

»Wir tun nichts, was du nicht willst, ja?«, flüsterte Claus und streichelte ihre Wangen.

Margot nickte, zog die Uniformjacke aus und stieg aus den Pumps. Als sie nach dem Reißverschluss ihres Rocks tastete, hielt Claus ihre Hand fest.

»Nicht so schnell, Margot. Ich will doch auch keinen einzigen Augenblick verpassen.«

Die Hände um ihr Gesicht gelegt, hauchte er Küsse auf ihre

Sommersprossen, dann auf ihren Mund. Jedem Knopf, jedem Reißverschluss, jedem Zentimeter nackter Haut schenkten sie gebührende Aufmerksamkeit, und behutsam steuerte Claus sie in das Wolkenbett aus Kissen und Laken.

Wehmütig und heiter zugleich perlte Akkordeonmusik herauf, irgendwo maunzte eine Katze. Bäuchlings auf dem Bett liegend, blinzelte Margot durch das Fenster hinaus ins helle Sonnenlicht, das wie Goldstaub über der Stadt lag, und der betörende Duft des Flieders mischte sich mit Zigarettenrauch.

Claus' Finger fuhr die Rinne ihres Rückgrats nach, dann streichelte seine Hand über ihre Pobacke. »Das sind die entzückendsten Grübchen, die ich je gesehen habe.«

Lachend drehte Margot sich um, das Laken war kühl und glatt auf ihrer Haut. »Nicht dass du an nichts anderes mehr denken kannst, wenn ich zu dir ins Cockpit komme.«

»Könnte passieren«, murmelte er und drückte den Mund auf ihr Schlüsselbein.

Margot zog die Zigarette zwischen seinen Fingern hervor und führte sie probehalber an die Lippen. Verwegen kam sie sich vor, auf verführerische Weise verrucht.

Claus schmunzelte. »Beschwer dich nachher bloß nicht, ich hätte dich endgültig auf den Pfad des Lasters geführt.«

»Zu spät«, flüsterte Margot und hauchte ein Rauchfähnchen zur Decke.

Claus holte sich die Zigarette zurück. »Keine Reue?«

Margot lachte. »Bestimmt nicht!«

Es war wie Fliegen gewesen. Derselbe Rausch, der den Bauch zum Vibrieren und die Haut zum Kribbeln brachte. Dasselbe Glücksgefühl wie beim Abheben, gefolgt von einem seligen Schweben über den Wolken.

Das also war dieses große, geheimnisumwobene, schambehaftete, unaussprechliche Es, das in Gesetzestexten und Zeitungsartikeln mit *Unzucht* umschrieben wurde und sich nur durch eine Eheschließung reinwaschen ließ. Oder aber man brach alle Regeln und stahl sich in die Stadt der Liebe davon.

Claus reckte den Arm über Margot hinweg, um die Zigarette im Aschenbecher auf dem Nachttisch auszudrücken, und stützte dann den Kopf auf. Eine Weile sahen sie sich nur an, Haut an Haut, ein leises Lächeln auf den Gesichtern.

»Jungfernflug«, flüsterte Margot.

Claus brach in Lachen aus und zog sie in seine Arme.

»Dafür liebe ich dich so sehr, Margot Frei«, murmelte er zwischen zwei Küssen. »Genau dafür.«

Dieses Mal teilten sie sich die Rückbank im Taxi, Margots Kopf an Claus' Schulter, während hinter den heruntergekurbelten Fenstern die Straßen von Paris vorüberglitten.

Am Flughafen hielt der Wagen am Ende der Taxischlange. Der Fahrer öffnete die Tür für Margot; Claus würde noch eine Runde drehen und nachkommen, sicher war sicher. Sie nahm den Fliederstrauß entgegen, den der Fahrer für sie aus dem Kofferraum holte, und griff nach der pastellfarbenen Tüte mit *Financiers* und *Petits fours*, *Pains au chocolat* und *Meringues*, die sie in der Patisserie neben dem Hotel gekauft hatte.

Sie beugte sich zum offenen Fenster hinunter. »Bis gleich im Flieger«, sagte sie leise. »Und bis nächste Woche in Paris.«

»Uns bleibt immer Paris«, erwiderte Claus in bester Humphrey-Bogart-Manier.

Mit einem kleinen Grinsen im Mundwinkel setzte er seine Sonnenbrille auf.

31

Sh-Boom (Life Could Be a Dream)

Beschwingt radelte Margot durch den frühen Maimorgen nach Fuhlsbüttel, wo ein neuer Flug mit Claus nach Paris auf sie wartete. Dieser Tage konnte sie es kaum erwarten, aus den Federn zu springen, das Leben war ihr noch nie so prall und schön vorgekommen.

Sie erreichte das Personalgebäude, als dort gerade ein Lufthansa-Bus abfuhr, eine komplette Crew in dunkelblauen Uniformen auf den Sitzen. Eines der Fenster öffnete sich, und Thea streckte den Kopf heraus. Sie rief etwas, das Margot im Rasseln des Motors nicht verstand.

»Was?«, rief sie zurück.

»Wir fliegen nach …«, kreischte Thea glücksstrahlend aus dem Fenster, dann brauste der Bus davon, und der Rest des Satzes ging in Fahrtwind und Motorengeschepper unter.

Margot runzelte die Stirn. Sie wusste doch, dass Thea heute via Frankfurt nach Madrid flog, und das nicht zum ersten Mal in diesem Monat. Samstagabend im Tanzschuppen hatte sie von der sonnendurchfluteten und temperamentvollen Metropole geschwärmt, die sich vom strengen Regime Francos nicht unterkriegen ließ. Wann immer Thea und Sieglinde nach acht Stunden Flug über die Prachtstraßen flanierten oder sich mit einem *cortado* auf der Plaza Mayor niederließen, scharwenzelten geschniegelte Kavaliere mit Zigarette im Mundwinkel um sie herum. Deren stürmische Einladungen für den Abend mussten sie jedoch ein ums andere Mal ausschlagen – genau wie Margot und Almuth in München.

Amüsiert schüttelte Margot den Kopf über ihre Freundin, stellte das Rad ab und betrat das Gebäude.

»Bereit für die neue Woche?«, begrüßte sie Almuth, die sich gerade für ihren Flug fertig machte.

»Mehr als das«, erwiderte Almuth lachend. Ihre Augen bekamen einen verklärten Glanz. »London ist so schön, Margot! Überall diese zauberhaften alten Häuser und beeindruckenden Bauten. Unter jedem Stein liegt ein Stück Geschichte.«

»Na ja.« Sonja, die bereits vergangene Woche ein paar Dienste gemeinsam mit Almuth gehabt hatte, lugte um die offen stehende Tür ihres Spinds herum. »Heruntergekommen und rückständig trifft es eher. Und dreckig ist es dort, das glaubst du nicht!«

»Die Stadt hat einfach Stil«, beharrte Almuth. »Auch wenn der Krieg Spuren hinterlassen hat und die Wirtschaft noch lahmt.«

Sonja schnaubte.

»Letzten Freitag«, fuhr Almuth fort, »habe ich an einem Straßenstand zwei antike Kerzenleuchter aus Silber ergattert, als Geburtstagsgeschenk für meine Mutter. Für fünf Mark! Echten Ceylon-Tee habe ich auch gekauft, umgerechnet sechzig Pfennig das Pfund.«

Margot, die ihre Ballerinas und die schmale Hose inzwischen gegen Pumps und Uniform eingetauscht hatte, staunte. Mit einem Umrechnungskurs von elf britischen Pfund für eine Mark waren sie mit ihrem Stewardessengehalt in London offenbar reich.

»Für ein Burgfräulein wie dich ist das sicher klasse«, wandte

Sonja ein und stieg in ihren Uniformrock. »Aber richtiges Shopping ist da unmöglich.«

»Bei Woolworths sind die Auslagen und Regale voll«, widersprach Almuth. »Und alles viel billiger als hier.«

»Was soll ich mit Ramsch, den ich auch bei uns auf dem Wühltisch kriege?«, entgegnete Sonja. »Dafür muss ich nicht nach London fliegen und eine Stunde im Taxi zwischen Airport und City auf mich nehmen. Zugegeben, bei Harrods gibt es tolle Sachen. Aber die sind gleich so teuer, dass ich mir dort wie ein Flüchtlingskind vorkomme.«

Wortlos zupfte Almuth sich die Uniformjacke zurecht.

Sonja dämpfte ihre Stimme zu einem verschwörerischen Flüstern. »Nylonstrümpfe, das wär was! Aber die werden nur unter der Hand verkauft. Von zwielichtigen Typen mit Koffer, die einen auf der Straße ansprechen. Ich glaube, das ist Schmuggelware.«

Margot lachte und warf einen Blick auf ihre Uhr, sie waren zeitig dran. »Sollen wir im Restaurant noch schnell einen Kaffee trinken?«, fragte sie. »Der ist hier sicher besser als in London.«

Draußen auf dem Gang trafen sie auf Corry, die gestiefelt und gespornt aus dem Waschraum kam; sie würde heute mit Margot nach Paris fliegen.

»Morgen, ihr drei!«, rief sie gut gelaunt. »So früh schon fertig? Löblich, löblich.«

Herr Schlippchen trat aus dem Büro, das er und Fräulein Buschheuer sich teilten; Räumlichkeiten waren nach wie vor knapp in Fuhlsbüttel.

»Ah, die vier Grazien«, kommentierte er. »Auf dem Weg, der Welt das frisch aus dem Ei gepellte Deutschland zu präsentieren. Da ich Sie gerade sehe, kann ich Ihnen auch gleich die Dienstpläne für Juni geben. Einen Moment bitte.«

Er verschwand kurz im Büro und kehrte mit Papierbögen in der Hand zurück.

»Nachdem die Delegation des Bundeskanzlers so überaus zufrieden mit Ihnen war«, sagte er zu Corry, »übernehmen Sie auch den Flug des Bundesverkehrsministers in die Vereinigten Staaten am Ersten des Monats. Herr Seebohm wird dort über ein Luftfahrtabkommen verhandeln, das weit über die vorläufige Lizenz mit einjähriger Laufzeit hinausgeht. Kümmern Sie sich außerdem besonders gut um Fräulein Seebohm, die mit an Bord sein wird.«

»Sehr gern, Herr Schlippchen.«

Almuth starrte fassungslos auf ihren Plan. Sobald Margot ihr eigenes Blatt in den Händen hielt, wusste sie warum. Sie beide würde im nächsten Monat zusammen mit Thea und Felix ein neues Ziel ansteuern.

»New York?«, rief sie. »Linienflüge? Auf der Super-Connie?«

»Zumindest ist Fräulein Buschheuer der Ansicht, dass Sie so weit sind«, erwiderte Herr Schlippchen nüchtern. »Also enttäuschen Sie uns nicht, ja? Einstweilen guten Flug, die Damen.«

Entschlossen drängelte Sonja sich an ihren Kolleginnen vorbei zu Herrn Schlippchen, der sich schon wieder in sein Büro zurückziehen wollte.

»Entschuldigen Sie bitte, Herr Schlippchen!«, rief sie. »Da muss ein Versehen passiert sein. Bei mir ist kein einziger Flug nach New York eingetragen.«

Ihr Vorgesetzter zog die Luft durch die Nase ein. »Dann strengen Sie sich mal an, Fräulein Funke!«

Mit Nachdruck schloss er die Tür vor Sonjas Nase.

»New York«, flüsterte Almuth atemlos. Ein Strahlen breitete sich auf ihrem Gesicht aus. »Wir fliegen wirklich nach New York!«

»Ja, wir fliegen nach Amerika«, bestätigte Margot, obwohl sie es selbst kaum glauben konnte.

Während die Generation ihrer Mutter sich noch gut an die Angst vor der alliierten Übermacht erinnerte, die mit Bomben und Granaten, Panzern und Soldaten über Deutschland hinweggewalzt war, sahen Kriegskinder wie Margot die Westmächte mit anderen Augen. Die Rosinenbomber hatten Berlin versorgt, dann waren Care-Pakete mit Zucker, Schokolade, Kaffee und Vollmilchpulver eingetroffen, und schließlich hatte der Marshallplan Geld in die deutsche Wirtschaft gepumpt, damit das Land wieder auf die Füße kam. Wenn Margot an Amerika dachte, sah sie immer die Freiheitsstatue vor sich wie eine reiche Tante, die keine Fackel in der Hand hielt, sondern ein unerschöpfliches Füllhorn.

Margot und Almuth strahlten sich an, bevor sie Corry, die die Strecke mit British Airways schon oft geflogen war, mit Fragen bestürmten. Auch Sonja wollte alles ganz genau wissen, nachdem sie sich wieder gefangen hatte; sie schien wild entschlossen, sich über kurz oder lang ebenfalls einen der Flüge nach Übersee zu erkämpfen.

Für einen Kaffee war jetzt keine Zeit mehr. Lachend und schwatzend liefen Margot und ihre Kolleginnen im Eiltempo den Gang entlang und stießen die Glastür auf wie das Tor zu einer neuen Welt.

Vier Flugstunden und eine Taxifahrt später schmiegte Margot die Wange an Claus' nackte Brust. Sein Herzschlag vermischte sich mit geschmeidigen Saxophonklängen, die durch das offene Fenster des Hotelzimmers hereinflossen, und dem Gurren der Tauben; unten auf der Straße knatterte ein Moped vorbei.

Paris ist voller Musik, dachte Margot und fragte sich, wie New York wohl klang.

Mit offenen Augen überließ sie sich ihren Tagträumen von einer überwältigend großen Stadt aus Glas und Stahl, chromglänzend und in Technicolor bei Tag, neonbunt und lichterfunkelnd bei Nacht. Aus Amerika kamen der Bikini und die Blue Jeans, Petticoats und Nylonstrümpfe, die Jukebox und Kaugummi, die beste Musik und die tollsten Filme. Ein ganz neues Lebensgefühl wehte von dort herüber, das die Erfüllung aller Träume versprach und grenzenlose Freiheit noch dazu.

»Ich kann's noch immer nicht glauben«, sagte sie und setzte sich mit angezogenen Knien auf. »Das Empire State Building und die Brooklyn Bridge. Die Freiheitsstatue und der Central Park. In nicht einmal drei Wochen werde ich das alles sehen!«

Claus brummte zustimmend, während er ihr Schienbein streichelte und Küsse auf ihr Knie tupfte. »Du wirst New York im Sturm erobern. Und bestimmt bald die ganze Welt.«

Margot lachte auf, nicht nur, weil Claus' Mund sie kitzelte, und schwang die Beine über den Rand der Matratze.

»Aber nur, wenn ich vorher nicht verhungert bin.«

Den Kopf auf die Hand gestützt, sah Claus zu, wie sie ihre Unterwäsche vom Boden aufsammelte; mit ihm war sogar Nacktheit etwas ganz Selbstverständliches.

»Wenn wir unten anrufen«, meinte er, »stellt Charles uns bestimmt etwas zu essen vor die Tür.«

»Mhm«, machte Margot, während sie ihren Hüftformer unter dem Bett hervorangelte. »Aber ich bin in Paris. Mit dir. Und alles, was mir jetzt noch fehlt, sind ein *café au lait* und ein *croque-monsieur* in der Sonne.«

Übermütig schnappte sie sich das Pilotenhemd und warf es Claus zu.

Vor einem Jahr hatte sie noch französische und amerikanische Touristen im *Alsterpavillon* bedient. Jetzt konnte sie selbst in Paris in einem Café sitzen und sich bedienen lassen – und bald schon in New York.

32

Sitting on Top of the World

Prüfend betrachtete Margot den Inhalt ihres Koffers. Corry hatte ihr eingeschärft, genug Platz für Mitbringsel zu lassen. Ein überflüssiger Ratschlag, denn neben Kulturbeutel und Nachthemd hatte Margot nur Kleidung und Wäsche für zwei Tage dabei, plus ein paar Ersatzblusen. Die meiste Zeit würde sie im Dienst sein und Uniform tragen.

»Willst du nicht doch noch was essen?«, fragte ihre Mutter vom Küchentisch her.

Margot warf einen Blick auf die Uhr. Kurz vor fünf am Nachmittag, in einer guten Viertelstunde würde sie abgeholt. »Keine Zeit mehr. Ich kriege ja im Flieger was zu essen.«

»Wenigstens noch einen Schluck Kaffee?« Einladend hielt Irmgard Frei die Kanne hoch. Dank Margots Lohntüte hatte echter Bohnenkaffee Einzug ins Behelfsheim gehalten.

Margot schüttelte den Kopf. Ihr Magen zog sich nervös zusammen. Es war Mittwoch, der 8. Juni, und zum ersten Mal seit dem Krieg flog die Lufthansa wieder Passagiere nach Amerika.

Nur einen halben Tag hatte sie Zeit gehabt, um sich in der Kabine der Super-Connie zurechtzufinden und sich mit der Pantry vertraut zu machen. Ein Traum in Edelstahl, in dem jedoch jeder Handgriff sitzen musste. Wer eintausendfünfhundert Mark für den einfachen Flug in der Touristenklasse bezahlt hatte – oder sogar zweitausend Mark für die erste Klasse –, der konnte einen entsprechend exklusiven Service erwarten. Wenigstens mussten sie nicht auch noch Mahlzeiten auf Sterneniveau zaubern, denn Hartmut Schwertfeger, ein Koch der Lufthansa, war mit an Bord.

Margot klappte den Koffer zu.

»Wie lange dauert der Flug noch mal?«, wollte ihre Mutter wissen.

»Siebzehn bis zwanzig Stunden, je nach Wetterlage und Wind.«

»Und wie lange seid ihr über Wasser?«

»Sieben bis neun Stunden.«

»Das ist aber lang«, erwiderte ihre Mutter beklommen.

»Mach dir keine Sorgen, Mutti!«, meinte Margot fröhlich. »Die Super-Constellation ist auf dem neuesten Stand der Technik. Und die Piloten sind alles alte Hasen, die kennen die Route im Schlaf. Co-Pilot Mayr ist die Strecke zigmal geflogen, bis zum allerletzten Atlantikflug der alten Lufthansa. Das ist ein richtiger Haudegen! Der hat schon vor dem Krieg ein Flugzeug in die Antarktis gesteuert und ist danach für die Luftwaffe geflogen. Und letzte Woche hat er auch Verkehrsminister Seebohm heil nach New York gebracht.«

An die Beschwerden der Piloten, dass auf jedem zweiten Flug einer der vier Doppelsternmotoren der Super-Connie Sperenzchen machte oder gar aussetzte, wollte Margot lieber nicht denken.

»Schau mal«, sagte sie, um ihre Mutter abzulenken, und schob ihr die Tageszeitungen hin, die sie abends mit von Bord nehmen durften. »Ich habe ein paar Inserate angestrichen. So langsam könnten wir uns nach einer neuen Wohnung umsehen.«

»Ich weiß nicht recht«, entgegnete Irmgard Frei unschlüssig.

Margot tippte auf die oberste Zeitung. »Zentralheizung, Mutti! Und ein eigenes Bad. Ich verdiene doch jetzt genug.«

Thea hatte den Vorschlag gemacht, sich zu dritt eine gemeinsame Wohnung zu nehmen, die günstig zum Flughafen lag. So verlockend diese Vorstellung auch war – Margot wäre sich schäbig vorgekommen, ihre Mutter hier im Behelfsheim zurückzulassen.

»Und wenn es doch noch Nachrichten von Vati gibt?«, fragte Irmgard Frei verzagt. »Dann weiß das Rote Kreuz doch gar nicht, wo sie uns finden.«

»Dann geben wir denen unsere neue Adresse«, erklärte Margot bestimmt.

Der Blick ihrer Mutter wanderte durch die Wohnküche. »Aber hier ist doch unser Zuhause.«

»Nein, Mutti«, erwiderte Margot, ohne nachzudenken, »das ist es nicht, und das war es auch nie.«

Sie hörte selbst, wie verächtlich sie klang, und bereute die Worte sogleich, als sie sah, wie sehr sie ihre Mutter damit verletzte. Himmel und Hölle hatte Irmgard Frei in Bewegung gesetzt, damit sie und ihre Töchter so schnell wie möglich wieder eine Unterkunft in Hamburg bekamen, und für die Miete hatte sie sich die Finger wund geschrubbt und an der Maschine blutig genäht.

»Bist du deshalb so wenig zu Hause?«, fragte ihre Mutter leise.

»Das hat dieser Beruf so an sich«, antwortete Margot, obwohl sie wusste, dass ihre Mutter nicht die Flüge meinte.

Es ging um jene Nachmittage, an denen sie mit Claus im Cabriolet für einen Kaffee auf den Süllberg, zur Alster oder an die Elbe hinausfuhr, und um die Abende, die im Restaurant begannen und in einer Bar oder einem Tanzschuppen endeten.

»Weihnachten feiern wir aber zusammen, ja?«, erkundigte sich Irmgard Frei jetzt bang.

»Das ist noch mehr als ein halbes Jahr hin, Mutti. Meinen Dienstplan bekomme ich immer erst ein paar Wochen vorher.«

Angespannt wischte ihre Mutter ein paar Kaffeetropfen vom Tassenrand. »Willst du ihn vielleicht mal zum Essen mitbringen?«, fragte sie dann behutsam.

»Wen?« Margot wühlte in ihrer Handtasche.

»Den jungen Mann. Da gibt es doch einen jungen Mann, oder? Ist es dieser nette, höfliche Jungpilot von der Entlassfeier?«

Margot kramte tiefer, obwohl sie schon mehrfach kontrolliert hatte, ob ihre Reisedokumente vollständig waren. Claus würde ihre Mutter im Sturm erobern, das wusste sie. Mit seinem Charme wickelte er alle weiblichen Wesen um den Finger, vom kleinen Mädchen über die Klofrau bis zur betagten Greisin am Gehstock. Margot fürchtete nur, ihre Mutter würde wittern, dass sie und Claus alles andere als ein sittsames Paar waren, das es beim Händchenhalten beließ; Mütter hatten für so was Antennen. Die Sorgen und Ängste ihrer Mutter zu zerstreuen, indem sie die segensreiche Erfindung von Blausiegel pries, schien ihr allerdings eine mäßig gute Idee.

Ein Hupen vor dem Behelfsheim erlöste Margot. »Mutti, ich muss.« Sie schlüpfte in die Uniformjacke und drückte ihrer Mutter einen Kuss auf die Wange. »Sonntagabend bin ich zurück.«

Den dunkelblauen Mantel ihrer Uniform über dem Arm und die Kappe auf dem Kopf, stöckelte Margot mit Handtasche und Koffer über den steinigen Untergrund vor dem Behelfsheim.

Das Fenster der Susemihls war nicht das einzige, an dem sich eine Gardine bewegte, als sie zielstrebig auf den blau-gelben Kleinbus der Lufthansa zuging. Ein leuchtender Farbtupfer zwischen den Baracken, die an diesem grauen Tag noch trostloser aussahen als sonst. Margot zwinkerte zwei kleinen Jungen zu, die ihre klapprigen Fahrräder fallen lassen hatten und Bauklötze staunten, nickte dem Fahrer zu, der mit laufendem Motor wartete, und stieg ein.

Co-Pilot Mayr, ein Hüne von Mann und Urbayer, begrüßte sie mit einem deftigen »Servus«. Die anderen beiden Piloten stellten sich mit kräftigem Händedruck und breitem amerikanischem Akzent als Coleman und Shoemaker vor, der Kapitän und sein Relief-Pilot als Ablöse für die Pausen. Der Funker und der Navigator waren bereits in ihre Unterlagen vertieft. In Fuhlsbüttel würden neben dem Koch noch zwei Bordingenieure zur Crew stoßen. Ein solch weiter und langer Flug benötigte entsprechend mehr Hände, mehr Augen und Ohren.

»*Hello, honey!*«, girrte Hedy, ein strahlendes Lächeln auf dem perfekt geschminkten Porzellangesicht, das von platinblonden Locken umrahmt wurde.

Genau wie die beiden amerikanischen Piloten war Hedy eine Leihgabe der Trans World Airlines, sie verstärkte zusammen mit ein paar anderen Stewardessen und Stewards das deutsche Bordpersonal für die Transatlantikflüge.

»Da is ja unser Goldstück!«, grüßte Thea; Almuth winkte freudig, und Felix grinste lässig.

Margot quetschte sich mit ihrem Gepäck auf einen freien Sitz, und der Bus fuhr an.

»Jetzt geht's los!«, rief Thea aus voller Kehle. »Mach dich bereit, New York – wir kommen!«

Auf dem Rollfeld hatten sich nicht nur einige Vertreter der Flughafenverwaltung und wichtig aussehende Herren versammelt, sondern auch unzählige Schaulustige. Auf der Terrasse des Flughafenrestaurants drängten sich ebenfalls die Zuschauer. Der Ruf der Super-Constellation reichte weit, und ein deutsches Flugzeug, das ins ferne Amerika aufbrach, sah man sowieso nicht alle Tage. Besser konnte man einen trüben Juniabend gar nicht verbringen.

Margot blieb nur ein kurzer Blick auf die gebannt wartende Menge und ein freundliches Winken beim Einsteigen. Nach dem letzten Briefing mit der Crew am Flughafen waren sie vollauf mit den Vorbereitungen für den Flug und der Begrüßung der Gäste beschäftigt. Hauptsächlich gut gekleidete Geschäftsleute waren an Bord, aber auch einige Herren und ein paar Damen, die ihre Familien in den Vereinigten Staaten besuchen wollten.

Pünktlich um 19:18 Uhr startete die Super-Connie. Nachdem sie in Düsseldorf weitere Passagiere an Bord genommen hatten, ging es ins irische Shannon, wo die Treibstoffpumpen die Tanks der Maschine bis zum Maximum füllten. Unterdessen begleiteten Margot, Felix, Almuth und Thea ihre Gäste zu den Baracken des Flughafens, um im Duty-Free einzukaufen oder ihren Transitflug mit einer anderen Gesellschaft zu erwischen.

Dann hob das Flugzeug erneut ab, und unter ihnen erstreckte sich der offene Ozean. Für das Bordpersonal hieß es nun laufen, laufen, laufen – mit Kaugummi, Bonbons und Lesestoff, in der ersten Klasse noch dazu mit Luxuszigaretten im Viererpack nebst Lufthansa-Streichhölzern als Willkommensgeschenk. Aus den beiden Cocktailwägelchen zauberten sie vor den Augen der Gäste einen Aperitif nach dem anderen und unterhielten sich nebenher auf Deutsch oder Englisch.

Margot musste einen Herrn mittleren Alters beruhigen, dass das Wippen der Tragflächen ganz normal war: Das lag am Gewicht der zusätzlichen Treibstofftanks, die es überhaupt erst ermöglichten, diese weite Strecke fast ohne Zwischenstopp zurückzulegen. Im Lauf des Flugs würde es nachlassen.

Nachdem sie abgefragt hatten, ob die Gäste ihr Steak *medium*, *medium rare* oder *well done* wünschten, steckten sie die Tische in die Halterungen und schleppten die Tabletts in die Kabine. Dann halfen sie den Passagieren, es sich bequem zu machen, bevor sie eine neue Runde Drinks servierten und die Kaffeemaschine zähmten, die sich als ähnlich zickig erwies wie die an Bord der Convair. Der Flug war nicht ausgebucht, aber auch mit nur rund sechzig Passagieren hatten sie mehr als genug zu tun.

Erst weit nach Mitternacht deutscher Zeit wurde es still in der Kabine, und eine Leselampe nach der anderen verlosch.

»Das war richtig lecker«, murmelte Margot, schob sich das letzte Stück Steak in den Mund und stellte die leere Schale in die Box mit dem benutzten Geschirr.

Der Koch, der ihnen gleich das Du angeboten hatte und darauf bestand, dass sie Hacki zu ihm sagten, strahlte über das ganze gerötete Gesicht und zündete sich eine Zigarette an; auch er konnte jetzt erst Pause machen.

»Schaut mal«, hauchte Almuth und holte eine lavendelfarbene Schachtel aus einer der Boxen. »Habe ich vorhin noch schnell im Duty-Free gekauft.«

Sie hob den Deckel an und schlug das Seidenpapier zur Seite, sodass Thea und Margot die kunstvoll verzierten und teils in buntes Stanniol gewickelten Pralinen bestaunen konnten.

»Habt ihr so was Hübsches schon mal gesehen?«, fragte Almuth.

»Nur in Paris«, antwortete Margot.

»Nicht in der Schweiz?«, wunderte sich Thea.

Margot zuckte zusammen, fing sich aber schnell wieder. »Auf dem Dorf doch nicht. Da war eine Tafel Schokolade das höchste der Gefühle.«

»Ihr Kriegskinder könnt so was auch gar nicht kennen«, erklärte Hacki, der auf die fünfzig zuging. »Ihr kennt nur die ollen Notpralinen, die jetzt als Dominosteine unterm Weihnachtsbaum liegen. Aber früher – früher gab's das bei uns auch. Wird's auch wieder geben, wir gehen fetten Jahren entgegen, ich sag's euch.«

»Am liebsten hätte ich gleich mehrere Schachteln davon gekauft«, gestand Almuth. »Für zu Hause. Aber wir dürfen nach New York ja keine Lebensmittel mitbringen, und im Flugzeug kann ich sie auch nicht lassen.« Einladend hielt sie ihnen die Schachtel hin.

Margot und Thea bedienten sich, Hacki winkte jedoch ab. »'n Bier wär mir jetzt lieber.«

Hedy, die gerade noch einmal einen Rundgang durch die Kabine gemacht hatte, schlüpfte durch den Vorhang. »*Oh, chocolate!*«

Begeistert griff sie zu, lutschte genießerisch an ihrer Praline und drehte dabei das Stanniolpapier zu einer Blume.

»*So*«, sagte sie dann, »*tell me a bit more 'bout you, girls. Do you have a boyfriend?*«

»Wolltest du nicht Deutsch üben?«, stichelte Thea gutmütig.

Hedy rollte mit den Augen. »Deutsch ist so *complicated*. Der, die, das. Wer, wie, was.«

Ihre deutschen Kolleginnen lachten leise.

»*Well*. Was macht der Liebesleben?«

Thea schielte zu Margot, die mit den Schultern zuckte. Dass

sie sich mit Claus traf, war kein Geheimnis und auch nicht verboten, solange es in geregelten Bahnen verlief. Vor allem durfte sie sich nicht bei etwas erwischen lassen, das im Entferntesten als unzüchtig betrachtet wurde oder auch nur einen solchen Verdacht aufkommen ließ.

»Raus mit der Sprache, Margot-*darling*«, schnurrte Hedy.

»Er ist Pilot«, antwortete Margot knapp.

»*Oh my gosh!*« Hedy riss die Augen auf. »Mutig. Wir sagen, mit Pilot man ist immer Geliebte, nie Hausfrau. Und er lässt dich fliegen nach New York? Du siehst aus wie ein *French girl*, meine Landsmannen werden dich verfolgen auf der Straße und betteln *for a kiss*! – Und du?«, wandte sie sich an Thea.

»Ick bin noch unentschlossen«, antwortete Thea mit einem frechen Grinsen.

Hedy ruckte mit dem Kopf hinter sich und dämpfte ihre Stimme. »Felix. *He's cute.* Aber so jung. *A baby.*« Sie stieß ein enttäuschtes Seufzen aus.

Margot und Thea wechselten einen Blick. Als süß hätten sie Felix, der gerade versuchte, auf seinem Sitzplatz direkt vor der Pantry ein Stündchen zu schlafen, nicht bezeichnet. Oder nur in der Hinsicht, wie auch ein Hundewelpe süß war.

»Und du, *lovely* Almuth?«, wollte Hedy wissen.

Almuth schüttelte abwehrend den Kopf.

»Kein Verehrer? *Nobody?* Aber du bist doch so *beautiful! Like a princess!*« Zärtlich griff Hedy nach einer Strähne von Almuths hellblondem Haar und wickelte sie sich um den Finger.

Almuth erstarrte. Hedy war der Typ, der ständig streicheln und umarmen und auf die Wange küssen musste; vielleicht waren alle Amerikaner so.

»Hedy«, warf Margot hastig ein, »hast du mir vielleicht eine Zigarette?«

»*Sure, honey*«, antwortete Hedy und wandte sich von Almuth ab, um in ihrer Handtasche nach der Zigarettenschachtel zu fischen.

Ein feines Pingen ertönte, und alle hoben den Kopf. Das Lämpchen für den Sitzplatz 3B leuchtete auf, zum wiederholten Mal seit dem Start in Hamburg.

»*This guy's gonna kill me*«, fluchte Hedy und verließ die Pantry mit einem Gesichtsausdruck, als wäre sie diejenige, die besagtem Passagier an die Gurgel wollte.

Über Neufundland wurde der Flug holprig, und etliche Tüten kamen zum Einsatz. Gleich darauf erreichte sie der Funkspruch, dass New York unter einer dicken Nebeldecke lag, und sie landeten im neufundländischen Gander, um Zeit zu schinden und nachzutanken, falls sie über New York eine Weile kreisen mussten. Felix, Margot und ihre Kolleginnen gingen durch die Reihen und erklärten den aufgescheuchten Passagieren, dass dieser Zwischenstopp zwar nicht planmäßig sei, aber auch nicht ungewöhnlich. Auch bei starkem Gegenwind hätten sie Gander anfliegen müssen, um den erhöhten Treibstoffverbrauch auszugleichen; alles ganz normal, kein Grund, sich Sorgen zu machen.

Es ging gegen Morgen, die Super-Connie hatte Gander längst hinter sich gelassen, als Margot noch einmal einen Rundgang machte. Sie vergewisserte sich, dass alle Mägen – und Nerven – besänftigt waren, und versorgte einige Passagiere mit Mineralwasser. Mit einer Dame mittleren Alters, die vor Aufregung nicht schlafen konnte, unterhielt sie sich länger. Sie war auf dem Weg nach Chicago, zu ihrem Bruder, den sie seit dem Krieg nicht mehr gesehen hatte; er hatte ihr diesen Flug bezahlt.

Im Vorbeigehen warf Margot einen Blick zu den Herren Nannen und Augstein. Beim Briefing vor dem Abflug hatte Fräulein Buschheuer der Bordcrew eingeschärft, den beiden Journalisten besondere Aufmerksamkeit zu schenken, schlechte Presse sei das Letzte, was die Lufthansa gebrauchen könne. Margot hatte die beiden auf ihren ausdrücklichen Wunsch hin zusammengesetzt, musste Herrn Augstein aber gleich nach dem Einsteigen darum bitten, seine Pfeife zu löschen. Augstein hatte sie eindringlich durch seine Hornbrille gemustert, als wollte er jeden Augenblick lospoltern, dann aber seufzend nachgegeben. Seitdem erwiesen sich die beiden als anspruchslose Gäste – Hauptsache, es waren Zigaretten da und die Gläser gefüllt, während sie über ihre jeweiligen Blätter, *Stern* und *Spiegel*, diskutierten, von ihrer gemeinsamen Freundin Hildegard Knef schwärmten und sich Anekdoten aus ihrem Reporterleben erzählten.

Am Horizont wurde es schon hell, als Margot sich seufzend auf dem Platz neben Almuth niederließ. »Willst du nicht noch ein bisschen schlafen?«, wisperte sie.

Almuth schüttelte den Kopf. Auch Margot selbst hatte noch kein Auge zugemacht. Die betriebsamen Stunden, die hinter ihr lagen, und die ständige Erwartung, dass ein Gast den Rufknopf betätigte, hielten sie bis obenhin mit Adrenalin vollgepumpt.

Almuth wandte ihr das Gesicht zu. »Danke für vorhin«, flüsterte sie. »Mit Hedy.«

»Da nich' für.«

Almuth zögerte. »Seid ihr jetzt fest zusammen, du und Claus?«

Margot zuckte mit einer Schulter. »Vermutlich schon. Ich denke da eigentlich nie groß drüber nach.«

Sie und Claus hangelten sich von einer Verabredung zur nächsten, je nach ihren jeweiligen Dienstplänen, und ihm schien das ebenso wenig auszumachen wie ihr.

»Werdet ihr heiraten?«

Margot lachte leise. »Ich hab's damit bestimmt nicht eilig.«

Grüblerisch kaute Almuth auf ihrer Unterlippe. »Aber willst du das denn nicht später einmal haben? Mann, Haus, Kinder?«

Margot sah sie verblüfft an. »Erst einmal will ich leben. Über alles andere denke ich später nach.«

Ihre Freundin schwieg einige Herzschläge lang.

»Ich schon«, hauchte sie dann. »Ich will das schon eines Tages haben. Vor allem Kinder. Wenn ich nur wüsste, wie …«

Was sie noch hatte sagen wollen, schien in ihrer Kehle festzustecken. Sie wandte den Kopf ab und starrte zum Fenster hinaus. Unglücklich und in sich gekehrt wirkte sie, auf eine Art, die Margot fremd war.

»Wir müssen die Pralinenschachtel noch leer machen, bevor wir landen«, flüsterte Margot.

Almuth schenkte ihr ein kleines Lächeln, und auf leisen Sohlen schlich Margot in die Pantry, wo Thea und Hedy flüsternd Frauengespräche führten und Hacki sich mit einem Kaffee stärkte, in dem der Löffel stand. Kapitän Coleman, der in seiner Koje ein paar Stunden geschlafen hatte, streckte den Kopf herein und bat Thea, ihm ebenfalls einen solchen Herzinfarktkaffee zu bringen.

Schweigend machten Margot und Almuth sich über die letzten süßen Kostbarkeiten her. Die Blicke und das Lächeln, das sie dabei tauschten, sagten mehr als viele Worte.

Unvermittelt sog Almuth scharf die Luft ein und packte Margot am Arm. Margot reckte den Kopf und schnappte ebenfalls überrascht nach Luft.

Unter einer Dunstglocke flimmerten Tausende von Lichtern, und im schmutzig grauen Zwielicht stachen Wolkenkratzer in den Himmel wie kantige Stalagmiten aus Stahl, Glas und Beton.

Atemlos blickten Almuth und Margot auf New York hinunter, und Margots Magen schlug einen übermütigen Purzelbaum nach dem anderen.

Ein mehrstimmiges Pingen ertönte, und in der dämmrigen Kabine gingen gleich mehrere Rufleuchten an: Die ersten Passagiere verlangten nach Kaffee, Tee oder dem kompletten Frühstück.

Alle Fluggäste waren ausgestiegen, und kein Hut oder Mantel, keine Aktentasche oder auch nur ein Taschentuch waren liegen geblieben, dafür hatten Margot, ihre Kolleginnen und Felix gesorgt. Das schmutzige Geschirr war ausgeladen, ebenso die tonnenschwere Fracht deutscher Wertarbeit in Form von Kameras aus Bremen für den amerikanischen Markt. Nachdem sie die Kabine und die Toiletten gesäubert und alle Formulare ausgefüllt hatten, wechselte Margot hastig ihre Bluse und machte sich notdürftig frisch, bevor sie ihren Koffer schnappte und mit den anderen die Gangway hinunterschritt.

»Det is aber hässlich hier!«, entfuhr es Thea.

Margot musste ihr recht geben. Der Flughafen von Idlewild war eine Betonwüste inmitten einer platten grau-braunen Einöde. An fette Raupen aus Metall erinnerten die endlosen Reihen geparkter Autos. Stahlgerippe und Kräne ließen erahnen, dass der Flughafen noch weiter wuchs. Das einzig Schöne waren die vielen Flugzeuge, die mit kreiselnden Propellern über die Asphaltbahnen rollten und über den gläsernen Himmel zogen.

»Dagegen ist Fuhlsbüttel der reinste Dorfflugplatz!«, rief Felix gegen das Dröhnen der Motoren an.

Die Enttäuschung des ersten Moments war schnell vergessen, als sie die Einreiseformalitäten erledigt hatten und vor das Flughafengebäude traten. *LUFTHANSA* stand in großen Lettern auf dem Schild, das der Fahrer einer lang gestreckten Limousine hochhielt. Als die Crew sich näherte, riss er mit einer Verbeugung die Tür auf.

»*Welcome to New York, ladies!*«

Felix seufzte schicksalsergeben; Hahn im Korb zu sein hatte er sich wohl anders vorgestellt, als ständig übersehen zu werden.

Während der Fahrt drückten sie sich die Nasen an den Scheiben der Limousine platt und verrenkten sich die Hälse, um besser sehen zu können. Mit bewundernden Ausrufen kommentierten sie die tiefen Straßenschluchten, die hoch aufragenden Wolkenkratzer und die Autos, die so viel größer, so viel farbenfroher waren als zu Hause, allen voran die dottergelben Taxis. Überhaupt wirkte alles viel bunter hier: die Kleider der Menschen, die Werbeplakate und die riesigen Schaufenster – vielleicht, weil die Häuser selbst so grau und nüchtern waren.

Die Limousine hielt vor einem trutzigen Klotz von Gebäude, dessen Eingang mit Blumen und bunten Fahnen geschmückt war. *The Waldorf Astoria.*

»Müssen wir da hin?«, maulte Thea. »Ick bin zum Umfallen müde.«

»Nur dieses eine Mal.« Margot seufzte, schlüpfte wieder in die hochhackigen Schuhe und zog sich die Handschuhe über. »Dienst ist schließlich Dienst.«

»*C'mon, it's fun*«, versuchte Hedy sie aufzumuntern. »Wird Spaß! Mit *champagne* und vielleicht hübsche Mannsbilden!«

Almuth stieg erst aus, als der Fahrer, der ihnen die Tür aufhielt, hoch und heilig und noch dazu beim Leben seiner Mutter versprochen hatte, ihre Koffer zu hüten wie seinen Augapfel, bis er sie wieder abholte.

Die Hotelhalle erschlug Margot beinahe mit ihrer luxuriösen Pracht, dem Lichterglanz und der Fülle an Blumenbuketts; wie in einem Bienenstock summte es um sie herum.

»Und immer schön lächeln, meine Damen«, imitierte sie Fräulein Buschheuer. »Immer lächeln!«

Thea unterdrückte einen Lachanfall.

Sie lächelten, bis ihre Mundwinkel wehtaten, während sie ringsum Hände schüttelten und mit feierlichen Willkommensworten Blumensträuße überreicht bekamen. Kameras klickten, Blitzlichter flammten auf, und gehorsam stellten sie sich unter der Regie des jeweiligen Fotografen in einer Reihe oder als durchkomponierte Gruppe auf, teils zusammen mit Stewards und Stewardessen von KLM, TWA oder der sagenumwobenen Pan Am, die diesen Empfang ausgerichtet hatte. Elegant gekleidete Kellner reichten Platten mit kunstvoll angerichteten Häppchen herum, und der Champagner floss in Strömen. Wie in einem watteweichen Nebel beantwortete Margot Fragen zu Deutschland und ihrem Flug mit der Super-Connie.

Ein junger Mann in der Uniform der TWA trat zu ihr. »*You're the girls from the German* Luftwaffe, *right?*«, fragte er.

Augenblicklich herrschte Stille um Margot herum, Almuth verschluckte sich beinahe an ihrem Champagner.

»*It's German Lufthansa*«, korrigierte Margot ihn freundlich, aber bestimmt. Sie musste an einen Western denken, den sie einmal im Kintopp gesehen hatte, und legte in einer theatralischen Geste die Hand aufs Brustbein. »*And we come in peace!*«

Erheitertes Gelächter sprudelte auf. Der junge Mann stutzte, dann lachte er selbst am lautesten über seinen Fauxpas und rief seine Kollegen und Kolleginnen herbei, damit sie das *smart and funny German Fraulein* kennenlernten.

Für die Ausstattung des Hotels, in dem sie untergebracht waren, hatten sie keinen Blick mehr übrig. Erschöpft taumelten die jungen Frauen aus dem Aufzug und schlurften durch den Korridor, Margot trug ihre Schuhe in der Hand. Felix hatte sich bereits verabschiedet, er war in einem Einzelzimmer in einem der unteren Stockwerke untergebracht.

Sobald sie ihre Koffer, die zentnerschwer schienen, über die Schwelle der Suite gehievt hatten, kickte auch Thea die Pumps von den Füßen und warf sich bäuchlings auf eines der beiden Doppelbetten. »Ick bin tot!«

»Kann ich den Zimmer haben?«, fragte Hedy an der Verbindungstür zum Nachbarzimmer. Als niemand antwortete, schloss sie die Tür hinter sich.

Almuth gähnte pausenlos, stellte aber trotzdem zuerst die Blumen in Wassergläser und fing dann an, ihren Koffer auszupacken.

Auf Strümpfen trat Margot ans Fenster und zog die Gardine zur Seite. Sie fühlte sich wie durch die Mangel gedreht. Seit mehr als fünfunddreißig Stunden war sie jetzt auf den Beinen, an Schlaf konnte sie im Augenblick trotzdem noch nicht denken.

Staunend blickte sie auf die Fassaden gegenüber, in deren Fenstern sich das Sonnenlicht des Nachmittags spiegelte, und beobachtete das hektische Wimmeln unten auf der Straße. Sogar hier oben waren das Brausen des Verkehrs und das Hupen der Autos zu hören. Die Luft vibrierte förmlich vor lauter rastloser, vorwärtsstürmender Energie.

New York. Ein wohliger Schauder rieselte Margots Rückgrat hinab, als sie daran dachte, dass die Stadt morgen ihnen gehören würde, einen ganzen Tag lang.

Im Nachthemd, das Haar mit einem Stirnband zurückgehalten, kam Almuth aus dem Badezimmer.

»Abschminken, Thea«, sagte sie, während sie sich mit einem Kosmetiktuch Lotion und Reste von Make-up aus dem Gesicht wischte. »Das gibt sonst Falten und abgebrochene Wimpern.«

Thea schnarchte.

33

Lullaby of Broadway

Früh am nächsten Morgen holte Kapitän Coleman sie ab, um seine *German girls* – und Felix – zum Frühstück auszuführen, das mit Spiegeleiern, Würstchen und gebuttertem Toast herrlich fettig war. Danach führte er sie aufs Empire State Building, wo er ihnen ein paar besonders markante Gebäude zeigte und das Gitternetz der Straßen und die Subway erklärte. Über ihnen erstreckte sich ein strahlend blauer Himmel, und der steife Wind blies auch noch den letzten Rest Müdigkeit davon.

Hedy war mit einer Kollegin verabredet, die sie lange nicht gesehen hatte. Sie würde in New York bleiben, als *Stand-by* für den nächsten Flug kommende Woche.

Es war schon Nachmittag, als sie auf eigene Faust durch die Stadt streiften, in der Hand eine Waffeltüte mit *soft serve,* einer Art weicher Eiskrem, die geschmeidig auf der Zunge war und göttlich schmeckte. Vor fast jedem Schaufenster blieben sie stehen und betrachteten all die leuchtenden, glänzenden und schicken Dinge, die darin ausgestellt waren.

Corrys Ratschlag befolgend, hielten sie nach Mitbringseln Ausschau. Hedy hatte ihnen *Macy's* als beste Anlaufstelle genannt, wo Bücher nach Gewicht verkauft wurden und rosafarbene Zigarren für Damen gerade der letzte Schrei waren.

Why pay more?, brüllte ihnen das Plakat an der wuchtigen Fassade entgegen. Ja, warum sollte man mehr bezahlen als nötig?

Margot hatte eigens hierfür Geld von ihrem neu angelegten Sparbuch abgehoben und in Dollar umgetauscht. Leisten konnte sie es sich, obwohl sie ihrer Mutter ein wenig zur Miete dazugab und einen Teil der Lebensmittel zu Hause bezahlte. Die Flüge nach New York würden ihr diesen Monat fünfzig Mark zusätzlich einbringen. Trotzdem fühlte sie sich klein und unbedeutend, als sie sich mit den anderen durch das vor Menschen wimmelnde Nadelöhr des Haupteingangs schob.

Macy's war ein wahrer Konsumtempel, gegen den sich das Alsterhaus wie ein Tante-Emma-Laden ausnahm. Etwas verloren standen sie zwischen den wie mit Flutlicht angestrahlten Regalen, Schaukästen und Kleiderständern. *SALE*, lockten überall die Schilder.

Margot schloss für einen Moment die Augen. Es roch so unglaublich gut hier, nicht nur nach neuen Sachen, sondern auch nach unterschiedlichen feinen Parfums. Und herrlich kühl war es, fast wie im Kühlschrank der Flugzeugpantry.

»Kiekt mal!«, rief Thea und marschierte voraus. »Nylons!« Mit weit aufgerissenen Augen drehte sie sich um. »Nahtlos!«

Margot und Almuth drängelten sich neben sie, nahtlose Strümpfe hatten sie noch nie gesehen.

»Wirkt das nicht ordinär?«, fragte Almuth naserümpfend.

»Nee«, widersprach Thea atemlos und streichelte über den Strumpf, den das ausgestellte Plastikbein trug. »Det is todschick!« Sie beäugte das Preisschild, und ihr blieb sichtbar die Spucke weg.

Neunundsechzig Cent.

Margot und Almuth wechselten ungläubig einen Blick. In

D-Mark umgerechnet waren das nach aktuellem Kurs nicht einmal drei Mark, weniger als die Hälfte dessen, was ein gewöhnliches Paar Nylons zu Hause kostete. Und sie waren nahtlos!

Wie Goldgräber, die auf eine reiche Ader gestoßen waren, stürzten sie sich auf die Strumpfpackungen in den Fächern. Normale Nylons mit Naht gab es je nach Ausführung und Stärke für plus-minus fünfzig amerikanische Cent, solche, wie ihre Mutter sie gern trug, fand Margot sogar für nur knapp vierzig Cent.

»Schmuckfersen«, stieß Almuth hervor. »Hier gibt's welche mit Schmuckfersen!«

Die drei überboten sich darin, sich gegenseitig die schönsten Motive unter die Nase zu halten, Schmetterlinge, Schleifen oder zierliche Fächer und Arabesken, die sich über die Ferse zogen und dann in die Naht ausliefen. Das Ganze für vierundachtzig bis achtundneunzig Cent, im Doppelpack sogar noch günstiger. Wahre Begeisterungsstürme lösten die Strümpfe mit Blütenranken an der Fessel aus, andere waren sogar mit Strasssteinen verziert. Die waren zwar deutlich teurer, aber in Deutschland hatten sie so etwas überhaupt noch nirgends entdeckt.

»Im Dienst kann man so was aber nicht tragen«, murmelte Almuth enttäuscht und steckte die Strumpfpackung mit den Strassblümchen zurück.

»Du bist nicht immer im Dienst«, erwiderte Margot.

Almuth schien ihr gar nicht zugehört zu haben, wie ferngesteuert bewegte sie sich durch das Kaufhaus.

»Petticoats!«, kiekste Thea und rannte ihr nach.

Wie Zuckerwattewolken bauschten sich die begehrten Unterröcke an den Kleiderständern, einfach oder mehrlagig, mit seidig glänzenden Bändern, Rüschen oder Schleifen verziert, transparent oder mit dichterem Oberstoff, reinweiß oder pastellbunt, mit Reifen oder ohne. Ein Märchenland für Mädchen und junge Frauen.

»Das kann doch nicht sein, oder?« Hilflos blickte Almuth vom Preisschild auf. »Das ist doch ein Druckfehler!«

Felix, der sich bislang eher gelangweilt mit den zur Schau gestellten Krawatten beschäftigt hatte, ergriff die Gelegenheit, sich als starker Mann zu präsentieren. Auf Englisch sprach er eine der Verkäuferinnen an, die bestätigte, dass diese Petticoats drei neunundneunzig kosteten, aber wenn die *young ladies* etwas Preiswerteres suchten, gebe es da drüben noch welche für zwei oder eins neunundneunzig.

Hysterisches Kichern machte die Runde. Für den entsprechenden Gegenwert in D-Mark bekam man auf der Mönckebergstraße nicht einmal die Spitze, die in diesen Petticoats verarbeitet war. Mit beiden Händen wühlten sie sich durch die Traumgebilde und suchten mithilfe der Verkäuferin und deren Maßband nach den richtigen Größen, die andere Nummern hatten als in Deutschland.

»Für welches Kleid willst du denn einen?«, erkundigte sich Almuth bei Thea, die zwischen mehreren Modellen schwankte.

»Det is doch schnurz«, erwiderte Thea. »Da kannste für 'n paar Mark einen Fetzen im Schlussverkauf holen und siehst trotzdem aus wie vom Laufsteg. Der Petticoat macht das Kleid!« Sie hob den Kopf. »Wat is mit dir, Felix?«

»Ich?« Felix blickte drein, als hätte ihm Fräulein Buschheuer gerade eröffnet, dass er ab morgen im Rock zum Dienst erscheinen müsste. »Was soll ich mit einem Petticoat?«

»Keene Schwester, Tante, Cousine, Freundin, die was dafür übrig hat?«

Betreten schüttelte Felix den Kopf.

Thea drückte ihm energisch einen der Petticoats in die Hand. »Nimm trotzdem eenen mit. Wenn du mal ein Rendezvous hast und deiner Angebeteten so was mitbringst, fällt sie dir sofort um den Hals.«

Das leuchtete Felix ein, und beraten von Margot, Thea und Almuth suchte er sich einen Petticoat und mehrere Packungen Nylons aus, zu denen nur noch die Traumfrau fehlte, und marschierte frohgemut zur Kasse.

In einem *Diner* machten sie sich hungrig über lauwarme Frikadellenbrötchen her und fanden es lustig, dass man hier ausgerechnet *Hamburger* dazu sagte, und Pommes frites hießen *French fries.* Ketchup kannten sie schon, das war bereits mit den Amerikanern über den großen Teich geschwappt, genau wie Coca-Cola. Allzu lange hielten sie es allerdings nicht auf den kunstledernen Sitzbänken aus, obwohl gute Musik aus der Jukebox kam.

So schwer ihre Koffer sich vor vierundzwanzig Stunden angefühlt hatten, so leicht trugen sie jetzt an den vielen Tüten, die selbst der reinste Luxus waren, aus steifem Papier und schön bedruckt. Wie auf Flügeln glitten sie damit durch die Straßen von Manhattan. Sie, die Kriegskinder, die es mit Fleiß, Ehrgeiz, ein bisschen Glück – und in Margots Fall ein wenig Schummelei – aus dem kargen Deutschland ins reiche Amerika geschafft hatten. Wenn auch nur für einen Tag.

Es dämmerte schon, als die Menschenströme sie zum Times Square spülten. Lachend und mit großen Augen standen sie im Lichtermeer zwischen der gigantischen Coca-Cola-Reklame und den übergroßen Schriftzügen von Chevrolet, Pepsi, Camel Cigarettes, Cinzano, Admiral Television und Capitol Theatre, und um sie herum brandete der Lärm der Metropole auf. Das war der Swing, der Jazz und der Rock'n'Roll von New York, hier fühlten sie das Herz der Stadt schlagen.

Tüten in beiden Händen, breitete Felix die Arme aus. »Amerika!«, brüllte er zum Abendhimmel hinauf. »Ich bin in Amerika!«

Eine Gruppe elegant frisierter Mädchen mit dicken Petticoats unter ihren Röcken stöckelte auf Pfennigabsätzen vorbei; lächelnd tuschelten sie miteinander, eine zwinkerte Felix zu. Grinsend erwiderte er ihren Blick und warf dann selig die Arme um Margot und Thea. So ausgelassen hatten sie ihn noch nie erlebt.

»Hey girls!« Zwei junge Männer, die Hände lässig in den Hosentaschen ihrer saloppen Anzüge und Zigaretten im Mundwinkel, sprangen zwischen den fahrenden Autos hindurch auf sie zu. *»Where you're from?«*

»Germany!«, riefen Thea und Margot im Chor.

Gegen den Lärm anbrüllend, tauschten sie Nettigkeiten über Amerika und Deutschland, New York und Hamburg aus. Das Angebot der beiden, hier irgendwo in der Nähe in ein Lokal zu gehen, in dem Rock'n'Roll gespielt wurde, mussten sie leider ablehnen, morgen wartete wieder ein mehr als zwanzigstündiger Arbeitstag auf sie. Aber mit einem Kugelschreiber der Lufthansa schrieben die Amerikaner ihre Namen und Telefonnummern auf eine der Einkaufsquittungen, *for next time*.

Kaum vorstellbar, dass sich ein Jahrzehnt zuvor die Generation ihrer Väter als Feinde im Krieg gegenübergestanden hatte. Zumindest für diese eine Zigarettenlänge war alles vergeben und vergessen, während vor ihnen der Broadway flimmerte und blinkte und das Brausen und Dröhnen des Verkehrs wogte wie die Hymne einer neuen Ära.

»Ich kann nicht glauben, dass wir das wirklich alles gekauft haben.« Ungläubig ließ Almuth den Blick durch das Hotelzimmer wandern, das mit geöffneten Koffern, Einkaufstüten und Kleidungsstücken übersät war. »Das kriegen wir niemals alles in die Koffer«, fügte sie hinzu und pikte mit der Plastikgabel noch einmal in den Cheesecake, den Margot in einer Plastikbox in der Hand hielt.

Auf dem Rückweg ins Hotel Seymour hatten sie einen Zwischenstopp in einem kleinen Lebensmittelladen eingelegt. Fast so erstaunlich wie die Tatsache, dass er so spät noch geöffnet hatte, waren die Dinge, die es dort zu entdecken gab. Felix hatte sich bereitwillig zum Lastenträger erklärt und ihnen an der Zimmertür mit Dackelblick eine gute Nacht gewünscht.

»Det müssen wir ja nicht«, rief Thea aus dem Badezimmer herüber. »Der Flieger ist auf dem Rückweg halb leer. Wir haben jede Menge Platz in den Gepäckfächern.«

»Und der Zoll?«, wandte Almuth ein.

Thea lachte, während sie klappernd mit ihren Schminkutensilien hantierte. »Wir sind Stewardessen! Wir schweben lächelnd an den Herren in Uniform vorbei, wie die Engel!«

»Und außerdem«, sagte Margot und deutete mit ihrer Gabel auf die reiche Beute, »hat das alles zusammen ja nicht gerade ein Vermögen gekostet.«

Almuth beugte sich über die Bettkante und spähte in Margots Tüte aus dem Lebensmittelladen. »Ich fass es nicht, dass du wirklich eine ganze Ananas gekauft hast.«

»Halbe gab's nicht.«

Almuth gluckste und fischte eine Frucht mit dunkler rubbeliger Schale aus der Tüte. Zum wiederholten Mal schnupperte sie fasziniert an dieser *Avocado pear,* die zwar den Namen und die Form einer Birne hatte, aber definitiv keine war.

»Ich kann mir beim besten Willen nicht vorstellen, wie die schmeckt«, murmelte sie. »Und dass die wirklich bis Montag oder Dienstag noch weich wird.«

»Ich auch nicht«, gab Margot zu. »Ich mach das einfach so, wie der Verkäufer es uns erklärt hat: Ich hole Krabben beim Fischhändler und mische das Ganze mit Majo, Zitronensaft, Salz und Pfeffer. Willst du vielleicht vorbeikommen und es probieren?«

»Au ja.« Ein Leuchten zog über Almuths Gesicht.

»Ta-daa!« Mit großer Geste riss Thea die Badezimmertür auf und präsentierte sich in einem kurzen cognacfarbenen Negligé mit schwarzer Spitze.

»O Thea«, wisperte Almuth. »Das sieht so schön aus!« Dann verbarg sie verlegen das Gesicht hinter der Hand. »Aber auch ein bisschen anrüchig.«

»Det, mein liebes Kind«, verkündete Thea, während sie mit übertrieben lasziven Bewegungen auf das Bett zuschritt, »ist der Sinn det Janzen!«

Schwungvoll warf sie sich zu Margot und Almuth, sodass die Matratze auf- und abfederte.

Almuth zögerte. »Darf ich mal anfassen?«

»Na klar!«

Vorsichtig strich Almuth über den seidig glänzenden Stoff und seufzte tief.

»Sowat hab ick auch in lang und züchtig gesehen«, erklärte Thea. »In Himmelblau. Ick wollt's dir noch zeigen, aber du warst janz damit beschäftigt, Felix zu überzeugen, den grünen statt den kanariengelben Pullover zu nehmen.«

»Schade«, meinte Almuth betrübt.

Thea zuckte mit einer Schulter. »Na, denn gehen wir nächste Woche eben noch mal hin.«

Margot und Almuth wechselten verblüfft einen Blick. Im Rausch des heutigen Tages hatten sie beide vollkommen vergessen, dass für Juni jede Woche ein Flug nach New York auf ihrem Dienstplan stand.

Margot leckte ihre Plastikgabel ab und setzte eine affektierte Miene auf. »Einmal die Woche zum Shopping nach New York«, sagte sie in passendem Tonfall.

Thea prustete los, Almuth giggelte, und dann lachten sie alle drei laut heraus, bis ihnen der Bauch wehtat, vollkommen betrunken von diesem aufregenden neuen Leben.

34

Der Himmel war noch nie so blau

Die Junitage, die Margot in Hamburg verbracht hatte, waren fast ausnahmslos kühl und windig gewesen, manche auch grau und nass. Der Juli hingegen begann sonnig und warm, und heute brannte die Sonne regelrecht vom wolkenlosen Himmel herunter. Das perfekte Wetter für Margots neues Sommerkleid. Das enge schwarze Oberteil mit dem großgeblümten Tellerrock von *Macy's* war mit zwölf Dollar nicht gerade ein Schnäppchen gewesen, dafür hatte sie für den mehrlagigen Petticoat und die spitzen Schuhe mit Pfennigabsatz praktisch nichts ausgegeben.

Zwischen den hohen alten Bäumen am Süllberg wehte trotz der Hitze eine frische Brise. Die Aussicht über die Kapitänsnester und Villen von Blankenese und auf die Elbe, auf der Vergnügungsdampfer, Segler und tuckernde Lastkähne kreuzten, hatte zahlreiche Ausflügler angelockt, die den Nachmittag bei Kaffee und Kuchen und einem vergnügten Schnack genossen.

»Warum gehen wir eigentlich nie in den *Alsterpavillon*?«, fragte Claus, einen Arm auf die Stuhllehne neben sich gestützt. Von der Zigarette zwischen seinen Fingern kräuselte Rauch auf.

Margot spürte, wie er sie durch seine Sonnenbrille musterte. Sie zuckte mit den Schultern. »Ich mag den Laden nicht besonders.«

»Du hast doch mal dort gearbeitet.«

»Genau deswegen. Mir gefällt es hier besser.« Sie hörte selbst, wie gereizt sie klang.

Claus schwieg einige Augenblicke und zog an seiner Zigarette. Dann beugte er sich vor und fuhr mit dem Zeigefinger über Margots Hand, die auf dem Tisch lag. »Ich vermisse unsere Nachmittage in Paris.«

»Ich auch«, flüsterte sie.

Seit Margot einmal in der Woche nach New York flog, sahen sie sich kaum noch. Zwischendurch war sie für London und Madrid eingesetzt gewesen, und einmal mit einem anderen Pilotenteam nach Paris geflogen. Obwohl die Lufthansa weiteren Nachwuchs ausbildete und erfahrene Stewards und Stewardessen anzuwerben versuchte, war Bordpersonal knapp. Während die Piloten maximal fünfundachtzig Stunden im Monat flogen, waren bei Margot und ihren Kolleginnen Überstunden die Regel. Auch die freien Tage von Claus und Margot fielen selten zusammen, und nebenher bereitete sich Claus noch auf seine Lizenz für Langstreckenflüge auf der Super-Constellation vor.

»Willst du dich nicht lieber wieder auf die europäischen Strecken versetzen lassen?«, fragte er behutsam. »Dann könnten wir uns öfter sehen. Ab Oktober kommt ja noch Lissabon hinzu.«

Margot sah ihn irritiert an. »Ich soll wieder einen Schritt zurück machen? Ich bin froh, dass ich es so weit gebracht habe. Und für dich sind fünfzig Mark mehr im Monat sicher kein Geld, für mich aber schon.« Das hatte schärfer geklungen als beabsichtigt, deshalb fügte sie neckend hinzu: »Beeil dich mal lieber mit deiner Lizenz, dann fliegen wir zusammen nach New York.«

Mit einem leisen Lachen blies Claus den Rauch aus. »Lieber heute als morgen. An mangelndem Willen liegt's bestimmt nicht, und auch nicht an der Theorie. Mir fehlen nur noch die Übungsstunden auf der Lady. Und die kriege ich nicht so schnell zusammen, weil alle vier Maschinen fast nonstop im Einsatz sind. Zum Beispiel, um meine Herzensdame über den Atlantik zu entführen.« Vorwitzig sah er sie über den Rand seiner Sonnenbrille hinweg an.

Margot lächelte. »Sollten wir nicht noch eine fünfte Super-Connie kriegen?«

Claus verzog das Gesicht. »Sollten wir. Aber ich fürchte, das dauert noch. Ich rechne jedenfalls nicht vor Anfang nächsten Jahres damit.«

»Ab dem 20. August habe ich ein paar Tage am Stück frei«, sagte Margot.

Claus schüttelte den Kopf. »Da fliege ich als Erster Offizier die Leichtathletik-Nationalmannschaft nach Helsinki.«

»Siehst du. Du bist genauso viel unterwegs.« Da war er wieder, der gereizte Tonfall, den sie an sich selbst nicht mochte.

Claus trank von seinem Kaffee und drehte sich nach einem tutenden Dampfer auf der Elbe um, bevor er sich wieder Margot zuwandte.

»Wenn es dir allein ums Geld geht«, sagte er. »Ich hab doch mehr als genug. Sag mir einfach, was du haben willst, und ich kauf es dir.«

Margot spürte, wie sie erstarrte. »So weit kommt's noch! Ich verdiene mein eigenes Geld, und ich bin stolz darauf.«

Er runzelte die Stirn. »Auch um den Preis, dass wir uns kaum noch sehen? Ist es das wert?«

Margot entzog ihm ihre Hand. »Wenn du das nicht verstehst, hättest du dir besser eine andere gesucht.«

Die Luft zwischen ihnen war aufgeladen wie kurz vor einem Gewitter. Vielleicht lag es daran, dass ihr die ständige Zeitverschiebung zwischen Hamburg und New York zu schaffen machte, oder es zeigten sich bereits die ersten Abnutzungserscheinungen zwischen ihr und Claus.

Das kleine Grinsen in seinem Mundwinkel war entwaffnend. »Eine, die weniger störrisch und eigensinnig ist? Niemals!«

Gegen ihren Willen musste Margot schmunzeln.

Versöhnlich griff Claus erneut nach ihrer Hand. »Ich will nicht streiten, Margot. Nicht heute, dafür ist der Tag zu schön, der Sommer zu kurz. Lass uns noch ein bisschen durch die Gegend fahren.«

Im Duft der blühenden Wiese lag Margot in Claus' Armen. Auf dem staubigen Weg hinter ihnen gab das Cabriolet in der Sonne leise Klickgeräusche von sich, während um sie herum Hummeln und Bienen summten und Grillen zirpten. Ab und zu zog ein Flugzeug über sie hinweg, und in der Ferne reiften Äpfel in den Bäumen.

»Und dann sagt Captain Davis zu mir«, erzählte Claus und imitierte einen breiten amerikanischen Akzent mit leicht erregtem Tonfall. »*Don't touch this! Don't touch this! It's a big aircraft!*«

Margot lachte bei der Vorstellung, dass einer der amerikanischen Kapitäne Claus ausschimpfte wie einen kleinen Jungen und ihm verbot, die Instrumente anzufassen, während er ihn gleichzeitig mit ebendieser großen Maschine vertraut machen sollte.

»Die fliegen auf eine komplett andere Art, Margot«, fuhr Claus fort. »Bei der Super-Connie merke ich das noch deutlicher als auf der Convair. Die betätigen einfach ihre Knöpfe und Schalter, wie sie es gelernt haben. Wir Deutschen dagegen – wir wollen immer wissen, wofür dies oder jenes gut ist und was genau dahintersteckt. Wir haken zigmal nach, was wir machen sollen, wenn etwas nicht funktioniert. Wir wollen immer einen Plan B. Das treibt die Amis manchmal in den Wahnsinn.«

»Würdest du das wollen, ohne Plan B zu fliegen?«, flüsterte Margot.

»Auf keinen Fall«, antwortete Claus entschlossen. »Im Ernstfall entscheidet jede Sekunde. Daran hängt ja nicht nur mein Leben, sondern auch das von hundert Passagieren. Und das von solch bezaubernden Stewardessen wie dir.«

Er drehte den Kopf und drückte ihr einen Kuss auf die Stirn, und Margot schmiegte sich enger an ihn.

»Vielleicht kaufe ich mir ein Haus im Grünen«, murmelte er nach einer längeren Pause. »Was hältst du davon?«

Margot stieß ein kleines Lachen aus. »Was willst du mit einem Haus? Du bist doch sowieso nie da.«

Er streichelte ihre Schulter unter dem Ärmel des Sommerkleids. »Ganz einfach: weil ich es kann.«

Mit Claus war alles leicht und mühelos, ein Dahinschweben über allen irdischen Dingen.

Auf seinem Gesicht zuckte ein vorwitziges Lächeln auf. »Ein lauschiges kleines Nest für uns beide – wär das nichts?«

»Nur mit Schwedenküche«, erwiderte Margot prompt. Die schönen hellen Küchen waren momentan der Traum aller jungen Frauen. »Eine elektrische Waschmaschine hätte ich bitte auch gern. Und einen Staubsauger – aber nur den von Hoover.«

Claus musste lachen. »Von mir aus auch eine Geschirrspülmaschine, wenn du eine willst. Oder wir stellen gleich eine Haushaltshilfe ein.«

Sie warf ihm einen Seitenblick zu. »Du wirst doch sicher niemals sesshaft, oder?«

Claus verzog das Gesicht. »Vermutlich nicht.« Mit halb

zusammengekniffenen Augen schielte er zu ihr herüber. »Wie steht's mit dir?«

Margot blinzelte zum blauen Himmel hinauf. »Ich weiß nur«, sagte sie nachdenklich, »dass ich nicht bereuen will, etwas nicht getan, nicht gewagt zu haben.«

Claus hob die Hand und strich die kurzen Ponyfransen aus ihrer Stirn. »Bei dir«, flüsterte er, »muss ich immer an einen Vogel denken, der es genauso wenig erträgt, eingesperrt zu sein wie ich. Ich habe mich noch nie so frei gefühlt wie mit dir.«

Ein Lächeln wanderte zwischen ihnen hin und her.

Margot stupste ihn in die Seite. »Erzähl mir mehr von der Super-Connie.«

Claus stützte sich auf den Ellbogen und beugte sich über sie. »Nein, heute ist die Super-Margot dran.«

Eng umschlungen versanken sie in Wiesenduft und endlosen Küssen und Sommerflirren. Und Margot wünschte sich nichts mehr, als dass die Zeit einfach stehen bliebe.

Scheinbar endlos dehnte sich dieser herrliche Sommertag aus. Bei Sonnenuntergang kehrten sie zu Schaschlik vom Grill, Risipisi und einer Flasche Chianti in einem Ausflugslokal ein, bevor sie sich wie verabredet mit Thea und Gitta in einer Kneipe auf der Reeperbahn trafen und danach in den Tanzschuppen weiterzogen.

Die Band gab wieder alles, und ihr Publikum nicht minder. Mit fliegenden Locken wirbelte Gitta an der Hand eines jungen Mannes mit Schmalztolle herum. Dahinter entdeckte Margot Claus' Pilotenkollegen Ecki, der auf den innerdeutschen Linien flog und gerade mit Gunda tanzte. Seit dem Frühlingsdom waren sie fest zusammen und seit zwei Wochen sogar verlobt, hatte Claus erzählt.

Im Stampfen, Trommeln und Röhren des Rock'n'Roll drängelte Margot sich durch die wogende Menge zur Theke, vor der sich eine durstige Menschentraube zusammenballte.

»Tolles Kleid!«, rief ihr ein Mädchen mit kastaniendunklem Pagenkopf ins Ohr.

»Danke«, erwiderte Margot strahlend.

Bei den Thekenkräften hinterließ das Kleid von *Macy's* jedoch offenbar keinen Eindruck; Margot versuchte mehrmals vergeblich, jemanden auf sich aufmerksam zu machen, die Zunge klebte ihr schon am Gaumen. In einer Ecke des Raums entdeckte sie Thea in den Armen eines baumstarken Kerls, der ihr hingerissen schon den halben Abend an den Lippen gehangen hatte und jetzt Taten folgen ließ.

Margot fühlte sich beobachtet und wandte den Kopf. Nicht weit von ihr entfernt lehnte Klaus Geier am Tresen, in einer Hand ein Bier, in der anderen eine Zigarette, die Hemdsärmel aufgekrempelt. Er sah aus, als hätte er schon mehrere Runden durchgetanzt, dabei hatte Margot gar nicht mitbekommen, dass er auch hier war.

»Bist du nicht eifersüchtig?«, warf er ihr zu und schob sich noch ein Stück näher an sie heran.

Margot blickte über die Schulter. Lachend schwang Claus ein Mädchen mit fliegendem blonden Pferdeschwanz und wirbelndem Petticoat herum. Anne oder Anke oder Anja hieß sie, die Musik war zu laut gewesen, als Claus sie einander vorgestellt hatte.

»Nein, wieso?«, erwiderte Margot ehrlich erstaunt. »Die nimmt mir schon nichts weg.« Wenn sie ausgingen, liefen ihnen ständig weibliche Bekanntschaften von Claus über den Weg.

»Bist du sicher?«, bohrte Klaus nach.

Die Stirn gerunzelt, schüttelte Margot abwehrend den Kopf.

Einmal mehr reckte sie den Arm, ohne jenseits des Tresens Beachtung zu finden.

»Was muss man hier eigentlich tun, um etwas zu trinken zu kriegen?«, fragte sie überlaut.

Wortlos reichte Klaus ihr sein Bier. Margot zögerte, dann trank sie in langen Zügen und gab ihm die Flasche zurück. Ein Auge zugekniffen, spähte er hinein und stellte mit hochgezogenen Brauen das leere Astra weg. Wie von Zauberhand wurde es durch ein neues ersetzt.

Ein stummer Dialog entspann sich zwischen ihnen.
So geht das also?
Wer kann, der kann.
Na dann.

Amüsiert blies Klaus den Rauch aus und hielt ihr einladend die frische Flasche hin. Seit dem Frühlingsdom ging ihr nicht mehr aus dem Kopf, wie er an den Landungsbrücken auf der fahrenden U-Bahn balanciert war. Eine Episode, die im Rückblick geradezu unwirklich schien, weil sie nicht zu dem Klaus Geier passte, der in seiner Uniform immer so korrekt und verlässlich wirkte, wenn sie ihm auf dem Korridor begegnete, und der auf den Flügen nach London oder Madrid als hochkonzentrierter Co-Pilot im Cockpit saß.

»Machst du das eigentlich öfter?«, rief sie ihm zu. »Auf fahrende Züge springen?«

Klaus zuckte mit den Schultern.

»Bist du lebensmüde?«, hakte sie nach.

»Ich mag eben alles, was schnell ist.«

»Aber warum?«, wollte Margot wissen.

»Was ist für dich der Reiz am Fliegen?«, erwiderte er. »Und warum kommst du hierher?« Mit seiner Zigarette deutete er in den bebenden und dampfenden Raum hinein.

»Weil ich mich hier so lebendig fühle wie nirgendwo sonst«, antwortete sie lachend. »Genau wie im Flieger.«

Die Art, wie sich ihre Blicke ineinander verhakten, fühlte sich für Margot an, als hätte ein Schlüssel nach langer Fummelei den Weg ins Schloss gefunden.

Während sie sich das Astra teilten, berichteten sie sich gegenseitig von nervenaufreibenden Flugmanövern, die sie miterlebt hatten, Klaus im Cockpit, Margot in der Kabine. Ihre Hände wurden abwechselnd zu Flügeln, Flugzeugrumpf und Fahrwerk, der Tresen zur Start- und Landebahn. Margot lachte lauthals über die schier unglaubliche Geschichte, die unter den amerikanischen Piloten der Lufthansa kursierte: Bei ihren Erkundungsflügen im Krieg hatten die Piloten der Air Forces mit Eiskrem experimentiert, indem sie Munitionskanister mit Dosenmilch füllten und an ihre Maschinen schnallten. Perfektioniert wurde die Technik durch einen windgetriebenen Propeller, der eine Schraube im Inneren des Kanisters drehte. Das Ergebnis war geschmeidig gerührtes Schokoladen- oder Vanilleeis aus zehntausend Metern Höhe als Belohnung für die Soldaten.

Margot mochte solche Anekdoten. Während sie mit Klaus fachsimpelte, schienen sie wie Pioniere eines neuen Zeitalters, das in der Luft stattfand. Sie hatte Klaus noch nie so unbeschwert und gelöst erlebt. Er hatte ein schönes Lachen, das seine markanten Wangenknochen betonte und zwei Reihen kräftiger Zähne aufblitzen ließ.

»In Shannon«, schrie Margot gegen die Musik an, »habe ich schon ein paarmal gedacht, wir kommen überhaupt nicht mehr vom Boden weg. Die Connie rollt und rollt, immer wieder höre ich das Bugrad auf den Asphalt zurückpoltern, das Hauptfahrwerk scheint am Boden zu kleben. Ich kann bereits die roten Lichter am Ende der Bahn erkennen und zähle im Kopf die

Meter runter, die wir noch haben, bevor wir in die Bucht rauschen. Und dann quält sich die Maschine im letzten Moment doch noch hoch.«

»Wart ihr voll beladen?«, rief Klaus zurück.

Er drückte die Zigarette aus und modellierte mit den Fingern auf dem Tresen Startbahn und Super-Connie, um ihr einiges zu diesem Flugzeugtyp zu erklären. Sein Fachwissen war enorm, er hatte irgendetwas Technisches gelernt, bevor er zur Lufthansa kam, das hatte Claus einmal erwähnt. Margot wollte es genauer wissen. Ihre Finger gesellten sich zu seinen, während sie ihn mit Fragen zu Antrieb und Hydraulik bestürmte.

Unverwandt sah Klaus sie dabei an. Sein eben noch so offenes Gesicht verdüsterte sich. Mit zusammengezogenen Brauen griff er nach der Bierflasche und ließ Margot mitten im Satz stehen.

Verdutzt sah sie ihm nach und hob dann in einer ratlosen Geste die Hände, bevor sie sich zwischen den tanzenden Paaren hindurchzwängte.

Mit einem freudigen Ausruf ließ Claus seine Bekannte los, wirbelte Margot herum und küsste sie vor aller Augen. Hier fühlten sie sich sicher, hier waren sie unter ihresgleichen. Junge Leute, die frei und ungehemmt leben wollten und keinen Gedanken an den Kater am nächsten Morgen verschwendeten.

35

Blue Jean Boy

Eine Hitzewelle mit schweren Unwettern im Schlepptau rollte über Europa hinweg. Über einhundertfünfzig Todesopfer hatte dieser mörderische Juli innerhalb weniger Tage schon gefordert, durch Blitzschlag, Hitzekollaps oder weil sie beim Sprung ins kühle Nass ertrunken waren. In London war es so heiß, dass die Schuhe im geschmolzenen Asphalt stecken blieben, in Birmingham musste eine Schokoladenfabrik die Arbeit einstellen. West-Berlin ging das Leitungswasser aus, während die Strandbäder wegen Überfüllung geschlossen wurden. Nach heftigem Hagel waren in Paris die Telefonleitungen zusammengebrochen, an Grönlands Küste brach das Eis weg und blockierte die Häfen. In Norwegen wurden Gebirgsbäche durch die plötzliche Schneeschmelze zu reißenden Strömen.

Auch Hamburg stöhnte und schwitzte in der schwülheißen Luft und Sonnenglut. Umso angenehmer war es am Flughafen, wo immer ein Wind ging, und noch viel besser am Springbrunnen, der dieser Tage weidlich als Pool genutzt wurde. Die Flughafenverwaltung war sogar so nett gewesen, ein paar Liegestühle und zwei Sonnenschirme aufzustellen.

Margot saß auf ihrem Handtuch auf dem Rasen und plauderte mit einem Piloten und zwei Stewardessen der Scandinavian Airlines, die die Zeit zwischen Hin- und Rückflug für eine Abkühlung genutzt hatten.

»*Have a good flight!*«, verabschiedete Margot die drei, als sie zu ihren Handtüchern griffen und sich auf den Weg zu den Personalräumen machten. »In Stockholm und Oslo ist es noch heißer als hier«, rief sie dann zu Thea und Almuth hinüber, die sich mit Schlägern einen Tennisball zuspielten.

»Denn sind wir froh, det wir heute nirgends mehr hinmüssen«, erwiderte Thea.

Margot und Almuth waren seit gestern im *Stand-by*, Thea hatte frei. Am Morgen waren sie bei der Schneiderin gewesen, um ein letztes Mal die neue Sommeruniform anzuprobieren, die die Lufthansa vor Kurzem in Auftrag gegeben hatte. Als sich herausstellte, dass es nichts mehr zu ändern gab, hatten die Stewardessen der Schneiderin die ärmellosen Etuikleider aus dünnem himmelblauem Stoff förmlich aus den Händen gerissen. Obwohl es übermorgen in New York vermutlich etwas kühler sein würde und der Hüftformer darunter trotzdem Pflicht blieb.

Seitdem faulenzten sie hier am Becken herum, wo es allemal besser war als in den pickepacke vollen Freibädern und im Gedränge an Alster, Elbe und Bille. Vor allem Almuth fühlte sich hier wohler, weil ihr im Schutz der Hecke keine Jungs hinterherpfiffen oder gestandene Männer Stielaugen machten, auch wenn der Schnitt ihres Einteilers fast schon prüde zu nennen war.

Im Sprudeln und Zischen der Fontäne, dem Dröhnen der Flugzeugmotoren und dem Schnurren der vorbeifahrenden Volkswagen trug der Wind den Lärm der Baustelle herüber. Seit vier Wochen wurde Tag und Nacht mit schwerem Gerät daran gearbeitet, die Startbahn um ein paar hundert Meter zu verlängern, damit auch größere Flugzeuge Fuhlsbüttel anfliegen konnten; eine Investition in die Zukunft des Flughafens.

Thea klaubte den Ball aus dem Gras und richtete sich dann abrupt wieder auf. »Da kommt 'ne Super-Connie!«

Margot beschirmte die Augen mit der Hand. Silbern glänzend zeichnete sich der Rumpf der Maschine am Himmel ab und kam in schnurgeradem Sinkflug näher. Unvermittelt schlich sich ein Misston in das eben noch so gleichmäßige Motorengeräusch.

»Oh, oh«, murmelte Thea.

Einer der vier Propeller kreiselte aus und blieb schließlich stehen.

»Der muss doch noch um die Kurve, um zu landen, oder?«, fragte Almuth.

»Ja«, flüsterte Margot bang und stand auf, um besser sehen zu können.

Eine Tragfläche schien plötzlich schneller zu sein als die andere, und die Maschine glitt aus ihrer Spur.

»Verdammt, die giert!«, fluchte Thea.

Dieses seitliche Ausbrechen nach dem Ausfall eines Motors war an sich nicht dramatisch, das wusste Margot. Aber für eine Super-Constellation war die Landung in Fuhlsbüttel sowieso Millimeterarbeit, besonders jetzt, mit der Großbaustelle am Ende der Bahn. Wer immer da gerade am Steuerknüppel saß, brauchte jede Menge Fingerspitzengefühl, ein scharfes Auge und musste dazu noch alle Instrumente im Blick behalten.

Langsam tarierte sich die Maschine wieder aus, gerade noch rechtzeitig, um im Sinken eine kontrollierte Schleife fliegen zu können. Atemlos beobachteten die drei Freundinnen, wie die Super-Connie sich der Landebahn näherte, punktgenau aufsetzte und elegant auslief.

»Habt ihr det jeseh'n?«, jubelte Thea. »Habt ihr jeseh'n, wie perfekt der die runtergebracht hat? Wat'n Teufelskerl! Ist bestimmt einer der Texaner, die haben die größte Chuzpe!«

Gebannt verfolgten sie die Super-Connie, bis sie aus ihrem Blickfeld verschwand.

»Ich komm um vor Durst«, stöhnte Almuth und tauschte den Schläger gegen Sommerkleid und Sandalen.

»Ick auch.« Thea zog sich ihr Strandkleid über den Bikini. »Willste auch wat, Margot?«

»Gern eine Cola. Soll ich mitkommen?«

Den Geldbeutel in der Hand, winkte Thea ab. Margot setzte sich wieder auf das Handtuch und griff zu ihrem Buch, legte es aber nach einer guten Seite weg. Steinbecks *Jenseits von Eden* war bei dreißig Grad im Schatten zu schwere Kost. Rücklings auf die Ellbogen gestützt, streckte sie die Beine aus und wackelte genüsslich mit den Zehen.

Kurz darauf näherten sich schwere Schritte durch das Gras.

»Ist die noch frei?«, fragte eine tiefe Männerstimme.

Margot wandte den Kopf und sah über die Schulter. Klaus Geier deutete mit der Colaflasche in seiner Hand auf eine der Sonnenliegen.

»Klar.« Margot richtete den Blick wieder nach vorn.

Sie hörte, wie der Reißverschluss seines Fliegeroveralls aufratschte, und drehte sich zu ihm um.

»Warst du das gerade eben? Mit der Super-Connie?«

Grinsend ließ er sich auf der Liege nieder und zog Stiefel und Socken aus. »Die wird ihrem Ruf als beste Dreimotorige mehr als gerecht.«

Um Margots Mund zuckte es. Den Spitznamen hatte die schöne Super-Constellation jetzt ein für alle Mal weg, weil so gut wie immer einer der vier Motoren Probleme machte.

»Wie weit bist du mit deiner Lizenz?«, erkundigte Margot sich.
In langen Zügen trank Klaus von seiner Cola und fuhr sich durch das schweißnasse Haar.

»Noch nicht weit genug«, erwiderte er dann. »Aber es geht voran. Ich will unbedingt den Sprung über den Atlantik schaffen. Nicht nur nach New York. Ich will mehr von Amerika sehen. Texas, Arizona, Kalifornien.«

Margot hob die Brauen. »Dafür dürftest du als Pilot wohl kaum Zeit haben.«

Klaus lachte. »Weißt du, wie unsere texanischen Kollegen leben? Die reißen hier ihre Dienste herunter, und die übrige Zeit lassen sie sich auf ihrer Ranch die Sonne auf den Pelz brennen.«

»Reitest du dann als Cowboy in den Sonnenuntergang?«, foppte Margot ihn.

Er grinste. »Wenn schon, dann auf einer schweren Maschine.«

Er wirkte lockerer als sonst, vielleicht durch den Nervenkitzel des Flugs, oder es war einfach zu heiß, um den Stockfisch zu geben.

Mit dem Flaschenhals zeigte er auf das Buch. »Hast du den Film schon gesehen? Musst du unbedingt reingehen. Vor allem wegen James Dean.«

Er stand auf und zog seinen Overall aus. Margot schnappte sich das Buch und steckte die Nase hinein. Die männliche Anatomie war seit Claus kein Buch mit sieben Siegeln mehr für sie, aber mit Klaus Geier in eng anliegender Badehose konfrontiert zu sein, das ließ ihr dennoch das Blut ins Gesicht schießen.

»Stewardessen sieht man ja eher selten mit Buch«, kommentierte er im Vorbeigehen.

»Tatsächlich?«, fragte Margot ironisch, ohne aufzublicken. »Manche von uns haben sogar ein bisschen Grips.«

»Hatte ich bei dir auch nie Zweifel.«

Klaus sprang ins Wasser und kraulte mit kräftigen Schlägen durch das Becken. Margot schluckte trocken, während eine Schweißperle ihr Brustbein hinabrann, die Aussicht auf ein kühles Bad war allzu verlockend. Entschlossen legte sie Buch und Sonnenbrille weg, ging zum Beckenrand und ließ sich dort nieder, um die Füße ins Wasser zu hängen.

Prustend tauchte Klaus auf. »Ich beiß übrigens nicht.«

Margot kniff ein Auge zusammen. »Da bin ich mir nicht so sicher.«

Das kleine Grinsen in seinem Mundwinkel war eine Herausforderung, die sie nur allzu gern annahm. Sie stieß sich ab und glitt in langen Zügen durch den Pool.

»Steigst du eigentlich immer in Badehose in den Flieger?«, rief sie über die Schulter.

Klaus lachte rau auf. »Ich frag doch auch nicht, was ihr Stewardessen unter eurer Uniform anhabt.«

»Einen Hüftformer natürlich«, erwiderte Margot keck.

Mit wenigen kraftvollen Zügen schloss er zu ihr auf, und ein Seitenblick streifte ihr bunt gemustertes Oberteil.

»Das sieht mir aber eher nach Bikini aus«, sagte er. »Nett. Fifth Avenue?«

»Mönckebergstraße.«

Die amerikanischen Bikinis mit hochgezogener Taille und verschwenderisch ausgepolsterten Oberteilen sahen an ihr und Thea nicht gut aus, dafür hatten sie beide zu wenig Kurven, also hatten sie sich jeweils für ein knapperes deutsches Modell entschieden.

Unvermittelt packte Klaus sie an den Schultern und zerrte sie unter die Fontäne. Margot schrie auf, als das kühle Wasser auf sie niederprasselte, und lachte dann laut, weil es so unglaublich herrlich war. Sie revanchierte sich, indem sie Klaus unter Wasser drückte, und er zog sie mit sich hinab. Aufregend war es, wie sich ihre Arme und Beine miteinander verknäulten und ihr Bauch über seine behaarte Brust rieb, nichts als ein bisschen Stoff und Wasser zwischen ihnen. Ein Sog ging von ihm aus, prickelnd wie das schäumende Wasser der Fontäne auf der nackten Haut.

Beim Auftauchen hob Klaus sie auf seine Arme und schleuderte sie in den Pool.

Prustend kam Margot wieder an die Oberfläche. »So behandelt man aber keine Dame, Herr Geier!«, rief sie lachend.

Grinsend stemmte sich Klaus am Beckenrand hoch und kletterte hinaus. »Du bist alles Mögliche, aber bestimmt keine Dame, Margot Frei!« Sein Grinsen vertiefte sich, als er seine Sachen aufsammelte. »Wäre auch schade drum.«

Hastig tauchte Margot unter und schwamm mit energischen Zügen am Grund entlang. Ihr Gesicht brannte wie Feuer.

36

Eine Kutsche voller Mädels

Der Regenschauer, der an diesem Sonntagnachmittag Anfang August über dem Behelfsheim niederging, drang kaum zu Margot durch. Sie hatte nichts als Sommer, Sonne und Ferien im Kopf, während sie auf dem Klappsofa saß und durch Reiseprospekte und Stapel gesammelter Zeitungen blätterte, genau wie Thea und Almuth am Tisch in der Wohnküche. Im Zimmerchen nebenan schnurrte die Nähmaschine von Margots Mutter.

Lockende Ziele wie Taormina, Mallorca oder die spanische Costa del Sol hatten die drei Freundinnen gleich wieder verworfen. Drei- bis vierhundert Mark für eine Woche im Hotel mit Vollpension, Hin- und Rückflug eingeschlossen, überstiegen in jeder Hinsicht ihr Budget.

»Eine Kreuzfahrt wäre schön.« Almuth seufzte sehnsüchtig. »Die sind gar nicht mal so teuer, aber alle auf mindestens eineinhalb Wochen ausgelegt.«

»Mit 'nem fahrbaren Untersatz«, überlegte Thea halblaut, »könnten wir nach Bella Italia runterfahren.«

Diesen Monat noch würde der millionste Volkswagen vom Band laufen, aber selbst mit ihrem Stewardessengehalt war ein eigenes Auto nebst Führerschein ein fast unerfüllbarer Traum; Thea sparte derzeit auf einen Motorroller.

»Auch dann hätten wir nur mickrige fünf Tage Urlaub«, wandte Margot ein.

Deshalb schieden auch Ziele wie Bayern, Bodensee, Schwarzwald oder Österreich aus, das mit dem Staatsvertrag im Mai ebenfalls seine Souveränität von den vier Besatzungsmächten zurückerhalten hatte. Ihre freien Tage waren zu kostbar, um sie mit langen Zugfahrten zu verschwenden.

»In Malente gibt es viele Zimmer«, sagte Almuth mit Blick auf die Zeitungsseite vor sich.

»Ist det am Meer?«, wollte Thea wissen. Als Margot und Almuth unisono verneinten, schnitt sie eine Grimasse. »Ick will aber ans Meer!«

»Helgoland hat diesen Sommer wieder für Urlauber aufgemacht«, warf Margot ein. Erst vor drei Jahren hatten die Alliierten die Insel an die Bundesrepublik zurückgegeben.

»Aber da ist doch noch alles kaputt oder Baustelle«, protestierte Almuth.

»Zelt und Luftmatratzen kannste mieten«, erklärte Thea und biss von dem Streuselkuchen ab, den Margots Mutter ihnen zum Kaffee hingestellt hatte.

Mit Almuths entsetztem Blick hatte sich diese Option erledigt, und die drei beugten sich wieder über die Anzeigen und Angebote.

»Wie wär's mit Sylt?«, fragte Almuth nach einer Weile in die konzentrierte Stille hinein.

Thea zog die Nase kraus. »Ick will aber nicht in 'nem Ölteppich baden.«

»Das war Anfang des Jahres«, erklärte Margot. »Das Öl ist schon lange beseitigt, Wasser und Strand sind wieder sauber.«

»Sylt ist schön!«, rief Margots Mutter aus dem Nebenzimmer.

»Ich war als junges Mädchen mal zur Sommerfrische dort. Endlose Strände, gutes Essen und eine herrliche Luft.«

»Wartet mal.« Margot blätterte durch die Zeitungsseiten. »Hier, da hab ich's gesehen. Die Bundesbahn setzt im Sommer täglich Sonderzüge nach Sylt ein. Der schnellste braucht von Hamburg aus nur etwas über drei Stunden. Es gibt auch Sparpreise.«

»Zeig her.« Thea streckte die Hand nach Almuths Zeitung aus und studierte die Annoncen. »Det klingt doch jut hier! Geräumiges, gemütliches und sehr komfortables Dreibettzimmer«, las sie vor. »Direkt am Strand, mit freier Seesicht und Abendsonne. Fließendes kaltes und warmes Wasser. Pro Bett fünf Mark.«

Mit leuchtenden Augen sahen sich die Freundinnen an. Dann sprangen sie auf, schnappten sich einen Regenschirm und die Zeitung und hasteten nach draußen, um vom nächsten Fernsprecher aus in Westerland anzurufen.

»Det is 'n Leben, wa?«, seufzte Thea wohlig und räkelte sich in ihrem Bikini auf dem Handtuch, das sie auf dem Sand ausgebreitet hatte.

Margot, von der prallen Sonne und dem Rauschen der Wellen schon leicht dösig, gab auf dem Handtuch neben ihr einen zustimmenden Laut von sich; Almuth hatte sich in den schattigen Strandkorb zurückgezogen und las.

Sie hatten unverschämtes Glück gehabt: Genau in der Woche, in der sie fahren wollten, war das günstige – und wirklich sehr schöne – Zimmer noch frei gewesen, weil die Familie, die es eigentlich hatte beziehen wollen, kurzfristig wegen eines Krankheitsfalls abgesagt hatte. Das Badezimmer war zwar auf der Etage, aber sie hatten es ganz für sich. Für zwei Mark extra tischte ihnen die mütterlich-fürsorgliche Vermieterin ein üppiges Frühstück auf, am Strand futterten sie sich mit Würstchen, Fischbrötchen, Waffeln und Eiskrem durch, und abends schlugen sie sich in einem der Lokale an der Promenade den Bauch mit noch mehr Fisch und Krabben voll.

»Meitli!«, ertönte es vor ihnen. »He, Meitli!«

Margot hob den Kopf, aber der Zuruf galt Thea, die irritiert über den Rand ihrer Sonnenbrille hinweg zu den zwei jungen Männern in Badehose schielte. Die beiden waren noch keine zwanzig und dürr wie die Spargel.

»Du bisch wie es Stärnli«, sagte der eine zu Thea und versuchte sich dabei an einem verführerischen Zwinkern.

»Wat hat er jesacht?«, zischte Thea.

»Du bist wie ...« Margot brauchte ein paar Augenblicke, um nach mehr als einem Jahr, seit sie den letzten Gast im *Alsterpavillon* bedient hatte, die Laute der schweizerischen Mundart im Kopf zu entzerren. »... ein Sternchen.«

»Aha.« Thea zog eine Augenbraue hoch. »Ick bin Lichtjahre von dir entfernt!«, rief sie dem jungen Schweizer zu. »Lichtjahre!«

Die beiden Jungs schrumpften sichtlich zusammen und trollten sich. Schnaubend rollte Thea sich auf den Bauch, dann zog etwas im Getümmel am Strand ihre Aufmerksamkeit auf sich.

»Oh, là, là!«, säuselte sie und schob die Sonnenbrille auf die Nasenspitze.

Eine Handvoll junger Männer spielte sich im Sand mit athletischem Muskelspiel einen Ball zu. Durch die Sonnenbräune ihrer Haut wirkten sie umso blonder, ihre Augen noch blauer.

»Det sind sicher Dänen.« Thea seufzte hingerissen. »Oder Schweden.«

Die Insel quoll über vor Sonnenhungrigen und Meeressüchtigen, nicht nur aus Deutschland. Bei ihrer Ankunft am Bahnhof hatten Sofas in der Halle gestanden, als provisorisches Nachtlager für diejenigen, die aufs Geratewohl nach Sylt fuhren und noch eine Unterkunft suchten.

Almuth streckte ein Bein aus und stupste Thea mit der Fußspitze an. »Keine Jungs, haben wir gesagt. Diese Tage gehören ganz uns.«

»Nur mal kieken«, murmelte Thea selbstvergessen.

Alle drei zuckten zusammen, als ein Ball in ihrer Mitte einschlug.

»'tschuldigung!« Der sportliche junge Mann in Badehose, der auf sie zurannte, wirkte ehrlich erschrocken. »War keine Absicht. Ich hoffe, ihr habt nichts abbekommen.«

»Allet jut«, erwiderte Thea, klaubte den Ball aus dem Sand und warf ihn dem Besitzer zurück.

Margot entging nicht, dass sie sein kantiges Gesicht und den durchtrainierten Körper wohlgefällig musterte. Er mochte in ihrem Alter sein, seine braunen Augen unter dem dunklen Haarschopf wirkten warm. Besonders als sein Blick auf Almuth fiel.

»Wo kommt ihr her?«, wollte er wissen.

»Aus Hamburg«, antwortete Margot.

Er lächelte. »Ich bin aus Lübeck. Martin. Martin Fehling.«

Er beugte sich herunter, um Thea und Margot, die sich ebenfalls mit Namen vorstellten, die Hand zu geben. Almuth nickte ihm nur zu und verkroch sich mit ihrem Buch tiefer im Strandkorb.

»Studiert ihr in Hamburg?«, fragte er weiter.

»Wir sind Stewardessen«, erklärte Thea und warf sich in eine dekorative Pose.

Stewardess – das war die Trumpfkarte, mit der man jeden

Mann sofort am Wickel hatte und jedes andere Mädchen ausstach, das hatten Thea und Margot im Tanzschuppen schnell gelernt.

Martin Fehling hatte jedoch nur Augen für Almuth. »Dann brauchen also auch Engel einmal Ferien«, sagte er lächelnd.

Margot unterdrückte ein Stöhnen, das fand sie dann doch zu dick aufgetragen, obwohl dieser Martin eigentlich einen überaus netten Eindruck machte.

»Ich bin mit einem Freund da«, erklärte er und deutete auf einen zweiten jungen Mann, der in einiger Entfernung stand und den vorbeiflanierenden Bikinischönheiten nachsah. »Vielleicht machen wir mal was zusammen«, fügte er hoffnungsvoll hinzu.

Margot warf einen Blick zu Almuth. »Mal sehen. Wir sind noch ein paar Tage da«, erwiderte sie diplomatisch.

Martins Miene hellte sich auf. »Okay. Wir sind jeden Tag am Strand, wenn ihr wollt ...«

Während er davonging, drehte er sich immer wieder zu ihrem Strandkorb um. Thea wartete, bis er außer Hörweite war, dann versetzte sie Almuth einen Klaps ans Schienbein.

»Mensch, Almuth!«, schalt sie liebevoll. »Der war doch jetzt 'ne echte Wucht!«

Almuth schüttelte abwehrend den Kopf und zog die Knie hoch.

»Wollen wir morgen mit der Kutsche fahren?«, schlug Margot vor, um etwas Unverfänglicheres ins Spiel zu bringen.

Almuth nickte, ein kleines Lächeln um den Mund. Aber als sie die Nase tiefer in ihr Buch steckte, wirkten ihre Augen traurig.

Glücklich reckte Margot das Gesicht in den Wind, während der offene Pferdewagen über die grüne Insel ruckelte, an Klinkerhäusern mit tiefgezogenen Reetdächern und grasenden Schafen vorbei. Draußen auf dem Meer schipperten Kutter; dann und wann wehte das Blubbern ihrer Motoren zu ihnen herüber.

»Fast wie fliejen, wa?«, meinte Thea auf ihrem Platz hinter dem Kutschbock.

»Nur nicht annähernd so schnell«, erwiderte Margot grinsend.

»Aber det Jefühl, Margot«, widersprach Thea vergnügt. »Det Jefühl!« Mit einem seligen Gesichtsausdruck breitete sie die Arme aus.

Beide brachen in Lachen aus. Margot sah zu Almuth, die still und in sich gekehrt neben ihr saß. Den Gesichtsausdruck, mit dem die Freundin das Kreisen der Möwen verfolgte, konnte sie nicht recht einordnen, halb verklärt, halb wehmütig.

»Gefällt es dir nicht?«, erkundigte Margot sich leise.

Almuth blinzelte wie traumverloren.

»Doch«, sagte sie nach einer Weile ebenso leise. »Ich war lange nicht mehr am Meer. Es ist nur …« Sie zog die Ärmel ihrer Strickjacke bis über die Fingerspitzen. »Hier erinnert mich so vieles an früher. An zu Hause.«

Margot wusste sofort, dass Almuth damit nicht Papenburg meinte.

»Wo ist das – dein Zuhause?«, fragte sie behutsam.

»Ostpreußen.« Almuths Lächeln wirkte wund. »Das Land, das es nicht mehr gibt.«

Stille senkte sich über die Kutsche, während die beiden stämmigen Pferde unter Hufgeklapper munter weitertrabten.

»Wir sind oft ans Kurische Haff gefahren«, fuhr Almuth nach einer längeren Pause fort, den Blick aufs Meer gerichtet. »Das war nicht weit von uns aus. Oder wir waren ein paar Tage in Cranz, im Seebad. Dort war alles so hell und schwerelos – als würde der ganze Ort auf der Ostsee schwimmen. Wir sind am Strand spazieren gegangen, haben gebadet und nach Bernstein gesucht oder Sandburgen gebaut. Sogar mein Vater. Mir kam es immer so vor, als könnte er nur da aus seiner Haut als Gutsherr schlüpfen und ganz er selbst sein. Auch uns gegenüber.«

»Du bist 'n Gutsfräulein?«, neckte Thea sie liebevoll.

Almuth lächelte verlegen. »Stell es dir nur nicht zu herrschaftlich vor! Es war eben ein großer Bauernhof mit Pferden, Kühen und Gänsen. Aber ich weiß noch, wie mein Vater mit mir einmal nach Königsberg gefahren ist, und als er irgendwo auf dem Weg hielt, hat er gesagt: ›So, und von hier bis zurück nach Hause gehört alles uns.‹ Ich konnte das gar nicht recht fassen, dass diese weiten Felder und Wälder unter dem offenen Himmel wirklich unsere sein sollten.« Sie stieß ein gehauchtes Lachen aus. »Ich glaube, meine Mutter hatte etwas Vornehmeres erwartet, als sie meinem Vater das Jawort gab. Obwohl wir eine Köchin und Dienstmädchen hatten und immer feines Porzellan und Silber auf dem Tisch standen. Für uns Kinder war es aber das reinste Paradies. Wir sind unserer Hauslehrerin ständig ausgebüxt, um im Wald zu spielen oder im Teich zu planschen und im Winter darauf Schlittschuh zu laufen.«

Margot wechselte einen Blick mit Thea; sie hatten beide nicht gewusst, dass Almuth noch Geschwister hatte.

Das Lächeln auf Almuths Gesicht verlosch. »So war das bei uns zu Hause«, flüsterte sie und wickelte sich tiefer in die Strickjacke über ihrem Sommerkleid.

Wie eine alte Frau, die zu viel gesehen, zu viel erlebt hatte.

Im Halbschlaf drehte Margot sich in ihrem Bett um. Irgendetwas war anders im Zimmer, das spürte sie. Aufmerksam horchte sie ins Dunkel. Thea schnarchte leise, aber von Almuth war nichts zu hören. Margot stand auf und tastete sich zu ihrem Bett vor, das leer war. Auf leisen Sohlen schlich sie hinaus auf den Flur, doch auch das Badezimmer lag verlassen da. Sie holte ihre Ballerinas und einen Pullover aus dem Zimmer und öffnete sachte die Haustür.

Die Arme eng um sich geschlungen, saß Almuth im Nachthemd auf der Bank vor dem Haus. Als Margot zu ihr trat, wandte sie den Kopf.

»Glaubst du«, raunte Almuth heiser, »dass man dafür bestraft wird, wenn man zu glücklich ist?«

»Nein, natürlich nicht«, widersprach Margot im Flüsterton und setzte sich zu ihr. »Wie kommst du darauf?«

»Weil ich so glücklich war in jenem letzten Sommer vor Kriegsende«, wisperte Almuth. »Das war der schönste Sommer überhaupt. Das Licht so klar und warm, der Himmel so weit, und alles roch und schmeckte so gut. Ich wollte von morgens bis abends nur draußen sein.«

»Da warst du zwölf, oder?«, fragte Margot nach.

Almuth nickte. »Wir hatten bei uns so wenig vom Krieg mitbekommen. Durchmarschierende Soldaten auf dem Weg an die Ostfront, ja. Aber die waren alle guten Mutes und ließen keinen Zweifel daran, dass sie uns vor den Bolschewisten bewahren würden. Später kamen dann die Ausgebombten aus dem Ruhrpott, aus Berlin oder Hamburg, die bei uns in der Gegend Zuflucht fanden. Wir hatten auch welche bei uns im Stallmeisterhaus untergebracht. Es war ja genug Platz, reichlich zu essen gab es auch, und alles war friedlich. Gut behütet haben wir uns gefühlt. Keiner hat geglaubt, dass der Krieg zu uns kommen könnte. Meine Eltern haben nicht oft Radio gehört, lieber Schallplatten, und wenn doch, dann hieß es immer, der Sieg sei sicher.«

Behutsam öffnete sich die Haustür, und Thea lugte heraus. Almuth zögerte, dann nickte sie auffordernd. Lautlos schloss Thea die Tür hinter sich. Einen Morgenmantel über ihrem Pyjama, kam sie auf bloßen Füßen herüber und ließ sich auf Almuths anderer Seite nieder.

»Ich verstehe das bis heute nicht«, fuhr Almuth fort. »Wir hatten niemandem etwas getan. Den Polen, die bei uns auf dem Land gearbeitet haben, ging es gut, das hat man doch gesehen. Die waren immer fröhlich auf dem Feld und im Stall, haben viel gesungen und waren lieb zu uns Mädchen. Mein Vater hat sie ordentlich bezahlt, und Hanne, unsere Köchin, hat sie mit Mahlzeiten versorgt. Meine Großmutter hat sogar Honigkuchen für sie gebacken. Mein Vater war auch gar nicht in der Partei. Er fand, das gehöre sich nicht für einen Junker, der ist immer nur dem Grund und Boden treu, keiner Flagge. Und Hitler hielt er sowieso für einen aufgeblasenen Wicht.«

Thea gluckste, fischte eine Packung Zigaretten aus der Tasche ihres Morgenmantels und zündete sich eine an.

»Deshalb wollte er auch nicht gehen, wisst ihr«, flüsterte Almuth und sah zwischen Thea und Margot hin und her. »Auch als im Januar 45 die ersten Flüchtlinge aus dem Umland vorbeizogen, die furchtbare Dinge erzählten, und wir schon in der Ferne die ersten Schüsse hörten. ›Wir bleiben‹, hat mein Vater gesagt. ›Das ist unser Land seit Generationen. Wir sind rechtschaffene Leute, wir haben nichts zu befürchten. Sollen sie kommen, sollen sie sich nehmen, was sie wollen, wir haben genug.‹« Almuth wischte sich über die Augen, ihre Stimme war kaum noch zu hören. »Unsere Hauslehrerin ist ihnen entgegengegangen, ein Laken als weiße Flagge in den Händen. Fräulein Lene konnte Russisch, sie hatte mir auch ein bisschen was beigebracht. Sie war die Erste, die sie erschossen. Dann unseren Hund und danach meinen Vater.«

Margot konnte nicht anders, sie musste einfach den Arm um Almuth legen und sie an sich drücken.

»Es waren so viele Soldaten«, murmelte Almuth an Margots Halsbeuge, »und sie waren so wütend. Wie das Vieh haben sie uns zusammengetrieben, dann sind sie über uns hergefallen. Über Hanne und die drei Dienstmädchen und unsere Mägde. Meine Mutter. Clara, meine große Schwester. Mich. Sogar über einen der polnischen Jungen. Und die Soldatinnen, die dabei waren – die haben zugesehen und gelacht. Es war so eklig und tat so weh. Aber am meisten Angst hatte ich, dass sie Feli etwas antun würden. Felizitas, unser Nesthäkchen, sie war doch erst fünf.«

Thea blies langsam den Rauch aus. »In Berlin war's detselbe in Grün. Überall eigentlich. Die Amis waren vielleicht zivilisierter als die Russen, aber sonst keen Deut besser. In Bayern haben die sich besonders schlimm aufgeführt. Fragt mal Gitta.«

Margot stockte der Atem.

Almuth hob den Kopf. »Dir ist aber nichts passiert, oder?«, hauchte sie fast bittend.

Thea zuckte mit einer Schulter. »Wie man's nimmt. Wir sind immer gerannt, wenn wir irgendwo Frauenschreie gehört oder eine Uniform gesehen haben, meine Freundinnen und ick. Einmal war ick nich schnell genug, und zwei Amis hatten mich am Schlafittchen. Kein Zweifel, worauf die aus waren. Ick hatte Glück, und ein anderer Ami ist dazwischengegangen. Der war Major und hat die beiden in Grund und Boden gestampft, bevor er mich nach Hause gebracht hat. Danach stand er fast jeden Tag vor unserer Tür, mal mit Blumen, mal mit Schokolade, und hat gefragt, wie es mir geht. Was machste da als fünfzehnjährige Göre, wenn so ein schneidiger Offizier dir Honig ums Maul schmiert und sein Ehrenwort gibt, dass er dich und deine Mutter beschützt? Meine Mutter ist dann immer mit den Zigaretten, die er für uns mitgebracht hat, zum Schwarzmarkt gegangen und hat ihn und mich allein gelassen.«

Almuth sog scharf die Luft ein, und auch über Margots Rücken rann ein kalter Schauder.

Thea beugte sich vor, um den Zigarettenstummel auf dem Boden auszudrücken. »Ick kann nich mal sagen, dass es irgendwie schrecklich war. Anfangs komisch, ja, aber ick hab mich dran gewöhnt. Er war ja nett und nie grob. Dank ihm hatten wir immer genug zu essen, und die anderen Soldaten haben uns in Ruhe gelassen. Schlimm war's erst, als bei mir was unterwegs war. Da ist er abgetaucht.«

Margot fröstelte, und Almuth schmiegte sich enger an sie. Theas Blick verlor sich in der Dunkelheit.

»Meine Mutter ist mit mir zur Militärverwaltung, aber die wollten uns nicht helfen. Überhaupt kein Arzt weit und breit. Die hatten viel zu viel Schiss, dass das rauskommt. Also hab ich's in 'nem dreckstarrenden Hinterzimmer wegmachen lassen. Ist nur leider ziemlich schiefgegangen.«

Thea zündete sich eine frische Zigarette an. Angestrengt betrachtete sie die Glut, die sich an der Spitze bildete, und schnickte sie dann wie angewidert von sich.

»Ick wollte sowieso nie Kinder kriegen«, fügte sie rau hinzu.

Almuth streckte die Hand aus und streichelte ihre Schulter.

Lange war nur das Zirpen der Grillen zu hören, das nahe Meer und wie der Wind durch das Gras strich. Ein kleiner Trost angesichts des erlebten und erinnerten Grauens.

Auch Margot erinnerte sich an Dinge, die sie längst verdrängt hatte. An die zerfetzten und verkohlten Leichen, die am Morgen nach einem Bombenangriff überall lagen, und an deren Geruch. Einmal war ihr eine Gruppe Ausgebombter entgegengekommen, und eine der Frauen trug kein Gepäck bei sich außer einer Wachspuppe in der Armbeuge. Margot hatte fasziniert hingestarrt – bis sie begriff, dass es ein toter Säugling war. Und da war dieser britische Soldat gewesen, der Lore mitten auf der Straße am Arm gepackt hatte. Lore hatte ihn angeschrien und auf ihn eingeschlagen, dann war sie mit Margot weggerannt.

Trotz allem hatte Margot verdammt viel Glück gehabt, fast schuldig fühlte sie sich dafür. Noch mehr aber schämte sie sich, weil sie ihren Freundinnen nichts von ihren Erlebnissen erzählen konnte, ohne dass ihre große Lüge aufflog.

»Aber hast du deswegen denn keinen Hass auf die Amerikaner?«, fragte Almuth, an Thea gewandt. »Oder auf Männer?«

Thea sah sie verblüfft an. »Nee, wieso? Det war 'ne andere Zeit damals, Berlin nach dem Krieg. 'n anderes Leben. Wenn ick auf jemanden einen Hass hab, dann auf meinen Alten. Der hat mich nämlich vor die Tür gesetzt, als er von der Front zurückkam und von der ganzen Sache Wind gekriegt hat. Amiflittchen, hat er mir noch nachgebrüllt.« Sie grinste hinter ihrer Zigarette. »Aber ick hab's allen gezeigt. Ick hab nachts gekellnert und trotzdem mein Abitur gemacht. Und jetzt fliege ick für gutes Geld um die halbe Welt. Heute bestimmt keener mehr über mich. Ick mach nur noch, wat ick will.«

Sie bot Almuth die Zigarette an. Almuth nahm sie zögerlich entgegen, paffte ein paarmal daran und reichte sie an Margot weiter, die sie nach einem langen Zug an Thea zurückgab. Wie Verschwörerinnen lächelten sie einander zu.

Almuth tastete nach Theas Hand. »Ich bin so froh, dass ich euch hab.«

Thea lachte und drückte einen Kuss in Almuths Handfläche. »Na, det will ick doch hoffen!«

Arm in Arm harrten sie in der Nachtluft aus, die nach Heidekraut und dem Salz des Meeres roch, und sahen zu, wie sich der Himmel allmählich aufhellte und rosig färbte.

37

Das rote Licht der kleinen Bar

Entzückt hielt Sonja den Petticoat in die Höhe, bevor sie ihn in seiner ganzen Pracht auf der Bank im Personalraum ausbreitete. Bewundernd strich sie über die Paspeln und Zierschleifen und fächerte die einzelnen gekräuselten Lagen auf.

»Wirklich ein absoluter Traum!«, seufzte sie. »Danke fürs Mitbringen. Was kriegst du dafür?«

Margot suchte in ihrem Schrank nach der Liste, die sie bei jedem Flug nach New York mitnahm und auf der sie die einzelnen Ausgaben notierte.

Es war ihr erster freier Tag nach einer Woche nonstop im Dienst. Nachdem sie sich gründlich ausgeschlafen hatte, war sie nach Fuhlsbüttel hinausgeradelt, um ihre Lohntüte für August abzuholen und den restlichen Tag am Pool zu verbringen. Die schlimmste Hitze war zwar verflogen, aber es war immer noch ein warmer Sommer.

Auf dem Korridor war ihr Sonja in die Arme gelaufen, die ebenfalls ihr Gehalt abholen wollte. Eine gute Gelegenheit, ihr die bestellten Einkäufe aus New York zu übergeben. Dass Margot ihren amerikanischen Traum mit den anderen teilte, schmiedete unerwartete Bündnisse. Nach jedem Einkaufsbummel glich ihr Spind einem Warenlager.

»Alles zusammen vierzig Mark«, sagte sie.

Von Anfang an hatten die anderen Stewardessen – und auch die Stewards – darauf verzichtet, mit den New-York-Fliegerinnen auf den Pfennig genau abzurechnen. Oft rundeten sie sogar noch um ein oder zwei Mark auf, als Dankeschön. Trotzdem waren die Luxusartikel für sie selbst, für Freundinnen, Schwestern, Tanten und Mütter super Schnäppchen.

Sonja zählte die Geldscheine aus ihrer Lohntüte ab.

»Falls du noch was brauchst«, sagte Margot. »Am Sonntag fliege ich wieder hin.«

Das ließ Sonja sich nicht zweimal sagen. Eifrig kramte sie in ihrem Schrank und förderte die herausgerissene Seite einer Zeitschrift zutage.

»Könntest du Ausschau halten, ob du irgendwo einen Lippenstift in genau diesem Farbton findest? Der wäre perfekt für mich, aber ich kriege ihn nirgendwo. Ist auch egal, was er kostet.«

»Klar, mach ich«, erwiderte Margot und schrieb den Lippenstift auf eine neue Liste.

Seufzend lehnte Sonja sich an ihren Schrank. »Ich beneide euch so! Ich weiß gar nicht, warum die Buschheuer mich nie für New York einteilt. Ich krieg immer nur London oder Madrid.«

»Sind doch auch tolle Städte«, meinte Margot und steckte den Zeitungsausschnitt zusammen mit dem Geld ein.

»Aber da gibt's ja groß nix zu kaufen!«

»Vielleicht kommst du ja in den Genuss der Südamerika-Strecke. Da reiße ich mich bestimmt nicht drum.«

Margot wandte sich wieder ihrem Schrank zu und griff nach den Nylons, die sie für Lore mitgebracht hatte. Dabei gerieten die Strumpfpackungen ins Rutschen, und eine kleine Lawine ergoss sich über ihren Kopf hinweg auf den Boden. Sonja bückte sich, und als sie sich wieder aufrichtete, hielt sie in der einen Hand eine Packung Nylons, in der anderen eine kleine blaue Schachtel.

»Margot!«, hauchte sie entsetzt.

Offenbar war Sonja über Blausiegel besser im Bilde als Margot noch vor ein paar Monaten.

»Ach, da sind sie ja!«, sagte Margot leichthin und nahm Sonja die Schachtel aus der Hand. »Hab ich für eine Freundin besorgt und schon überall gesucht.«

Tatsächlich hatte Claus ihr die Schachtel mitgebracht, für alle Fälle. Mit einer lockeren Handbewegung warf Margot sie in die Handtasche; morgen hatten sie und Claus das erste Mal seit Wochen wieder einen gemeinsamen Flug nach Paris.

Sonja starrte sie immer noch mit großen Augen und offenem Mund an.

Draußen auf dem Korridor waren laute Stimmen zu hören, dann das eilige Klappern von Absätzen. Die Tür zur Umkleide schwang auf, Almuth stürzte herein und packte hastig ein paar Sachen aus ihrem Schrank zusammen.

»Was ist passiert?«, fragte Margot behutsam.

Almuth schüttelte nur den Kopf, während Tränen über ihre Wangen rannen. Margot flüsterte leise ihren Namen und zog sie an sich.

Almuth zitterte. »Ich soll mit nach Moskau«, brachte sie schließlich hervor. »Mit der Adenauer-Maschine. Aber ich kann nicht. Ich kann das einfach nicht.«

Margots Magen ballte sich zusammen. »Ich weiß«, murmelte sie und streichelte Almuth über den Rücken.

»Nichts weißt du!« Heftig machte Almuth sich los. »Gar nichts! Du hast die schlimmste Zeit des Krieges doch in Heidi-Land verbracht!«

Margot schluckte. Auf Sylt hatte sie sich ein Herz fassen und ihren Freundinnen die Schummelei mit den Zeugnissen beichten wollen. Aber was Almuth und Thea ihr anvertraut hatten, wog ungleich schwerer; dagegen schrumpfte jede andere Gewissenslast zu einer Nichtigkeit.

Fahrig raffte Almuth ihre Sachen zusammen und floh aus der Umkleide, beinahe hätte sie dabei Herrn Schlippchen umgerannt, der vor der Tür stand.

»Fräulein von Rehberg«, sprach er sie an, »so seien Sie doch vernünftig.«

Almuth marschierte einfach an ihm vorbei.

»Das ist Arbeitsverweigerung!«, rief er ihr nach.

»Dann feuern Sie mich doch!«, erwiderte Almuth und stürmte durch die Glastür am Ende des Korridors.

Gegenüber des Personalraums ging eine Tür auf, und ein Herr von der Verwaltung spähte heraus, um den Grund für diesen Aufruhr auszumachen. Gleich darauf schloss die Tür sich wieder.

Herr Schlippchen blies die Wangen auf und stieß den Atem aus, bevor er Margot unverwandt ansah. »Haben Sie kurz Zeit, Fräulein Frei?«, fragte er. »Dann kommen Sie doch bitte mit in mein Büro.«

»Nehmen Sie Platz«, sagte Herr Schlippchen, während er nach der Thermoskanne und einem Becher griff. »Auch einen Kaffee?«

Margot verneinte und setzte sich.

Dienstpläne zogen sich über die Wände, dazwischen hingen gerahmte Karten, genau wie in dem kleinen Besprechungszimmer, in dem seinerzeit das Vorstellungsgespräch stattgefunden hatte. Auf den Schreibtischen von Herrn Schlippchen und

Fräulein Buschheuer stapelten sich Bewerbungsunterlagen, Post und andere Dokumente, die nach viel Arbeit aussahen.

Anfang des Monats waren die ersten Zahlen veröffentlicht worden. Die Sonderflüge mit eingerechnet, hatte die neue Lufthansa bereits einhundertmal den Nordatlantik überflogen. Insgesamt waren mehr als dreißigtausend Passagiere befördert worden und eine Million Flugkilometer zusammengekommen. Eine beeindruckende und vielversprechende Bilanz, die jedoch alles andere als rentabel war. Die wenigsten Deutschen konnten sich ein Flugticket leisten, und die ausländischen Passagiere setzten sich lieber in die Maschinen der etablierten Fluggesellschaften, die mit einem dichteren Streckennetz aufwarteten.

»Also, Fräulein Frei.« Mit Kaffee und Zigarette ließ ihr Vorgesetzter sich auf seinen Stuhl fallen. »Können Sie mir vielleicht erklären, warum meine Dienstanweisung Fräulein von Rehberg derart aus der Fassung gebracht hat? Sie sind doch Freundinnen.«

Margot schüttelte abwehrend den Kopf. »Das ist Almuths Privatangelegenheit. Ich bin keine Tratschtante, Herr Schlippchen.«

»Das weiß ich, Fräulein Frei. Und trotzdem bitte ich Sie um eine Antwort.« Er sah sie ernst an. »Auch wenn es meistens nicht so erscheinen mag: Fräulein Buschheuer und ich, wir sorgen uns um Sie alle. Wir nehmen Sie durchaus als Menschen wahr – nicht als Arbeitspferde. Wenn Sie mir helfen würden, Fräulein von Rehberg besser zu verstehen, wäre ich Ihnen sehr dankbar. Es bleibt natürlich unter uns.«

Er stellte den Kaffeebecher ab, um in einer Mappe vor sich zu blättern, offenbar Almuths Personalakte. »Ich kenne nur ein paar trockene Fakten. Almuth von Rehberg, geboren am 12. Januar 1932 in der Nähe von Gallgarben, heute Marschalskoje, der Vater im Januar 45 verstorben. Seit 47 im Kreis Papenburg ansässig, wo sie auch ihr Abitur gemacht hat. Aus den Leerstellen zwischen diesen Angaben schließe ich, dass die von Rehbergs wohl vor den Russen geflohen sind oder vertrieben wurden. Trifft das zu?«

Margots Blick wanderte zum Fenster, hinter der Gardine konnte sie schemenhaft eine startende Maschine ausmachen.

Am Tag nach ihrer Kutschfahrt auf Sylt hatten die Freundinnen sich Fahrräder geliehen und waren zu einer einsamen Düne hinausgefahren, um sich zwischen Sand und Gräsern über den Picknickkorb herzumachen, den ihre Vermieterin ihnen mitgegeben hatte. Und um ganz unter sich zu sein. Almuth schien sichtlich erleichtert, endlich die Last des Schweigens abzuwerfen, aber ihr Blick dabei war Margot durch und durch gegangen. Ihre Augen hatten ins Leere gestarrt, während sie von ihrer monatelangen Odyssee am Ende des Krieges erzählt hatte.

Margot spürte Herrn Schlippchens Blick auf sich, er wartete geduldig auf eine Antwort. Die Stille in dem kleinen Büro war beschwert von Ungesagtem und Unsagbarem, von dem dennoch jeder wusste. In diesen Jahren war jede Lebensgeschichte nur die halbe Wahrheit. Weil es übermenschliche Kräfte verlangt hätte, die andere Hälfte zu erzählen, und niemand diese andere Hälfte hören wollte. Das Verdrängen war eine mächtige Droge, die keine Heilung brachte, aber wenigstens Rettung versprach.

»Ihrem Schweigen«, sagte Herr Schlippchen behutsam in die Stille hinein, »entnehme ich, dass Fräulein von Rehberg Furchtbares durchgemacht hat.«

Margot nickte. Als sie den Blick wieder auf ihren Vorgesetzten richtete, las sie in seinem Gesicht nichts als Mitgefühl.

»Die Russen haben sie vom Gutshof gejagt«, erzählte sie

heiser. »Mitten in der Nacht. Nur Clara nicht, Almuths ältere Schwester. Die haben sie dabehalten; Almuth weiß bis heute nicht, was aus ihr geworden ist. Nichts durften sie mitnehmen, dabei war es tiefster Winter. Ihre Großmutter hat die Flucht nicht überlebt. Auch Almuths kleine Schwester ist schwer krank geworden und dann gestorben. Deshalb wollte Almuth Kinderkrankenschwester werden, aber die Arbeit im Krankenhaus hat sie jeden Tag an das erinnert, was sie unterwegs gesehen hatte.«

Margot verstummte, einen dicken Kloß im Hals. Unvorstellbare Dinge hatte Almuth in jenen Monaten erlebt; Unaussprechliches, was Menschen einander antaten, weil Rachedurst und Hass der stärkste Antrieb waren, um einen Krieg zu gewinnen.

Herr Schlippchen betrachtete nachdenklich den aufsteigenden Rauch seiner Zigarette. »Danke, Fräulein Frei. Das hilft mir sehr weiter. Wenn ich das vorher gewusst hätte, wäre ich einfühlsamer vorgegangen. Ich werde mich selbstverständlich bei Fräulein von Rehberg entschuldigen und hoffe, sie kann mir verzeihen.« Mit einem tiefen Durchatmen drückte er die Zigarette im Aschenbecher aus und strich sich über die Krawatte. »Ich könnte jetzt einen Schluck vertragen. Sie auch?«

Das Flughafenrestaurant war an diesem Nachmittag praktisch leer, alle Besucher saßen draußen auf der Terrasse, um noch etwas von der Sonne abzubekommen. Hinter den Bäumen ballten sich dunkle Wolken am Horizont zusammen.

Herr Schlippchen begrüßte den Barkeeper mit Handschlag. »Was möchten Sie, Fräulein Frei? Sie sind eingeladen.«

Margot setzte sich neben ihn auf den Barhocker. »Falls es nicht zu unverschämt ist, hätte ich gern ein Glas Champagner. Ich hatte erst ein einziges in meinem Leben, auf dem Empfang in New York. Und da war ich zu aufgeregt, um es genießen zu können.«

»Dann holen wir das nach.« Schmunzelnd hob Herr Schlippchen zwei Finger, und der Barkeeper nickte.

Klingelnd stießen ihre Gläser zusammen.

»Also, Fräulein Frei«, sagte ihr Vorgesetzter, tastete sein Sakko nach den Zigaretten ab und legte die zerknitterte Schachtel auf den Tresen, »ich nehme an, Sie sind zumindest halbwegs mit dem bevorstehenden Flug des Bundeskanzlers vertraut?«

Margot nickte. Seit Tagen gab es kaum ein anderes Thema als die Einladung Adenauers nach Moskau für September. Bei der Lufthansa liefen die Vorbereitungen bereits auf Hochtouren. Seit vorgestern herrschte zusätzliche Aufregung, weil sich herausgestellt hatte, dass die Landebahn des vorgesehenen Zentralflughafens in Moskau für die Super-Connie zu kurz war. Also würde man auf den dreißig Kilometer entfernten Militärflughafen von Wnukowo ausweichen – was aber das gesamte Protokoll über den Haufen warf, eine gute Woche vor Anreise.

»Möchten Sie vielleicht den Flug begleiten?«, fragte Herr Schlippchen ohne Umschweife.

Margot lachte. »Wieso? Will das sonst niemand machen?«

Herr Schlippchen wiegte den Kopf hin und her. »Sagen wir so: Ihre Kolleginnen und Kollegen rennen uns nicht gerade die Tür ein. Ähnlich heikel wie die diplomatische Angelegenheit selbst sind auch die Umstände dieser Reise. Aus Sicherheitsgründen ist die Zahl der Flugbegleiter begrenzt. Für die eine Maschine habe ich bereits eine Crew zusammen. Ehrensache, dass Fräulein Buschheuer höchstpersönlich die Betreuung der Kanzlermaschine übernimmt. Ich brauche nur noch jemanden, der sie dabei unterstützt.«

»Ein Zweierflug? Auf der Super-Connie?« Auf den Flügen

nach New York und zurück hatten sie schon zu viert mehr als genug zu tun.

Herr Schlippchen fing Margots Blick auf und lächelte. »Keine Sorge, neben dem Bundeskanzler werden nur seine engsten Mitarbeiter an Bord sein, rund fünfundzwanzig Personen. Der größte Teil der Delegation reist sowieso mit dem Zug an. Ein Galamenü wird es nicht geben bei fünfeinhalb Stunden Flug, nur eine Kleinigkeit, zubereitet von der Küchencrew. Bleibt also der reine Service. Der muss allerdings sitzen.«

Margot runzelte die Stirn. »Ich verstehe nicht, warum Sie ausgerechnet mich fragen, mein Russisch geht kaum über ein paar Redewendungen hinaus. Und Sie mögen mich nicht einmal!«

Ihr Vorgesetzter sah sie verwundert an. »Ganz abgesehen davon, dass ich Sie nicht für eine Frau halte, die unbedingt gemocht werden will – wie kommen Sie darauf?«

Jetzt war es an Margot, irritiert zu sein. »Sie wollten mich doch gar nicht erst zur Ausbildung zulassen. Das haben Sie selbst so gesagt.«

Herr Schlippchen lachte leise. »Da haben wir uns gründlich missverstanden, Fräulein Frei. Ich mag Sie sogar sehr. Menschlich gesehen sind Sie eine ganz fabelhafte Person. Und Sie leisten wirklich vorzügliche Arbeit als Stewardess.«

»Aber?«, hakte Margot nach, ihre Wangen glühten nicht nur vom Champagner.

»Aber«, begann Herr Schlippchen und machte eine dramatische Pause, »Sie sind zu eigensinnig. Zu forsch. Das habe ich gleich gesehen, als Sie am ersten Tag in der Halle auf mich zumarschiert sind. Sie lassen sich die Butter nicht vom Brot nehmen und verlangen auch noch Marmelade dazu. Eine herausragende Stewardess jedoch, die diesen Beruf Jahr um Jahr erfolgreich meistert – die muss demütig sein. Die muss dienen können. Und das sehe ich bei Ihnen nicht, Fräulein Frei.«

Grüblerisch fuhr Margot über den Stiel des Champagnerkelchs, der eindringliche Blick ihres Vorgesetzten war ihr unangenehm.

»Sie waren niemals in der Schweiz im Pensionat«, sagte er leise. »Das spüre ich in den Knochen. Auch wenn Sie uns ein täuschend echt aussehendes Zeugnis vorgelegt haben. Und genauso wenig haben Sie eine Ausbildung im *Alsterpavillon* absolviert. Die Gastronomie ist eine verblüffend kleine Welt, Margot. Ich kenne Herrn Sülzle ganz gut und habe ihn angerufen.«

Margot verkroch sich hinter ihrem Glas.

»Keine Sorge«, raunte Herr Schlippchen ihr zu. »Ich verrate Sie nicht. Ihr Geheimnis ist bei mir in guten Händen.«

Als er sich auf dem Barhocker zu ihr umdrehte, streifte sein Knie ihres.

Wütend funkelte Margot ihn an. »Ich werde trotzdem nicht mit Ihnen ins Bett gehen.«

Herrn Schlippchens Gesicht erstarrte förmlich, dann brach er in Lachen aus. »Danke für dieses bestimmt sehr reizvolle Angebot, Fräulein Frei. Aber ich passe.«

Verwirrt ließ Margot den Blick zwischen ihm und ihrem Glas hin und her wandern, sie konnte sich keinen Reim auf seine Reaktion machen.

»Sie sind nicht die Einzige, die ihren Lebenslauf geschönt oder Zeugnisse gefälscht hat«, fügte er hinzu. »Das bringen solche Zeiten, wie wir sie hinter uns haben, nun mal mit sich.«

Eine Weile schwiegen sie beide und nippten an ihren Gläsern.

»Fräulein von Rehberg war zwar meine erste Wahl für die Kanzlermaschine«, sagte Herr Schlippchen dann. »Aber ich glaube, Sie könnten auch gut mit Adenauer. Ich kenne ihn noch aus meiner aktiven Zeit bei der alten Lufthansa, als er im Aufsichtsrat saß. Ich hatte gerade mit der Ausbildung angefangen.« Er verzog abschätzig das Gesicht. »Manche nennen ihn den eisernen Kanzler, in Anlehnung an Bismarck. Vielleicht ist er in mancher Hinsicht wirklich etwas verknöchert. Allerdings hat er auch zwei Weltkriege erlebt und unter Hitler einiges mitgemacht. Ich hoffe, dass man in zwanzig, dreißig oder fünfzig Jahren zurückblickt und erkennt, wie viel wir ihm zu verdanken haben.«

Margot sah ihn aufmerksam an. »Warum fliegen Sie nicht mehr selbst als Steward?«

Er hob eine Braue. »Na, was glauben Sie, von wem sich die Gäste lieber das Essen bringen und einen Drink servieren lassen? Von mir altem Knochen oder von einem hübschen Bengel wie Felix Jungblut? Noch lieber natürlich von zauberhaften Feen wie Ihnen und Ihren Kolleginnen.« Er seufzte. »Dass die alte Garde, zu der ich gehöre, ausrangiert wurde, ist schon in Ordnung. Deutschland braucht dringend ein neues Gesicht. Gesichter wie eure, unschuldig und jung. Dann vergisst die Welt vielleicht schneller, was wir alles verbrochen haben.« Mit nachdenklicher Miene wischte er ein paar Tropfen Kondenswasser von der Theke. »Ich bin zufrieden mit dem, was ich heute tue. Ich bin gern Ausbilder.«

»Weil Sie den Nachwuchs nach Herzenslust triezen können?«, warf Margot scherzhaft ein.

Herr Schlippchen grinste. »Oh, das ist unzweifelhaft das Sahnehäubchen obendrauf!«

Er zündete sich eine Zigarette an und sinnierte eine Weile vor sich hin.

»Adenauer fliegt nach Moskau, in die Höhle des russischen Bären«, murmelte er dann. »Und Deutschland ist genauso geteilt wie Berlin. Verrückte Zeiten, die wir gerade erleben. Aber ungleich besser als das, was vorher war.«

In Margot regte sich Neugierde. »Waren Sie eigentlich an der Front?«

Herr Schlippchen schüttelte den Kopf. »Ich habe mich vorher selbst aus dem Verkehr gezogen.«

»Wie meinen Sie das?«

Er blies den Rauch aus. »Keiner, der damals mit der Lufthansa zu tun hatte, konnte übersehen, warum das Hitler-Regime so viel Geld in das Unternehmen pumpte. Warum zwei jüdische Direktoren im Amt bleiben durften. ›Wer Jude ist, bestimme immer noch ich‹, hat Göring es einmal lapidar kommentiert. Und niemand ist eingeschritten, als die Lufthansa fleißig jüdische Bürger ins rettende Ausland flog. Was nebenbei bemerkt ein lukratives Geschäft war: Wer ausreisen wollte, musste einen Hin- und Rückflug buchen, falls man doch am Zielort abgewiesen wurde. Die Lufthansa genoss komplette Narrenfreiheit. Weil die Nazis sie brauchten, um unter dem Deckmantel der Fluggesellschaft eine Luftwaffe aufzustellen, was Deutschland nach dem Ersten Weltkrieg nicht erlaubt war. Und wozu baut man heimlich eine Luftwaffe auf – wenn nicht für einen neuen Krieg?« Ein Grinsen zuckte über sein Gesicht. »Auf einem der letzten Flüge nach Barcelona bin ich bei der Zwischenlandung in Marseille von Bord gegangen. Einfach so. Meinen Pass hatte ich sowieso dabei, und meine gesamte Barschaft steckte in der Innentasche meiner Uniformjacke. Mehr nahm ich nicht mit, mehr brauchte ich auch nicht. Mit dem Schiff bin ich dann rüber nach Tanger.«

Einige Herzschläge lang beobachtete Herr Schlippchen die Bläschen im Champagner. Ein Hauch von Wehmut zog über sein Gesicht.

»Sobald ich meinen Fuß an Land gesetzt hatte, war ich vollkommen berauscht von der Stadt, blendend weiß unter der heißen Sonne. Selbst wenn ich das Meer nicht sah oder hörte, konnte ich es riechen, und sei es nur an den Straßenständen mit Fisch, Muscheln und Krabben. Auf den Straßen herrschte ein Gewirr von Menschen aus aller Herren Länder und dazwischen Eselskarren und Luxuskarossen.«

Margot lauschte fasziniert und fragte sich, ob die neue Lufthansa wohl auch eine Fluglinie nach Tanger einrichten würde. Wenn ja, wäre sie gern an Bord.

»Zuerst habe ich in einem Hotel gearbeitet«, fuhr Herr Schlippchen fort, »im *El Minza*, danach in *Dean's Bar*. Von außen vollkommen unscheinbar, aber drinnen …« Er lachte auf. »Dagegen waren die wilden Zwanziger in Berlin der reinste Kindergarten. Schmuggler, die für den Nachschub an Zigaretten und Spirituosen sorgten, Drogenhändler und sonstige Kriminelle feierten dort mit Adeligen im Exil, Prostituierten, Gigolos und Transvestiten, Geheimagenten und Geschäftsleuten, Künstlern und Diplomaten. So war das Leben in Tanger, aber nirgendwo kam es so geballt zusammen wie in dieser Bar.«

Margot musste lachen. »Fehlen nur noch Humphrey Bogart und Ingrid Bergman.«

Herr Schlippchen nickte. »Genau so war es. Wie in *Rick's Café*. Nur viel, viel besser.«

»Warum sind Sie dann trotzdem nach Deutschland zurückgekehrt?«, wollte Margot wissen.

»Nostalgie. Heimweh. Eine gewisse Neugierde. Von allem etwas, schätze ich.« Seine Miene wurde ernst. »Obwohl ich seinerzeit in Deutschland genug Razzien mitbekommen hatte, war es schmerzlich, später nach und nach zu erfahren, wie meinesgleichen unter der Naziherrschaft gelitten oder sie gar nicht erst überlebt hatte.«

Margot schluckte. »Sind Sie ... jüdisch?«

Herr Schlippchen warf ihr einen nachsichtigen Blick zu. »Sogar ein junges Ding wie Sie müsste wissen, dass jüdisches Blut keine Bedingung war, um den Nazis ein Dorn im Auge zu sein. Aber es stimmt, Tanger war für Juden ein sicherer Hafen, auch in den Jahren unter Franco.«

Herr Schlippchen brütete einige Herzschläge lang vor sich hin, als ob er erst abwägen müsste, wieweit er ihr trauen konnte. Er wartete, bis der Barkeeper ein Tablett mit bunten Longdrinks wegtrug, dann sah er Margot unverwandt an.

»Ich bin vom anderen Ufer, Margot. Ein Hinterlader. Schwul.«

»Oh!«, entfuhr es Margot.

Dann erst begriff sie zur Gänze. Das Blut schoss ihr ins Gesicht, und sie verbarg es hinter den Händen, als ihr ihre unbedachte Bemerkung von gerade eben wieder einfiel.

»Sie dachten wirklich«, hörte sie ihn sagen, »ich wollte Ihnen ein unmoralisches Angebot machen?«

Margot nickte verschämt. Erst als sie ihn schallend lachen hörte, blinzelte sie zwischen den Fingern hervor und konnte dann nicht anders, als mitzulachen.

»Dass ich das noch erleben darf!«, japste Herr Schlippchen und wischte sich Lachtränen aus den Augenwinkeln.

»Weiß das jemand bei der Lufthansa?«, wisperte Margot. »Ich meine, dass Sie ...«

»Offiziell nicht. Das wird auch heute noch schön unter den Teppich gekehrt.« Er verdrehte die Augen. »Damit nichts den Anschein von Friede, Freude, Eierkuchen stört. Von einer heilen Nachkriegswelt, in der alles seine Ordnung hat.«

Lächelnd sahen sie sich in die Augen, während es draußen finster wurde und der erste Donner grollte.

»Da wir jetzt unsere größten Geheimnisse kennen …« Herr Schlippchen drückte die Zigarette aus und nahm sein Glas zur Hand. »Wir könnten doch eigentlich Du sagen, oder?«

Margot deutete ein Kopfschütteln an. »Das geht nicht. Sie sind mein Vorgesetzter.«

»Fräulein Buschheuer ist auch meine Vorgesetzte. Deshalb sagen wir trotzdem Horst und Uschi, wenn wir unter uns sind.«

Uschi? Margot konnte sich nicht vorstellen, dass überhaupt irgendjemand auf dieser Welt zu Fräulein Buschheuer Uschi sagte.

»Also gut. Margot.« Sie hob ihr Glas.

»Horst«, sagte er.

Sie stießen miteinander an und besiegelten mit Wangenküsschen das Du. Nachdem sie beide einen Schluck getrunken hatten, ergriff Horst wieder das Wort.

»Ich bin übrigens ein paarmal mit Hitler geflogen«, erzählte er. »Damals, mit der alten Lufthansa, ich war noch ein Jungspund von Steward. Weißt du, was für mich bis heute eine große Befriedigung ist? Er hatte nicht die geringste Ahnung, dass ihm einer dieser so verhassten warmen Brüder seine Suppe servierte.«

Margot wusste nicht, warum, aber sie musste einfach die Hand auf Horsts Arm legen. Sein Blick war warmherzig.

»Wo ist der Haken?«, fragte sie dann. »Am Moskauflug?«

Horst grinste. »Wusste ich's doch, dass man dir kein X für ein U vormachen kann.« Er trank einen großen Schluck. »Der Haken ist, dass die Super-Connies zwischendurch für die Flüge nach New York gebraucht werden. Also kehren beide Maschinen umgehend nach Hamburg zurück, sobald der Bundeskanzler ausgestiegen ist. Inklusive des Bordpersonals. Vor allem Uschi hat hier vor Ort viel zu viel zu tun, um länger als nötig in Moskau bleiben zu können. Sobald wir von dort den entsprechenden Anruf oder das Fernschreiben erhalten, machen sich Maschinen und Crew wieder auf den Weg, um den Bundeskanzler abzuholen.« Horst legte eine kleine Pause ein.

»Und?«, drängte Margot.

»Na ja«, erwiderte er gedehnt und deutete mit dem Zeigefinger an die Decke des Restaurants, an der inzwischen das Licht angegangen war. »Die da oben haben spitzgekriegt, dass allein aus Westdeutschland wohl um die hundert Journalisten ebenfalls nach Moskau reisen werden. Von der ausländischen Presse ganz zu schweigen. Und die werden mit Sicherheit das Hotel der Delegation belagern, um ja keine Neuigkeit zu verpassen. Also hatte jemand die glorreiche Idee, dass wir eine unserer Stewardessen dort unterbringen. Betonung liegt auf Stewar*dess*. Quasi als Werbegesicht für die Lufthansa.«

Margot dämmerte, weshalb ihre Kolleginnen sich nicht darum prügelten, den Dienst auf diesem Flug zu übernehmen. Die Ehre, den Bundeskanzler persönlich zu begleiten und dazu noch die Lufthansa zu repräsentieren, war eine Sache; allein in Moskau zurückzubleiben, im ehemaligen Feindesland, eine grundlegend andere.

Sie zog die Brauen hoch. »Und was soll diese Stewardess dort machen? Den Reportern Drinks servieren oder Kaugummi und Streichholzbriefchen mit Lufthansa-Aufdruck verteilen?«

Horst lachte. »Nein. Für den Fall, dass du dich dazu bereit erklärst, reicht es völlig, wenn du dich ein- oder zweimal am Tag in der Halle oder vor dem Hotel blicken lässt. In deiner Uniform natürlich, aber du kannst gern einen Pullover statt der Bluse tragen, wenn es dir zu kalt sein sollte. Natürlich wäre es im Sinne der Lufthansa, dass du Fotos von dir machen lässt, wenn einer der Journalisten dich darum bittet, oder ein paar Fragen beantwortest. Ansonsten kannst du deine Tage verbringen, wie du willst. Sieht man einmal von den Umständen ab, ein ganz normaler *Stand-by*-Dienst mit entsprechender Vergütung. Einen kleinen Bonus gibt's obendrauf.«

Margot musste nicht lange überlegen. Der Sprung über den Atlantik war großartig, aber wann bekam man schon einmal die Gelegenheit, über den Eisernen Vorhang zu hüpfen?

»Ich würd's gern machen«, sagte sie.

Horst nickte. »In Ordnung. Ich lasse deinen Dienstplan entsprechend ändern und leiere die sonstigen Formalitäten an.« Er trank seinen Champagner aus und sah sie schelmisch von der Seite an. »Und du hast wirklich im *Alsterpavillon* das Bier über einem Gast ausgeleert? Mit Absicht?«

Fürsorglich hielt Horst Schlippchen den Schirm über sie. Es goss wie aus Kübeln, da hatte Margot sein Angebot gern angenommen, sie nach Hause zu fahren. Blitze zuckten über den düsteren Himmel, und Donner rumpelte, als sie mit langen Schritten vom Flughafenrestaurant in Richtung Parkplatz liefen.

»Eine Knutschkugel!«, rief Margot vor dem kleinen blauen Rollermobil.

Horst lachte und öffnete die Fronttür. »Lass das bloß niemanden hören!«

Während die Isetta durch das Gewitter ratterte, notierte sich Margot auf dem kleinen Block aus ihrer Handtasche alles, was Horst ihr über die Vorlieben und Abneigungen Adenauers berichtet hatte.

»Gleich da vorn ist es«, erklärte sie, als sich hinter dem Wechselspiel von Regenbächen und Scheibenwischer die Barackensiedlung abzeichnete.

»Eines habe ich noch vergessen«, sagte Horst, als er vor dem Behelfsheim hielt. »Krug Cuvée. Den trinkt Adenauer am liebsten, wenn es etwas zu feiern gibt. Er rechnet nie damit, dass welcher da ist, aber wenn er welchen bekommt, ist er umso glücklicher.«

»Danke«, sagte Margot und meinte nicht nur seine Tipps und Ratschläge.

Horst zwinkerte ihr zu.

38

Keine Angst vor großen Tieren

»Hacki, du hast es mir versprochen!«, rief Margot in der Flughafenküche, in der es überall brutzelte und zischte und zahllose Hände fleißig am Werk waren.

»Ich hab versprochen, dass ich sehen will, was ich tun kann«, erwiderte der Koch und eilte mit einer Edelstahlwanne voll gewürfelter Karotten und Sellerie zwischen den dampfenden Töpfen hindurch. »Aber es war eben nichts zu machen.«

Margot heftete sich an seine Fersen und wich in letzter Sekunde einem Lehrling aus, der mit einer Schüssel voll geschnittener Zwiebeln in die andere Richtung hastete. »Aber da muss doch was zu machen sein! Wieso hat mir denn keiner früher Bescheid gesagt?«

»Ganz einfach: Du warst nicht da.« Hacki knallte die Wanne auf die Arbeitsplatte und goss Öl in einen riesigen Topf.

Das stimmte, Margot war in New York gewesen. Erst gestern Abend war sie wieder gelandet und gleich heute Morgen nach Fuhlsbüttel hinausgeradelt.

»Aber ich war sowohl am Flughafen als auch im Hotel Seymour erreichbar«, wandte sie ein. »Und ich habe von dort auch mehrfach hier angerufen und nachgefragt.«

»Hat mir keiner gesagt«, grummelte Hacki. »Aber ich hab ja auch genug anderes zu tun, wie du siehst.«

Margots Magen zog sich zusammen. Ihr Vorhaben, den wichtigsten Fluggast der Lufthansa mit seinem Lieblingsgetränk zu versorgen, war gründlich schiefgegangen.

»Schöne Grüße vom Sommelier meines Vertrauens«, warf Hacki ihr über die Schulter zu, während er das Gemüse anschwitzte. »Seines Wissens lässt Adenauer seinen Staatsgästen Kessler Hochgewächs Chardonnay Brut servieren. Den können wir dir besorgen, auch innerhalb von ein paar Stunden.«

»Ich will aber nicht das, was Adenauer seinen Gästen anbietet«, erwiderte Margot, »sondern das, was er selber am liebsten trinkt.«

Hacki warf die Hände in die Luft. »Nun mach mal halblang, Margot! Dann nimmst du eben Pommery & Greno mit. Oder Dom Pérignon, einfach das, was wir dahaben. Ein Schampus ist doch so gut wie der andere. Und jetzt ist es sowieso zu spät.«

Es war tatsächlich zu spät, morgen würde die Kanzlermaschine in Fuhlsbüttel starten. Mit Margot an Bord, aber ohne den richtigen Champagner für Adenauer.

Es sei denn, Margot hatte noch eine zündende Idee.

»Danke trotzdem, Hacki«, rief sie und stürmte aus der Küche.

In vollem Lauf kam sie in ihren Ballerinas schlitternd vor einem der Sekretariatsbüros zum Stehen, klopfte anstandshalber an und streckte sofort den Kopf durch die Tür.

»'tschuldige, Elli!«, stieß sie atemlos hervor. »Kann ich mal euer Adressbuch und das Telefon benutzen?«

»Natürlich«, erwiderte Elli, die nur ein paar Jahre älter war als Margot; auch an ihren Beinen schimmerten inzwischen amerikanische Nylons. Nahtlos. Einladend deutete sie auf den verwaisten Schreibtisch gegenüber. »Doris ist sowieso gerade in der Kaffeepause.«

Ungeduldig blätterte Margot durch die Pergamentseiten des Adressbuchs und griff zum Hörer.

»Null vorwählen«, wisperte Elli, und Margot nickte, den Zeigefinger schon an der Wählscheibe.

»Margot Frei von der Lufthansa«, zwitscherte sie in die Sprechmuschel, als sich am anderen Ende der Weinhandel Eisenberg meldete. »Moin. Haben Sie zufällig einen Cuvée von Krug am Lager? ... Schade ... Nein, in drei Wochen ist es zu spät, trotzdem vielen Dank.«

Die Weinhandlungen in Hamburg ließen sich an einer Hand abzählen, und keine davon hatte Krug vorrätig oder konnte ihn kurzfristig besorgen. Auch bei den Spirituosenläden, die Margot der Reihe nach abtelefonierte, hatte sie kein Glück.

»Versuch's doch noch bei Bülow«, schlug Elli vor. »Da hat meine Cousine den Wein und Sekt für ihre Hochzeit gekauft. Ich glaube, die laufen unter Weinkellerei.«

Mit fliegenden Fingern blätterte Margot durch das Adressbuch. Die Weinkellerei hatte sie übersehen, weil sie in der nächsten Spalte stand. Schnell wählte sie die angegebene Nummer.

»Weinkellerei Fürst von Bülow«, erklang es knarzend aus dem Hörer. »Schömer am Apparat.«

»Moin, Herr Schömer«, grüßte Margot. »Hier spricht Margot Frei von der Lufthansa. Sie haben nicht zufällig einen Karton Krug Cuvée am Lager? Zur Not reicht auch eine einzige Flasche.«

Herr Schömer zögerte. »Müsste ich nachsehen.«

»Wären Sie so freundlich?«

Hörbar unwillig legte ihr Gesprächspartner den Hörer zur Seite. Bange Augenblicke verstrichen, in denen Margots Fußspitze unruhig zuckte und sie gespannt Blicke mit Elli wechselte.

Gedämpft hörte sie Stimmen im Hintergrund, dann Schritte, schließlich das leise Klirren von Glas in einem Karton, und ihr Pulsschlag beschleunigte sich.

»Da haben Sie aber Glück, junge Dame. Einen Karton haben wir noch da. Wird nicht viel nachgefragt, ist ja mehr so ein Altherrengetränk, nech?«

Margot stieß erleichtert den Atem aus. »Vielen, vielen Dank, Herr Schömer! Ich komme sofort vorbei und hole ihn ab.« Sie legte den Hörer auf die Gabel. »Machst du mir bis nachher bitte ein Rechnungsformular fertig?«, rief sie Elli zu, die Türklinke schon in der Hand.

Dann rannte sie los, um sich vor dem Flughafen ein Taxi zu schnappen und den kostbaren Champagner direkt vom Händler zur Super-Connie zu bringen, wo sie ihn eigenhändig verstauen würde.

Irmgard Frei wirkte bedrückt, als Margot am nächsten Vormittag schon wieder ihren Koffer packte. Gegen Mittag würde der Bus sie abholen und zum Flughafen bringen, wo die beiden Super-Connies auf ihren Start in Richtung Köln warteten. Morgen, am Donnerstag, dem 8. September, würde es dann nach Moskau gehen.

»Können sie denn niemand anders schicken?«, fragte Irmgard Frei leise.

»Offensichtlich nicht, nein«, erwiderte Margot. »Ich krieg's aber auch gut bezahlt.«

»Und wie lange wirst du weg sein?« Bang blickte ihre Mutter auf die Pullover und Blusen, die Margot in den Koffer schichtete; dieses Mal war er fast voll.

»Das hängt davon ab, wie die Verhandlungen vorankommen. Vielleicht eine Woche, vielleicht nur ein paar Tage.«

Irmgard Frei zupfte einen der sorgsam gebügelten Blusenkragen zurecht, der beim Einpacken umgeklappt war. »Ist das nicht furchtbar gefährlich?«

»Das ist die Super-Connie, Mutti. Mit der bin ich jetzt schon Dutzende Male über den Atlantik geflogen, ohne dass was passiert ist. Und dieses Mal geht es nur knapp sechs Stunden über Land. Mayr ist wieder als Erster Offizier dabei, und Chefpilot Pretsch höchstpersönlich steuert die Kanzlermaschine. Wenn einer eine Notlandung meistert, dann er.«

»Das meine ich nicht«, widersprach Irmgard Frei heftig. »Die schicken dich in den Ostblock! Wenn die da drüben dich nun einfach dabehalten?«

Margot runzelte die Stirn. »Wieso sollten die mich einkassieren?«

»Weil sie dich für eine Spionin halten. Oder einfach so! Weil sie es können.«

Das Misstrauen gegenüber dem Osten saß tief, und das nicht zu Unrecht. Im Sommer war in West-Berlin ein Journalist verschwunden, der kritisch über die Sowjetzone berichtet hatte, vermutlich hatte ihn die Staatssicherheit entführt und über die Grenze verschleppt. Während Margot hier ihren Koffer packte, rollte ein Sonderzug in Richtung Moskau, der abhörsicher und mit Fernschreiberverbindungen nach Deutschland ausgestattet war, um dem Bundeskanzler einen extraterritorialen Raum wie in einer Botschaft zu verschaffen, für alle Fälle.

»Ich fliege mit Adenauer, Mutti. Die werden doch nicht den Bundeskanzler entführen.«

»Und wenn doch? Das sind Russen, Margot. Die sind zu allem imstande. Wer weiß, was die mit Vati gemacht haben.«

Margot hatte die Russen gesehen, die gestern mit einem Linienflug der British Airways aus Berlin-Tempelhof gekommen waren, um ihre deutschen Kollegen während des Flugs zu unterstützen. Zwei Kapitäne und zwei Funker der Aéroflot in dunkelblauen Uniformen, die man von Weitem auch für Lufthanseaten hätte halten können, und ein Dolmetscher im Anzug, der ein rollendes Englisch sprach. Mit glänzenden Augen hatten sie das Cockpit der Super-Connie studiert und mit der Begeisterung aller Flugzeugnarren den Maschinen auf dem Flughafen nachgesehen.

Dass es ihr doch ein bisschen mulmig war, wenn sie daran dachte, dass die Russen Sprechverkehr und Navigation übernehmen würden, sobald die beiden Lufthansa-Maschinen die Grenze überquert hätten, erwähnte Margot lieber nicht.

»Wir haben insgesamt dreißig Kriminalbeamte mit an Bord«, erklärte sie stattdessen.

Ihre Mutter zeigte sich verständnislos. »Was sollen die denn gegen den Geheimdienst und die gesamte russische Armee ausrichten?«

»Und was sollen die Russen mit dem Bundeskanzler anfangen? Die haben noch knapp zehntausend Kriegsgefangene. Wenn sie mit irgendwas Druck ausüben wollen, dann damit. Nicht mit Adenauer. Und schon gar nicht mit einer kleinen Lufthansa-Stewardess wie mir.«

»Und wenn sie euch abschießen wie die Bulgaren das Judenflugzeug neulich?«

»Das heißt jetzt Israel, Mutti.« Margot stopfte den Kulturbeutel zwischen die Kleiderstapel und griff nach ihrer Handtasche. »Beinahe hätte ich's vergessen. Gibst du das Lore von mir?«

Ungläubig betrachtete Irmgard Frei die beiden Fünfzigmarkscheine in ihrer Hand. »So viel?«

»Sie braucht es gerade dringender als ich.«

Ende August hatten die Arbeiter auf der Werft für mehrere Tage die Arbeit niedergelegt und für höhere Löhne demonstriert. Als Kommunisten geschmäht, waren elftausend Mann fristlos entlassen worden, darunter auch Hans. Nach zwei Wochen Streik waren sie mit Aussicht auf einen neuen Tarifvertrag zwar wieder eingestellt worden, aber der zwischenzeitliche Lohnausfall machte Hans und Lore trotzdem zu schaffen; ausgerechnet jetzt, wo sie endlich eine Wohnung in Aussicht hatten.

Margots Mutter schob das Geld in die Tasche ihrer Kittelschürze. »Du hast deinen Mantel vergessen.«

In ihren Puschen ging sie zum Schrank und holte den Mantel, den sie vergangenen Winter für Margot genäht hatte, faltete ihn sorgfältig zusammen und legte ihn oben in den Koffer.

»Ist doch bestimmt jetzt schon kalt in Moskau«, murmelte sie dabei. Sie weinte.

Margot brachte es nicht übers Herz zu sagen, dass sie ihren Uniformmantel dabeihatte. Sie schlang die Arme um ihre Mutter. »Ich komme schon heil wieder nach Hause.«

Margot ließ den Wasserknopf der Kaffeemaschine los und setzte den Filter ein, dann blickte sie auf ihre Uhr. Noch gut eineinhalb Stunden bis Moskau, sie mussten jetzt irgendwo über Wilna sein.

Seit zehn Uhr morgens waren sie in der Luft. Nach dem dunstigen Siebengebirge hatten sie eine Schleife über Berlin gedreht, gefolgt von weiten Ebenen mit Äckern und Wäldern, wo es kaum Städte und Dörfer gab, nur schmale Straßen und ein paar Eisenbahnlinien. Die andere Super-Constellation mit Corry und ihrem Kollegen Manfred und der übrigen Delegation an Bord war eine halbe Stunde früher losgeflogen.

Während die Kaffeemaschine gurgelnd ihre Arbeit verrichtete, spähte Margot Hacki über die Schulter, der gerade die Kalbsmedaillons feinfühlig mit einem Fleischklopfer bearbeitete.

»Reichst du mir die getrüffelte Entenleber?«, bat er sie. »Ganz kalt sollte sie nicht serviert werden.«

»Nicht schlecht«, meinte Margot und öffnete die Kühlbox. »Dafür, dass es nur ein kleines Essen werden sollte.«

Hacki grinste. »Hab auch an eine Portion für die werten Damen gedacht.«

»Nur nicht an unsere Figur«, erwiderte Fräulein Buschheuer schmunzelnd, während sie eine Tasse der Schildkrötensuppe löffelte, die bereits auf dem Herd vor sich hin köchelte.

Hacki warf ihr einen bewundernden Seitenblick zu. »Aber ausschließlich, Fräulein Buschheuer, ausschließlich.«

Sie drohte ihm mit dem Löffel.

Lachend öffnete Margot den Filter und füllte die Tassen, bevor sie den Vorhang der Pantry zurückzog. »Vorsicht bitte, die Herren, Vorsicht bitte. Vielen Dank.«

Mit dem Tablett in den Händen machte Margot sich so schlank wie möglich, um sich zwischen den Herren in Anzug und mit Krawatte hindurchzuschlängeln, die so ungezwungen in der Kabine herumstanden wie auf einer Cocktailparty. Sogar in der großzügig bemessenen Super-Connie war es auf diesem Flug beengt. Die eigens eingebaute Kanzlerkabine mit Sofa und Schreibtisch – samt schwarz-rot-goldenem Wimpel darauf – verschlang ebenso viel Platz wie der von Stühlen umgebene Besprechungstisch.

»... und dann kommt dieses Telegramm«, erzählte Carlo Schmid, einer der Vorsitzenden des Auswärtigen Ausschusses, »mit der eindringlichen Bitte, doch irgendwelche Rosen mitzubringen, die nur auf der Krim wachsen. Dreihundert Stück, wenn es denn ginge.«

Sein Kollege Kurt Georg Kiesinger lächelte milde, andere Herren lachten. Sie alle waren Mitglieder des Auswärtigen Ausschusses, Minister oder politische Funktionäre.

Carlo Schmids Anekdote war die einzige lockere Bemerkung, die Margot bisher mitbekommen hatte, sonst drehten sich alle Gespräche um die Bedingungen für eine Wiederaufnahme der diplomatischen Beziehungen zu Moskau, freie Wahlen in der sowjetisch besetzten Zone, die Wiedervereinigung Deutschlands und nicht zuletzt um die noch immer heikle Frage der Wiederbewaffnung.

Margot klopfte an die Cockpittür und zwängte sich mit eingezogenem Kopf in die enge Lücke zwischen den Arbeitsplätzen von Funker und Navigator. Für ein Flugzeug dieser Größe war das Cockpit der Super-Connie die reinste Sardinenbüchse, vollgestopft mit Technik.

»Halleluja«, stöhnte der Erste Offizier Mayr, als wäre er kurz vor dem Verdursten. »Besten Dank, Madl!«

Kapitän Pretsch, der lange vor dem Krieg als ganz junger Bursche nach Amerika ausgewandert war, nickte nur. Er war ganz auf seine Instrumente fokussiert, genau wie der russische Funker.

»*Spasibo*«, bedankte sich hingegen der russische Kapitän Poluyantghika, der die Aufgabe des Navigators übernahm, als Margot ihm seinen Tee reichte.

»*Ne sa schto*«, erwiderte Margot und erntete ein breites Lächeln.

»*In Russia*«, verkündete der Dolmetscher Kusnetzow, der sich mit seiner stämmigen Figur mit ins Cockpit gequetscht hatte, *we say: Where there is tea, there is home. What is it in German?*«

»Wo es Tee gibt, ist man zu Hause«, übersetzte Margot.

Mit ihrer Hilfe versuchte sich Kusnetzow an den ungewohnten Lauten, bevor er ihr mit seiner Tasse zuprostete.

Pretsch murmelte etwas vor sich hin, während er immer wieder auf die Instrumente schielte. Im russischen Luftraum durfte er eine bestimmte Flughöhe weder über- noch unterschreiten, so lauteten die Anweisungen. Unvermittelt beugte er sich vor und spähte zur Seite.

Eine Bewegung jenseits des Fensters ließ auch Margot aufblicken, und das Blut gefror ihr in den Adern. Ein Düsenjäger des russischen Militärs schob sich neben die Kanzlermaschine, auf der anderen Seite ein zweiter.

Schreckensszenarien wirbelten in Margots Kopf herum. Wie die Kampfflieger sie irgendwo zum Landen drängen würden, wo sie alle auf Nimmerwiedersehen verschwanden; wie sie einen Absturz heraufbeschworen oder sie sogar abschossen. Zum ersten Mal, seit sie flog, fühlte Margot sich an Bord eines Flugzeugs schutzlos ausgeliefert, zum ersten Mal hatte sie Angst.

Die Stille im Cockpit war erdrückend und wie elektrisch aufgeladen. Die Luft hier oben war so klar, dass Margot die Gesichter der beiden Kampfflieger erkennen konnte. Ein Grinsen zuckte auf einem davon auf, und der Pilot hob die Hand zum Salut. Ein Gruß, den die Lufthanseaten Pretsch und Mayr mit spürbarem Aufatmen erwiderten.

»*Military escort!*«, rief der Dolmetscher Kusnetzow mit rumpelnder Stimme und klopfte Margot auf die Schulter. »*Big honor! How do you say in German?*«

»Ehrengeleit«, antwortete Margot mit einem Grinsen und winkte der Militäreskorte übermütig zu.

Einer der Kampfpiloten warf ihr einen Handkuss zu, bevor die beiden Düsenjäger davonschossen.

Auch in der Kabine hatten die Kampfflieger für Aufregung gesorgt, nur langsam kehrten die Herren zum Tagesgeschäft zurück. Professor Braun, der offizielle Dolmetscher, widmete sich wieder seiner Übersetzung von Adenauers Begrüßungsansprache, nachdem er dem Bundeskanzler heute bereits ein paar höfliche Redewendungen auf Russisch beigebracht hatte. Seine Teetasse war noch voll, wie Margot mit einem kurzen Seitenblick feststellte. Die Kriminalbeamten, die in ihren zivilen Anzügen wie Bankangestellte oder Verwaltungsbeamte aussahen, tranken Cola und rauchten Kette.

Weitere Rauchfahnen waberten Margot auf dem Rückweg entgegen, sowohl von Zigarren, die auf diesem Charterflug ausnahmsweise erlaubt waren, als auch von Zigaretten. Sie drehte die Frischluftdüsen weiter auf und überprüfte im Vorbeigehen mit der Hand, ob es nicht zu stark zog.

Der Bundeskanzler, hochgewachsen und hager, war praktisch der einzige Nichtraucher an Bord. Seine Bronchitis war chronisch, und mindestens einmal im Jahr fing er sich eine Grippe ein. Doch obwohl sein Gesundheitszustand regelmäßig in der Presse breitgetreten wurde, war es tabu, ihn darauf anzusprechen oder sich auch nur fürsorglich danach zu erkundigen; seine einzige große Eitelkeit. Es war angeraten, ihm auch nicht extra Wasser zu bringen, wenn er seine Medikamentendose hervorholte. Stattdessen achtete Margot darauf, dass immer ein gut gefülltes Glas in seiner Nähe stand. Den Apfelsaft auf dem Besprechungstisch vor sich hatte er bislang allerdings kaum angerührt.

Abgesehen davon war der Bundeskanzler das, was die Stewardessen als angenehmen Gast bezeichneten. Einer, der einem beim Einsteigen mit ein paar freundlichen Worten die Hand schüttelte und mit allem zufrieden war, was man ihm vorsetzte.

»Darf es vielleicht ein Glas Krug Cuvée sein, Herr Bundeskanzler?«, fragte Margot im Vorbeigehen.

»Vielleicht später«, erwiderte Adenauer in dem glasklaren,

leicht singenden Tonfall, den Margot aus Wochenschau und Radio kannte.

Die übrige Politikergarde war mit Cognac noch bestens versorgt. Zum wiederholten Mal ging es an diesem Tag um die deutschen Soldaten, die Russland auch zehn Jahre nach Kriegsende noch im Land festhielt. Offenbar nicht nur ein Zankapfel zwischen Ost und West, sondern auch unter den deutschen Politikern.

Adenauers übergroße, knotige Hände fuhren unruhig über die Tischplatte, als wüsste er nicht, was er damit anfangen sollte, und Margot lächelte in sich hinein.

In der Pantry riss sie zwei Tütchen mit Salzstangen auf, die als eiserne Reserve immer vorrätig waren, und stellte sie in Wassergläser, die sie dann möglichst unauffällig auf dem Besprechungstisch platzierte.

Als sie sich aufrichtete, blickte sie geradewegs in Adenauers Augen. Seine achtzig Lebensjahre sah man ihm an, er hatte etwas von einem Asketen, der viel Zeit damit verbracht hatte, das Wesen der Welt zu ergründen.

»Saren Se, Fräulein ...«, begann er in seiner unaufgeregten und gedehnten Sprechweise, vom Rheinländischen etwas verschliffen.

»Margot«, erwiderte sie mit einem angedeuteten Knicks. »Margot Frei, Herr Bundeskanzler.«

Adenauer angelte sich eine Salzstange aus dem Glas und zerbrach sie in kleine Stücke. Einige Augenblicke hatte es den Anschein, als meditierte er über dem Strauß gelber Rosen auf dem Tisch. Margot konnte ihn sich gut im Garten zwischen seinen Rosen vorstellen, eine Passion, die er mit Eisenhower teilte. Auf dem Flug von Verkehrsminister Seebohm in die Vereinigten Staaten waren auch Rosen mit an Bord gewesen, das hatte Corry erzählt, als Geschenk für den amerikanischen Präsidenten.

»Haben Sie jemanden in Russland verloren, Fräulein Frei?«, wollte der Bundeskanzler wissen. Eindringlich musterte er sie, die Augen so klein und schmal, dass sich ihre Farbe nicht näher bestimmen ließ.

Die Männer um sie herum verstummten, aufmerksam richteten sich alle Blicke auf Margot.

»Mein Vater ist dort geblieben, Herr Bundeskanzler. Wir haben zwar eine Suchanzeige beim Roten Kreuz aufgegeben, aber bis heute nichts gehört.«

»Wie lange haben Sie Ihren Herrn Vater nicht mehr gesehen?«, fragte er, während er ganz darin aufging, die Salzstange zu zerkrümeln.

Der zweimal verwitwete Bundeskanzler war ein Familienmensch, das wusste man; er flog nirgendwo hin, ohne dass seine Kinder und zahlreichen Enkelkinder ihm vom Rollfeld aus nachwinkten.

»Zu lange«, antwortete Margot leise. »Er war noch einmal auf Fronturlaub bei uns zu Hause, aber ich weiß nicht mehr genau wann. 42 vielleicht, ich war noch ein Kind.«

Adenauer deutete ein Nicken an. Nur noch das Dröhnen der Motoren war zu hören.

»Sehen Sie, meine Herren«, sagte der Bundeskanzler dann. »Diese Männer müssen heim, heim zu ihren Familjen.«

39

Ich weiß, es wird einmal ein Wunder gescheh'n

»Also dann«, sagte Margot und schlüpfte in ihren Uniformmantel.

Fräulein Buschheuer fasste sie bei den Schultern. »Eine gute Zeit in Moskau, Fräulein Frei! Sie werden die Lufthansa zweifellos würdig repräsentieren.«

»Guten Rückflug, Fräulein Buschheuer!«, erwiderte Margot und hängte sich ihre Handtasche über die Schulter.

Die Chefstewardess nickte ihr freundlich zu, nahm das Tablett mit frischem Tee und Kaffee und schritt durch die Kabine zu den Piloten Pretsch und Mayr, die ihre Arme und Beine streckten und mithilfe des Dolmetschers mit ihren russischen Kollegen fachsimpelten.

»Lass dich von den Russkis nur nicht unter den Tisch trinken!«, meinte Hacki grinsend, als Margot an ihm vorbeiging.

»Ich wollte schon immer wissen, wie viel ich vertrage«, konterte sie lachend und holte den Karton Krug Cuvée aus der Box.

Den Champagner unter den Arm geklemmt, den Koffer in der anderen Hand, ging sie zur Tür und kniff geblendet die

Augen zusammen. Die Nachmittagssonne schien kräftig, sogar hier auf dem zugigen Flugplatz war es wärmer als gedacht. Ihre Schritte die Gangway hinunter wurden vom Deutschlandlied begleitet, das die Militärkapelle zu Ehren des Bundeskanzlers erklingen ließ.

Ein Lächeln stahl sich auf Margots Gesicht. Wenn das kein gutes Zeichen war …

Der Empfang spielte sich in einiger Entfernung der Super-Connie ab, die mit dem Abflug warten würde, bis der offizielle Teil vorüber war. Die unterschiedlichsten Uniformen leuchteten in der Sonne, während eine Ehrenkompanie vor der deutschen Delegation und zahlreichen russischen Würdenträgern paradierte. Ein Spalier aus Offizieren hielt die Meute der Fotografen im Zaum, die sich die Finger wundknipsten, und Filmreporter nahmen mit ihren wuchtigen Kameras diese historische Szene für Fernsehen und Wochenschau auf. Die Kriminalbeamten in Zivil ließen aufmerksam ihre Blicke umherschweifen. Dahinter harrten schwer bewaffnete Militärs aus, und Geländewagen, Busse und Staatskarossen standen bereit.

Margot zögerte. Sie wusste nicht, ob sie eigens abgeholt würde oder irgendwo mitfahren sollte, vermutlich war sie ab jetzt auf sich allein gestellt. Munter stöckelte sie auf ihren hohen Absätzen über die Betonfläche in Richtung des gelb getünchten Flughafengebäudes, während die Militärkapelle die russische Nationalhymne schmetterte.

Die gebellten Befehle, die plötzlich unmittelbar hinter ihr erschallten, klangen ganz und gar nicht wie ein Willkommensgruß. Margot blieb stehen und drehte sich um. Drohend baute sich ein schwer bewaffneter Soldat vor ihr auf, aber Margot ließ sich nicht einschüchtern, schließlich war sie als Stewardess der Lufthansa quasi in diplomatischer Mission unterwegs.

Gegen das Tschingderassabum des Staatsempfangs anbrüllend, fragte Margot den Soldaten radebrechend, wo sie hier ein Taxi zum Hotel *Sowjetskaja* herbekäme. Er musterte sie finster, dann schlug er salutierend die Hacken zusammen und marschierte davon.

Margot zuckte mit den Schultern und ging weiter. Das Rollfeld war riesig und schien sich in der endlosen Weite der platten Landschaft zu verlieren. Fasziniert betrachtete sie die vielen russischen Militärflugzeuge, die sich am Rand des Flughafens aufreihten.

Hinter ihr näherte sich ein dröhnendes Motorengeräusch, dann hielt ein Geländewagen neben ihr. Der Soldat von eben sprang heraus, schnappte sich Margots Koffer und warf ihn auf die Ladefläche. Als er jedoch die Hand nach dem Karton ausstreckte, schüttelte sie den Kopf.

Eine weise Entscheidung. Denn sobald Margot auf den Beifahrersitz geklettert war, den Champagner fest an sich gepresst, schwang sich der Soldat wieder hinter das Steuer, und der Geländewagen raste in halsbrecherischem Tempo über den Flugplatz. Nur an der massiv gesicherten und von grimmig dreinblickenden Militärs besetzten Pforte ging er kurz vom Gas. Sobald sich der Schlagbaum hob, trat der Fahrer das Pedal erneut durch. Mit quietschenden Reifen fegte der Wagen um die Kurve und preschte an den Schaulustigen vorbei, die sich hinter dem Flughafengitter zusammendrängten.

Die Einfallstraße führte durch Felder und Wiesen, auf denen Kühe grasten. Kleine Wälder wechselten sich mit Dörfern aus strohgedeckten Holzhäuschen ab. Bunte Werbeplakate standen am Straßenrand, doch der Geländewagen rauschte zu schnell vorbei, als dass Margot genug Zeit gehabt hätte, die kyrillischen Buchstaben zu entziffern.

Moskau selbst unterschied sich in vielerlei Hinsicht kein bisschen von Hamburg, Paris oder London, stellte Margot fest, als der Geländewagen in die Stadt eintauchte. Auch hier standen noch viele Häuser aus glanzvollen Zeiten, die jungen Frauen achteten auf ihre Kleider und Frisuren und schminkten sich sorgfältig, die älteren Frauen trugen Kopftücher, die Männer gute Anzüge. Auch hier wurde viel gebaut, um die letzten Spuren der Bomben zu beseitigen, und manche der hohen Gebäude erinnerten Margot sogar ein bisschen an New York.

Mit einer Vollbremsung hielt der Militärwagen vor einem Bauwerk, das Margot mit seinem überdimensionierten Säulenportal an ein Museum erinnerte. Polizisten in blauen Uniformen reihten sich wachsam vor der Treppe auf, schenkten Margot aber keinen zweiten Blick. Sie bedankte sich herzlich bei ihrem Fahrer, der keine Miene verzog und ihren Koffer einem livrierten Portier übergab.

Den Karton unter dem schon lahmen Arm, stieg Margot die Stufen hinauf. Zwei Herren im Anzug versperrten ihr den Weg; die Hüte tief ins Gesicht gezogen, wirkten sie wie Geheimagenten in einem Spionagefilm.

»Margot Frei«, sagte sie selbstbewusst und fischte Pass und Personalkarte aus der Handtasche. »Lufthansa.«

Die beiden begutachteten Margots Papiere, dann hellten sich ihre Mienen auf.

»Willkommen in Moskau, Fräulein Frei«, sagte einer der beiden auf Deutsch und tippte sich an die Hutkrempe. Die Ausbuchtung unter seinem Sakko ließ keinen Zweifel daran, dass er darunter eine Waffe trug. Das mussten die Kriminalbeamten sein, die bereits mit dem Zug angekommen waren.

Das hier ist doch kein Museum, korrigierte Margot sich in Gedanken, als sie das Hotel betrat. Eher ein Mausoleum.

Gespenstisch still war es in der prächtigen Halle, in der dunkles Holz und Marmor um die Wette glänzten; der dicke Orientteppich unter Margots Schuhen schluckte jedes Geräusch. Zahllose Tische mit Schreibmaschinen standen verlassen da, die dahinter aufgereihten Telefone waren stumm. Unwillkürlich zuckte Margot zusammen, als einer der Fernschreiber zu tickern begann. Außer dem Rezeptionisten und dem Portier, der mit Margots Koffer in der Hand wartete, war kein Mensch zu sehen.

Der Portier brachte sie mit dem Aufzug nach oben und bedankte sich überschwänglich für den Fünfmarkschein, den Margot ihm in die Hand drückte. Geräuschlos schloss sich die Tür des vornehmen Hotelzimmers hinter ihr. Endlich konnte Margot den Champagnerkarton abstellen und die Arme ausschütteln. Ein Jauchzen entfuhr ihr, als sie neben einem Radio auch einen Fernseher entdeckte, den sie sofort einschaltete. Es gab nur ein einziges russisches Programm, aber immerhin besser als nichts.

Mit einem seligen Seufzer sah sie sich im großzügigen Badezimmer mit blitzblanker Wanne um. Für ein ausgiebiges Bad fehlte ihr im Augenblick jedoch die Geduld – Moskau wartete! Sie schob den Champagner unter das Bett, holte das Nötigste aus dem Koffer und sprang unter die Dusche.

Als Margot mit ihrem Mantel über dem Arm in die Hotelhalle zurückkehrte, blieb sie wie angewurzelt stehen. Stimmengewirr und Tastengeklapper erfüllten den Raum, zigarettenrauchend hingen die Journalisten an den Telefonen. Einer von ihnen fing ihren Blick auf und klemmte den Hörer unter sein Kinn.

»Gehören Sie zur deutschen Delegation?«, rief er ihr zu.

Etliche Köpfe ruckten hoch.

»Ich bin von der Lufthansa«, erwiderte Margot.

»Hör mal«, sagte der Journalist hastig in die Sprechmuschel, »ich hab hier jemanden von der Lufthansa. Ich ruf zurück!«

Im Nu war Margot von Reportern umringt. Auf Zuruf drehte sie sich im Blitzlichtgewitter hierhin und dorthin, zeigte dabei ihr schönstes Stewardessenlächeln und achtete darauf, dass ihre Anstecknadel gut zu sehen war. Von allen Seiten prasselten Fragen auf sie ein.

»Der Bundeskanzler sieht gut erholt aus. War er im Urlaub?«

»Gab es besondere Vorkommnisse während des Flugs?«

»Was wurde an Bord hinsichtlich der deutschen Kriegsgefangenen besprochen?«

»Wie hat sich der Bundeskanzler über die wirtschaftliche Lage in der Sowjetzone geäußert?«

Auch die ausländischen Berichterstatter bombardierten Margot mit Fragen zur Politik des Bundeskanzlers.

Margot lächelte. »Diskretion ist das A und O in unserem Beruf«, zitierte sie Fräulein Buschheuer und wiederholte den Satz auf Englisch und Französisch.

»Wie lange hat der Flug gedauert?«

»Was gab es an Bord zu essen?«

Das waren Fragen, die Margot guten Gewissens beantworten konnte.

»Was sagen Sie dazu, dass die Verhandlungen von Verkehrsminister Seebohm über einen Luftfahrtvertrag mit den Vereinigten Staaten ergebnislos abgebrochen wurden?«

Darauf war Margot nicht vorbereitet, einen Augenblick lang kam sie sich vor wie bei der mündlichen Prüfung.

»Nun«, sagte sie ausweichend, um einen Augenblick herauszuschinden, während sie im Geiste die Neuigkeiten durchging, über die das Schwarze Brett in Fuhlsbüttel regelmäßig informierte. »Die Lizenz für Amerikaflüge läuft noch bis nächsten Sommer. In einem Dreivierteljahr kann eine Menge passieren. Das Luftfahrtabkommen mit England erlaubt uns jetzt schon, über Singapur bis Australien zu fliegen und eine Linie nach Südafrika einzurichten. Ein weiteres Abkommen mit Frankreich ist in Vorbereitung. Es wird der Lufthansa regelmäßige Flüge nach Spanien, Portugal, Südamerika und New York durch den französischen Luftraum ermöglichen. Wir sind zuversichtlich, dass wir uns auch mit den amerikanischen Fluggesellschaften einigen werden. Schritt für Schritt erreichen wir die ganze Welt.«

Die Reporter nickten beifällig und machten sich emsig Notizen.

»Wie lange werden Sie in Moskau bleiben?«, wollte einer der Journalisten wissen.

Er war jung, blond und hatte ein keckes Grübchen am kantigen Kinn. Die Art, wie er Margot ansah, gab seiner Frage eine persönliche Note.

»So lange es erforderlich ist«, antwortete sie mit einem kleinen Augenzwinkern.

Sie bedankte sich freundlich bei den Reportern für das Interesse und ging zum Ausgang. Vor dem Hotel zog sie ihren Mantel über und marschierte los, immer der Nase nach.

40

O mein Papa

Auch am sechsten Tag roch es in der Hotelhalle bis in den letzten Winkel nach Bohnerwachs, Möbelpolitur und Schmierseife; das Bett in Margots Einzelzimmer war jeden Abend frisch bezogen. Angeblich hatte noch kein ausländischer Besuch eine solche Gastfreundschaft genossen wie die Deutschen im Hotel *Sowjetskaja*, das ihnen komplett zur Verfügung stand. Noch nicht einmal die deutsche Fußballnationalmannschaft neulich.

»*Dobroje utro!*«, rief Margot einer der Reinigungsdamen einen fröhlichen Morgengruß zu.

Die Frau in der weißen Schürze, die gerade einen der kostbaren kleinen Tische mit dem Staubtuch bearbeitete, hielt inne und überschüttete sie vergnügt mit einem russischen Wortschwall, der sich vermutlich um das Wetter drehte und darum, dass sie Margot einen herrlichen Tag wünschte.

»Einen wunderbaren guten Morgen!«, rief eine beschwingt klingende Männerstimme.

»Jetzt geht die Sonne auf!«, stimmte eine zweite ein.

»*La belle Mademoiselle!*«

Lachend schritt Margot an den Reporten aus aller Welt vorbei, die unter einer dicken Rauchwolke auf den Sofas saßen oder Artikel in ihre Schreibmaschinen hackten. Neben ihnen türmten sich Kaffeetassen und Teegläser, und die Aschenbecher quollen über. Andere Journalisten belagerten die Telefone und diktierten in ihrer jeweiligen Muttersprache Notizen in den Hörer oder ließen den aktuellen Stand der diplomatischen Mission tickernd durch den Fernschreiber laufen.

Als dieser Tage die Telefonverbindung in den Westen kurzzeitig ausgefallen war, hatte großer Aufruhr geherrscht, die ersten Reporter schrien schon etwas von wegen Zensur. Es hatte aber wohl nur ein technischer Defekt vorgelegen, der innerhalb weniger Stunden behoben worden war.

Margot war überzeugt, dass einige der Journalisten nicht in ihrem Hotelzimmer irgendwo in der Stadt schliefen, sondern hier in der Halle, um nichts zu verpassen.

»Margot!« Emil Haberstroh, der junge blonde Journalist mit dem Kinngrübchen, der für eine Zeitung in Stuttgart schrieb, fuhr sich gerade mit einem Elektrorasierer über das Gesicht. Als Margot mit einem kurzen Gruß an ihm vorbeiging, lief er ihr nach, bis ihn das Kabel des Rasierers aufhielt. Fluchend spurtete er zurück und zog den Stecker aus der Dose.

Wie jeden Morgen fragte Margot an der Rezeption, ob eine Nachricht für sie vorliege. Nachdem die Verhandlungen mit dem Kreml gleich zu Anfang schon auf der Kippe gestanden hatten, war derzeit völlig offen, wie lange der Besuch Adenauers noch dauern würde. Trotzdem hielt sich hartnäckig das Gerücht, dass es heute in die heiße Phase gehe und eine Übereinkunft unmittelbar bevorstehe.

»Margot!« Den Rasierer samt Kabel in der Hand und einen Hosenträger auf Halbmast, holte Emil sie ein. Seit ihrer Begegnung am ersten Tag hier im Hotel hatte er einen Narren an ihr gefressen.

»Nein, Herr Haberstroh«, sagte Margot in gespielt förmlichem Tonfall. »Ich weiß immer noch nichts. Weder, was für die Herren Politiker heute auf dem Programm steht, noch, ob es geheime Treffen in der Datscha gibt, in der sich der Bundeskanzler zwischendurch erholen darf.«

Tatsächlich hatte sie von Adenauer und der übrigen Delegation nach ihrer Ankunft in Moskau nichts mehr gesehen, obwohl sie auch hier im Hotel untergebracht waren. Seitdem war sie nur hin und wieder einer der deutschen Sekretärinnen begegnet, die sich zwischendurch einen Besuch beim Hotelfriseur gönnten oder Margot fragten, wo in der Nähe es Drogerieartikel zu kaufen gebe.

»Das wollte ich doch gar nicht wissen!« Einen Augenblick lang mimte Emil den Gekränkten. »Ich wollte dich vielmehr fragen, ob du heute Abend endlich mit mir ausgehst. Ich habe hier um die Ecke ein nettes Lokal mit vorzüglichem Borschtsch entdeckt. Oder wir gehen zum Tanzen ins schicke Hotel *Moskwa*.«

Margot nahm den Mantel vom Arm und ließ sich von einem der Portiers hineinhelfen.

»Das kann ich nicht verantworten, Emil«, erwiderte sie. »Womöglich kommt ausgerechnet heute Abend die eine große Nachricht, auf die alle warten, und du bist dann der Letzte, der davon erfährt. Nur meinetwegen.«

Er grinste. »Aber womöglich ist heute für uns alle der letzte Abend hier. Und wie soll ich es je verwinden, dich nie wiederzusehen?«

»Dann musst du eben mal mit der Lufthansa fliegen«, konterte Margot und deutete auf die Anstecknadel an ihrer Uniformjacke.

Mit einem freundlichen Nicken in Richtung der strammstehenden Portiers trat sie durch das Säulenportal ins Freie. Gut zwanzig Taxifahrer warteten rauchend neben ihren Wagen, für den Fall, dass die Reportermeute einen heißen Tipp bekam und herausstürmte, um zum Spiridonovka-Palast zu rasen und dort das erste Interview oder auch nur den Fetzen einer Information zu ergattern.

»Margot!«, rief Emil ihr nach. »He, Margot! Wenn du mit mir ausgehst, mache ich dich auch mit einem Modefotografen bekannt. Der bringt dich auf die Titelseite der *Constanze*!«

Lachend schüttelte Margot den Kopf und marschierte weiter die Straße entlang.

Der Leningrad-Prospekt war eine der Hauptverkehrsadern Moskaus, weitaus belebter als andere Straßen. Hier fuhren zwar weniger Autos als in Hamburg, aber es gab Omnibusse und Straßenbahnen und nicht zuletzt die Metro, die Margot schon ein paarmal nur zum Vergnügen genutzt hatte, um die prächtig ausgestalteten Stationen zu bewundern.

Sie verkroch sich tiefer in ihren Mantel. Im Nachhinein war sie froh, dass ihre Mutter den noch in ihren Koffer gelegt hatte, denn in den letzten Tagen war es kühl geworden.

»*Dobroje utro!*«, rief ein paar Ecken weiter ein alter Mann hinter einem eisernen Öfelchen hervor, aus dem es qualmte. In den Kisten, Eimern und Schüsseln daneben lagerten Zwiebeln, Gemüse und Mehl.

Lächelnd erwiderte Margot den Gruß des Straßenhändlers, sie kannten sich bereits.

»*Dwa?*«, fragte er und hob zwei Finger. Als Margot nickte, faltete er braunes Packpapier zu einer provisorischen Tüte zusammen und schaufelte zwei der noch dampfenden Teigtaschen hinein.

Margot holte ein paar Kopeken aus der Manteltasche. Auf der Bank in Billstedt hatte man sie schief angesehen, als sie Geld von ihrem Sparbuch in Rubel umtauschen wollte, und sie wieder weggeschickt. Auch in Fuhlsbüttel hatte sie die russische Währung nicht bekommen. Erst hier im Hotel hatte sie wechseln können, fünfundneunzig Kopeken für eine D-Mark.

Mit einem genüsslichen Seufzen biss Margot in eine der Teigtaschen.

»*Choroscho?*«, erkundigte sich der Straßenbäcker fürsorglich.

»*Prekrasnyj*«, antwortete Margot selig. Ausgezeichnet. Ihr morgendlicher Dialog, bevor sie sich zum Abschied zuwinkten.

Das Essen im Hotel war vorzüglich, aber von deutschen Köchen für den deutschen Gaumen zubereitet. Margot ging lieber in das Selbstbedienungsrestaurant am Leningrad-Prospekt, sie mochte es, sich dort das Essen nach dem Aussehen auszusuchen. Mithilfe ihres Wörterbuchs entzifferte sie die kyrillischen Schilder auf dem Büfett, damit sie wenigstens benennen konnte, was sie aß: *Okroschka, Rasstegai, Pelmeni, Kissel, Tscheburek, Rassolnik, Soljanka*.

Auf dem Roten Platz war Margot gewesen, am Kreml und in der Basilius-Kathedrale, die mit ihren bunten Zwiebeltürmen an ein Weihnachtsmärchen erinnerte. Das Lenin-Stalin-Mausoleum hätte sie interessiert, aber wann immer sie daran vorbeikam, wartete davor eine endlos lange Menschenschlange. Im Gorki-Park hatte sie die Herbstblüte bewundert und Enten gefüttert. Postkarten hatte sie geschrieben, von denen sie nicht wusste, ob sie jemals ankamen, und durch das wunderschöne *Glawny Uniwersalny Magasin* war sie geschlendert, das *Macy's* von Moskau. Nylons oder Petticoats gab es dort allerdings nicht.

Für ihre Mutter hatte Margot eine Matrjoschka gekauft, für Claus, Thea, Lore und Hans je eine Flasche Wodka, für Almuth schließlich einen Früchtetee und eine Packung Honigkuchen, von dem sie hoffte, dass er so schmeckte wie der ihrer Großmutter. Insgesamt waren ihre Einkäufe sehr viel bescheidener ausgefallen als in Amerika, denn Luxus hatte im Kommunismus einen ganz anderen Preis als im Westen. Parfums waren mit dreißig Rubel zwar bezahlbar, aber Margot hatte weder an »Roter Stern« noch an »Silbernes Maiglöckchen« Gefallen gefunden. Bestickte Tischtücher kosteten etwa einhundertfünfzig Rubel, Kristallaschenbecher sogar zweihundert.

Wie an den Tagen zuvor ließ Margot sich an diesem Morgen einfach durch die Straßen treiben. Es war ein seltsames Gefühl, in Moskau zu sein, ausgerechnet hier dachte sie seit langer Zeit wieder an ihren Vater. So nah war sie dem Landstrich, in dem sich seine Spur verloren hatte, noch nie gewesen.

Erinnerungen, die über Jahre hinweg verschüttgegangen waren, drängten wieder ans Tageslicht. Ein Besuch bei Hagenbeck, bei dem Margot auf den Schultern ihres Vaters gesessen hatte, sodass sie sich genauso groß vorkam wie die Giraffen. Ein Geburtstag unter dem Weihnachtsbaum, an dem er ihr helfen musste, die Kerzen auszupusten – waren es vier oder schon fünf gewesen? Auf einer Werft hatte er gearbeitet, als Konstrukteur, und manchmal hatte er sonntags seine *drei Deerns* in den Hafen mitgenommen und ihnen die Schiffe gezeigt, die er geplant hatte, einmal sogar für Margot eines gebaut, das sie in der Badewanne schwimmen lassen konnte.

Margotchen hatte er sie genannt.

Lächelnd blieb sie vor dem Schaufenster eines Spielwarenladens stehen und betrachtete die Eisbären aus Plüsch, die Puppen und Eisenbahnen und das fast mannshohe Riesenrad, das sich blinkend drehte. Als sie einen Schritt zurücktrat, fing sie den Blick eines Mannes auf, der an der Hausmauer lehnte. Unter zusammengezogenen Brauen fixierte er Margot. Er mochte um die fünfzig sein, ungefähr in dem Alter, in dem ihr Vater jetzt wäre; er hatte nur ein Bein.

»*Otkuda ti?*«, wollte er wissen. Wo sie herkam.

»*Germanija.*« Wie zur Bestätigung zeigte sie auf die Anstecknadel an ihrem Revers. »Lufthansa.«

Er griff nach der langen Krücke neben sich und stemmte sie sich unter die Achsel, um sich mühselig auf Margot zuzubewegen.

»*Chitler kaputt*«, spie er aus und spuckte bekräftigend auf den Boden, bevor er zu einer Schimpftirade ansetzte.

Ukhodi, lag es Margot auf der Zunge. Verschwinde. Aber sie brachte keinen Ton heraus.

Stumm ließ sie seine Verwünschungen über sich ergehen, die ihr selbst gelten mochten oder ganz Deutschland, jetzt und für immer.

Koddernd spuckte der Fremde noch einmal auf den Boden und humpelte dann davon.

Die Hände tief in den Manteltaschen vergraben, zog Margot weiter durch die Stadt. Durch Seitenstraßen mit kleinen Häusern, von denen der Putz abblätterte und deren Fensterläden schief in den Angeln hingen, während nebenan ein Bagger bereits die Grube für einen Neubau aushob. Hier standen keine städtischen Abfallkübel herum wie in den feineren Vierteln, hier wurden die Straßen nachts nicht abgespritzt wie am Leningrad-Prospekt, und die Kleidung der Menschen wirkte genauso abgenutzt wie ihre Gesichter.

Margot dachte an ihren Vater und ihre Mutter und an Almuth, während sie durch die Straßen wanderte. Sobald die Sonne kräftiger schien, setzte sie sich gedankenversunken vor ein Café, mit einem Glas Tee, aus dem schlussendlich drei wurden, bevor sie wieder aufbrach.

An einem ihrer ersten Tage war sie mit einem älteren Journalisten ins Gespräch gekommen, der lange in Moskau als Korrespondent tätig gewesen war. In den Goldenen Zwanzigern, als jeglicher Gedanke an einen neuen Krieg in weiter Ferne lag. Er erkenne Moskau nicht mehr wieder, hatte er gesagt, die Menschen seien so viel gelöster und offener, als er sie von damals in Erinnerung hatte. Und dennoch beschleiche ihn das Gefühl, dass Moskau dabei sei, sich in eine geradezu imperiale Stadt zu verwandeln. Was das für die Zukunft heißen mochte, hatte auch er nicht einzuschätzen gewusst.

Margot fragte sich, ob sich die Gräben je schließen würden, die der Krieg aufgerissen hatte. Wahrscheinlich war dafür zu viel Schreckliches geschehen, so viel Unheil, dass es die Grenzen des menschlichen Verstands fast zu sprengen drohte. Am Ende konnten sie alle nur abwarten, was aus diesen Gräben hervorwuchs, und hoffen, dass es irgendwann einmal friedlich blühte.

Blumen gab es jedenfalls an jeder Ecke zu kaufen, die Gärten in und um Moskau mussten vor Blütenpracht nur so strotzen. Margot liebte die kleinen Verkaufswägelchen, die überall in der Stadt neben bunten Sträußen auch Spitzendeckchen, Obst und Gemüse, Limonade oder Trödel anboten. An einem davon kaufte sie ein Fläschchen Kräuteröl für ihre Mutter und nahm sich auch eines der Sträußchen mit.

Ein paar Straßen weiter ging sie in die Hocke und legte den Blumenstrauß aufs Pflaster. In einer x-beliebigen Straße, an einer wahllosen Stelle. Als Abbitte oder als Geste der Versöhnung, vielleicht auch schlicht als flüchtiges Zeichen, dass sie hier gewesen war.

Es war schon lange dunkel, als Margot den Leningrad-Prospekt wieder überquerte. Im Widerschein der beleuchteten Straßen glühte der Himmel so rot wie über dem Hamburger Dom. Auf den Treppenstufen zum Hotel wurde sie beinahe von einem

Reporter umgerannt, der zu einem der wartenden Taxis sprintete, sein Kollege mit der Kamera nahm die untersten Stufen gleich mit einem Satz.

Die Hotelhalle glich einem Tollhaus. Überall auf den Tischen verteilten sich Kaffeetassen, Bierflaschen und angebissene Brötchen, die Neuigkeit war offenbar während des abendlichen Imbisses wie eine Bombe hereingeplatzt. In Windeseile flogen Finger über Schreibmaschinentasten, und die Fernschreiber kamen aus dem Tickern nicht mehr heraus. Aus voller Kehle überschrien sich die Journalisten gegenseitig, und Margot konnte förmlich sehen, wie die Telefondrähte glühten.

»*Immediate repatriation!*«, bellte ein Reporter kaugummikauend in den Hörer. Unmittelbare Heimführung.

»Pressekonferenz morgen!«, rief ein anderer in die Muschel. »Neun Uhr Moskauer Zeit. … Nein, hier im Hotel!«

»Heimkehr der Gefangenen beginnt sofort!«, brüllte Emil Haberstroh durch die Leitung nach Stuttgart. Als sein Blick auf Margot fiel, löste er den Finger vom Ohr, mit dem er den Höllenlärm abgeschirmt hatte, und boxte triumphierend mit der Faust in die Luft. »Ich wiederhole: Heimkehr der Gefangenen beginnt sofort!«

»*Molodaja ledi.*« Fräulein.

Margot wandte sich um. Mit einer Verbeugung reichte einer der Rezeptionisten ihr eine Notiz. Die beiden Maschinen der Lufthansa waren am Nachmittag in Fuhlsbüttel gestartet und mussten jeden Augenblick in Wnukowo landen. Morgen Vormittag ging es wieder nach Hause.

41

Sag beim Abschied leise Servus

Im schlingernden Flugzeug schob Corry den Vorhang der Pantry ein Stück zur Seite und spähte in die Kabine. »So richtig nach Feiern scheint ihm ja nicht zumute zu sein.«

Margot lugte über die Schulter ihrer Kollegin. Fräulein Buschheuer hatte sich so kurzfristig nicht von ihren Verpflichtungen am Flughafen freimachen können, also hatte Corry ihre Position auf der Bundeskanzlermaschine übernommen.

Während die übrigen Politiker mit Zigarren und Cognac den Erfolg zelebrierten, saß Adenauer allein in einer der vorderen Reihen. Margot entdeckte sein schütteres graues Haupthaar über der Kopflehne des Fensterplatzes.

»Wenn er seine Ruhe will, kann er sich ja in seine Kabine zurückziehen«, ließ sich Hacki hinter Margot vernehmen. »Ist doch der komplette Wahnsinn, jedes Mal die Hälfte der Sitze auszubauen und eine andere Einrichtung zu montieren. Für die paar Stunden!«

»Der Gast ist eben König«, erwiderte Corry heiter. »Oder in unserem Fall Bundeskanzler.«

Margot öffnete den Kühlschrank und holte eine der Champagnerflaschen heraus, die während der vergangenen Woche in ihrem Karton in Margots Hotelzimmer übernachtet hatten.

Eine davon kalt zu stellen war das Erste gewesen, was sie heute Morgen in der Super-Connie gemacht hatte.

»Hat den jemand bestellt?«, fragte Corry verwundert, als Margot die Flasche öffnete und zu einem Champagnerkelch griff.

Margot schüttelte den Kopf und stellte noch Salzstangen in einem Wasserglas dazu, bevor sie das Tablett in die Kabine trug.

»Entschuldigung, Fräulein«, sprach Herr Arnold sie an, ein sehr feiner und distinguierter Mann, und hob den leeren Cognacschwenker. »Hätten Sie uns noch eine Runde?«

Unter seinen Augen lagen tiefe Schatten, die vergangenen Tage hatten von allen einen sichtbaren Tribut gefordert.

»Bringe ich Ihnen gleich, Herr Ministerpräsident«, rief Corry aus der Pantry; beim Einsteigen hatten sie darüber gelacht, dass Corry und er denselben Nachnamen trugen.

Margot näherte sich der Reihe, in der der Bundeskanzler saß. Er sah zum Fenster hinaus, seine Finger bewegten sich unruhig auf dem Tisch.

»Verzeihen Sie die Störung, Herr Bundeskanzler«, sprach Margot ihn leise an. »Darf ich Ihnen vielleicht ein Glas Champagner anbieten?«

Adenauer wandte den Kopf. Er schien innerhalb weniger Tage weiter gealtert, die Augenpartie wirkte noch verquollener als sonst, und sein zerfurchtes Gesicht machte einen abgespannten Eindruck. Wie eine Schildkröte sah er aus, fand Margot.

»Ein Cuvée aus dem Hause Krug«, fügte sie mit einem Lächeln hinzu.

Die Miene Adenauers hellte sich auf, und er nickte.

»Wie heißt Ihr Herr Vater?«, wollte er wissen, als Margot den Champagnerkelch auf einer Serviette abstellte.

»Walter Frei, Herr Bundeskanzler. Geboren am 3. Juni 1905

in Hamburg-Altona.« Margot platzierte die Salzstangen auf dem Tisch.

»Was hat er im Zivilberuf jemacht?«

»Er war Schiffskonstrukteur, Herr Bundeskanzler. Bei uns in Hamburg.«

Ein paar der Linien auf Adenauers Gesicht glätteten sich. »Ein Tüftler.«

Adenauers Patente für das *Notzeitbrot* und eine fleischlose Sojawurst während der Hungerjahre im Ersten Weltkrieg waren mindestens so legendär wie die Gartenharke mit Hammerkopf, die er erfunden hatte, der verbesserte Brausekopf für Gießkannen, das beleuchtete Stopfei oder die Teekanne mit Heizstab.

»Und das Fräulein Tochter fliegt mit der Lufthansa«, sagte er. Eine Spur von Schalk zeichnete sich um seinen Mund und die Augen ab.

»Ja, Herr Bundeskanzler«, erwiderte Margot fröhlich.

Bedächtig griff der Bundeskanzler zum Glas und trank genießerisch einen Schluck.

»Sie können hoffen, Fräulein Frei«, meinte er dann. »Hoffen, dass Ihr Herr Vater bald zu Ihnen zurückkehrt. Dass Sie zumindest Jewissheit erhalten. Ich zweifle nicht daran, dass Ministerpräsident Bulganin sein Wort halten wird.«

Margot deutete einen Knicks an. »Danke, Herr Bundeskanzler.«

Adenauer richtete den Blick auf sie, genauso eindringlich wie auf dem Hinflug. »Wenn ich Sie so sehe, Fräulein Frei«, murmelte er. »Sie und Ihre Kollejinnen und Kollejen … Das macht mir Mut. Mut für die Zukunft Deutschlands.«

Ein leises Lächeln entfaltete sich zwischen ihnen.

Als Margot und Corry in Fuhlsbüttel aus der Maschine stiegen und das Vorfeld überquerten, warteten schon Sieglinde und Gitta auf sie. Kurz bevor sie ihren Abendflug nach München antraten, ließen die beiden es sich nicht nehmen, ihre weit gereisten Kolleginnen jubelnd und mit Wangenküssen zu begrüßen.

»Wie war's denn?«, wollte Sieglinde wissen. »Hattet ihr gutes Wetter?«

»Über Köln war's holprig«, rief Corry über den Motorenlärm hinweg. »Böiger Wind und dicke Regenwolken. Aber als wir dann im Sinkflug waren, riss die graue Decke auf, und wir sind im strahlenden Sonnenschein gelandet.«

»Ein gutes Omen«, warf Margot ein. »Da waren wir uns alle einig.«

»Und wie ist er so, der Bundeskanzler?«, fragte Sieglinde.

Gitta sah Margot mit großen Augen von der Seite an. »Hast koa Angst net g'habt? Alloa beim Russ'n?«

Abwechselnd erzählten Margot und Corry stichwortartig von Adenauer und Moskau und vom Empfang heute Mittag in Köln, als Tausende von Menschen auf dem Rollfeld dem Bundeskanzler zugewinkt und Beifall geklatscht hatten. Corry hatte Tränen in den Augen, als sie die alte verhärmte Frau erwähnte, die noch während der ersten Sätze Adenauers nach seinen Händen gegriffen und sie an ihren Mund gedrückt hatte. All die Mütter und Ehefrauen wie sie, hatte sie geschluchzt, könnten jetzt endlich wieder Hoffnung schöpfen. Hemdsärmeliger, wenn auch nicht mit weniger Gefühl, hatten die Flughafenarbeiter reagiert und den Bundeskanzler mit einem lautstarken »Danke, Konny!« begrüßt.

»Glück ab!«, wünschten Margot und Corry ihren Kolleginnen, bevor diese mit ihren Köfferchen in Richtung der bereitstehenden Convair hasteten.

Hinter der Glastür wartete Fräulein Buschheuer, die Arme verschränkt und in kerzengerader Haltung. »Kommen Sie bitte mit, Fräulein Frei!«

Im selben Raum, in dem Margot vor zwei Wochen mit Horst Schlippchen gesessen hatte, bot Fräulein Buschheuer ihr weder einen Kaffee an, noch fragte sie, wie ihr Flug gewesen war. Stattdessen setzte sie sich ohne große Vorrede an den Schreibtisch und nahm ein Blatt Papier zur Hand.

»Wie kommen Sie dazu«, begann die Chefstewardess, »ohne Rücksprache einen Karton Champagner für den Bundeskanzlerflug zu ordern?«

Margot blinzelte. »Für solche Extras habe ich doch eine Vollmacht. Ich besorge ja neuerdings auch immer Shrimps und Avocados in New York für den Krabbencocktail auf dem Rückflug. Und ich rechne jedes Mal gewissenhaft ab.«

»Aber Krug Cuvée, Fräulein Frei! Haben Sie gesehen, was der kostet?«

»Es war doch für den Herrn Bundeskanzler, Fräulein Buschheuer.« Wie ein gescholtenes Schulmädchen kam Margot sich vor.

»Und was haben Sie mit dem Rest des Kartons gemacht?«

Margot runzelte irritiert die Stirn. »Hacki … Herr Schwertfeger bringt ihn in den Lagerraum. Dann haben wir schon welchen vorrätig, wenn der Herr Bundeskanzler wieder einmal mit uns fliegt.«

Fräulein Buschheuer legte das Rechnungsformular zur Seite und zündete sich eine Zigarette an. »Unter normalen Umständen könnte ich über eine solche Eigenmächtigkeit hinwegsehen, Fräulein Frei, oder Sie sogar für Ihren Einsatz loben. Aber dafür haben Sie mich zu sehr enttäuscht. Maßlos enttäuscht.«

Margot schluckte. Die gefälschten Zeugnisse fielen ihr ein, und dass Horst Schlippchen bisher der Einzige war, der davon wusste.

»Zeigen Sie mir Ihre Handtasche«, forderte die Chefstewardess sie auf.

»Verzeihung?«

»Ich will einen Blick in Ihre Handtasche werfen, Fräulein Frei.«

»Entschuldigung, Fräulein Buschheuer. Aber das ist meine Privatangelegenheit.«

Was streng genommen nicht stimmte. Vorgesetzte und Mitglieder der Crew waren befugt, Einsicht in das Gepäck zu verlangen, wenn der Verdacht bestand, dass jemand vom Bordpersonal Lebensmittel oder andere Dinge aus dem Flugzeug zu schmuggeln versuchte. Margot lag die spitze Erwiderung auf der Zunge, dass sie an Bord zwar ein paar Löffel Ochsenschwanzsuppe abgezweigt hatte, diese aber leider unterwegs verdunstet seien.

Die ungeduldige Geste der Chefstewardess erlaubte jedoch keinen Widerspruch, und trotzig leerte Margot ihre Handtasche auf dem Schreibtisch aus.

Zwischen Reisepass, Hausschlüssel, Geldbeutel, Lippenstift und Puderdose fischte Fräulein Buschheuer zielstrebig eine kleine himmelblaue Schachtel heraus. Dieselbe Schachtel Blausiegel Luxusklasse, die Margot zwei Wochen zuvor unter Sonjas entsetztem Blick so nonchalant in die Tasche geworfen und dann einfach dringelassen hatte.

»Also doch«, zischte Fräulein Buschheuer und stieß den Rauch durch Mund und Nase aus, wie ein wutschnaubender Drache sah sie aus. »Ich brauche wohl nicht zu fragen, wofür Sie die benötigen, nicht wahr?«

Margot schoss das Blut ins Gesicht.

»Sie sind gesehen worden«, erklärte die Chefstewardess, »wie Sie sich einem Kollegen in eindeutiger Absicht an den Hals geworfen haben.«

Fieberhaft überlegte Margot, wo sie und Claus beobachtet worden waren, sie waren doch immer vorsichtig gewesen.

»Im Flughafenrestaurant, Fräulein Frei! Haben Sie denn gar kein Schamgefühl? Und dann sind Sie auch noch vor aller Augen in seinen Wagen gestiegen.«

Margot musste sich ein Lachen verkneifen.

»Haben Sie etwas zu Ihrer Verteidigung zu sagen, Fräulein Frei?«

Horst Schlippchen ist schwul, Fräulein Buschheuer, lag es Margot auf der Zunge. *Vermutlich würde er mich nicht einmal mit der Kneifzange anfassen, wenn ich mich nackig vor ihn hinstelle.*

Früher wäre sie ohne Zögern damit herausgeplatzt. Aber heute nicht mehr, nicht nach den Monaten, die sie als Stewardess kreuz und quer durch Europa geflogen war, um die halbe Welt nach New York und bis Moskau. Sie hatte die eindringlichen Worte Fräulein Buschheuers noch genau im Ohr: *Diskretion ist das A und O in unserem Beruf.*

Homosexualität war strafbar. Konnte sie Horst, der ihr so offenherzig sein Geheimnis anvertraut hatte, wirklich guten Gewissens anschwärzen, um selbst den Kopf aus der Schlinge zu ziehen? Ausnahmsweise dachte Margot nach, bevor sie den Mund aufmachte, und blieb schließlich stumm.

Mit angewiderter Miene warf Fräulein Buschheuer die blaue Schachtel auf den Tisch. »Unsere Mädchen müssen sauber sein. Können Sie sich auch nur ansatzweise vorstellen, was es für unsere Fluggesellschaft bedeutet, wenn sich herumspricht, dass unsere Stewardessen leicht zu haben sind? Ausgerechnet jetzt, da British

Airways, Air France und Pan Am die Preise senken? Glauben Sie, der Bundeskanzler fliegt dann noch einmal mit uns?«

Margot schluckte.

»Am meisten schmerzt mich«, fuhr Fräulein Buschheuer fort, »dass ich mich derart in Ihnen täuschen konnte, Fräulein Frei. Ich habe von Anfang an große Stücke auf Sie gehalten, Sie waren eins meiner Vorzeigemädchen. Und jetzt so was.«

Seufzend griff sie nach ein paar Unterlagen.

»Wir planen einen Kurzfilm, um weiteren Nachwuchs für das Bordpersonal anzuwerben und zu zeigen, wie großartig es ist, mit der Lufthansa zu fliegen. *Glück ab, kleines Fräulein* soll er heißen. Eine nette kleine Geschichte um ein Mädchen, das unsere Anzeige in der *Constanze* sieht und sich bewirbt. Wir spielen Auswahlverfahren und Ausbildung nach, und ein Filmteam begleitet die betreffende Stewardess dann im Alltag. Zu Weihnachten soll er in die Lichtspielhäuser kommen. Ich habe sofort an Sie gedacht, Fräulein Frei, und mein Vorschlag ist sowohl in der Direktion als auch bei den Filmproduzenten auf viel Wohlwollen gestoßen. Wie stehe ich denn jetzt da? Was soll ich denen nun sagen?« Mit einem tiefen Atemzug drückte sie die Zigarette aus und verschränkte die Arme auf der Tischplatte. »Ich muss Sie leider bis auf Weiteres vom Dienst suspendieren, Fräulein Frei.«

Die Chefstewardess streckte ihr die Hand entgegen, und Margot hob fragend die Brauen. Erst als Fräulein Buschheuer mit dem Kinn ruckte, begriff sie und löste die Anstecknadel vom Revers.

Wie betäubt stand Margot auf, packte ihre Siebensachen zurück in die Handtasche und nahm ihren Koffer.

»Tschüs«, wisperte sie.

Als keine Antwort kam, zog sie die Tür hinter sich zu.

42

Man müsste nochmal zwanzig sein

Statt über den Broadway zu spazieren, lag Margot an diesem Sonntag in einer schmalen Hose und Pullover auf dem Sofa und beobachtete die Regentropfen, die außen an der Fensterscheibe herunterliefen.

Der Wollstoff, der mit Schnittmusterteilen bestückt auf dem Küchentisch lag, gab unter Irmgard Freis Schneiderschere ein sattes Ratschen von sich. Farben und Größe nach zu urteilen, sollte es ein Kleid für Margot werden. Vor einer Woche noch hätte sie sich den Kopf zerbrochen, wie sie ihrer Mutter schonend beibringen konnte, dass sie nichts Selbstgenähtes aus der *Burda* mehr wollte. Künftig konnte sie jedoch um jede Mark froh sein, die sie nicht auszugeben brauchte.

Ihre Mutter hielt inne. »Aber du musst doch etwas angestellt haben! Warst du etwa frech zu unserem Bundeskanzler?«

Unwillkürlich zuckte es um Margots Mund. »Nein, Mutti.«

»Hast du dir sonst irgendwas zuschulden kommen lassen? Sei ehrlich, Margot.«

»Natürlich nicht, Mutti. Das ist alles nur ein blödes Missverständnis.«

Ratsch, ratsch, ratsch.

»Und warum klärst du es nicht auf?«

»Wenn ich das tue, haue ich jemanden anders in die Pfanne.«

Mutter und Tochter wechselten einen langen Blick. Ein wehes Lächeln zeichnete sich auf Irmgard Freis Gesicht ab, und sie nickte; das verstand sie.

Ratsch.

»Suspendiert«, schnaubte sie dann. »Wenn sie dir wenigstens gleich gekündigt hätten! Dann wüsstest du jetzt, woran du bist.«

»Ich weiß«, seufzte Margot.

Draußen näherte sich ein Fahrzeug mit ratterndem Motor und hielt vor dem Behelfsheim.

Irmgard Frei warf einen Blick aus dem Fenster. »Erwartest du Besuch?«

»Nicht dass ich wüsste«, erwiderte Margot.

Almuth und Thea waren übers Wochenende in New York, vermutlich wussten sie noch gar nicht, was passiert war, es sei denn, der Flurfunk der Lufthansa reichte bis über den großen Teich. Und die ganzen drei Tage seit dem unglückseligen Mittwochabend hatte Margot noch nicht den Mut aufgebracht, den Zettel mit Claus' Telefonnummer aus dem Geldbeutel zu holen und sich einen Fernsprecher zu suchen.

Die Türklingel schrillte trotzdem.

Margot wandte den Kopf, als ihre Mutter die Tür öffnete und einen Herrn in Bundfaltenhose und Pullover in die Wohnküche führte. Horst Schlippchen.

»Na, Sie haben mir gerade noch gefehlt«, entfuhr es Margot.

Die verlegen gezischte Ermahnung ihrer Mutter ignorierte sie einfach.

»Das denke ich mir«, erwiderte Horst. »Aber waren wir nicht schon beim Du?«

»Entschuldigen Sie vielmals«, warf Irmgard Frei mit einem

Auflachen ein und legte die Schere ab, die sie immer noch in der Hand gehalten hatte. »Können wir Ihnen etwas anbieten? Einen Kaffee vielleicht?«

Margot runzelte die Stirn. »Regnet es noch?«

Als Horst verneinte, schwang sie sich vom Sofa und schlüpfte in Schuhe und Mantel.

Die Arme um sich geschlungen, stapfte Margot mit gesenktem Kopf neben Horst her, unaufhörlich spürte sie seinen Blick auf sich.

»Es tut mir leid«, brachte er schließlich hervor. »Wenn ich das gewusst hätte … Ich hatte die Verantwortung für dich. Als der Ältere und als dein Vorgesetzter. Ich hätte mich nicht zu irgendwelchen Vertraulichkeiten hinreißen lassen dürfen.« Er gab einen Laut von sich, der halb wie ein Schnauben, halb wie ein Auflachen klang. »Offenbar ist man selbst als schwuler Mann nicht vor deinem Charme gefeit.«

Margot war nicht nach Scherzen zumute. »Kannst du es Fräulein Buschheuer nicht sagen?«, fragte sie stattdessen. »Dass da nichts war? Und auch, warum nicht?«

»Sie weiß es.« Horst seufzte.

»Wie bitte?«, rief Margot ungläubig.

»Uschi weiß es«, bekräftigte er. »Sie hat es die ganze Zeit gewusst.«

»Und warum bin ich dann suspendiert?«

Horst verzog das Gesicht. »Weil es nicht darum geht, was Uschi denkt, sondern darum, was alle anderen denken. Das hat sich wie ein Lauffeuer verbreitet, dass Margot Frei ihrem Vorgesetzten erst schöne Augen gemacht und ihn dann ins Bett gelockt hat.«

»Aber es stimmt einfach nicht!« Margot war so wütend, dass sie sich den Tränen nahe fühlte.

»Ich weiß das, du weißt das, und Uschi weiß es auch. Allerdings zögert sie noch, zur Direktion zu gehen, weil sie genau weiß, was das für mich bedeuten würde.«

»Wieso? Die können doch froh sein, wenn sie genau wissen, dass du schon rein naturgemäß die Finger von den jungen Damen lässt.« Margot gruselte es selbst, als sie bemerkte, dass sie wie Hans auf der Entlassfeier klang.

Horst lächelte nachsichtig. »Ich bilde aber auch junge Männer aus, Margot.«

Sie blieben stehen. Vor ihnen breitete sich Billstedt in seiner ganzen Nachkriegshässlichkeit aus.

»Und was machen wir jetzt?«, flüsterte Margot.

»Lass mir noch ein paar Tage Zeit«, bat Horst. »Ich bin gerade dabei, meine Fühler nach etwas anderem auszustrecken. Ich kenne einige Leute in der Gastronomie.«

Margot musterte ihn verstohlen, in den letzten Monaten war er zunehmend ergraut.

»Ich will dir nicht zu nahe treten«, sagte sie dann behutsam. »Aber es wird nicht so einfach sein, in deinem Alter noch etwas Annehmbares zu finden, oder?«

Um seinen Mund zuckte es. »Vermutlich nicht, nein.«

Margot nickte. »Hast du eigentlich jemanden?«, fragte sie spontan.

Ein Leuchten glitt über Horsts Gesicht. »Seit Kurzem. Henning heißt er. Ein Jurist. Ausgerechnet.«

Margot erwiderte sein Lächeln.

Eine Weile schwiegen sie, beide in ihre eigenen Gedanken versunken, beide eine ungewisse Zukunft vor Augen, so kam es Margot vor. Einundzwanzig Jahre alt war sie jetzt, etwa halb so alt wie Horst, aber schon lange alt genug, um ihre eigenen Entscheidungen zu treffen.

»Lass es, Horst«, sagte sie bestimmt. »Sag niemandem etwas davon. Mach einfach weiter wie bisher.«

Verblüfft sah er sie an. »Bist du sicher?«

Margot nickte. »Irgendwie geht es immer weiter.«

Der Abspann flimmerte über die Leinwand, und im Kinosaal gingen die ersten Lichter an. Hastig wischte Margot sich über die Augen. Es waren keine Lachtränen, dabei war *Das verflixte 7. Jahr* wirklich zum Schreien komisch. Aber sie hatte ständig daran denken müssen, wie Almuth, Thea und sie durch New York spaziert waren. Genau wie Marilyn Monroe hatten sie in einer Seitengasse auf den Lüftungsschächten gestanden, vor Vergnügen gequiekt und sich dann vor Lachen gebogen. Genau wie im Film hatte Margot die Stadt erlebt und in sich aufgesaugt, und sie vermisste es so sehr, dass es wehtat.

Seit vier Wochen hingen ihre maßgeschneiderten Stewardessenuniformen nun schon ungenutzt in Fuhlsbüttel im Schrank, seit vier Wochen ließ die Lufthansa sie zappeln, ungekündigt, aber ohne Gehalt. Eine Weile würde sie noch mit ihrem Ersparten zurechtkommen, aber allerspätestens an Weihnachten würde auch das aufgebraucht sein. Ohne ein Zeugnis der Lufthansa brauchte sie sich genauso wenig irgendwo zu bewerben wie mit einer einjährigen Lücke im Lebenslauf, wenn sie ihre Zeit dort verschwieg. Fast jeden Tag überlegte sie, ob es nicht klüger wäre, selbst die Kündigung einzureichen.

Seufzend griff Margot nach ihrem Mantel und verließ den Kinosaal. Im Vorschaukasten hingen schon die Plakate für das Weihnachtsprogramm, dabei war es erst Mitte Oktober. Eine unfassbar schöne Romy Schneider als *Sissi*, mit Diamantsternen im Haar und einem Kleid wie eine Butterkremtorte, strahlte mit Lieselotte Pulver um die Wette, die naiv und niedlich mit bunter Blütenkrone für *Ich denke oft an Piroschka* warb.

Wer über die Feiertage für einen dieser Filme ins Kintopp ging, bekam vorneweg bestimmt den Kurzfilm der Lufthansa zu sehen. Sieglinde hatte die Rolle des *kleinen Fräuleins* im großen Flugzeug bekommen, das hatten Almuth und Thea erzählt. Und auf der New-York-Linie hatte Sonja Margots Platz eingenommen. Ein Schelm, wer dabei etwas Böses oder Hinterlistiges vermutete.

Natürlich hatten Almuth und Thea mitbekommen, dass Margot suspendiert war, noch bevor sie ihnen davon erzählen konnte. Dass sie sich Herrn Schlippchen an den Hals geworfen haben könnte, fanden beide derart absurd, dass sie gemeinsam zu Fräulein Buschheuer marschiert waren, um ein gutes Wort für ihre Freundin einzulegen. Leider vergebens.

An ihren freien Tagen kamen Almuth und Thea oft im Behelfsheim vorbei und brachten Kuchen mit, oder sie gingen zusammen ins Kintopp, irgendwo tanzen oder eine Kleinigkeit essen. Margot fragte sich, ob das so bleiben würde, wenn sie erst einmal irgendwo als Verkäuferin arbeitete, kellnerte oder im Büro saß, mit anderen Arbeitszeiten und einem engeren Horizont, während ihre Freundinnen die Welt eroberten und dazu noch gut verdienten.

Die Hände in den Manteltaschen, schlenderte Margot durch den Einkaufstrubel auf der Mönckebergstraße; bimmelnd fuhr die Straßenbahn vorbei. Ein Flugzeug zog über den Himmel, und Margots Brust krampfte sich zusammen. Das Fliegen vermisste sie am meisten. Den Rausch der Geschwindigkeit, den schwerelosen Moment des Abhebens und das freie Gleiten hoch oben in der Luft. Dieses überwältigende, beflügelnde Gefühl von Freiheit.

Vor etwas mehr als einem Jahr hatte sie die Anzeige in der *Constanze* entdeckt. Ein Traum, der Wirklichkeit geworden und viel zu schnell ausgeträumt gewesen war. Mit Vollgas war sie durch dieses eine Jahr gebraust und in einem unbedachten Augenblick von der Straße abgekommen wie James Dean. Vom Himmel gestürzt wie Ikarus.

Unschlüssig blieb Margot vor einem gelben Fernsprechhäuschen stehen und gab sich schließlich einen Ruck. Während sie den Zettel mit Claus' Telefonnummer aus dem Geldbeutel zog und nach Münzen kramte, fiel ihr Blick auf die Zeitung, die jemand auf dem Telefonbuch hatte liegen lassen.

Die Heimkehr der Zehntausend lautete die Schlagzeile.

Eine Rückholaktion von biblischem Ausmaß hatte begonnen. Vergangene Woche waren die ersten Kriegsgefangenen in Friedland eingetroffen, nur ein paar Zugstunden von hier entfernt, und jeden Tag kamen weitere nach. Die Russen schickten so viele über die Grenze, dass das Auffanglager bereits überfüllt war. Unaufhörlich rollten Züge ins ganze Bundesgebiet hinaus, um die Heimkehrer nach Hause zu bringen, auch in Hamburg waren schon die ersten eingetroffen. Viele Totgeglaubte und Verschollene waren darunter, Männer und Frauen, mit denen niemand mehr gerechnet hatte, und schon jetzt zeichnete sich ab, dass es wohl nicht bei zehntausend bleiben würde. Das Budget des Roten Kreuzes sollte in den kommenden drei Jahren um fünf Millionen Mark aufgestockt werden, um den Suchdienst weiter auszubauen. Das *Hamburger Abendblatt* druckte täglich Listen mit den Neuankömmlingen im Lager, die Margots Mutter eifrig studierte, aber ein Walter Frei war noch nicht dabei gewesen.

Margot wählte Claus' Nummer, obwohl sie nicht wusste, was sie sagen sollte, sie hatte nichts zu erzählen. Sie wusste nicht einmal, ob er gerade in der Luft war und auf welchen Linien er zurzeit flog.

Das Telefon klingelte ins Leere.

Margot runzelte die Stirn, als sie auf das Behelfsheim zuging; jemand hatte etwas vor die Tür gelegt. Ein Lächeln glitt über ihr Gesicht, als sie das Biedermeiersträußchen aufhob, ein ganz ähnliches wie dasjenige, das Klaus Geier im Frühling auf dem Dom für sie geschossen hatte. Ein zusammengefalteter Zettel steckte zwischen den mit Stanniol umwickelten Blüten. *Kopf hoch!*

Ihr Lächeln vertiefte sich, und sie nickte. Was sie in diesem einen Jahr alles erlebt und gelernt hatte, das konnte ihr niemand mehr nehmen. Bestimmt ließ sich noch etwas damit anfangen, sie war ja ein Stehaufmädchen.

Sie öffnete die Tür zur Wohnküche, und das Surren der Nähmaschine im Nebenzimmer verstummte.

»Margot!« In Puschen hastete ihre Mutter herüber und wischte sich in einer nervösen Geste über die Kittelschürze. »Du hast Post. Von der Lufthansa!«

Beide starrten sie den Umschlag auf dem Küchentisch an. Margot kaute unschlüssig auf der Unterlippe, bevor sie danach griff. Es war nur ein Blatt Papier darin, das konnte sie fühlen.

Besser ein Ende mit Schrecken, ging es ihr durch den Kopf, und sie riss das Kuvert auf.

»Ist das deine Kündigung?«, fragte ihre Mutter bang.

Margot las das Schreiben erst ein Mal, dann ein zweites Mal, bevor sie den Kopf schüttelte.

»Noch nicht. Die bestellen mich für Montagfrüh ein. Zu einer Aussprache mit der Chefstewardess.«

43

What a Diff'rence a Day Makes

Mit hochgezogener Braue musterte Fräulein Buschheuer Margots Zigarettenhose und den Strickpullover. Margot zog ebenfalls eine Braue hoch, als sie vor dem Schreibtisch Platz nahm. Ihre Mutter hatte zwar versucht, sie zu etwas Schickerem zu überreden, aber Margots Meinung nach war das nicht der Mühe wert gewesen, sie hatte sich nicht einmal geschminkt. Schließlich war sie suspendiert. Zu Unrecht.

»Kaffee, Fräulein Frei?«

»Danke, nein.«

Lächelnd setzte sich Fräulein Buschheuer ihr gegenüber. »Ich habe Sie hergebeten, weil uns ein Schreiben aus dem Bundeskanzleramt erreicht hat.«

»Wie geht es dem Herrn Bundeskanzler?«, fragte Margot beklommen.

In der vergangenen Woche war bekannt geworden, dass Adenauer an einer Lungenentzündung erkrankt war und zu Hause in Rhöndorf bei Bonn mit hohem Fieber das Bett hüten musste.

»Ich weiß auch nur das, was in den Zeitungen steht«, antwortete die Chefstewardess. »Anscheinend befindet er sich aber auf dem Weg der Besserung und liest schon wieder stapelweise Zeitungen und Kriminalromane.« Prüfend sah sie Margot über den Rand ihrer Kaffeetasse an. »Sie haben offenbar einen tiefen Eindruck hinterlassen. In besagtem Schreiben werden Sie namentlich erwähnt.«

Margot nahm das maschinengeschriebene Blatt entgegen, das Fräulein Buschheuer ihr reichte. Es war an die *sehr geehrten Damen und Herren der Lufthansa* gerichtet – mit Ausrufezeichen – und mit der steilen Unterschrift Adenauers versehen. Der Bundeskanzler bedankte sich darin für die angenehme Reise und das vorzügliche Essen an Bord.

Margots Blick blieb an einer Zeile mit ihrem eigenen Namen hängen: *Ein besonderer Dank gilt Frl. Frei, die sehr aufmerksam und zuvorkommend war. Die beste denkbare Begleitung für eine solche Reise und ein Vorbild für die junge Generation.*

Margot grinste in sich hinein. »Darf ich das behalten?«, fragte sie und blickte auf.

»Auf keinen Fall«, erwiderte Fräulein Buschheuer bestimmt. »Das kommt zu den Akten.«

Widerstrebend gab Margot das Schreiben zurück. Ein kleines Teufelchen sprang auf ihre Schulter. »Zitieren Sie bitte daraus, wenn Sie mein Zeugnis ausstellen«, sagte sie.

Fräulein Buschheuer nippte an ihrer Tasse. »Welches Zeugnis, Fräulein Frei? Sie glauben doch nicht, dass wir eine Stewardess wie Sie einfach so gehen lassen. Die Direktion würde mir gehörig den Marsch blasen.« Sie holte ein bedrucktes Blatt hervor, das sie zusammen mit einer Lufthansa-Nadel über den Tisch schob.

Margot starrte auf den Dienstplan, der ihren Namen trug, gültig ab morgen. Zwei Tage *Stand-by*, zwei Tage Paris, einen Tag frei und dann wieder New York.

»Willkommen zurück an Bord, Fräulein Frei«, hörte sie die Chefstewardess leise sagen.

Margots Widerspruchsgeist regte sich. »Und mein angeblich so lockerer Lebenswandel?«

Fräulein Buschheuer seufzte. »Missverständnisse können allzu leicht passieren. Aber zum Glück lassen sich die meisten ebenso schnell wieder ausräumen.«

In Margot begann es zu brodeln. »Einfach so, ja?«, gab sie patzig zurück und schnippte mit den Fingern. »Ein paar nette Zeilen vom Bundeskanzler, und alles ist vergeben und vergessen?«

»Vorsicht, Fräulein Frei!« Der Blick der Chefstewardess war eisig. »Sie haben unverschämt großes Glück gehabt. Sollten Sie sich wieder einmal in Schwierigkeiten bringen, können Sie sich nicht darauf verlassen, dass irgendeine hochgestellte Persönlichkeit Sie zufällig rauspaukt.«

Margot rieb sich an den scharfen Worten. An einem Gefühl von Ungerechtigkeit und klebriger Doppelmoral. Wenigstens eine Entschuldigung hätte sie gern gehört. Am liebsten hätte sie Dienstplan und Anstecknadel einfach liegen lassen und wäre gegangen.

Eine gute Stewardess müsse demütig sein, hatte Horst an jenem verhängnisvollen Tag im Flughafenrestaurant zu ihr gesagt. Margot kaute einige Augenblicke lang schwer an diesem Gedanken herum, dann schluckte sie ihren Stolz hinunter und griff zu Dienstplan und Anstecknadel.

»Herr Schlippchen ist aber nach wie vor im Dienst, oder?«, erkundigte sie sich.

Fräulein Buschheuers Augenaufschlag hinter der Tasse war voller Unschuld. »Selbstverständlich. Warum auch nicht?«

Um Margots Mund zuckte es, und auch Fräulein Buschheuer lächelte.

»Ich mache diese Regeln nicht, Fräulein Frei«, erklärte sie

leise. »Ich bin daran genauso gebunden wie Sie. Sie können nur versuchen, sich möglichst geschickt dazwischen hindurchzulavieren. Oder Sie sind eben raus.« Ihr Blick bekam etwas Listiges, fast Vorwitziges, als sie sich ein Stück vorbeugte. »Aber Sie sind ja ein kluges Mädchen, nicht wahr?«

Margot dachte an ihre gefälschten Zeugnisse und musste schlucken. Dann nickte sie.

In den Augen der Chefstewardess schimmerte es warm auf. »Glück ab, Fräulein Frei!«

Ihre Uniform in einer Plastikhülle hinter sich auf dem Gepäckträger, radelte Margot über das Flughafengelände. Hier draußen war der Wind schneidend, die Blätter an den Bäumen hatten sich schon verfärbt, bald würden auch die Flughafenschafe in ihren Stall zurückkehren.

Margot war tief in Gedanken versunken. Die erhoffte Euphorie wollte sich nicht einstellen, dafür schmeckte dieser Triumph zu schal.

Hinter ihr brüllte es dröhnend auf, und sie warf einen Blick zurück. Eine große Maschine stieg von der Startbahn auf und flog direkt über ihr in den grauen Oktoberhimmel hinein. Unwillkürlich trat sie kräftiger in die Pedale, schneller und schneller, als könnte sie das Flugzeug einholen und mit ihm abheben.

»Bremsklötze weg!«, schrie sie, und ein jähes Glücksgefühl schäumte durch ihre Adern.

Jauchzend jagte sie in Richtung Billstedt. An einer abschüssigen Stelle löste sie die Hände vom Lenker, breitete die Arme aus und legte den Kopf in den Nacken.

Sie würde wieder fliegen!

In voller Fahrt holperte Margot über den steinigen Grund der Barackensiedlung und bremste vor dem Behelfsheim scharf ab. Mit betroffenen Mienen steckten Frau Susemihl und zwei weitere Nachbarinnen die Köpfe zusammen, Feudel, Handfeger und Teppichklopfer noch in der Hand.

»… nicht mal Zeit gelassen, ein Telegramm nach Hause zu schreiben«, hörte Margot Frau Susemihl tuscheln. »Keine Nachricht, nichts. Einfach in den Frühzug gesetzt wie aufgegebenes Gepäck.«

»Moin, die Damen!«, rief Margot gut gelaunt.

Drei Augenpaare folgten ihr, als sie das Fahrrad in den engen Vorraum wuchtete.

Sorgsam hievte Margot das Rad über die Schwelle zur Wohnküche, damit die Uniform auf dem Gepäckträger nirgends hängen blieb und womöglich Schaden nahm. Verblüfft sah sie ihre Mutter an, die mit geröteten Wangen am Herd stand; ein seltsam muffiger Geruch hing im Raum.

»Wieso bist du zu Hause und nicht auf der Arbeit?«, fragte Margot.

Irmgard Frei machte gerade Tee – oder versuchte es zumindest. Ihre Hände zitterten.

Margots Blick wanderte zum Esstisch, wo ein fremder Mann saß. Das karierte Hemd und der einfache Anzug waren an Armen und Beinen zu kurz, und trotzdem schlackerte der Stoff um den hageren Körper. Das eisgraue Haar war überkorrekt gescheitelt, das Gesicht eingefallen und zerfurcht. Die Augen waren tief in die Höhlen gesunken, wie tot wirkten sie.

Ungläubig musterte der Fremde Margot, dann stemmte er sich unsicher in die Höhe.

»Margotchen?«, raspelte er aus enger Kehle.

Aus Leibeskräften strampelte Margot sich auf dem Fahrrad ab, bis ihre Oberschenkelmuskeln brannten. Bei Rot bretterte sie über Kreuzungen und fegte scharf um Straßenecken; der Aufruhr, der in ihr tobte, ließ ihr keine andere Wahl.

In halsbrecherischem Tempo raste sie über den Fußweg zwischen den Grünflächen am Grindelberg, wo die Blätter der jungen Bäume schon in Herbstfarben leuchteten. Ein Kind sammelte gerade noch rechtzeitig seinen Ball auf, bevor Margot vorbeizischte. Die ersten Regentropfen mischten sich mit ihren Tränen.

Mit einer Vollbremsung hielt sie vor einem der riesigen Wabenhäuser, erst im dritten Anlauf bekam sie den Ständer heruntergeklappt. Mit einem Stoßgebet zum Himmel drückte sie den Klingelknopf bis zum Anschlag durch.

Die Männerstimme aus der Sprechanlage klang verzerrt.

»Ich bin's, Margot!«, rief sie.

Erst nach einigen Sekunden ertönte der Summer.

Auf feuchten Schuhsohlen schlitterte sie durch die Halle und sprang in den Aufzug, der viel zu langsam anfuhr. Oben angekommen, stieß sie die Tür auf und rannte den Korridor entlang.

In Jeans und Unterhemd stand Klaus Geier im Türspalt.

»Ist Claus da?«, wollte Margot wissen.

Der andere Klaus schüttelte den Kopf.

»Weißt du, wann er wiederkommt?«

Erneutes Kopfschütteln, und ihr sank der Mut. So etwas wie Schuldbewusstsein zeichnete sich auf Klaus' kräftigem Gesicht ab, und Margot begriff.

»Er ist bei einer anderen, oder?«, fragte sie heiser.

Klaus' Schweigen war Antwort genug.

Es tat nicht einmal weh. Sie hatte es wohl schon geahnt, weil Claus eben Claus war und die erste Liebe meistens doch nicht hielt. Aber alles andere tat weh, so sehr, dass Margot für einen Moment die Luft wegblieb.

»Mein Vater ist aus Russland zurück«, brachte sie hervor. »Aus der Gefangenschaft.«

Klaus öffnete die Tür für sie.

Zusammengekauert saß Margot auf dem Sofa und wischte sich mit dem Pulloverärmel die Tränen aus dem Gesicht. Ihr Hals fühlte sich rau an, nachdem alles aus ihr herausgesprudelt war, was sich an diesem Vormittag auf ihre Seele gelegt hatte. Der Kaffee war in der Tasse kalt geworden, aber der Hochprozentige, den Klaus irgendwann aus dem Barwägelchen geholt hatte, hatte wenigstens ein bisschen geholfen.

»Ich müsste doch überglücklich sein«, wisperte Margot. »Aber ich bin es nicht. Und ich schäme mich in Grund und Boden dafür.«

Vom Sessel gegenüber sah Klaus sie durch den Zigarettenrauch an. »Was hast du erwartet?«

Margot hob die Schultern. »Dass ich irgendwas an ihm wiedererkenne. Irgendwas, das mir vertraut ist. Eine Erinnerung an früher. Aber da ist nichts.«

Klaus zog an seiner Zigarette und stieß den Rauch aus. »Vergiss es. Der Mann, der da bei euch in der Küche sitzt, ist ein Fremder. Der Vater, den du in Erinnerung hast, der kommt nicht wieder. Der ist ein für alle Mal gestorben. Damit musst du klarkommen.«

Margot blieb der Mund offen stehen. »Wie kannst du so was sagen?«

Klaus verzog das Gesicht. »Weil es die Wahrheit ist. Die Ostfront hat Männer wie deinen Vater durch den Fleischwolf gedreht, und dann waren sie zehn endlose Jahre lang lebendig begraben in einem Lager. Da kommt keiner als der zurück, der er mal war.«

Margot kippte einen Schluck der scharfen Flüssigkeit. »Du musst es ja wissen«, ätzte sie.

Auch Klaus trank einen Schluck, der bitter zu schmecken schien.

»Ja, weiß ich«, stieß er hervor, seine Miene steinern.

Eine Weile starrte er blicklos vor sich hin, dann drückte er fast gewalttätig die Zigarette im Aschenbecher aus.

»Dann bist du eben vollkommen durcheinander, na und? Kannst du es nicht ein einziges Mal aushalten, nicht sofort eine Antwort parat zu haben? Ist es für dich wirklich so schlimm, wenn du die Dinge ausnahmsweise nicht im Griff hast? Wenn es nicht so läuft, wie du es dir vorstellst?«

Seine Worte waren wie eine eiskalte Dusche, schmerzhaft und ernüchternd.

»Entschuldige, dass ich dich gestört habe«, sagte Margot leise und griff zu ihrer Jacke. »Danke, dass du mir trotzdem zugehört hast.«

Seine Stimme, die ihren Namen rief, schüttelte sie von sich ab, während sie aus der Wohnung ging und sich vom Aufzug wieder auf den Boden bringen ließ. Noch nie hatte sie sich so allein gefühlt. So verloren.

Erst als sie im Regen das Fahrrad den Fußweg entlangschob, holte Klaus' Stimme sie wieder ein, und sie blieb stehen. Sie wehrte sich nicht, als er ihr das Rad abnahm und zur Seite stellte, und auch nicht, als er sie in seine Arme zog.

Das war das Beste an diesem seltsamen Tag, das Beste seit Langem: an Klaus' breiter Brust zu liegen und ihren Tränen freien Lauf zu lassen. Er hielt sie einfach nur fest und streichelte über ihr nasses Haar wie ein tröstliches Versprechen.

Schniefend hob Margot den Kopf. Sein sonst so hartes Gesicht wirkte weich. Und dann küsste Klaus sie, küsste sie im strömenden Regen, als gäbe es kein Morgen.

Ein Drittel Rum, ein Drittel Gin, ein Drittel Liebe

Dieser Roman ist ein Cocktail aus realen und fiktiven Zutaten. Geschüttelt, nicht gerührt.

Ausbildung und Alltag bei der Lufthansa der Nachkriegszeit entsprechen im Wesentlichen den historischen Gegebenheiten – das große Umstyling eingeschlossen. Einige Details habe ich vergleichbaren Programmen und Vorschriften der Pan Am, der Austrian Airlines und der Swissair in jenen Jahren entnommen.

Obwohl bei den Absolventen des allerersten Lehrgangs 1955 das Verhältnis von Stewards zu Stewardessen bei fast 1:1 lag, standen die Herren von Anfang an im Schatten ihrer Kolleginnen; entsprechend wenig förderte meine Recherche über sie zutage. Wie jeder gute Barkeeper habe ich bei solchen Lücken oder unklarer Faktenlage improvisiert.

Ein paarmal bin ich auch bewusst von der Rezeptur abgewichen. So habe ich aus dramaturgischen Gründen ein zweites Auswahlverfahren in Hamburg stattfinden lassen und die Ausbildung der ersten »Babypiloten« zeitlich vorverlegt und gestrafft.

Und weil jeder Cocktail mindestens eine Zitronenscheibe am Glasrand braucht, besser noch ein Sahnehäubchen mit Kirsche, haben unzählige Fundstücke aus Zeitungen und Zeitschriften der Fünfzigerjahre ebenso Eingang in diesen Roman gefunden wie Erinnerungsschnipsel von Zeitzeugen.

Ich hebe das Glas auf ...

Mariam, Thomas und Philip Montasser, die Besatzung meines Towers. Danke, Thomas, dass Du mir mit einem Follow-me-Car den Weg zur Startbahn gezeigt hast.

Lena Schäfer, die beste Co-Pilotin, die ich mir hätte wünschen können, Funkerin und Navigatorin in einer Person. Dank Dir hat diese Geschichte Flügel bekommen.

Ilse Wagner, die den Tragflächen den letzten glänzenden Schliff verliehen hat und ein Auge darauf hatte, dass nicht doch noch Sand im Getriebe steckt.

Das Team von Goldmann, das diesen Stewardessen-Flieger so gut betreut hat, wie es nur ein echter Heimatflughafen kann.

Jörg, der jederzeit aufs Neue mit mir ins Blaue hineinfliegt, selbst in den größten Turbulenzen und Luftlöchern an meiner Seite bleibt und meine Hand umso fester hält, wenn unser Flugzeug über dem Pazifik wegen Triebwerksproblemen auf halbem Weg umkehrt.

AK und Sanne, die ich immer mit an Bord weiß, wohin die Reise auch geht.

Meinen Vater und Rose, Jutta und Jupp, die ich mit unzähligen Fragen zu den Fünfzigern bestürmen durfte und die mich an ihren Erinnerungen teilhaben ließen.

E. L., die mich immer wieder sicher auf den Boden bringt.

Mein besonderer Dank gilt den Archiven des Hamburger Abendblatts und der Lufthansa, ohne die dieser Roman nicht halb so bunt und lebendig geworden wäre.

Sie wollen wissen, wie die Geschichte von
Margot Frei und ihren Kolleginnen weitergeht?
Dann können Sie sich schon jetzt auf
die Fortsetzung freuen:
»Die Stewardessen – Bis zum Horizont«
erscheint am 7. November 2022.
Eine kurze Leseprobe
finden Sie auf den folgenden Seiten.

1

Sag, wie heißt du, süße Kleine

Wie auf Schienen glitt die Super-Constellation mit dröhnenden Motoren über den Nachthimmel. Die Passagiere waren verköstigt und hatten es sich mit einem Schlummertrunk und Lesestoff gemütlich gemacht oder versuchten, in der abgedunkelten Kabine die Zeit bis zum Frühstück zu verschlafen. In der Pantry dagegen brannten noch alle Lichter.

»So habe ich mir das während der Ausbildung nicht vorgestellt«, jammerte Bärbel.

Zermatschte Kartoffeln hafteten an ihren von Fett und Bratensoße verschmierten Fingern, während sie einen aufgeweichten Klumpen aus Papierservietten gründlich auseinandernahm und dann mit angewiderter Miene in den bereitstehenden Eimer warf.

Margot lachte. »Nimm's als Lehrstunde! Noch mal passiert dir das garantiert nicht.«

Anstatt nach der Hälfte ihrer gut zwanzigstündigen Schicht zwischen New York und Hamburg selbst endlich etwas zu essen oder ein Nickerchen zu machen, knieten die beiden Stewardessen auf dem Boden der Pantry und wühlten mit hochgekrempelten Blusenärmeln im Abfall.

»Das ist so eklig!« Schaudernd ließ Bärbel eine Papiertüte mit

Erbrochenem in den Eimer fallen; über Neufundland waren die Flüge immer holprig.

»Deshalb sollst du die Tüten am oberen Ende fest zusammenfalten«, erklärte Margot.

»Da geht er hin«, spöttelte Hartmut Schwertfeger, »der strahlende Glanz der Stewardessen.«

»Vorsicht, Hacki!«, erwiderte Margot. »Sonst schnappe ich mir in einem unbeobachteten Moment den Salzstreuer und leere ihn in deine Suppe.«

Der Koch lachte und zündete sich eine Zigarette an.

Ein paar ausgetrunkene Gläser in der Hand, trat Felix Jungblut durch den Vorhang. »Was macht ihr denn da?«, fragte er verwundert.

»Mrs Miller auf Platz 10A hat ihre Zahnprothese auf dem Tablett liegen lassen«, antwortete Margot. »Sie hat es erst bemerkt, als Bärbel schon längst abgeräumt hatte.«

»Hast du beim Abtragen nicht genau hingeschaut?«, hakte Felix nach.

»Was glaubst du wohl?«, fuhr Bärbel ihn an, eine verlegene Röte auf dem mädchenhaft zarten Gesicht.

Felix grinste und nahm den gefüllten Teller entgegen, den Hacki ihm reichte. »Denn mal Prost Mahlzeit.«

Er hatte kaum den ersten Bissen im Mund, als das Greinen eines Säuglings aus der Kabine drang. Seufzend legte Felix das Besteck weg und begann stattdessen, mit Milchpulver und Schnullerflasche zu hantieren.

»Lass das lieber Ruth machen«, sagte Margot, während sie und Bärbel weiter den Müll durchforsteten. »Mrs Todd ist eine dieser furchtbar nervösen Mütter. Die traut dir das sicher nicht zu, dass du dich genauso gut um ihren Goldschatz kümmern kannst wie wir Mädels.«

»Wo bleibt da die Gleichberechtigung?«, protestierte Felix, während er das Fläschchen in heißem Wasser aufwärmte. Das semmelblonde Haar akkurat gescheitelt, sah er in seiner Uniform auch mit Mitte zwanzig noch aus wie ein Schuljunge. »Wo steckt Ruth überhaupt?«, fragte er.

Margot antwortete nicht. Zwischen Essensresten, durchnässten Servietten, Kaffeesatz und anderem Abfall hatte sie etwas Hartes ertastet.

»Ta-daa!« Triumphierend reckte sie die Dritten von Mrs Miller in die Höhe und drückte sie Bärbel in die Hand. »Jetzt aber hurtig! Schrubb sie mit einer der abgepackten Zahnbürsten gründlich ab.«

Sie warf den restlichen Müll in den Eimer und stand auf. Das Wimmern des Babys steigerte sich zu ohrenbetäubendem Heulen.

»Halt!«, pfiff Margot Bärbel zurück, die schon loslaufen wollte. »Krempel erst die Ärmel runter und zieh deine Uniformjacke wieder an. Und trag die Prothese um Himmels willen nicht in der bloßen Hand! Mach's ein bisschen diskret und nimm eine Serviette.«

Bärbel tat wie geheißen. Auf dem Weg in die Kabine stieß sie beinahe mit Ruth zusammen, die in die Pantry stürmte und ein leeres Glas auf die Arbeitsfläche knallte.

»Immer langsam mit den jungen Gäulen«, kommentierte Hacki gutmütig.

»Was ist denn mit dir los?«, fragte Margot, während sie sich Hände und Unterarme einseifte und unter dem Wasserhahn abspülte.

Ihre Kollegin Ruth, stupsnasig und mit weichen Haarwellen in der Farbe von Cognac, schäumte sichtlich vor Wut. »Der Widerling auf 5C hat mir an den Po gegrabscht«, stieß sie hervor. »Und jetzt tobt er herum, weil er unbedingt noch was zu trinken will.«

»Frollein!«, tönte es durch das Babygeschrei aus der Kabine. »He, Frollein! Wird man hier mal noch bedient?«

»Wie viel hatte er schon?«, erkundigte sich Margot und trocknete sich die Hände ab.

»Eindeutig zu viel«, schnaubte Ruth.

»Soll ich ihm Manieren beibringen?«, bot Felix an.

Just in diesem Moment betätigte jedoch jemand in seinem Bereich den Rufknopf, und mit einer entschuldigenden Geste verschwand er hinter dem Vorhang.

Margot schloss die Manschettenknöpfe ihrer Bluse und griff zur Uniformjacke. »Kümmere du dich um den kleinen Schreihals«, wies sie Ruth an. »Ich übernehme den großen.«

Sie schlüpfte ebenfalls durch den Vorhang. Mrs Todd hatte ihren schreienden Säugling aus dem Babybettchen geholt, das an die Trennwand montiert war, und schaukelte ihn auf ihrem Arm.

»*I'm so sorry*«, entschuldigte sie sich bei den benachbarten Passagieren, die bereits murrten. »*Really sorry.*« Sie war den Tränen nahe.

Margot klaubte den Schnuller vom Kabinenboden auf und reichte ihn Mrs Todd; allenfalls eine Notlösung, das wussten sie beide. Im Flüsterton kündigte sie Milchflasche und frische Windeln an, die Wundermittel gegen kleine Krakeeler. »*Miss Ruth will be with you any minute.*«

Behutsam drückte sie die Schulter der jungen Frau, die zu ihrem in der Pfalz stationierten Ehemann unterwegs war. Eine Geste, die zu verstehen geben sollte: Wir meistern das gemeinsam.

Mrs Todd nickte, und eine Spur hoffnungsvoller Erleichterung zog über ihr Gesicht, das trotz des perfekten Make-ups erschöpft wirkte.

Entschlossen setzte Margot ihren Weg durch den Mittelgang fort. Zügig, aber ohne Hast. Gerade in den Nachtstunden fürchteten die Passagiere sonst schnell, dass etwas nicht stimmte und sie in sechstausend Metern Höhe auf eine Katastrophe zusteuerten. Hinter Margot brach das Babygeschrei jäh ab; nur noch Ruths zärtliches Gurren war zu hören, und erleichtertes Aufatmen wanderte durch die Sitzreihen.

»Bedienung!«, schallte es Margot entgegen. »He, Bedienung! Was ist das für ein Saftladen hier?«

Margot verdrehte die Augen. Die Passagiere mit einem Ticket der ersten Klasse, die auf der Nordamerikalinie neuerdings unter dem Namen »De Luxe« beworben wurde, erwiesen sich auf jedem Flug als pflegeleicht. Sie genossen einfach ihre bequemen Comforette-Liegesessel und diverse Extras wie den Lufthansa-Cocktail aus Weinbrand, Wermut und Orangen-Aprikosen-Likör zur Begrüßung an Bord. Nur in der Hauptkabine glaubte immer wieder einer, sich wie ein Halbstarker auf dem Kiez aufführen zu müssen.

In Reihe fünf war ein vierschrötiger Mittfünfziger im Anzug aufgestanden. Unsicher auf den Beinen, suchte er im schwankenden Flugzeug am Kopfteil des Sitzes Halt. Ein unverkennbarer Alkoholdunst ging von ihm aus.

»Herr Wucke«, sprach Margot ihn leise, aber bestimmt an, »würden Sie sich bitte setzen?«

»Ich habe einen Haufen Geld für diesen Flug hingeblättert!«, beschwerte er sich lautstark. »Dafür kann ich ja wohl was erwarten.«

»Selbstverständlich, Herr Wucke«, entgegnete Margot. »Unter anderem, dass Sie mit heilen Knochen ankommen. Also nehmen Sie bitte wieder Platz.«

»Von Ihnen lasse ich mir rein gar nichts vorschreiben«, fuhr er sie an. »Mit meinem Ticket bezahle ich doch quasi Ihr Gehalt!«

»Mein Gehalt«, erwiderte Margot ungerührt, »bekomme ich hauptsächlich dafür, dass ich für Ihre Sicherheit sorge. Also setzen Sie sich bitte umgehend hin.«

»Haben Sie nicht gehört, was die Lady gesagt hat?«, schimpfte eine Männerstimme mit amerikanischem Einschlag hinter Margot. »Jetzt setzen Sie sich endlich und halten die Klappe, *for Christ's sake!*«

Na großartig, dachte Margot. Sobald sich andere Gäste einmischten, konnte leicht ein Tumult losbrechen. In diesem Fall musste sie laut Protokoll einen Piloten hinzuziehen – was aber nach genau demselben Protokoll unbedingt zu vermeiden war.

Mit einer beschwichtigenden Geste nickte sie kurz hinter sich, um dem Amerikaner zu bedeuten, dass sie seine Ritterlichkeit zu schätzen wusste, die Lage aber im Griff hatte. Dann setzte sie das mütterliche Lächeln auf, das normalerweise für quengelnde Kleinkinder reserviert war, die sie mit Kakao, einem Bilderbuch oder einem Lolli bestach.

»Machen Sie es sich einfach wieder gemütlich, Herr Wucke«, säuselte sie. »Ist doch ein langer Flug, da sollen Sie es bequem haben. Was darf ich Ihnen denn bringen?«

»Na also, geht doch.« Schnaufend ließ der Gast sich wieder in seinen Sitz fallen. »Whisky. Einen doppelten.«

»Sehr wohl, der Herr«, zwitscherte Margot.

»Entschuldigen Sie, Ma'am«, fing sie der Amerikaner auf dem Weg zurück in die Pantry ab. »Es geht mich zwar nichts an … aber halten Sie das wirklich für eine gute Idee? Der ist doch schon sternhagelvoll.«

Es ging Mr Hayes auf Platz 7B wirklich nichts an, schließlich war Margot der Boss in der Kabine. Dennoch zwinkerte sie ihm im Vorbeigehen gut gelaunt zu. »Vertrauen Sie mir!«

Ruth hatte inzwischen Todd junior auf den Wickeltisch gelegt und zuckte nicht einmal mit der Wimper, als der Kleine sie mit vergnügtem Krähen anpinkelte. Seine Mutter hielt sich unterdessen an einem leeren Schnapsglas fest und wartete darauf, dass das Nerventonikum Wirkung zeigte. *Frauengold – und du blühst auf!*

»Stopp!«, rief Margot in der Pantry und nahm Bärbel die Kanne mit kalt gewordenem Tee ab, die sie gerade ausleeren wollte. »Den brauch ich noch.«

Entgeistert sah Bärbel zu, wie Margot in einem Glas reichlich Tee mit einem Fingerbreit Whisky mischte und aus der Bordapotheke die Baldriantropfen holte. »Das merkt der doch sofort«, wandte sie mit banger Miene ein.

»Garantiert nicht«, widersprach Margot. »Dafür ist er schon zu knülle.«

»Du hast es doch faustdick hinter den Ohren«, meinte Hacki lachend.

»Für unsere Gäste nur das Beste«, flötete Margot und trug den Whisky à la Wucke in die Kabine.

Es ging gegen Morgen, aber über dem Atlantik war es noch dunkel. Margot hatte endlich etwas im Magen, in der Koje des Bordpersonals eine knappe Stunde geschlafen und sich danach auf der Bordtoilette kurz frisch gemacht. In der Pantry kippte Bärbel mit glasigen Augen schon ihre zweite Tasse Kaffee hinunter.

»Ist ganz normal, wenn du anfangs kein Auge zumachen kannst«, sagte Margot und stellte eine gefüllte Kaffeetasse nach der anderen auf ein Tablett. »Das war bei mir auch so. Sobald du die Strecke ein paarmal geflogen bist, klappt's auch mit dem Nickerchen zwischendurch.«

Bärbel warf ihr einen zweifelnden Blick zu.

»Voilà, der Snack für den Herrn Co-Piloten«, ließ Hacki sich vernehmen und platzierte ein belegtes Brötchen auf Margots Tablett. »Jetzt aber hopphopp, Frollein! Bevor das Salatblatt welk wird.«

Margot stieß ihn mit dem Ellbogen in die Seite und schlüpfte mit dem Tablett durch den Vorhang.

Im Babybett hob und senkte sich das Bäuchlein des Säuglings in schlafschweren Atemzügen; die Wange an ein Kopfkissen geschmiegt, döste auch Mrs Todd unter einer Wolldecke. Auf leisen Sohlen balancierte Margot das Tablett durch die stille Kabine, klopfte mit dem Fingerknöchel an die Cockpittür und trat ein.

Sie zog den Kopf ein und machte sich noch schlanker, als sie ohnehin schon war, um sich zwischen Kabeln und Schaltern hindurchzuzwängen und Funker und Navigator an ihren Plätzen mit Kaffee zu versorgen.

»Bist a Schatz«, bedankte sich Co-Pilot Rudolf Mayr und biss in das belegte Brötchen.

»Weiß ich«, erwiderte Margot vergnügt. Dann wandte sie sich an den Kapitän: »Herr Pretsch, ich stelle Ihnen den Kaffee griffbereit hin.«

Sie schlängelte sich um die Rückseite des Pilotensessels herum und platzierte die Tasse im Getränkehalter unter der Seitenscheibe; im winzigen Cockpit verlangte der Service geradezu akrobatische Fähigkeiten. Ernst Pretsch nickte nur, während des Flugs war er immer auf die unzähligen Lämpchen und Anzeigen fokussiert. Wollte auch er etwas essen, eine Stunde schlafen oder sich zwischendurch die Beine vertreten, musste er sich von seinem Relief-Piloten Schubert ablösen lassen, der in der Pilotenkoje auf seinen nächsten Einsatz am Steuerknüppel wartete. Sachte schloss Margot die Tür hinter sich. Die meisten Passagiere hier vorn in der ersten Klasse schliefen, nur am Platz von Mr Bronstein brannte die Leselampe.

»*Excuse me, Miss*«, wisperte der ältere Herr und tippte auf den Reiseführer in seinem Schoß. »*The Black Forest ... is it open on Sundays?*«

Das leere Tablett in der Hand, ging Margot neben ihm in die Hocke und erklärte im Flüsterton, dass der Schwarzwald kein Park, sondern eine ganze Region sei. Dann gab sie ihm Tipps für Kuckucksuhren und Kirschtorte. Mr Bronstein bedankte sich und kuschelte sich tiefer in sein »Himmelbett«, wie die Prospekte der Lufthansa die Schlafsessel anpriesen.

Im Weitergehen ließ Margot den Blick aufmerksam über die Sitzreihen wandern. Auch Herr Wucke schlief tief und fest wie ein Baby; aus seinem geöffneten Mund drang leises Schnarchen. Mr Hayes grinste hinter seiner Zeitung hervor und reckte anerkennenden den Daumen. Margot hob die Brauen, was so viel heißen sollte wie: *Habe ich doch gesagt.* Mr Hayes lachte leise.

Margot zögerte einen Augenblick. Bei mehrsprachigen Gästen war nicht immer auszumachen, welche Sprache sie bevorzugten. Aus dem Bauch heraus entschied sie sich für Deutsch.

»Darf es für Sie noch etwas sein, Mr Hayes?«

»Gern«, antwortete er. »Hätten Sie etwas dagegen, wenn ich Sie begleite?« Er warf einen Seitenblick auf seinen Sitznachbarn, der im Tiefschlaf auch einen Gutteil von Mr Hayes' Sitz beanspruchte.

Normalerweise hätte Margot ihm einen anderen Platz angeboten, aber der Flug war ausgebucht. Auf der Nordamerikaroute hatte die Hauptsaison begonnen. Leicht verdientes Geld für die Lufthansa, aber zu wenig, um die Verluste auszugleichen, die die Fluggesellschaft Jahr um Jahr weiter einfuhr.

»Keineswegs«, versicherte Margot. »Kommen Sie ruhig mit.«

Außerhalb der Essenszeiten hatten Gäste in der Bordküche willkommen zu sein, so lautete die Anweisung der Direktion. Schließlich war die Küche der Mittelpunkt jeder gelungenen Party.

»*This is where the magic happens*«, kommentierte Mr Hayes, nachdem er Hacki und Bärbel auf Deutsch begrüßt hatte.

»Deutsche Wertarbeit«, verkündete Hacki stolz und tätschelte eine der Oberflächen aus Stahl. »Auf der ganzen Welt fliegt keine Küche herum, die so praktisch und durchdacht ist wie diese hier. Hat ja auch ein ehemaliger Flugzeugingenieur von Junkers geplant und gebaut.«

Mr Hayes sah sich eingehend in der Pantry um; groß und breitschultrig, wirkte er darin wie ein Riese in einer Puppenstube. »Seid ihr Stewardessen deswegen so schlank, weil es hier so eng ist?«, fragte er. In seinen braunen Augen blitzte der Schalk auf.

Lachend schob Margot das Barwägelchen näher zu ihm. »Möglicherweise auch, weil wir bei jeder Schicht etliche Kilometer durch das Flugzeug marschieren. Möchten Sie noch einen Bourbon?«

Interessiert beäugte Mr Hayes das breit gefächerte Sortiment an Spirituosen und deutete auf eine Flasche Bärenfang. »Was ist das hier?«

»Ein Likör aus Honig und Wodka«, erklärte Margot, »mit Vanille, Zimt und Nelken gewürzt. *Traditional German Schnapps*. Ihre Landsleute sind ganz verrückt danach.«

Mr Hayes verzog belustigt das Gesicht. »Ich bleibe bei Bourbon.«

Dankend nahm er das Glas auf einer Serviette entgegen. Wie bei den meisten Amerikanern war sein Anzug aus feinem Stoff und gut geschnitten. Der würzige Duft seines Rasierwassers stieg Margot in die Nase; sie schätzte ihn auf Mitte dreißig.

»Ihr Deutsch ist absolut perfekt«, sagte sie. Eine im Dienst oft verwendete Nettigkeit, die jeden ausländischen Gast zum Strahlen brachte; bei Mr Hayes, der bis Frankfurt mitfliegen würde, entsprach es der Wahrheit.

»Ich stehe auch schon lange mit einem Bein in Deutschland«, erzählte er. »Der Geschäfte wegen.«

»In welchem Bereich sind Sie tätig?«, wollte Bärbel wissen.

Margot sah ihrer jungen Kollegin an, wie gut ihr dieser Amerikaner gefiel. Mit seinem zurückgekämmten dunkelblonden Haar und den kernigen Gesichtszügen erinnerte er an William Holden, von dem Audrey Hepburn im Film *Sabrina* träumte, bevor sie am Schluss mit Humphrey Bogart davonsegelte.

Und Mr Hayes trug keinen Ring.

»In der Kommunikationsbranche«, antwortete er. »Nachrichten, Werbung, internationale Beziehungen. Solche Dinge.«

Bärbels Augen leuchteten gleich noch blauer.

Mr Hayes stellte das Glas ab und holte eine Packung Lucky Strikes aus der Jacketttasche. »Wie lange sind Sie schon Stewardess?«, fragte er an Margot gewandt und zündete sich eine Zigarette an.

»Ich habe gerade erst angefangen«, tschilpte Bärbel.

»Ich bin seit etwas über zwei Jahren dabei«, erklärte Margot. »Seit dem 1. März 1955. Gleich im Anschluss an meine Ausbildung bei der Lufthansa.«

Genüsslich stieß Mr Hayes den Rauch aus. »Dann haben Sie sicher schon eine Menge von der Welt gesehen. Wo gefällt es Ihnen am besten?«

Eine Standardfrage, die Margot stets aus vollster Überzeugung beantwortete. »Paris ist immer einen Abstecher wert, und wenn es nur ein paar Stunden sind. In Rio mag ich lieber das quirlige Leben zwischen den bunten Zuckerbäckerbauten als die Copacabana mit ihren klotzigen Hotelburgen. Und der Nahe Osten bezaubert mich jedes Mal aufs Neue. Istanbul, Damaskus, Bagdad, Teheran – da könnte ich tagelang nur durch die Straßen bummeln und alles in mich aufsaugen. Die Strände von Beirut gehören für mich zu den schönsten überhaupt.«

Der erste Flugplan der Lufthansa war noch ein Faltblatt gewesen. Inzwischen war ein richtiges Buch auf Deutsch, Englisch und Französisch daraus geworden, das auch Flüge nach Montreal und Chicago enthielt, ab übernächster Woche auch nach Zürich und Wien. Manchmal konnte Margot selbst kaum glauben, dass sie so viel von der Welt sehen durfte, auch im Winter stets eine leichte Sonnenbräune hatte und Sand im Gepäck wie nach dem Urlaub – und sogar noch dafür bezahlt wurde.

»Aber meine Lieblingsstrecke«, fügte sie hinzu, »ist und bleibt die nach New York.«

Der Amerikaner lächelte. »Bei den vielen Meilen, die Sie in der Luft zurücklegen – haben Sie da nie Angst, dass etwas passieren könnte?«

Auch diese Frage stellten die Gäste oft, und das nicht unbegründet. Jeden Monat verunglückte irgendwo auf der Welt mindestens eine Passagiermaschine, meist mit tödlichem Ausgang.

»Nie«, versicherte Margot. »Seit der Kranich wieder fliegt, hat die Lufthansa keinen einzigen ernsthaften Zwischenfall erlebt.«

Bei einem Streckennetz, das inzwischen rund fünfzigtausend Kilometer umfasste, waren die Lufthanseaten zu Recht stolz auf diese Bilanz. Dementsprechend verschnupft hatte die Direktion reagiert, als die Gattin des deutschen Botschafters im vergangenen Jahr lieber mit Scandinavian Airlines von Rio nach Frankfurt geflogen war. Der Presse gegenüber hatte sie schnippisch erklärt, die Frage der persönlichen Sicherheit müsse jeder für sich selbst entscheiden.

Dass einer der vier Motoren der Super-Constellation zwischendurch streikte, war längst Routine. Die empfindliche Hydraulik machte ebenfalls immer wieder Probleme, besonders bei eisigen Temperaturen spielten die Instrumente deshalb gerne mal verrückt. Doch ein erfahrener Pilot konnte damit umgehen, und zu mehr als ein paar Stunden Verspätung war es noch nie gekommen. Manchmal fanden sich ein paar Zeilen darüber in den Tageszeitungen, trotzdem erzählte man solche Episoden besser nicht den Gästen. Für die Passagiere der Lufthansa sollte Fliegen ein glamouröses Abenteuer sein – ohne jegliches Risiko.

»War Ihnen denn noch nie mulmig zumute?«, hakte Mr Hayes nach.

Margot lachte. »Durchaus. Auf meinem Flug nach Moskau, das ist jetzt knapp eineinhalb Jahre her. Weißt du noch, Hacki?«

»Und ob.« Hinter seiner Zigarette grinste der Koch von Ohr zu Ohr.

Mr Hayes hob überrascht die Brauen. »Sie waren in Moskau?«

Dass der Himmel grenzenlos sei, war eine Illusion. Der Eiserne Vorhang erstreckte sich auch in den Luftraum, mit Berlin als Nadelöhr. Nur Pan American World Airways, Air France und British Airways war es gestattet, West-Berlin anzufliegen. Wer von dort weiter in den Osten wollte – und durfte –, musste von Tempelhof über die Sektorengrenze nach Schönefeld, dem Heimatflughafen der ostdeutschen Lufthansa, die neben dem

Namen auch gleich noch den Kranich kopiert hatte. Böse Zungen behaupteten, das Veto dieser zweiten Lufthansa sei der Grund dafür, dass alle Versuche der westdeutschen Lufthansa, ebenfalls eine Start- und Landeerlaubnis für Berlin zu erhalten, bisher im Sande verlaufen waren.

»Ein Charterflug für unseren geschätzten Bundeskanzler Adenauer war das«, erzählte Hacki und strich einmal mehr über seine geliebte Bordküche. »Auf genau dieser Super-Connie hier, der D-ALIN. Wir fliegen ihn hin und wieder zu Staatsbesuchen, letzte Woche erst zum Schah nach Teheran. Ist jedes Mal ein Vergnügen, ihn an Bord zu haben. Nicht wahr, Margot?«

Margot nickte und schenkte sich ein Glas Wasser ein. Seit jener Moskaureise verband sie etwas Besonderes mit dem Bundeskanzler. Für anstehende Flüge ließ er nicht nur das bewährte Pilotenteam und Hacki als Koch anfragen, sondern stets auch das Fräulein Margot. An Bord vergaß er nie, sich nach Margots Vater zu erkundigen – einem der zigtausend Kriegsgefangenen, die Adenauer nach Hause geholt hatte. Und nicht zuletzt hatte ein lobendes Schreiben aus dem Bundeskanzleramt dafür gesorgt, dass Margot nach einem Skandal, in den sie unverschuldet geschlittert war, in den Dienst zurückkehren durfte.

»Fräulein …«, begann der Amerikaner und unterbrach sich gleich selbst. »Entschuldigung, ich glaube, ich habe Ihren Namen nicht richtig mitbekommen.«

»Frei. Margot Frei.«

Sie ergriff seine ausgestreckte Rechte. Er hatte einen angenehmen Händedruck, männlich und fest.

»Sehr erfreut, Fräulein Frei. Hamilton Hayes. Für Sie gern Hamilton.« In seinen Augen schimmerte es warm.

Margot schmunzelte. Die meisten männlichen Passagiere flogen auf blonde Stewardessen, egal ob naturblond oder gefärbt, Männer bemerkten da sowieso selten einen Unterschied. Mr Hayes gehörte offenbar zu den wenigen Ausnahmen Bärbels Ausatmen klang wie ein enttäuschtes Seufzen.

»Ich muss gestehen«, fügte Hamilton Hayes hinzu, »dass ich Sie auf den ersten Blick für eine Französin gehalten habe. Sie haben dieses ... *je ne sais quoi*.«

Das gewisse Etwas. Um Margots Mund zuckte es. Solche Komplimente bekam sie häufiger, seit sie ihr Haar à la Audrey Hepburn burschikos kurz geschnitten trug; mit ein paar Spritzern Haarwasser glänzte es in einem satten Haselnussbraun. Eine Frisur, die ihr schmales Gesicht zur Geltung brachte und die feinen Konturen hervorhob. Das gekonnte Make-up, das für Stewardessen Pflicht war, betonte ihre kecke Weiblichkeit, die Sommersprossen auf ihrer Nase eingeschlossen, und brachte ihre graublauen Augen zum Strahlen.

»*Merci, Monsieur*«, erwiderte Margot heiter.

»Darf ich Sie einmal zum Dinner einladen?«, fragte Mr Hayes mit typisch amerikanischer Direktheit.

Ein Flirt mit den Gästen war nicht nur erlaubt, sondern ausdrücklich erwünscht, solange es im Rahmen des Schicklichen blieb. Schließlich sollte ein Flug mit der Lufthansa in guter Erinnerung bleiben und dazu verleiten, bei nächster Gelegenheit wieder ein Ticket zu kaufen.

Mehr war allerdings nicht gestattet, und Margot hatte die beste Ausrede überhaupt, das unwiderstehliche Lächeln von Hamilton Hayes hin oder her. »Tut mir leid, ich bin schon vergeben.«

Der Amerikaner ließ nicht locker. »Vielleicht überlegen Sie es sich ja noch. Ich bin ein guter Fang.«

Margot musste lachen. »Das glaube ich Ihnen gern, Mr Hayes.« Sie zog es vor, ganz professionell beim Nachnamen zu bleiben. »Aber ich muss trotzdem ablehnen.«

Das fast leere Glas in der Hand, lehnte er sich mit der Schulter an die Trennwand. »Was hat er, was ich nicht habe?«

Margot schenkte ihm einen koketten Augenaufschlag. »Er ist Pilot.«

Unsere Leseempfehlung

»Eine großartige Familiensage«

LOVELYBOOKS.DE

672 Seiten
Band 1
Auch als E-Book erhältlich

704 Seiten
Band 2
Auch als E-Book erhältlich

736 Seiten
Band3
Auch als E-Book erhältlich

goldmann-verlag.de

GOLDMANN

Unsere Leseempfehlung

672 Seiten
Band 1
Auch als E-Book erhältlich

704 Seiten
Band 2
Auch als E-Book erhältlich

736 Seiten
Band3
Auch als E-Book erhältlich

London 1904: Lady Celia Lytton betört die englische Society mit ihrer Intelligenz und Schönheit zugleich. Sie ist die perfekte Gastgeberin, veröffentlicht im eigenen Verlag einen Bestseller nach dem anderen und genießt ihr junges Familienglück – ein privilegiertes Leben. Doch dramatische Ereignisse kündigen sich an, und als ihr Mann Oliver in den Krieg eingezogen wird, können die Lyttons nicht mehr die Augen vor der Realität verschließen. Die makellose Fassade bekommt erste Risse, und Celia beginnt zu verstehen, dass sie einen Preis zahlen muss, für die Entscheidungen, die sie getroffen hat, und die Geheimnisse, die sie bewahrt…